大鱼文化传媒　　大鱼文学

奔跑吧陛下

BENPAOBA
BIXIA

碧晴／著

图书在版编目（CIP）数据

奔跑吧，陛下 / 碧晴著. —石家庄:花山文艺
出版社，2016.1（2020.1重印）
ISBN 978-7-5511-2219-1

Ⅰ．①奔… Ⅱ．①碧… Ⅲ．①长篇小说－中国
－当代Ⅳ．①I247.5

中国版本图书馆CIP数据核字（2015）第307707号

书　　名：**奔跑吧，陛下**
著　　者：碧　晴
策划统筹：张采鑫
特约编辑：准拟佳期
责任编辑：卢水淹
责任校对：齐　欣
封面设计：TITI设计
内文设计：曹艳利
美术编辑：许宝坤
出版发行：花山文艺出版社（邮政编码：050061）
　　　　　（河北省石家庄市友谊北大街330号）
销售热线：0311-88643221/29/35/26
传　　真：0311-88643225
印　　刷：三河市华东印刷有限公司
经　　销：新　书店
开　　本：889×1194　1/32
印　　张：10
字　　数：320千字
版　　次：2016年3月第1版
　　　　　2020年1月第2次印刷
书　　号：ISBN 978-7-5511-2219-1
定　　价：39.80元

目录
Contents

目录
Contents

楔 子

我寻你千百度

魏国武德三年，五月五，端阳佳节。夜风清爽，荷香幽幽，月华满人间。

江南建康，胭脂佳人地，物是人非。任他朝代更迭，江山易主，这里依旧歌舞升平，玉壶光转鱼龙舞。

城内大街上，昏黄的红灯笼随风微摇。碧树交错，玉兰洁白无瑕，盛开似雪。街边衣香鬓影，宝马香车，处处莺莺燕燕，直胜却人间无数。

布衣男子步态有些凌乱，手中提着一壶尚未喝完的雄黄酒，有一口没一口地往嘴里灌。明明已是醺醺然，他的眸光却异常清冷明亮，隐隐透出苍鹰般的犀利，周遭的一切繁华热闹好像与他没有任何关系。

清风徐过，将玉兰的花瓣吹落他的肩头。他轻轻捻起，含在口中，眼内有一瞬的黯然失神。

壶中酒尽，他抛开酒壶，随意走进路边的一家酒铺，招呼老板："老板，给我一坛酒。"

老板是个年轻人，不过而立之年的模样。他见了男子，立即取来一坛酒、两个酒碗，笑嘻嘻地坐在男子身旁，一边倒酒一边说："荀大哥，您来啦。来，满上。"

伙计送上香喷喷的粽子和水煮蛋，老板笑道："今儿个是端午，您平日里替我白写了不少家书，这算是我请您的。"

荀玉没说话，低头自顾自喝酒。

老板也不恼，自己小喝一口酒，继续道："又是一年端阳节，荀大哥，您要找的人还没找到吗？建康说大不大的地儿，这都三年啦，就是翻，也能把建康翻个遍了。您真的肯定她在建康吗？"

端酒碗的手蓦然一顿，片刻，荀玉有些自嘲地扬了扬唇，声音沙哑道："她若不想见我，纵然建康只是方寸之地，我也寻不到她。"

老板略同情地望着他，思忖半晌，小心翼翼地问："她……是您的发妻吗？"

荀玉失神半晌，苦笑道："不，她是我的妻子，不是发妻。"

老板不解，欲言又止，似是还想问些什么。荀玉却再也顾不得他，从襟中掏出一个精致小巧的藕色荷包，放在手中温柔地摩挲。

良久，他解开荷包，一枚耳坠滑落出来。耳坠做工奇巧，一缕发辫精心织成细绳，末端缀了一小颗红玛瑙，玛瑙中央镶嵌着芝麻大小的羊脂白玉。乍一看，像极了一颗饱满圆润的红豆。

荀玉痴痴地盯着耳坠，眼底忽然盈满温柔爱怜，仿佛那是他失散多年的爱人。哪怕倾尽一生一世，他都要这样注视着她，直到生命的最后一刻。

红豆相思，泣血轮回。

昭德太子，你若在天有灵，请佑我早日找到她。我愿意用余生好好补偿她，若是余生尚且不够，那么，还有来世。

荀玉猛灌一口酒，口中喃喃，语意炙热而痛苦："我这一生想要的太多了。我想要九州一统、四夷臣服，想要百姓安乐、天下清明，也想要齐国的基业流传千秋万世。可是，我错了……到头来，我丢了天下，也丢了你，都是我活该。玉琼，对不起，对不起……"

老板听不清他说什么，却也不敢多问。

三年来，每当荀玉喝醉酒，他就会对着这只耳坠絮絮低语。旁人若是想问，被他眼锋一扫，总是心生寒意，立即噤声。

那耳坠一看就知是个宝贝，红玛瑙莹润通透，成色质地都是世间仅有。

羊脂白玉细腻温润,柔亮似星辰。况且,要在小小一颗玛瑙上嵌进芝麻大小的白玉,使之浑然一体,做工之细致精美,绝非普通工匠能办到。

没人知道荀玉来自何方,身世如何。他写得一手绝妙的好字,文采斐然,靠替人写书信赚些薄银维持生计。自他来到建康,便只为寻找失散多年的妻子,一找就是三年。

有些上了年纪的老人说,他长得像当年镇守建康、招抚江南文士的前朝皇子;也有些在朝里当过官的人说,他长得像那祸国殃民、死有余辜的亡国暴君。

却也只是说说而已。毕竟千帆已过,空余斜阳流水悠悠。

如今新皇登基,江山姓李,百姓关于前朝的记忆,也恍如旧梦,不愿多提了。

指节蓦然收紧,荀玉将耳坠紧紧握在手中。

铺子旁的玉兰树开得正灿烂,大朵大朵玉兰清丽绝尘,偷云漏月。他颓然仰头,痴望着玉兰树,眼中竟渐渐泛出暗淡不明的水色。

玉琼,我骄傲一世,终是愿意为你卑微一次。

第一章

女傅这职业

近来，弹劾我的奏折源源不断。作为本朝第一女傅，我颇感压力山大。

此事还要从五日前说起。

且说那日太子傅谅逛青楼时不巧忘带银子，鸨母要将他游街示众，太子随从遂与青楼打手大打出手，闹得鸡飞狗跳，引得路人纷纷围观。双方打得不可开交时，偏偏又好死不死地撞上锦衣卫临时检查……

所谓新官上任三把火，那锦衣卫头领上任不足一月，三把火烧得正旺，又因位小职低没有见过东宫，大掌一挥便将傅谅一干人等扫进了锦衣卫大牢。

傅谅逛过赌场、酒楼、窑子，独独没逛过大牢，以为甚是新鲜，遂十分配合执法，未曾表明身份。他在牢里也没闲着，整日里与牢友们玩骰子、推牌九，混得风生水起，如鱼得水。

本来打架斗殴这种小事，关几天放出来也就没事了。谁知他太不知收敛，在里面一连赢了几日，赢得众牢友灰头土脸失了面子。吃牢饭的自然不是善类，他们暗中商量后，决定联手将傅谅胖揍一顿。傅谅金枝玉叶哪里受过这种委屈，当即亮出令牌，哭天抢地号着要见我，不料又被狱卒以冒充东宫的罪名大刑伺候……

总之，我赶到锦衣卫大牢时，傅谅衣衫凌乱、披头散发，俊俏的脸蛋也挂了彩，那形容真真甚是可怜。

他当即扑进我怀里，哭得梨花带雨、我见犹怜。我只觉两眼一抹黑，心道这太子少傅只怕我也是当到头了。

太子行事荒唐已非一朝一夕，据闻，他未满十五便气死了三个少傅，十五之后又气死三个。自此，太子少傅便成了齐国第一高危职业。

早在我入仕之初，皇上便拍着我的肩，沉重道："若你能保太子顺利登基，朕便赐你黄金万两、良田千亩、美男百名、别院十座，让你颐养天年。"意思就是，你要是有命活到太子登基，算你牛。

面对如此巨大的利益诱惑，我也顾不得高不高危，默默地在心里仰天狂笑无数次，面上仍做淡然状，点头道："皇上放心，在其位谋其职，微臣定当尽心尽力看好太子殿下。"

然而，当初信誓旦旦的我，现下将太子"看"进了大牢，实在是不胜惶恐。

回到府里，我痛定思痛，觉得与其被炒不如主动请求辞官，于是连夜撰写奏折，恳请皇上恩准我以二十岁"高龄"告老还乡。

奈何天不遂人意。

写完奏折，已是四更天。我困顿不堪，倚着小几打起了盹。不睡还好，这一睡，未曾谋面的先帝——也就是太祖陛下竟入了我的梦。

梦中，他站在皇陵门口，将我的奏折反复阅读，捋了捋胡子和蔼道："不想干了？"

我哈哈笑道："皇上，不是微臣不想干，只是您这孙子骨骼清奇，吃喝嫖赌样样精通，经国治世完全不懂。微臣一介凡人，资质平庸，福小祚薄，实在没办法继续教了。皇上，您还是另请高人辅佐太子吧。"

先帝道："真的教不了他？"

我坚定地点头。

"那不如这样。"先帝指了指身后的墓碑，笑眯眯道，"你进来，朕来收拾这不争气的孙子。"

我蓦然惊醒，吓出了一身冷汗。仔细回味再三，我默默地将奏折丢进了火盆，恨不能落下一滴悲伤的泪。

从那夜起，我彻底绝了辞官的念头。

俗话说得好，好事不出门恶事行千里。

此事很快便在京城广为流传，成为百姓茶余饭后的谈资。不出我所料，众臣纷纷上书弹劾，指责我失德失职。

九龙殿上，言官一正慷慨激昂地列举我的罪状，说得面红耳赤、唾沫横飞。

"戚大人身为太子少傅，非但没有尽到匡扶东宫的职责，使殿下正视听、明明德，反而纵容殿下流连烟花之地，此乃一罪；累得殿下身陷囹圄，与宵小匪徒为伍，玉体受损，至今未愈，此乃二罪；有负皇上信任，仰愧于乾坤，俯愧于万民，此乃三罪。此三罪并罚，按我朝律例理应革职查办，发配边疆，永不超生！"说完，跪下开始磕头。

言官二出列，继续道："如今太子失德于众，便是戚大人失德于众！太子失信于民，便是戚大人失信于民！太子失身……咳，总之，此事事关重大，轻则扰乱朝纲，重则动摇国本！不严办戚大人，难以向列祖列宗交代，更难以向天下百姓交代！"

言官三四五六七立即附议："臣等恳请皇上将戚大人革职查办，发配边疆！"

四周又哗啦啦拜倒一片。

我捏紧笏板，垂眸敛目，分明很是内伤，偏偏面上却还要端出一派淡然之色。

齐国并无女子为官的先例，作为史上第一女傅，我十分不受这些言官待见。

我朝推行官员举荐制，凡六品以上、有功于社稷的官员，在卸任时可以举荐有德才者入仕。我受前任太子太傅李瑞安举荐而入朝为官，这位李太傅乃开国元老，当年辅佐太祖陛下打下江山，运筹帷幄，功勋彪炳，堪称无双国士。爹爹年少时，曾在他门下学习三年，每每提及李太傅，爹爹总是无比崇敬。

起初，言官们慑于李太傅的威望，只敢怒而不敢言。我入仕不久后，李太傅辞官归隐，他们便联名上书要求皇上将我罢黜，理由从"来路不明，居心叵测"到"牝鸡司晨，祸乱朝纲"，可谓众说纷纭。怎料皇上大笔一挥，批上"朕知道了"四个字，便全数退回。几个老骨头哼哼唧唧、寻死觅活多日，未见效果，只得悻悻作罢。

然，自此之后，他们日日紧盯我一言一行，稍有差错便往死里弹劾。连我多买了几盒胭脂水粉这种鸡毛蒜皮的小事都能演绎成作风问题，我也真是醉了。

皇上看了我一眼，颇为纠结道："戚爱卿，你可有话辩解？"

我跪下，朗声道："回皇上，今次确是微臣失职。太子殿下失德失信，微臣万死莫辞。"若换作平时，我非要舌战群臣，与这些言官拼上三百回合不可。然，想起先帝梦中"重托"，我也只好直面惨淡的人生，叩了个头，悲壮道，"微臣无话可说，伏听圣意！"

如此顺从地认罪，委实不是我的作风。言官们对此表示不解，齐刷刷地向我看来，不少人眼中隐有震惊之色。

皇上沉吟片刻，正要说话，恰在这时，听得殿外有人高声嚷道："哎呀，你们别拦我！走开，走开！"

"殿下留步！"

"殿下不可！"

伴随着侍卫们的惊呼，那厢傅谅拄着手杖一瘸一拐地闯了进来。

我暗惊，一股不祥之感涌上心头。

果不其然，他走到大殿中央，来势汹汹道："你们，谁说要将玉……戚少傅发配边疆的，站起来，我保证不打死他！"他在狱中结结实实地挨了两顿揍，伤得不轻，缠满纱布的右手还吊在脖子上，也不知道是哪个太医搞的，甚是滑稽。

言官们如雨后春笋般哗啦啦地站起来。

我闭眼掩面，简直不忍直视，这货真是孜孜不倦地坑着我啊……

傅谅显然没有料到敌众我寡，一时瞠目结舌，说不出话来。

皇上气得脸都绿了，颤抖的手指着傅谅："谁……谁让你来的？胡闹！来人，把太子给朕拖下去！"

左右侍卫作势要上前，傅谅忽然抱着胳膊"哎哟哎哟"哼了几声，侍卫又诚惶诚恐地退了下去。

"如今看来，戚大人非但玩忽职守，更魅惑东宫、蒙蔽圣听，致使太子殿下罔顾理法，御前失仪！皇上，若留下戚大人，将来必将重蹈妲己褒妲之覆辙，恳请皇上革去少傅之职，发配边疆！"

"皇上，戚大人留不得啊！"

"女官弄权，为祸东宫啊皇上！"

"皇上……"

言官们越发群情激奋，七嘴八舌地指责我。我只得自我安慰：他们将我比作妲己褒姒也算是有一半在夸我了，我该欣慰才是。

皇上的脸由绿转黑，猛地一拍桌案，怒道："都给朕闭嘴！"

九龙殿内登时鸦雀无声，人人噤若寒蝉。

傅谅终于意识到这次玩大了，惊恐地看了我一眼。

我无奈地叹了口气，用唇语对他说："快认错。"

他也算机灵，扑通一声跪倒在地："父皇，这次是儿臣太荒唐，儿臣不该私自出宫，闹出这些事让天下人耻笑，更不该擅闯九龙殿，打扰父皇与百官早朝。对于儿臣出宫之事，戚少傅全然不知情，绝没有玩忽职守，所谓不知者不罪，求父皇不要责罚她。儿臣知道错了，儿臣愿意面壁思过十日，罚抄《大学》三百遍！"

皇上面色稍霁，却仍是怒意未消："既然知错，还不快滚下去面壁罚抄！"

我忙趁机道："皇上，太子殿下宅心仁厚，甘冒此大不韪为微臣说情，微臣不胜感激惶恐，肯请皇上切莫责罚殿下。殿下私自出宫之事闹得满城风雨，微臣难辞其咎，自愿罚俸一年，充入国库。"

皇上捋了捋胡须，沉吟道："好，那就依你所言吧。"

皇上素来知晓太子的资质品性，也理解我的艰难。近几年，面对言官对我的大肆弹劾，他总是睁一只眼闭一只眼。

其实，众多皇子之中，比傅谅出色的大有人在。二皇子傅惟文治武功，贤名在外，封晋王；四皇子傅辰精于商道，贡献国库，封汉王……傅谅完完全全就是最不争气的一个。奈何太祖遗言"皇位由嫡长子继承"，元皇后只生了他这一个儿子，储君之位自然非他莫属。再者说，元皇后乃突厥族公主，近年突厥日渐强大，圈地立国，皇上有心拉拢。于是乎，依靠着母族的强大支持，傅谅的太子之位坐得很是牢靠，行事也越发不管不顾。

傅谅喜道："多谢父皇，多谢父皇！"

言官见势不妙，纷纷表示：

"皇上，不可轻饶戚大人！"

"求皇上严惩戚大人！"

皇上烦躁地拂了拂衣袖："朕意已决，不必多说，退朝！"

暖风三月，草长莺飞，满目新绿。

东宫，凉亭内。

宫人奉上点心，茶女精心冲茶。

这一泡是我最爱的西湖明前龙井，我端起茶盅小喝一口，清韵悠然，齿颊留香，连带心情也舒坦了几分。

傅谅坐在我身侧默默地啃着点心，时不时地觑我一眼，似有几分愧疚与不安。我自顾自品茶，完全无视了他的存在。

侍卫运来三堆奏折，我说："这是什么？"

侍卫道："回少傅大人，这些都是弹劾大人的奏折，皇上说让大人看着办。"

嘴角忍不住抽了抽，我扶额道："劈了当柴吧。"

侍卫道"是"，又运着三堆奏折去了膳房。

傅谅扯了一下我的衣袖，弱弱道："玉琼，你不要生气嘛，我知道错了。"

我对茶女道："你先下去吧。"

茶女应声退下。我放下茶盅，挑了块糕点慢慢品尝："哪里错了？"

傅谅道："不该逛青楼……"

我瞟他："嗯？"

"不带银子，还打架。"

"嗯。还有呢？"

"不该蹲大牢……"

我又瞟他："嗯？"

"聚众赌博，还总赢。"他低下头，可怜巴巴地抠手指，"玉琼，你就原谅我这次吧。"

傅谅的生母元皇后出生于突厥族，大约是胡汉混血的缘故，这货生得肤白胜雪、明眸皓齿，卖萌撒娇起来，那威力自然也是无穷的……好吧，我心软了。

那么我就尽量让自己看起来慈祥些，心平气和地对他道："殿下，您也老大不小二十有五了，做事能靠谱点吗？微臣说了多少次，偷溜出宫之前，先跟微臣报备一下，让微臣心里有个谱。就算不报备，您能把准备工作做足再去吗？您也不是第一次了，怎么能犯不带银子这种低级错误呢？再者说，就算没带银子，犯得着大打出手吗？钱庄开着是干吗的？再不济，您派人通知微臣，微臣还能不给您送钱？还有，那锦衣卫大牢也是您能去的地方？即便您想去，寻个由头视察一下不行吗？坐牢是儿戏吗？"

傅谅被我的一连串发问问得有些蒙，好半天才缓过神，道："说起来也很奇怪，那日分明带了足够的银子，出宫前我还特意让小安子检查过，不知怎么回事，结账的时候银子便不翼而飞了，应该是遇上了扒手……"他眨了眨眼睛，委屈道，"总之，下次我会注意的。"

"还有下次？"我捂着胸口，忧心忡忡道，"若还有下次，微臣就真的要被发配边疆去挖煤了。"

傅谅忙不迭摆手，信誓旦旦道："没有，绝对没有下次！你放心，我绝不会让你去挖煤的。大不了我跟你一块儿去，反正我也不爱当这个太子，又闷又累，还不自由。"

我被他最后一句话诧了一跳，下意识地环顾周围，确定四下无人后，方训斥道："以后不许说这种话！"

傅谅闷声闷气道："哦。"

我忽然意识到身为太子少傅我应当给他一些正面的引导，遂清了清嗓子，道："殿下，您身为一朝储君，也不能每次出宫都寻欢作乐，偶尔也要体察一下民间疾苦，关心一下百姓生活什么的。"

"说的也是。"傅谅凑过来，嘿嘿笑道，"玉琼，下次我们一块儿去吧。"

我没接他的话。

通常来说，一个人只有想干坏事的时候才会说"我们"，好事都是"我"。这货总爱整些幺蛾子，我若跟他一同出宫，只怕有命去没命回。好歹我也熬了三年，眼看离"黄金万两、良田千亩、美男百名、别院十座"越来越近，总不能功亏一篑。

我岔开话题："咳，殿下，距下个月秋虎原狩猎还有半个月的时间，您这次伤势不轻，还能参加吗？"

"当然没问题，这点小伤何足挂齿。上次是我太大意，才让傅惟鳌头占尽，这次我一定要拔得头筹，猎得猛虎，让父皇和文武百官好好瞧瞧——我不是废柴！"说完，他用力地拍了一下大腿表示决心……瞬间痛得嗷嗷直叫。

秋虎原狩猎乃皇族传统，由来已久。

齐国建国之前，中原大地四分五裂，诸藩镇割据混战，为抢夺地盘而穷兵黩武。那时候，换皇帝比换衣服还频繁，今天皇帝还是张三，可能明日便成了李四。百姓受尽苦楚，怨声载道。

太祖傅忠不忿藩镇残暴虐民，遂揭竿而起，于风云际会的乱世杀出一条血路，在马背上夺得天下。当今圣上即位后，继续推进统一大业。如今，除了南朝宋国据长江天险偏安江南之外，其余藩镇国土已尽数纳入我齐国版图。

因此，齐人格外尚武。

每年春秋二季，皇上都会在秋虎原设下围场，领诸皇子比箭狩猎。若有皇子能猎得猛虎，便可加官晋爵，加封土地。诸皇子虽表面上手足情深、兄恭弟敬，实则暗中你争我夺。

傅谅的骑射之术在兄弟之中属于上乘，去年秋猎时，他与晋王傅惟争了个不相上下。但傅谅是个极其自信且乐观的人，坚信自己一定能赢晋王。决赛那日，他竟与随从在帐中饮酒作乐，说是提前庆祝。

皇上与一众皇子在围场等了许久，遂派人去寻他，却发现他早已喝得酩酊大醉、烂醉如泥。即便如此，他却依然坚持要去比赛。结果尚未进入围场，他便从马上跌了下来，脸朝地背朝天摔了个狗啃泥。最后被抬回宫，足足一月才能下地。

皇上龙颜大怒，气骂他是废柴，他对此表示不服，放话下次狩猎定要拔得头筹。

"玉琼，你也会去的对吧？"傅谅问我。

"这个……"看他一脸兴奋的样子，我实在不忍心说出"微臣不想过去给你收拾烂摊子"之类的话，遂搓了搓手，道，"微臣听皇上安排。"

傅谅喜道："那我跟父皇说，让他恩准你伴驾随行。"

我："……"

傅谅素爱樱花，东宫内外樱树错落，枝头粉花如绣。

我走出东宫时，暖风倏然转急，拂面而来。沉甸甸的花枝随风摇曳，淡粉的花瓣翩跹而落，恍若瑶台仙境。

樱树下，有一人长身玉立，落英顽皮，肆意点缀他的肩头。

是他，他回来了！

我忍住心头的喜悦，下意识地环顾四周，不敢张口唤他，更不敢上前，只是这么远远地望着。

锦衣玉带，广袖翩然，一袭白衣犹胜初雪。正是傅惟。

晋王傅惟，名动天下。

提及他时，世人总会赞一句："陌上人如玉，公子世无双。"

他的生母德贵妃是宋国人，曾是南朝出了名的美女兼才女。傅惟深受德贵妃的影响，亦是文采风流、温文尔雅，史官皆以"善属文，美姿仪"来形容他。

他是天下人的晋王，却只是我的傅惟。自他离京办案算起，至今已有八个月未见，我没有一天不想念。虽然因为彼此的身份，我与他不能光明正大地来往，可只要能看着他，哪怕只有一眼，对我而言便胜过万年。

他向我展颜微笑，眸光仿佛深沉灼亮，又仿佛淡若春水。稍稍眯了眯眼，教人魂牵梦萦。

彼此如有灵犀那般，他没有说话，亦没有任何动作。

直到几名宫人路过向我行礼，我方回过神，忙不迭压下心绪，装作若无其事的样子上前道："参见晋王殿下。"

"戚少傅这是要去哪里？"他的声音很平淡，眼中的笑意却分毫未减。

我垂眸答道："微臣正要去御书房求见皇上。"

傅惟"嗯"了声，道："时辰不早，快去吧。"他向我走近几步，微微侧过身，用只有彼此才能听到的声音道，"晚上我去看你。"

"可是……"

他摇头，递给我一个宽慰的眼神，示意我不必担心。

心跳骤然加快，嘴角不由自主地上扬，我恭声道："微臣遵命。"

见过傅惟后我心情大好，但一想到春猎，一个头又成了两个大。思前想后，我以为先下手为强，后下手遭殃，我必须抢在傅谅之前，向皇上告个假。

"皇上，微臣近来感染风寒，身体不适，恐不能伴驾前往秋虎原狩猎，恳请皇上批准微臣告假休养。"我这么说道。

"不准。"

"皇上……"

皇上正在批阅奏折，抬了下眼皮瞟我一眼，道："方才太子差人来报，说是让朕恩准你伴驾随行，朕已经答应他了。太子总爱胡闹，有你在旁看护提点，朕多少也放心些。戚爱卿，距秋虎原狩猎还有半月呢，你这几日好生歇息歇息，朕派太医过府为你调理身体。风寒嘛，不碍事的。"

我心里顿时如有一万只神兽呼啸而过——我方才分明没有耽误片刻，傅谅竟能赶在我前面……简直丧心病狂！

我又拜下，痛心疾首道："微臣……遵旨。"随即跪安离开。

回到府里，已是傍晚时分。

管家常满在门前相迎，我解下披风递给他，问道："常叔，准备好了吗？"

"回小姐，准备好了。"

我点头："好，我现在过去。"

我绕过迂回蜿蜒的回廊折桥，停在小阁楼前。推门而入，几位僧人正在唱喏佛经，檀香无声地燃烧，满室清香。

昏黄跳跃的烛光映着墙上两幅画像，分外温暖。画像前的桌案上，摆着两块牌位和一众贡品。

先父戚正坤之位。

先母何瑛之位。

画像中的爹娘笑容依旧和蔼慈祥，同在世的时候没有任何分别。过往种种，仿若昨日，真不敢相信他们竟已离开我四年。

四年了，好像什么都变了，又好像什么都没变。

我拈香跪拜，重重地叩了三个响头，复拿起纸钱丢进火盆。烟雾缭绕，熏得我眼睛生疼，不知不觉眼前有些模糊。

"爹娘，不孝女玉琼来看你们了。请原谅女儿平日不敢祭拜，只怕露出马脚引人怀疑。四年死祭，不知爹娘在下面过得可好，女儿很想念你们。爹娘放心，女儿从来不敢忘记家仇，待时机成熟必定手刃仇人，教他们血债血偿，还爹娘一个清白！"

不多时，傅惟如约而至。

他向爹娘的牌位进香，恭敬地跪拜磕头。看到他如此认真虔诚的模样，我心头不觉涌上一道暖流。

"玉琼，节哀。"他柔声对我道。

四年光景，我心里早已没有了哀，仅剩下锥心蚀骨的恨意。

我点了点头，抬眼看了看门外，他的贴身侍卫郑嘉站在折桥上与常叔说话。

"最近傅谅又出了岔子，满朝文武尤其是那些言官日日紧盯我的一举一动，巴不得揪住我的小辫子将我革职查办，最近一段时间我都格外谨慎。"我担忧道，"殿下，你这样到我家来真的没关系吗？若是被人发现，我怕会连累你。"

傅惟却是挑眉笑道："怎么又叫我殿下？早都告诉过你，不要这么叫我。"

我咬了咬唇，垂下眼帘，轻轻吐出那两个字："阿惟。"

"大半年未见，你比从前清瘦不少，我不在的这段时间，你一定过得很辛苦，真是难为你了。"他轻握着我的手，眼中浮起几许疼惜，温言道，"从今往后，无论发生什么事，我都会陪你一起面对。"

温暖的热度从他宽厚的掌心传来，一直透入心底。

四年前，爹爹遭人迫害，冤死牢狱之中，娘亲不愿独活人世，遂带着我烧炭自尽。所幸老天有眼，我没有死成。而后，我独自一人进京告御状，辗转流离，历尽艰难险阻，好几次险些丧命黄泉。若是没有遇见傅惟，只怕我早已横尸街头，连死都不知道怎么死的。

前尘往事，历历在目。相知相遇，铭心刻骨。

此时此刻，除了感动，我再无第二种情绪，只要有他在身边，哪怕前面是刀山火海、修罗地狱，我都无所畏惧。

"现在看来，父皇对你还算信任，不会随便革你的职，你无须担心那些言官，除了弹劾，他们做不了别的。"

我点头："我明白。"

晚饭过后，傅惟与我一同在花园里散步。园中的春花开得正当好，衬着浓重的夜色，更显娇艳欲滴。

"玉琼，我有两样东西要给你。"

我笑道："是礼物吗？"

"算是。"傅惟抬了抬手，郑嘉奉上两只璎珞锦盒，他打开其中一只，取出里面的白瓷瓶递给我，道，"我知道你喜欢喝茶，这次回来没带别的，只带了三罐青城雪芽。两罐献给父皇，这一罐送给你。"

去年夏天，蜀都发生了一桩大案，傅惟奉旨前去查案，一去便是八个月。而这青城雪芽产自蜀都青城山，青城山地势复杂，重峦叠嶂，而青城雪芽只生长在悬崖峭壁之上，且只能在清明前后几日采摘，芽叶长度不得超过一寸，十分珍惜。

我揭开瓶盖，宜人的茶香扑鼻而来，我欣喜道："谢谢你，阿惟。"

傅惟微笑道："你喜欢就好，跟我还客气什么。"说罢，他又打开另一只锦盒。

刹那间，一股清甜馥郁的香气飘了出来，沁人心脾。

我好奇道："什么东西这么香？"

"桉树蜜。"

"我平时极少饮蜜，这么好的桉树蜜给我是不是太浪费了。"

傅惟将锦盒推到我跟前："你且收下，自有别的用处。"

五月初五，端阳佳节，中原各地龙舟竞渡，粽叶飘香。

春猎如期举行。

此次伴驾随行的，除了太子傅谅之外，还有二皇子傅惟、四皇子傅辰以及五皇子傅邕，更有突厥一族新任族长、大祭司元睿从漠北奔赴而来。

老突厥王共有三子一女，长子继承王位，为现任突厥王。元睿行二，当今皇后元梦樱行三，他二人皆与现任突厥王一母同胞。

听闻元睿智勇双全，极受突厥王器重，可谓位极人臣。这次，突厥王以元睿为使臣出使大齐，足见拉拢之意。

秋虎原位于京城郊外四十里处，原中有一望无垠的草原，有蓊郁茂密的丛林，也有沼地野泽。草原与丛林交互错落，沼地野泽遍布其中。时有野兽出没，猛虎居多，黑熊其次，故称秋虎原。

营地背靠群山，面向草原而建。营前有一方湖泊，湖水澄澈见底，天光云影倒映其中，美不胜收。

营地东边是箭场，供皇上与诸位皇子练箭之用。西边是马场，因突厥人也要参加此次春猎，皇上特意从京城带了许多名驹，美其名曰切磋交流，其实也就是为了面子。

晌午过后，安营扎寨工作基本结束。

我正准备小憩片刻，忽闻帐外传来一阵喧闹声。

挑帘而出，远远地望见东边箭场内依稀有人影晃动，似是围了不少人。我走近一看，原是几位皇子正在练箭试手。

为首的是晋王傅惟，今日他身着玄色锦袍，披一袭绣锦黑斗篷。山风猎猎，呼啸而过，吹起斗篷随风翻飞，衬得他气度沉稳、雍容挺拔，仿若九天玄仙降临人世。

十丈开外，山脚下齐齐竖立着一排靶位。其余几个靶位上的羽箭皆是参差不齐、错落分布，只有傅惟的靶位上，羽箭密集地插在靶心，可见箭箭精准，例无虚发。

他屏息凝神，侧颜愈显冷峻。

搭箭，开弓，瞄准，射击。

一系列动作若行云流水，一气呵成。

羽箭破空而去，精准地命中靶心。

周围登时爆发一片鼓掌喝彩之声，我亦不禁暗自为他叫好。

五皇子傅邕拊掌而笑，道："二哥的箭术越发高明了，莫说是咱们兄弟几个，便是放眼整个大齐，只怕也无人能出其右啊。"

傅邕今年刚满十八，生性爽朗，尤爱饮酒。上至巨贾贵胄，下至贩夫走卒，无论三教九流，他都能与之把酒言欢，世人皆称他为"醉仙"。尽管尚未封王爵，他却是众皇子中最讨人喜欢的一个。

汉王傅辰表示赞同："此次春猎的翘楚，非二哥莫属。"

傅惟淡淡笑道："山外有山，人外有人。天下之大，强中自有强中手。"

试箭结束，围观人群三三两两地散去。

傅惟将弓箭递给随从，一面不紧不慢地解开缠绕在手上的绷带，一面与其他两位皇子谈笑。我站在原地，愣愣地将他望着，脚下忽地有些挪不动步子，不知是进是退。

恰在此时，他如有所觉般抬头向我看来，唤道："戚少傅。"其声清越，若环佩叮咚而鸣。

心下蓦然一动，我镇定心绪走过去，作礼道："微臣参见晋王殿下、汉王殿下、五殿下。"

"想不到，少傅大人一介女流也对箭术感兴趣。"傅辰皮笑肉不笑地说道，那双狭长的凤眸微微眯着，将我从头到脚仔细打量了一番，"大人不在太子帐看好皇兄，却跑来这里，小心父皇再问你玩忽职守之罪。"

傅辰此人精于商道，据闻天赋异禀，尚未识字便能将金算盘打得叮当响，十五岁入户部理财，如今，全国上下所有的官营票号、钱庄皆由他掌管，非但如此，他还涉足茶、盐、丝绸、木材生意，每年国库约三成收入都由他贡献，堪称金灿灿的摇钱树、朝廷的财神爷！

然，他与傅谅极不对盘，曾几次三番公然嘲讽傅谅为废柴，傅谅则骂他守财奴，二人针锋相对多年，连皇上都无可奈何。既是如此，想必他对我也是"厌屋及乌"。不过，他生得细眉细眼、唇薄如削，一看便知工于算计，精明得很。他看我不顺眼，我自然对他没什么好印象！

我挺直腰杆，大方道："太子玉体不适，正在歇息静养。微臣不才，不过是想瞻仰几位殿下射箭时的英姿，不知何处不妥？"

傅辰轻哼一声，面上隐有轻蔑之色。

傅邕哈哈笑道："四哥不过是随口一说罢了，并无他意。再者说，女人怎么了，我大齐国的女子个个上得马背、挽得弓箭。"说罢，重重地拍了一下我的肩，"是吧，少傅大人！"

我被他拍得浑身一震，干干一笑，道："这个，骑马射箭什么的……微臣还真不会！"

傅辰道："不会没关系，既然少傅大人有兴趣，那可以学。久闻少傅大人天资聪颖，想必学起来也非难事。若是围猎时能露上一手，便是给我大齐长脸，想必父皇也会高兴的。"一番话说得轻飘飘，好像学个箭术就像吃个饭那么简单。

我额上速速挂下三道"黑线"，心里虽是不爽，面上仍恭敬道："殿下太高看微臣了。且不说微臣完全没有功底，即便是从现在起，微臣不眠不休地练习骑射，也绝不可能在短时间内达到能'露上一手'的水平。还是说，殿下有几日速成法可以教授给微臣？"

傅辰毫不掩饰鄙视的神情，不冷不热道："少傅大人连这点决心都没有，还想速成？是大人太会投机取巧，还是东宫的人都是这般没有担待？"

"我……"我待要反击，傅惟缓步走到我身旁，向我递来眼色。我只得将话咽下，他微微一笑，覆于广袖下的手不动声色地拍了拍我，转而对傅辰道："四弟，不要为难她了。少傅既是文官，会不会骑射有什么关系。"

傅辰睨我一眼，扯了扯唇，扯出一抹讥诮的笑，不再说话。

傅邕左看看右看看，终于跑出来打圆场："哎，四哥四哥，我偷偷带了几坛上好的杜康酒，那可是洛阳醉瑶酒楼的镇店之宝啊，我花了好大价钱才取到！走，一块儿尝尝去！"说罢，搂住傅辰的肩，半拖半拽将他拉走了。

我残念地僵在原地，望着他俩渐行渐远的背影，良久，默默地在心里对着傅辰比了个中指。

傅惟笑问："不高兴？"

"不敢，只是微臣并没有得罪过汉王殿下，不明白他为何要针对微臣。"

"他对你有误解，你不要放在心上。"

我垂眸敛目答道："微臣明白。"

他侧过身，抬头眺向远方广袤的草原，静默不语。我顺着他的目光望去，此刻时近黄昏，绚烂缤纷的晚霞铺满天际，分外壮美。

半晌，他问道："你想学箭术？"

其实吧也不是很想学，但是……我连连点头，可转念一想，又说："还是不太好吧，毕竟我现在是太子幕僚，若是教人看见你我走得过近，只怕要说闲话。"

他看一眼郑嘉与其他几名侍卫，道："不怕，这里没外人，我教你。"

我按捺住内心的狂喜，道："好。"话说出口时，竟带了一丝颤抖。

他唇畔含笑，略一抬手，随从立即奉上一张弓和一袋羽箭。他示意我拿弓，并递来一支羽箭。我深吸一口气，回想方才他射击的姿势，有模有样地摆了起来。

他绕到我身后，轻轻地扶着我的腰，将我的身子稍向前转，贴着我的耳朵轻声道："两脚分开些站，要与肩同宽，肩膀正对靶位，身子微微向前倾斜……对，就是这样。"

彼此靠得极近，湿热的气息喷洒在耳际、颈间，又带几分属于他的气息，熟悉而温暖。一时间，似有一把火从耳根一直烧到脸颊，我不由自主地颤了颤身子，一颗心怦怦直跳，好似要跳出嗓子眼。

我偷偷望了他一眼,从飞斜的剑眉、深邃的眼眸,到俊挺的鼻梁,再到微抿的薄唇,每一处都教我流连忘返。仿佛只要望向他,就再也挪不开眼了。

他却像是浑然未觉,自然而然地伸出双臂将我环住,握着我的手,引导我挽起弓箭,继续对我低语:"现在瞄准,箭尾、箭镞在一条直线上,略高于靶心,下颌微含,一边瞄准一边将弓弦拉至下颌处……来,听我的。"

自从我入朝为官,为了避嫌一直刻意与他保持距离,太久没有过这般亲昵的举动。此时此刻,他这么近地靠在我身边,彼此呼吸相闻,我竟恍然生出一种错觉,好像时光逆流,回到了我们初见的那一年。

我正想再偷看傅惟,余光一扫,忽然发现靶位后面的矮林中似有一道身影一闪而过。

嗯?怎么好像……

"一、二、三,射!"

只听"嗖"的一声,箭射偏了,没有射中靶子,直向矮林去了。下一刻,矮林里传来一道撕心裂肺的惨叫声。

"啊!"

侍卫听到叫声,纷纷拔刀警戒。

我骇了一跳,不祥之感倏然涌上心头,忙丢下弓箭,欲过去一看究竟。傅惟警觉地拉住我,沉声道:"小心刺客。"

我说:"那好像不是刺客……"

傅惟不语,只是将我护在身后,在侍卫的簇拥下慢慢向矮林走过去。

果不其然,快走到山脚时,只见一人艰难地从矮林里爬了出来,右臂上稳稳当当地插着一支羽箭,不是傅谅又是谁?

我觉得我真的快哭了……

这货的出场方式总是这么惊世骇俗,教人无法直视!

傅惟显然也没有料到傅谅会以这种方式出现,惊诧道:"皇兄?"

傅谅的脸黑如煤炭,视线在我和傅惟之间打了好几个转,阴恻恻道:"玉琼,你在这里做什么?"

方才的情形一目了然,我想说谎也说不得,只得如实道:"微臣正在向晋王讨教箭术,殿下……"

他一瞪眼,打断我:"还不过来!"

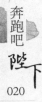

尽管心里万分不舍，但我也知道这种时候必须站好队，尤其是在我还误伤了他的情况下，遂慢吞吞地挪过去，嘿嘿笑道："殿下，您怎么会在这儿？恕微臣眼拙，未曾看到殿下藏在靶子后面，误伤了殿下真是罪该万死，求殿下恕罪……"说着，膝盖一弯作势要下跪……谁知，他竟然没扶我，我真的跪了！

傅谅瞥了傅惟一眼，重重地哼一声，豪迈道："这点小伤算什么！我不在乎！"

说时迟那时快，他竟一咬牙将那支箭硬生生地给拔了出来！

我："……"

好在我是初次射箭，力道远远不足，是以伤口并不深。但在拔箭的刹那，仍是有一小股鲜血飘了出来，月白色锦袍顿时被染红了一大片，触目惊心！

我暗叫不妙，这若是让言官知道，非得扣我一个"谋害太子，大逆不道"的罪名，只怕我还没走出九龙殿便会被围殴致死，成为本朝历史上第七位因公殉职的太子少傅！

我正暗自焦心，那厢傅谅捂紧右臂，没好气地对我道："玉琼，你起来，随我回去。"说完，扭头扬长而去。

我望了一眼傅惟，他微微颔首，面色平静如水，并无多余的表情。我叹了口气，起身跟着傅谅走了。

回到帐中，傅谅气鼓鼓地往榻上一坐，嘴巴翘得能挂油瓶，看着我的目光幽怨无比，堪堪教我鸡皮疙瘩掉了一地。非但如此，他还时不时地发出哼哼声，大约是想借此表达对我的不满。

傅谅虽行事荒唐，但他一向待我不薄，从未给过我任何脸色。如此动怒更是开天辟地头一遭，我心里多少还是有些紧张。

小安子见此阵仗，早已吓得魂不附体，哆哆嗦嗦道："殿……殿下，您的胳膊……"

我镇定心绪，吩咐道："快去宣太医，仔细些，别让人知道。"

小安子连连点头，待要下去，傅谅忽然高声道："不许去！"说话时，他还甚是激动地挥了下手，因动作幅度太大而带动了伤口，鲜血登时又飘出不少，看得我心惊肉跳，恨不能两眼一闭追随先帝而去！

"这……"小安子一脸惊恐地僵在原地，进也不是退也不是。他看了看傅谅，复求救似的看了看我，神情颇为纠结。我用眼神示意他快去，他如蒙大赦，一溜烟跑走了。

傅谅是个吃软不吃硬的，眼下我也只能先服软。小女子我能屈能伸，哄哄他便是！

我便踱到榻边坐下，小心翼翼地碰了碰傅谅的胳膊，赔笑道："殿下，您的伤……"

他缩回胳膊，别过脸冷酷道："没事！"

我一噎，搓了搓手道："殿下啊，这个，微臣真不是有心的，微臣发誓，绝对不知道您会在那后面！若是知道，便是借微臣一百个胆子，微臣也不敢做出有损殿下玉体的事！"说着，我捂住胸口做痛苦状，道，"微臣侍奉殿下三年，可谓全心全意，鞠躬尽瘁！此番误伤殿下，微臣悔不当初，恨不能代替殿下承受一丝伤痛啊！伤在殿下身，痛在微臣心啊！若是您有个三长两短，微臣绝不会苟活于世，便是追到阴曹地府也要继续陪伴殿下啊！"

说完，我默默地在心里为自己的演技点了三十二个赞……

傅谅听后，面色稍霁，仍是有些别扭道："你是真心的吗？"

我拍着胸脯信誓旦旦道："真！比真金还真！"

"你真的愿意为我而死？"

这是，什么，意思……

我硬着头皮道："真的。"

"嗯，我相信你。"他理所当然道，"即使如此，那待我百年之后，准你为我陪葬。"

我："……"

傅谅轻哼一声，道："那，你可知道我为何要生气？"

难道不是因为我不慎射中了他吗？我暗生疑窦，面上笑道："还请殿下明示。"

"你身为太子少傅，侍奉东宫，却与那二呆子过从甚密、公然搂抱，简直……成何体统！若是教旁人看见，你让我这太子的脸面往哪儿搁？"

二呆子……

我没想到他竟是为了这个，啼笑皆非道："晋王殿下只是在教……"

傅谅却根本不给我任何辩解的机会，打断我道："再说，二呆子也是你能接近的人？哼，表面上风度翩翩、温文和气，其实一肚子坏水泛滥，你被他害了都不知道是怎么死的！你既是我的人，便要时刻牢记自己的身份，谨言慎行！"

他的人……我登时满头"黑线"，我何时竟成了他的人？

我本想同他争辩，然，余光扫到他手臂上那殷红的一大片，脑补了一下我被言官围殴致死的画面，太阳穴用力地跳了几下，话到唇畔终究咽了下去，只是顺着他的意好言道："殿下说的是，微臣定当牢记在心，往后谨言慎行，绝不让您授人口实。眼下您玉体受伤，微臣委实不胜惶恐、惴惴难安。恳请殿下及早医治，万万不可以此赌气，待殿下伤愈，想要如何惩治微臣都可以，微臣绝无怨言。"

他傲娇地哼了一声，大约算是同意了。

高悬多时的心终于放了下来，我暗松一口气，转移话题道："呃，话说回来，您为何会突然出现在那片矮林中？"

傅谅掩口轻咳了一下，显然有些心虚："这个……我方才小睡起来，本想……召你议事，孰料却看见你与二呆子这样这样那样那样，我……不过是想瞧个究竟罢了！"说着，他极快地瞥了我一眼，旋即又收回视线，摆出一副理直气壮的模样，"怎么了，有什么问题吗？"

"没有。"我在心里默默补了一句：只是觉得有点假。

他的目光在我身上停留片刻，终究是缓缓移开了。薄唇微动，仿佛还想说什么，却终究没有说出口。

不多时，太医匆匆赶到，查看过伤口之后表明并无大碍，仔细处理很快便可痊愈。傅谅做青面獠牙状将太医威胁了一番，可怜的太医被他吓得面无人色，两股战战，再三强调自己什么都不知道。包完伤口后，便提着药箱逃命似的跑了出去。

小安子服侍傅谅更衣完毕，便将血衣拿下去处理。我向傅谅深深作了一揖，狗腿地笑道："多谢殿下庇护，只是殿下这伤……恐怕要影响比赛啊。"

"这点皮外伤不碍事。"傅谅一边整理衣袖，一边道，"你方才说，只要我肯治伤，想要如何惩治你都可以，是吗？"

"是的……"

"那你答应我一件事。"

我还以为他当真要怪罪于我，没想到只是要我办事，遂爽快道："只要微臣力所能及，但凭殿下吩咐，微臣便是赴汤蹈火也在所不辞。"

"我一时半会儿想不到，日后想到再跟你说。放心，我不会要你赴汤蹈火，不过恐怕不是那么容易办成。"他有意无意地抚了抚伤口，复抬头将我望了望，笑得像只狐狸，"君子一言快马一鞭，你既然应下，便不得反悔。"

怎么又有种被坑了的感觉……

我只得咬牙答道："微臣明白，请殿下放心，微臣绝不反悔。"

他终于满意道："嗯，退下吧。"

"微臣告退。"

夕阳西下，月上枝头，藏青色的天幕中繁星闪烁，灿若明珠。晚风掠过平野，携来透骨的凉意，砭人肌骨。

突厥使臣团如期抵达秋虎原，皇上设下盛宴为他们接风洗尘。

营地四周插满火把，火焰随风跳跃，明明灭灭。中央是一座巨大的篝火，熊熊烈火奋力地燃烧着，不时发出噼啪的声响，直要将黑夜照成白昼。

筵席分左右两列，围绕篝火而设。圣驾在上座，突厥一众使臣在左侧，几位皇子在右侧，我则以太子少傅的身份坐在傅谅与傅惟之间。突厥使团中，除了元睿与几位猎手之外，还有一位衣饰华美的妙龄少女。她生得极为貌美，刚一入座，便吸引了在场无论男女所有人的目光。

不多时，皇上下令开宴。美酒佳肴，玉盘珍馐，令人目不暇接。

席上，元睿与皇上把酒言欢，相约不醉不归。

元睿比元皇后年长三岁，虽过了不惑之年，眉宇间的英气却丝毫不减。我从前没有见过他，没想到他跟傅谅竟然长得如此相像，难怪人家说舅甥像，看来并不是没有道理。

傅谅虽伤得不重，行动却还是有些受影响。他好似怕被人察觉他的异样，眼前那些珍馐佳肴他几乎没怎么动，只在使臣祝酒时才举起酒觞，动作也是不紧不慢。这种光喝酒不吃菜的状态极容易醉，不过一会儿工夫，他已双颊泛红，有些醺醺然了。

我不禁有些动容，为了庇护我，他也是蛮拼的。

傅谅，真是让人又爱又恨啊……

酒至酣处，皇上对傅谅道："太子，大祭司乃皇后兄长，你的舅父，此番他不远万里从突厥来到大齐，是为出使，也是为探望你，你理应敬他一杯。"

傅谅却道："父皇，舅父的好意儿臣心领了，只是儿臣今日身体不适，方才喝了不少，此刻已是不胜酒力，不如来日再敬。"

这货简直……

虽然他说的倒也是实话，可皇上是在为他做人，毕竟他的太子之位多半是仰仗突厥的支持。他却不领情，非但驳了皇上面子，还让元睿难堪，简直不知好歹。

元睿本欲伸手端酒觞，闻言，手僵在半空，面上浮起几许失望之色。我心道，没想到元睿还挺在乎这个不争气的外甥，也难怪，毕竟血浓于水。

皇上有些恼怒，正要呵斥傅谅，我见势不妙，忙起身道："启禀皇上，太子殿下旅途奔波，玉体抱恙，确实不能再饮，不如由微臣代殿下先敬祭司大人三杯。来日若有机会，再让殿下与祭司大人畅饮，以赔今日失礼之罪，不知皇上以为如何？"

皇上看了傅谅一眼，一脸恨铁不成钢的神情。半晌，叹了口气，勉为其难道："既是如此，那便由戚爱卿代饮。太子，你且改日再喝吧。"

"多谢皇上！"

我平日里极少饮酒，酒量本就不是很好，如今一次性喝下三杯烈酒，登时感觉满口满鼻都是酒气，似有一把烈火从喉头一路烧到胃腹，烫得厉害。

见我如此豪爽，元睿呵呵笑了起来，亦将杯中酒一饮而尽，道："想必这位姑娘便是传说中的齐国第一女傅，戚玉琼戚大人吧。早就听闻戚大人才貌双全，乃巾帼不让须眉，今日一见，方知传言非虚。"

原来我竟已成了传说，也不枉我兢兢业业地被傅谅坑了这么多年，真是我心甚慰。

皇上点头道："戚爱卿侍奉东宫多年，忠心耿耿，克勤克俭。将太子交予她，朕也能放心。"

我谦虚地笑了笑，分别向元睿和皇上作了一揖，朗声道："祭司大人谬赞了。承蒙皇上错爱，如此信任微臣，微臣不甚感激惶恐，不敢有负皇恩，所做不过是分内之事。"

元睿赞许道："不错，戚大人果真没有辜负第一女傅的盛名。"

我坐下，脑袋有些发晕，遂赶紧夹菜缓解酒意。傅谅伸脚踢了我一下，我一噎，扭头见他笑意盈盈地望着我，那神情仿佛在说：好兄弟，讲义气！

我翻了个白眼，表示懒得理他。他微微一怔，旋即将大眼睛瞪得老大，使劲看自己的胳膊。我自然知道他所指何意，皮笑肉不笑地对他扯了下嘴角。他悻悻地撇了撇嘴，缩回脚，默默地抓起盘中的羊腿啃了起来。

幼稚！我腹诽。

转过头时，无意间发觉傅惟眼睛一眨不眨地将我望着，眸光灼亮迫人，深不见底。视线相触，他很快便移开目光，面上是风过无痕的淡然。

我心下一刺，口中的佳肴瞬间失去了滋味，如同嚼蜡。

宴酣之乐尚在继续。

酒劲慢慢上来，我觉得有些头晕脸热，眼前之物似有重重叠影，遂借口更衣离席。

风转急，凉意如水般透入体内。

夜色浓重，笼罩着辽阔的原野，显得幽静而寂寥。明月倒映在澄澈的湖中，被涟漪搅碎，湖面波光潋滟。

我倚在湖边的巨石旁歇息，夜风迎面而来，将我吹清醒了大半。

不知因为那意味不明的一瞥，还是烈酒在体内作祟，莫名的烦闷之感如潮水般袭上头，仿佛百爪抓挠，急需发泄却又无可排遣，十分不是滋味。

我俯身拾起一枚石子投入湖中，只听"咚"的一声，涟漪一圈圈地荡漾开去，月晕映在水中，随波浮动不息。

恰在此时，一个陌生的声音自背后响起："戚大人？"

我转身一看，来人是一名胡服装扮的年轻男子，模样甚是眼熟，应当是元睿带来的猎手。他缓步走到我身边，笑道："戚大人何故独自在此？有心事吗？"

我顿觉有些好笑，道："公子会不会想太多，本官不过是酒气上头，难受得紧，出来醒醒酒罢了。"话罢，不动声色地打量他，问道，"未知公子高姓大名？"

他拱了拱手，道："在下元君意。"

"姓元？你是突厥王族？"

视线撞进他的眼中，我不由得愣住，心下浮起一丝疑惑——他是黑瞳？

据我所知，突厥起源于西域楼兰，故有西域血统，族人皆为蓝瞳，傅谅的眼睛就不是纯黑色，而是黑中带蓝。这人却生得一双黑亮的星目，眉宇之间亦无粗犷之气，反倒尽显清秀儒雅，与浓眉大眼的突厥男子截然不同，有几分像南朝人。

元君意抿唇一笑，道："是，也不是。"

我"哦"了一声，表示对此不感兴趣，道："若元公子没别的事，本官先行回席了，元公子请便。"说罢，举步便要离开。孰料，错身而过时，他蓦然伸手捉住我的手腕。

我莫名地将他望着，全然不明白这唱的到底是哪出。他忽地凑近几分，似是轻轻嗅了嗅，道："戚大人身上有一股特殊的香味。"

我迅速抽回手，脚下不由自主地后退了几步，与他拉开距离，不自在地笑道："本官从不使用香料，身上何来什么香味，只怕是酒味吧。"

"大人应当知道，不是酒味。"

明月高悬，流光皎洁。他逆光而立，俊脸笼罩在阴影之中，神色莫测。此刻目不转睛地盯着我看，笑容之中隐有几分意味深长。

两相对视片刻，心中微微一动，我侧过身，笑道："本官不知道什么香味，也不知道元公子此话何意。明人不说暗话，公子若有见教，不妨明示。"

他摊手，道："没有，既然大人说不知道，那便不知道吧。"

他虽是一副漫不经心的模样，那句话却分明是另有所指。我仔细回想了一番，若没记错，方才席上他应当是坐在元睿旁边，可见身份不低，绝不可能是普通的猎手。元乃突厥国姓，只有王室成员才能用此姓，他既姓元，却又不像突厥人，是何缘故？

直觉告诉我，此人并不简单。

我稳住心绪，试探道："元公子不是猎手吗？怎么对香也有研究？"

他勾了勾唇，做谦虚状笑道："略懂，略懂。"

心下百转千回，我深以为此时还是不要再与他多费唇舌为好，遂对他报以微笑，道了声告辞，快步朝篝火的方向走去。

回到席上，我不动声色地四下环顾。果不其然，只有元睿身边的席位上没有人，而其他席位并无空虚，想必那便是元君意的位置。

皇上招来歌舞助兴，我却无暇欣赏，满脑子都是方才元君意同我说的那句话。

大人应当知道，不是酒味。

他究竟知道什么？

元君意很快便回来了，一撩衣袍，翩然坐下，继而眼皮一掀，似是有意无意地望了我一眼。我面上坦然地看着他，心里却早已七上八下。

他抿唇一笑，低头不知同元睿说了句什么，将元睿逗得哈哈大笑。二人一边宴饮一边欣赏歌舞，全然是一派悠闲享受之态，好像方才之事根本不曾发生。偶尔与我视线相触，他遥遥举起酒觞，仿佛在向我示意，又仿佛只是自斟自饮罢了。

我不禁越发狐疑，这人究竟是什么来头，我须得寻个机会打探一下。

歌舞结束后，元睿走到皇上席前，执突厥族礼节单膝跪地，郑重其事道："皇上，臣奉国王陛下出使贵国，意在交流骑射之术，巩固两国邦交。蒙皇上厚爱，设下盛宴款待，臣不胜感激惶恐。我国妍歌公主素慕中原文化博大精深，此番与臣一同前来，恳请皇上恩准臣向皇上引荐。"

皇上拊掌道："好，快请妍歌公主。"

话音落下，在座之人的目光齐刷刷地落在那名突厥少女身上。

她起身走上前，盈盈拜下，朗声道："臣女妍歌参见齐皇陛下，愿陛下福寿安康、千秋万岁，愿齐国国祚绵泽、江山永固。"举手投足之间，尽显落落大方，毫无忸怩之态。一时间，满座皆为之惊艳。

妍歌公主我早有耳闻，听说生得如花似玉，倾国倾城，乃蜚声草原的第一美人。加之生性活泼，灵慧聪颖，是以虽是庶出，却深得国王宠爱。

我暗自打量着她，心中暗赞：果真是一位风华绝代的美佳人。非但肤若凝脂、白皙胜雪，单是那一双灵气逼人的蓝眸，好似有勾魂摄魄的力量，已足以教人挪不开眼。秀眉细长，眉梢轻挑，眼波流转之间，天真中若带几分妩媚，仿佛连漫天星光都为之黯然失色。

她尚未满十五岁时，上门求亲的使臣便踏破了突厥王宫的门槛，偏偏突厥王一个都没有答应。今次春猎，突厥王却让她随元睿共同出使大齐，其用意不言而喻。突厥原是游牧民族，立国不久，基业尚未坐稳，西有室韦国虎视眈眈，东有扶桑倭寇骚扰边民，可谓腹背受敌，突厥王唯有向中原强国大齐寻求庇佑。

"公主不必多礼，快请起。"皇上亦是毫不掩饰欣赏之色，道，"既然公主对中原文化感兴趣，待围猎结束后，不妨去长安小住一段时日。朕派几位国士与公主交流，正好也可领略我们齐国的风土人情。"

妍歌甜笑道："多谢皇上。"

元睿也道："多谢陛下抬爱。"

皇上本就打算拉拢突厥，共同对抗扶桑，自然愿意卖突厥王这个人情。照此看来，联姻之事已是板上钉钉。只是，不知道突厥王看中的是哪位皇子。傅辰已有正妃，让妍歌做小是万万不可能的，那便只有傅谅、傅惟、傅邕了。

我不由得暗忖，傅谅与突厥王乃舅甥之亲，关系本就牢靠得很，若是妍歌嫁给傅谅，虽说亲上加亲，却多少有些浪费。而其他皇子，无论是谁娶了妍歌，对双方而言皆是百利而无一害——于突厥王，在傅谅之外又添一层姻亲，便是多了一条退路，退一万步说，即便将来傅谅失势，皇上改立储君，突厥王也不会因此而失去大齐这座靠山；于皇子而言，得了突厥支持，比旁人多了一份筹码，在朝中也更易站稳脚跟。

我思忖着，视线在众皇子之间扫了一圈，几人神色各异。

傅谅显然一副状况外的模样，神情呆滞，眼神飘忽，不知在想什么。

傅惟淡淡地看着妍歌，面上波澜不惊，薄唇微抿，笑意之中隐有几分玩味。

傅辰自斟自饮，修长的手指轻转酒觞，目光牢牢地黏在妍歌身上……果真是贪财好色之徒！

傅邕则托着下巴，笑得甚是憨厚畅快，好像在观赏一出好戏。

我不动声色地踢了傅谅一脚，他一抖，如梦初醒般扭头望了我一眼，一脸迷茫。我朝他努努嘴，示意他看妍歌公主。他顺着我的视线看了看，却仿佛什么都没看到一般，又向我递来一个不解的眼神。

真是皇帝不急太监急！我恨恨地叹了口气，无奈地扶额沉默。

恰在我与傅谅视线交会的片刻之间，妍歌不知从何处取出一支短笛模样的乐器，对皇上道："皇上，臣女有一手绝活敢称天下无双，普天之下绝无第二人可以比拟。臣女愿为皇上表演助兴，请皇上恩准。"

"哦？"皇上兴致盎然地将须，笑道，"如此说来，朕倒是非看不可了。"

"在表演之前，请皇上下令将篝火熄灭，只留下营地周围一圈火把即可。"

"来人，熄灭篝火！"

侍卫三下五除二便将熊熊篝火熄灭，整个营地登时暗了下来。月光洒下，明媚皎洁，如水般的夜色悄无声息地弥漫开来。众人噤声，皆是目不转睛地望着妍歌。

她走到营地中央，缓缓吹响短笛。那笛声与寻常所闻很是不同，愈加婉转，愈加清越，却又于婉转之中透出一丝豪气，于清越之外更显几分沉稳。

眨眼的工夫，四野亮起星星点点的火光。起初只有零星几点微芒在风中缥缈，忽上忽下，即明即暗，宛如夜幕中寥落的星辰。渐渐地，那火光愈来愈多、愈来愈密，大有燎原之势，如潮水般向营地靠近，众星拱月般围绕在妍歌身旁。

四周响起惊叹议论之声，不知谁高声道："是萤火虫！"

齐国人才济济，我为官三载，曾在大大小小的宫宴上见过不少能人异士，有人以声驯狮、驯象、驯老虎，也有人以乐驭马、驭蛇、驭苍鹰，却不曾料想，竟有人能用笛声控制萤火虫！我不由得啧啧称奇。

妍歌微微一笑，一面继续吹笛，一面翩然起舞。

舞若惊鸿，艳绝无双，就连漫天星光都为之黯然失色。

流萤围成光圈在她身周缭绕不息，远远望去，好似九天玄女降临人世。

她笑若春花，眸光盈盈，顾盼流转之间，蓦然生情。

却只是为了那一人。

心里蓦然咯噔了一下，这……是什么情况？

我下意识地看向身边的人，但见他面色如水，仿佛丝毫不为所动。

舞步渐止，妍歌皓腕轻转，比了个手势。流萤飞离她身边，聚拢到篝火上方，徐徐地拼成了一个字——惟。

满座皆惊，众人的视线齐刷刷地落在傅惟身上。

傅惟望着妍歌，微微抿了抿唇，仍是清清淡淡的样子，星眸之中隐隐透出几分笑意。

笛声止息，妍歌走到傅惟席前，眼中毫不掩饰爱慕之意。她挥了挥手，那个流萤聚集而成的"惟"字便也靠了过来。

她朱唇轻启，笑问："晋王殿下，这份谢礼可还喜欢？"

傅惟静默半晌，起身向她作了一揖，尔雅道："公主有心了。"

仿若寒冬腊月里被人用冷水兜头浇下，寒意透入骨髓，直逼心底。我愣愣地望着他二人，好像在一瞬间被人抽去了灵魂，心中竟说不出是什么滋味。

怎么会是他呢?

皇上看着这一切,面色变了几变,深深笑道:"朕竟不知道妍歌公主与老二乃旧相识。老二,你且说说,你究竟何时与妍歌结识?"

傅惟拜下,解释道:"回父皇,三年前儿臣出任并州总管时,曾在齐突边境的山脉中游猎,适逢妍歌公主被流寇围攻,儿臣遂出手相救。彼时,儿臣并不知道公主的真实身份,未料公主竟感恩至今,儿臣着实意外。"

妍歌跪在傅惟身边,道:"当日若非晋王殿下仗义相救,臣女早已丧命深山,救命大恩,臣女没齿难忘。"

元睿不失时机地赞道:"晋王光风霁月,英雄少年,皇上得子若此,当是大齐之福啊!"

皇上点头道:"原来如此。既然你二人有此善缘,老二,往后你便陪妍歌多多走动,替朕一尽地主之谊。"

意思再明显不过了,傅惟道:"儿臣遵旨!"

"多谢皇上!"妍歌喜得叩首谢恩。起身时,她有意无意地向傅惟身上靠了靠,从我这个方向,恰好能望到她含情脉脉的眼神。傅惟伸手扶她,不知说了句什么,她顿时霞染双颊,笑得甜蜜而娇羞。

我不敢再看傅惟,也无心留意妍歌,只是一个劲儿地闷头吃菜。心里酸溜溜的,像是在醋缸里泡过三天三夜。

第二章

人生为何如此艰难

秋虎原地貌复杂，平原丛林交互错落，丛林多有猛兽，其中又以老虎、豺狼与黑熊居多。今次春猎的第一场比试便是猎熊大赛，比赛地点位于秋虎原西北部一处黑熊群居出没的矮林之中，比赛规则由皇上设立。为公平起见，诸位参赛皇子皆配以相同数量的弓箭、长剑以及西洋火枪，并有五名高手护卫，谁能在三个时辰之内猎得黑熊，谁便赢得初赛。

马场内，傅谅正一本正经地对着马厩念念有词，时而摸摸鬃毛，时而拍拍马背，左挑右选，许久之后终于选定一匹枣色战马，那马体形饱满、毛色油亮、头颈高昂，在汗血宝马中也算得上是极品。

去年秋季围猎时，傅谅与傅惟同时猎得黑熊，在之后的其他比赛中也是比得难分难解，若不是傅谅在关键时刻掉链子，最后孰胜孰负也未可知。瞧他现在这般认真的模样，态度与从前大不相同，大约是打定主意要夺得魁首，一雪前耻，摆脱"废柴"的骂名。

此刻，旭日高升，乌云消散，漫天朝霞灿若帛锦，天空明净疏朗。

不远处起伏的平原上，两道熟悉的身影渐渐浮现。他二人谈笑风生，在霞光的映衬下徐徐驰来，男子衣袂带风、清峭出尘，女子婉转而笑、国色倾城，正是傅惟与妍歌。

即便是相隔甚远，我却依然能清晰地感受到，他二人之间，好似有淡淡的情愫流动。

我忽觉胸口一荡，话到唇边蓦然僵住，心中五味杂陈，极不是滋味。

愣怔间，他们已然在我面前勒马停下。我强行镇定心绪，作礼道："微臣见过晋王殿下，妍歌公主。"

傅惟下马，道："不必多礼。"

傅谅瞟了他一眼，满脸写着鄙视与不屑，还不忘把我朝身边拉了拉，分明还在为昨日之事记仇……幼稚！

傅惟视若无睹，淡笑道："戚大人陪皇兄来选马？"

我答："是。"

傅谅轻哼道："与你何干？"

"戚大人？"妍歌居高临下地打量我，美眸之中带了几分昨夜不曾见到的骄傲，"你就是那个传说中的齐国第一女傅，戚玉琼？"

我垂眸敛目，向她作揖道："正是微臣。"

"我在草原时便听说过你——大齐开国以来第一位女官，你既能胜过一众男性官员出任太子少傅，想必有过人之处。方才晋王提及你时，言语也多有赞美之意。"稍顿，她以鞭指我，道，"我要和你比试。"

她仰起下巴将我望着，蓝眸之中满是不可一世的傲气，如此争强好胜，分明与昨夜那乖巧知礼、艳动全场的美佳人判若两人。

"不知公主想跟微臣比试什么？"

她思量一瞬，道："我自幼在马背上长大，走路尚且不稳时，父王便将我抱上马背教我骑射。若说骑术，只怕是最优秀的猎手也赢不过我，我想你更不可能。但这样与你比，未免胜之不武。我不想为难你，我与你比试箭术。今天下午，他们猎熊，我们比箭，如何？"

我登时满头"黑线"，这叫不为难我吗……

妍歌秀眉微蹙："你不想与我比试？"

我下意识地抬眼望向傅惟，他递给我一个宽慰的眼神，复温声道："公主，太子少傅是文官，骑术猎术不在考察范围之内。"

妍歌娇嗔道："素闻大齐以武立国，连三岁小孩都会骑马射箭，她身为朝廷命官却不会，我不信。"

我好言道："公主，不是微臣不想与您比试，而是您提议的这两项微臣确实不会。倘若您想比其他的，诸如琴棋书画等，微臣绝对奉陪到底。"

妍歌轻嗤一声，唇边勾起了一抹讥嘲的笑。她待要说话，傅谅却抢先道："妍歌，看来有件事情你好像不太清楚，我须得提醒你一下。玉琼是太子少傅，普天之下，她只需听两个人的吩咐便可，第一人是父皇，第二人便是我。莫说她当真不会，即便她会，凭什么你让她跟你比，她便要跟你比？"

妍歌翻身下马，不恼反笑道："首先，我不是大丈夫，我只是一个小女子，以己之长比人之短什么的我不懂，我只知胜者为王败者为寇。其次，我乃使节，她本就该执国礼相待，如今我这样一个小小的要求她都无法满足，是不是太失礼数？此事若是传出去，只怕有损贵国的声誉吧。"这番话虽是说给傅谅听，她的视线却自始至终停留在我身上。

傅谅被她一通抢白，登时怒目圆睁，作势就要奓毛，我忙上前拉住他，笑道："公主说的是，适才是微臣失礼了。公主相约比箭，微臣不敢不应，一切便依公主所言。"

"你答应便好。"妍歌满意地点头，不紧不慢地收起马鞭，缓步走到我身边，凑近我耳畔轻声道，"少傅大人，我很期待。"说罢，挽起傅惟的胳膊，施施然走了。

我愣愣地望着他二人交缠的胳膊，恍惚间，似有一只手伸入心窝抓住我的心，狠狠地掐着、拧着，痛得我几欲窒息。

傅谅关切道："玉琼，你怎么了？"

我泫然欲泪道："微臣没事，只不过觉得胃有点胀，心有点塞。"

他安慰我道："没关系，妍歌的话你不用放在心上，她从小便是如此，刁蛮任性惯了。就算你不同她比，她不敢也不能将你怎样。至于父皇那边，你且放心，凡事有我。"

妍歌是傅谅的表妹，二人自幼相识，傅谅也算了解她。我勉强笑道："多谢殿下，微臣已经答应公主了。"只好硬着头皮上了。

傅谅默了默，做长吁短叹状，道："早就告诉你那二呆子不靠谱了，你跟他学箭能学到什么？还不如我教你，我的箭术如此之高，说不定你能赢过妍歌也未可知……"他边说边偷瞟我，见我脸色不善，立马识趣地闭上了嘴。

猎熊大赛定于未时二刻开始。

晌午过后，众皇子在秋虎原平原集合，突厥猎手也在参赛之列。旭日晴好，秋虎原上空万里无云，微风掠过携来些许清凉之意。几位皇子皆是整装待发，玄铁铠甲寒芒猎猎，英气逼人。

未时二刻，比试正式开始。宦官高声唱喏："传皇上口谕，猎熊大赛开始——"

诸位皇子策马扬鞭，率领各自的护卫向不远处的矮林奔去。马蹄嘚嘚，踏起飞尘阵阵。

元睿道："皇上，我们不妨来猜一下，究竟是贵国皇子厉害，还是我国猎手厉害。"

皇上哈哈大笑，言语之中满是自信："大齐以武立国，朕从未忘记祖宗遗训，所有皇子自小就有最顶尖的师父教授骑射，加之每年春秋两次围猎，实地演练，骑射之术愈加精进。若要较真，未必会输给你们的专业猎手。"

妍歌笑道："皇上，我觉得晋王殿下会赢。"

皇上捋须，似是饶有兴趣道："妍歌公主为何如此笃定？"

妍歌垂眸敛目，双颊微染红霞，娇羞地抿唇不语。皇上与元睿皆是心领神会，极有默契地笑起来。

嗯，我觉得我需要去跟傅谅好好聊一聊，他不能这么没有危机意识……

恰在此时，一直保持缄默的元君忽然开口道："少傅大人怎么看？"

我一怔，旋即笑道："我当然……"然，话未说完便被妍歌打断："少傅大人当然是站在太子殿下一边。"她眼波流转，笑意盈盈地将我望着，"对吗？"

"公主说的是。"我很有涵养地向妍歌点头示意，一本正经道，"微臣辅佐殿下三载有余，深知殿下之勤勉。殿下谨遵陛下教诲，每日修习骑射之术，不敢有所懈怠。在来秋虎原之前，殿下便再三对微臣说，定要排除万难拿下今次春猎的翘楚，以慰圣心。殿下有决心有能力，微臣相信他定能赢得比赛。"

在朝三年，旁的没学会，吹牛拍马的本事却是练得炉火纯青。这番话既表明了自己的立场，又帮皇上和傅谅挽回了些面子。果然，皇上赞许地向我点了点头。

元君意沉吟一瞬，似笑非笑道："那便拭目以待吧。"

我定了定心神，低头喝茶，不再看他。

没过多久，妍歌起身走到圣驾跟前，拜下道："皇上，臣女有个不情之请。"

"但说无妨。"

"少傅大人今早与臣女相约比试箭术，眼下猎熊大赛刚开始，等待的时间很是漫长，臣女恳请皇上恩准我们比试，权当为大赛助兴。"

相约……我呸，我分明是被胁迫的！

皇上微微一愣，问我道："戚爱卿，你何时学会了箭术？"

"回皇上，微臣不会。但妍歌公主乃我朝上宾，她的要求微臣不敢不应。公主自幼习箭，想必箭术非常了得，微臣若输给她，也是心服口服。微臣怎么样并无所谓，只要公主开心就好。只是，还请皇上不要责怪微臣失了大齐的颜面。"

我主要传递两个意思：第一，是妍歌要与我比，我答应只是出于无奈；第二，我不会箭术，输给她一个高手并不丢人。既撇清了关系，也为自己找了台阶。

妍歌显然也听出了我话里的弦外之音，一张俏脸登时涨得通红，却碍于皇上与元睿的面不好发作，只得咬牙忍下。我笑眯眯地看了她一眼，用眼神告诉她：话不是只有你会说哟。

元睿大约是猜到了前因后果，干干笑道："少傅大人言重了，哈哈，友谊第一，比赛第二。"

我的心思自是瞒不过皇上，他笑睨我，道："既是如此，来人，设靶。"

直到站在台下开始比箭，我方才知道还是自己想得太简单。我看了看自己的靶，复看了看妍歌的靶，很是不解道："为什么微臣的靶位比公主的远一倍还多？"

"因为友谊第一，比赛第二。"

我："……"

妍歌不疾不徐地往手上缠绕绷带，笑得十分无害，道："少傅大人，你不是不怕输吗？怎么输又有什么关系？"

我以为我已是兵来将挡水来土掩，却终究逊她一筹，看来做人真是不能太高估自己的无耻程度。她的意图根本不在比试，而是要让我难堪。

我气极反笑道："那还比什么？公主不如自娱自乐来得痛快。"

她从侍卫手中接过弓箭，挽弓，搭箭，瞄准，语意轻快道："少傅大人此言差矣，什么都比不过赢你来得痛快。"

我真是不懂了："这到底是为了什么？"

妍歌不答，只听"嗖"的一声，羽箭破空而去，稳稳当当地插在靶心。她收起长弓，满意地拍了拍手，转眸对我道："少傅大人，到你了。"

侍卫递来长弓和一支羽箭，事已至此，我只得无奈地接过，心道只要不脱靶也不至于太丢人，遂在脑中飞速回忆昨日傅惟教授的射箭要诀：双脚分开与肩同宽，身子微微向前倾斜，瞄准，箭镞略高于靶心，下颌微含。

正当我屏息凝神，忽然望见不远处的丘陵上冒出了几点黑影，乍一看像是人，却又不甚分明。

秋虎原方圆百里之内早已全部清场，绝没有外人可以进入，而比赛刚开始没多久，若说是有人得胜归来，似乎也不太可能。那会是谁？

妍歌显然也注意到了黑影，惊讶道："那是什么？"

"不知道。"我看了看身后的高台，吩咐侍卫道，"不管是什么，护驾要紧，下令所有人全面戒严。"侍卫道是，迅速退下。

"公主，安全起见，您还是先回吧。"

妍歌咬唇，倔强道："比试尚未结束，我怎可随意离场。再者，你都不怕，我会怕？要回去你先回去。"

我翻了个白眼，心道反正我劝过了，你自己不怕死我也不拦着，遂不再多话。不多时，侍卫如潮水般涌了过来，拔刀搭弓，气氛陡然凝重起来。

下一瞬，愤怒的嘶吼声在平原上空回荡不息，伴随着嘚嘚马蹄声随风传来。我隐约意识到了什么，暗叫不妙，心怦怦直跳起来。

身旁有人高声道："糟了，是黑熊！"

侍卫统领道："弓箭手准备！"

只眨眼的工夫，几道黑影已然靠近了不少。我定睛细看，急忙喝止："不能射！那是太子殿下！"

只见傅谅奄奄一息地趴在马背上，浑身是血，两名同样受了伤护卫一左一右护着他飞驰而来。身后，一只黑熊正疯狂地追逐他们，间或发出骇人的怒吼声。

不多时，傅谅的身后又出现两道身影，竟是傅惟和郑嘉！傅惟挽弓搭箭向黑熊射去，一连射了好几箭，箭无虚发，可黑熊对此没有任何反应，速度反而越发迅猛了。

眼看距离越来越近，所有人皆倒抽了一口冷气。我按捺住狂跳的心，镇定地吩咐统领道："快送妍歌公主回去！即刻派两支队伍从左右两侧包围过去，以最快的速度将那黑熊击毙！留下十人在此接应太子和晋王，其余人速去护驾！"

妍歌虽不服气，却也知道事关重大，只得在侍卫的保护下不情不愿地走了。

统领迟疑道："戚大人，您要不要也避一下？"

"我身为朝廷命官，两位皇子仍在危境，我如何能避？你快照我的话去办！"

统领噤声，立即照办。

前去救援的侍卫迅速包围了黑熊，奈何那只黑熊竟像是发了狂，根本拦它不住。它的眼珠鲜红若血，咆哮着，疯狂地向周围的人发动攻击。伴驾的侍卫乃精挑细选的大内顶尖高手，在黑熊面前却也是无可抵挡。一声声惨叫破空传来，如箭般截刺耳膜，教人心惊肉跳。

我的心提到了嗓子眼，根本无暇思考为什么会发生这种事，满脑子想的都是他们千万不能有事。

侍卫们拖住那黑熊，傅惟和郑嘉在两旁相护，傅谅加快挥鞭，很快便脱离了险境。

他几乎是连滚带爬摔下马背，也不知道究竟伤了多少，护身的玄铁铠甲碎了，玄色锦袍也早已被鲜血浸染，晕开深深浅浅的痕迹。

傅惟勒马停下，行动矫健利索，倒不像是受伤的样子。十名侍卫冲上前拔刀护卫，另有一人背起傅谅，飞速向着看台跑去。

傅惟快步走到我身旁，用眼神示意我他没事。我微微点了点头，终于松了口气，竟有一种类似于劫后余生的感觉。

孰料，就在这片刻的工夫，那只黑熊已将数十名侍卫放倒，再次向我们这边狂奔而来。

高台上，皇上急怒交加道："还愣着做什么！快救太子和晋王！"

弓箭手们迅速搭弓射箭，同时，手执西洋火枪的侍卫们齐齐向黑熊射击。听得几声巨响，黑熊受了伤，浑身上下插满羽箭，发出愤怒而凄厉的嘶吼声。奇怪的是，这一切攻击根本没能拖缓它的行动，反倒教它愈显凶恶之相。

眼看黑熊快要追上来，我焦急地催促郑嘉和几名侍卫道："快点！你们先带晋王和太子殿下上去！"

傅惟剑眉紧蹙，望了望皇上，高声道："少傅大人，此地危险，速随本王上看台避险！"说罢，不待我开口，他一把拉起我便向看台跑过去。

此刻，哪怕是身处险境，我也觉得无比安心。

我看着他，不由自主地笑道："多谢王爷。"

岂料，话音未落，伴随着一声怒吼，后背传来一阵皮肉撕裂的剧痛，几乎就在一刹那间，尖锐的痛楚瞬间席卷过我每一寸肌肤，宛若遭受凌迟一般，几欲昏厥。

脚下一个趔趄，我猛然跌倒在地。头顶上，巨大的黑影遮天蔽日，笼罩下来。我有一瞬疼得无法呼吸，视线也跟着模糊起来。

耳边有人大声呼喊我的名字，紧接着背上一沉，似是谁覆在了我身上，迅疾而来的负重感倒使得痛感淡了几分。

"玉琼，你怎么样？"熟悉的声音在耳边响起，语意虚弱而炽热。

阿惟……

我艰难地摇了摇头，再也说不出半个字。

眼前依稀是有无数人影在晃动，随驾的侍卫倾巢出动，带着铁索与铁网飞速赶来，马蹄声、呼喊声、嘶叫声交织成一片，嘈杂而混乱。

眼皮像是灌了铅，无论如何都睁不开了。意识渐渐涣散开去，我用力咬了下唇，试图让自己保持清醒，却只是徒劳。只一瞬工夫，世界便彻底陷入了黑暗之中。

恍惚之间，我又梦到了从前。

那年的秋夜，北风呼啸，院中树影婆娑，沙沙作响，仿若憧憧鬼影。寒意透窗而入，悄无声息地弥散开来。

我瑟缩在被子里，嗫嚅道："娘，我冷。"连日的高烧烧得我浑身瘫软，此刻却精神大好，甚至有些莫名的兴奋。

"玉琼乖。"娘亲轻柔抚摸我的额头，俯身亲了亲我的脸颊，笑道，"待会儿就不冷了。"她双唇泛白，手也不似往常般温暖，冰凉一片，好像带了一丝颤抖。

我不由自主地打了个寒战。

她小心地将门窗关紧，闩牢，从盆栽底下摸出一把钥匙，打开雕花木橱，取出一只铁盆和一个包裹。

我好奇地望着她："娘，你在做什么？爹爹呢？他为什么最近都不回家？"

娘亲并没有答我，快速解开包裹，将一大包黑黢黢的块状物倒进铁盆中，似是喃喃自语道："玉琼想你爹爹了？娘也很想他呢……不过没关系，很快，很快我们便能见到他了……"她缓缓端起烛台，暖黄的烛光摇曳跳动，映着她苍白而凄惶的容颜。她抿唇微笑，笑容里带着苦涩，一颗颗晶莹自眼角滑落。

不知何故，我心里陡然生出一丝恐慌："娘……"

半晌之后，她将烛台扔进铁盆里。那些黑块很快便烧了起来，黑烟冉冉升腾，空气中满是刺鼻的气味。

"好臭！"我捂着鼻子大叫，"这是什么？"

"小点声！"她皱了下眉，旋即又柔笑道，"你不是冷吗，娘烧炭给你取暖啊。"

我捂住嘴巴，懵懂地点点头。彼时我还不知道烧炭是做什么的，只知道屋里确实暖和了不少。

娘亲又盯着炭盆看了良久，复将屋内其余烛火尽数吹灭，和衣躺到我身旁，将我紧紧地搂在怀里，紧得我几乎透不过气来。

我挣扎着抬头望她，却发现她已是满脸泪水，忙伸手替她擦拭："娘，你怎么哭了？"

她做了个噤声的手势，悄声道："别说话，乖乖睡觉，一觉起来就能见到你爹了。今晚娘陪你一起睡，好吗？"

我欢喜道："好，我要见爹爹！"

"睡吧。"她轻拍着我的背，像小时候那样，温柔地在我耳畔哼唱我最爱的歌谣。

之后，我便沉沉地睡了过去，睡了多久我自己也不知道，只觉得娘亲的身体渐渐从暖热变得冰凉。她始终将我紧紧按在怀里，我想要挣开，却怎么都使不上力气，我想呼喊，喉咙也发不出半点声音。脑袋痛得像是被人劈开那般，几乎就要窒息。

　　耳畔一直有敲门声、呼喊声、哭泣声，总不得安宁，直至……

　　"戚大人，您醒了？"

　　我睁开眼睛，后背仍是火辣辣般疼，宛如被扒掉了一层皮。脑袋昏昏沉沉的，好像灌了糨糊一般，太阳穴隐隐地抽痛着。

　　我艰难地动了动早已僵掉的胳膊，发觉自己脸朝地背朝天，呈癞蛤蟆状趴在榻上。一名眼生的侍女正站在床边，目不转睛地盯着我瞧。

　　我奇怪道："你是谁……"

　　她笑道："是晋王殿下吩咐奴婢过来照顾大人的，大人现在感觉如何？"

　　我微微一愣，半晌，终于想起了事情的前因后果——猎熊大赛那日，傅谅引来一只发了狂的黑熊，我在接应他时不慎被黑熊抓伤了背部。危急关头，傅惟挺身救我，将我护在身下，只不过我还没反应过来便昏过去了……

　　背上的痛太过于凶猛剧烈，几乎掩盖了其他知觉。我摇了摇头，道："我没什么大碍。王爷的伤势怎么样，严重吗？"

　　"王爷后背也受了伤，不过并不算严重，昨日已能下地活动了。"

　　昨日？

　　"难道……我睡了好几天？"

　　她点头："您足足昏睡了三天三夜，一直高烧不退，伤口也化了脓。王爷不能亲自过来看您，都快急疯了，只能以自己伤重为由，请求皇上将太医院院使连夜招来。"

　　听完这话，我感动得不知该说什么，视线不觉有些模糊。恍然间，似有一股蜜泉流过心间，流遍四肢百骸，整个人被满满的幸福包围，连伤口的痛觉都淡了几分。

　　他一次又一次地救我性命，这份恩情恐怕这辈子都难以还清了。我曾经怨恨天道不公，怨恨命运残忍地夺走我的一切。直到遇见傅惟，我终于明白，曾经失去的，竟以另一种方式给了我补偿。

"大人，王爷说您什么都不用想，只管好好养伤，过些日子他会找机会过来看您。"

我笑着点了点头："好，我明白。对了，太子殿下现在伤势如何？"当时傅谅也伤得不轻，恐怕比我还要严重。

"具体情况奴婢不清楚，不过听太医院的医女说都是些皮外伤，应当没什么大碍。"她觑了觑我的脸色，又道，"您先休息片刻，奴婢去请太医院院使。"

不多时，帐外传来一阵脚步声。

那厢傅谅一面嚷嚷着我的名字，一面风风火火地冲了进来。

"玉琼，你终于醒了！"他拄着竹杖一瘸一拐地走到榻边，喜笑颜开道，"这几天担心死我了，你若是有个什么万一，可教我如何是好呀！"

太医院院使手提药箱紧随其后，见此情形颇为尴尬，立马摆出一副我什么都没看到的表情，低下头，目光坚定地盯着地面，好像不把地盯出一个洞来誓不罢休。

我无奈地扶额，道："多谢殿下挂心，微臣已经没事了，休养几日便会好的。殿下，您怎么样？"

他满不在乎地挥手，道："男子汉大丈夫，这点小伤不算什么。再说，我皮糙肉厚，伤惯了，没关系，休养几日便会好的。"

太有自知之明了。

这货行事荒唐，时常犯错，有时错得离谱，皇上气极了便会赏他几顿板子。再加上一些飞来横祸，比如藏在矮林里不幸被我射中，受伤于他而言倒真是家常便饭。

我虽在心里表示十二万分的赞同，然，外人面前，怎么也得装一装，遂板起脸正色道："殿下乃一国储君，金枝玉叶，怎可妄自菲薄说什么皮糙肉厚？"说着，我看了一眼呆立在帐门口的太医院院使，清清嗓子道，"院使大人，本官的伤便有劳您了。"

傅谅讪讪一笑，不再说话。

太医院院使听到自己被点名，忙上前查探我背部的伤势，复为我号脉，忙了许久，道："戚大人，下官先开两剂药方，一剂内服，一剂熬至膏状外敷。倘若今晚不发烧，便没有什么大碍了。"

我笑道："多谢院使大人。"

太医院院使开罢药方，同小安子一道下去了。

一时间，帐篷里只剩下我与傅谅两人。

他困惑道："我在想黑熊那件事啊！那日我进到矮林没多久便发现了这只黑熊，起初它正在休眠，并没有发现我们。我与几名护卫商量之后，以为活捉为好，便决定先将它围起来，用西洋火枪伤其腿部，限制它的活动能力，再用铁索将它捆住。谁知道，我们刚靠近它一丈内，它便发了疯似的攻击我。我可是什么都没做呀，它为什么只攻击我一个人？我向它开火，可它好像根本不怕，连汗血宝马都被它咬死了。两名护卫当场被它拍晕，我当时已伤得不轻，好不容易骑着他们的马逃出来，谁知那黑熊仍不罢休……真是太蹊跷了！"

"汗血宝马被黑熊咬死了？"

"对啊，唉，真可惜。"傅谅抚襟，长吁短叹道，"那可是一匹难得的好马，我本想将它带回东宫好生驯养，谁知道竟出了这等意外，真是有缘无分啊。"

心中略定，我轻咳一声，道："您当真没有惹怒黑熊吗？"

傅谅肯定道："当然没有，我连碰都不曾碰到它。按理说不该这样，我从没见过这么凶残的黑熊。"

我偷偷瞥了他一眼，暗自思忖良久，亦是百思不得其解。

傅谅走后，太医院院使很快派来医女为我清理伤口，重新上药，整个过程痛得我龇牙咧嘴直抽冷气，恨不能买块豆腐直接撞死。其实黑熊只挠了我一爪，但当时它发了疯，力道可想而知，伤口非但深，还带起了一大块皮肉……我默默地望天流泪，简直不敢想象背后的惨状，只怕是好了也会留下狰狞骇人的疤痕。

我第一次开始为自己嫁不嫁得出去而感到担忧。

好不容易熬完上药酷刑，服下汤药，不觉又迷迷糊糊地睡着了。因为姿势不爽，加上伤痛的折磨，我睡得并不安稳，到暮色四合时分便醒了。

帐外，月朗星稀，月光盈动如水。帐内，烛光暖黄，洒落一地温暖。

书案前，一人长身玉立，身姿颀秀挺拔。团龙锦袍随意地披在身上，尽显清贵。他左手负在背后，右手握一卷书册，神情专注，似在凝神阅读。

我不由得愣怔，看着他久久回不过神。

恰在此时，傅惟如有知觉般转过身，微笑道："你醒了？"

虽已经知道他会来看我，却没想到来得这么快，我担忧道："阿惟，你的伤怎么样？这样跑出来没关系吗？"

傅惟放下书卷，走到榻边，温声道："我没关系，小时候骑马射箭，受伤是很寻常的事。况且，太子伤得比我严重，他都能在第一时间赶来看你，我岂会比他不如？"

这话听起来带了几分揶揄，我却忍不住笑了："快过来坐。"

他依言在榻边坐下，先是探了下我的额头，继而指尖掠过脸颊停在耳际，慢条斯理地为我拢发："方才我问过太医院院使，他说你已无大碍。不过，你的脸色还是很难看，现在觉得怎么样，好些了吗？"

心好似被什么东西狠狠抓了一下，鼻腔中氤氲起苦涩的气息，我咬唇道："一点也不好，很疼，疼得我都快受不了了……"

他轻轻握住我的手，手掌宽厚而温暖，眸光微微闪动，里面不知是歉疚还是疼惜。

良久，他的叹息声轻若烟云，道："委屈你了。"

我揉了揉眼睛，嗫嚅道："我没有委屈，我只是……只是……我也不知道事情怎么会变成这样，我明明……"

傅惟摇头，示意我不要说下去："没关系，这件事不怪你。别想太多，先把伤养好，其余的等回了长安再说，嗯？"

"嗯。"我乖觉地点头。只要有他在我身边，我便很安心，别说是受这么一点伤，纵然要我赴汤蹈火，我也无所畏惧。

心念蓦然一动，我抬起头，视线撞进那双灿若星辰的眸子，心跳骤然漏了一拍。他笑意盈盈地看着我，问道："怎么了？有话想对我说？"

心思被他看破，脸颊不由得隐隐烧烫起来。我避开他的注视，摇了摇头："没什么。"

"当真？"

"好吧，我是想问……那个妍歌公主好像对你有点那个什么，你有没有那个她……"声音渐渐低下去，我赧然地别过脸，完全不敢再看他。

"那个？哪个？"

明知故问！我只好硬着头皮说："喜欢。"

傅惟薄唇微抿，轻笑道："你觉得呢？"

"我……我怎么知道……"

傅惟站起身，缓步走到案前将先前那册书卷合上，放上书架。沉默许久，他就这么对着我，一字一句道："兴许她对我有几分意思，可我对她没有半点男女之情。这样最好不过，因为，我打算娶她为妃。"语意清淡而笃定，仿佛在说一件无关紧要的事。但事实上，这是一桩国婚，关乎江山社稷。

诸位皇子中，唯有傅辰已册立正妃，其妻为镇国将军的独女。其余几位皇子要么立过侧妃，要么仅收了几位宠姬。而傅惟素来爱惜名声，不近女色，索性连宠姬都不曾纳，皇上十分欣赏他的勤勉寡欲，多次赞他"光风霁月""正人君子"。

但……

我说："但兹事体大，皇上恐怕不会轻易应允，毕竟他现在还是很宠爱傅谅的。"

"我知道不容易，所以我根本没打算在父皇身上下工夫，关键在于妍歌。"

我恍然大悟："如此说来，你救她不是巧合，而是刻意为之？"

他点头，坦然道："我何时打过没准备的仗？"

果然是这样。

傅惟出任并州总管时，爹娘尚未出事，彼时我虽在闺中，却也时常听人提起晋王傅惟。传闻在他治下，并州富饶安定，百姓夜不闭户，路不拾遗，匪盗皆弃刀剑而从良，所以妍歌遭遇流匪的可能性委实很小。我当时便暗自揣测，只怕这多半是他刻意安排的，到底没有猜错。

或许在外人看来，傅惟救下妍歌是英雄美人的美丽邂逅，却不知这根本就是一场精心谋划的局。不过也亏得是他，骄矜如妍歌都不得不心动。

我如释重负地松了口气，毕竟心思深沉如他，平日里总是表现得不争不抢，如今能这般对我吐露真实心意，我已经很感动了。但下一刻，又有几分酸涩、几分失落，甚至几分嫉妒袭上心头，极不是滋味。

他挑眉看我："怎么了吗？"

"妍歌公主不知怎么的看我不顺眼，这几日处处与我为难，若你娶她为妃，只怕往后我的日子不会好过。"刚说完，我便觉得这话仿佛哪里不太对劲，却又一时间说不上来。我在他含笑的注视中回味再三，终于发觉话中的歧义——听起来怎么感觉像是小妾受了正室欺负，找男人哭诉……

傅惟叹息，笑道："我保证，这种情况以后不会再发生。"

我摆出毫不在意的样子，道："没关系，反正我也不怕她。就算看我不顺眼又如何，她还能吃了我不成？"

"不要意气用事，能避则避。妍歌骄傲任性，又是一国公主，你若与她起冲突，必然讨不了好。我怕你吃亏。"

我撇撇嘴："哦。"明知他是为我好，心里却多少有些不痛快。

他轻揉我的脑袋："不必太在意她。"

也是，对于傅惟而言，妍歌只是一件能助他在朝廷站稳脚跟的政治工具罢了，与他的幕僚没有分别。他娶她为妃，无关感情，彼此皆有图谋——傅惟谋的是天下，而妍歌谋的是心。

我正当思忖，傅惟忽然道："渴不渴？我冲茶给你。"

"好。"我舒心一笑，管将来那么多做什么呢，至少现在，他是在我身边的啊。

傅惟从架子上取下茶具和茶叶，复从火炉上取下水壶，挽起衣袖，不紧不慢地开始清洗茶具。

他就那般端坐案前，眉目温静淡然，姿态娴雅如画。修长的手指白皙胜玉，彩釉茶盏在他指间来回滚动，自是一番曼妙的风景。

待茶壶洗净烫热，他撮取一些茶叶放在壶中，阖盖温茶，复取水冲泡，轻轻转动茶壶，鲸波乍起。

一时间，茶香四溢，沁人心脾，我深深地吸了口气，仿佛连背上的伤痛都淡了几分。

傅惟将茶水注入茶盏，送至我面前："许久没有冲茶了，不知手艺还行不行。我记得蜀都茶艺师说过，这青城雪芽有解痉镇痛的功效，对你的伤势有好处。来，尝尝。"

我心里欢喜得紧，忙不迭调整了一下姿势，端起茶盏小嘬一口。一股清香之气立时盈满齿颊，我不由得赞道："茶汤碧绿而清澈，是为色绝；茶香幽雅而绵长，是为香绝；茶味清冽而甘醇，是为味绝。如此色香味俱全，便是宫廷顶级茶艺师，手艺也不及你万分之一啊！"

"是吗？"他笑睨我一眼，道，"没想到你溜须拍马的本事竟变得这么厉害。"

我喝完茶水，故作正经道："殿下，微臣耿直不阿，素来实话实说，从不知溜须拍马为何物！"

傅惟但笑不语，拿起一盏轻轻嗅了嗅，复浅尝了一口，道："香则香矣，味道却仍不够纯正，大约是温度不到位，茶叶没有完全泡开的缘故。"说罢，他坐回案前，继续冲第二泡。

烛光摇曳，映着他清俊的轮廓。

我托腮望着他，嘴角不由自主地上扬，心里满满都是幸福与满足。这一刻，我暂时忘却家仇，忘却肩上背负的使命，彼此之间亦没有他人纷扰，天地之间好似只剩下我与他两个人。

琴瑟在御，莫不静好，若时光能在此刻静止那该多好。

他虽低着头，唇畔却分明带着一丝笑："有这么好看吗？"

面上发烫，我促狭地移开视线，嘴上却不肯服软，嘀咕道："知好色则慕少艾，此乃人之常情。殿下丰神俊朗，又惊才绝艳，不知是多少女子的春闺梦里人，连那眼高于顶的妍歌公主在你跟前都服服帖帖，我不过是多看两眼，怎么了……"

傅惟手上一顿，似真似假道："学会顶嘴了。"

我佯装委屈地瘪嘴，不再说话。

静默良久，他问："玉琼，你如今在东宫过得还好吗？"

我怔了怔，如实道："一切都好。"

"听说皇兄平日里待你不薄，有什么赏赐也总是让你先挑。他如此看重你，我便也放心了。"

我心里咯噔了一下，这番话他说得不痛不痒，却分明是别有深意——是警示，还是试探？抬眼时，见他仍专心致志地泡着茶，面上波澜不惊，喜怒难辨。

我捉摸不透他的心思，不敢随意回答，思前想后，决定避重就轻地说："太子虽资质愚钝，不思进取，但他心思纯良，生性和善，便是对太监宫婢也从不苛责……"稍顿，复补上一句，"呃，所以，我在东宫的日子并不算难过。"

傅惟笑笑，道："我不过是随口一问罢了，不必紧张。皇兄为人如何，我自是清楚。"

他抬起头，眼睛一眨不眨地将我望着，眸光似乎深沉了几分，道："玉琼，你可知这个世界上，唯一不能算计的便是人心。你是聪明人，我不希望看到你将来为难，明白吗？"

我默了默，有些艰涩道："我明白。"

"那便好。"他递来茶盅，依然笑若春风，"第二泡的味道才最纯正，尝尝看。"

我依言接过茶盅，心里越发不是滋味，将茶水囫囵一口吞了下去。任凭茶香再怎么宜人，我也没有心情品赏了。

"时辰不早，你早些休息吧。我有段时间不能过来看你了，你且多加小心，好好照顾自己，嗯？"

我闷闷点头道好。

第三章

奇葩年年有，今年特别多

回长安之后，我在府中休养了半月有余。太医院院使每日亲自过府为我疗伤，配以汤药药膏精心调理，伤势很快便痊愈了。

某天夜里洗沐时，我一时好奇揽镜自照，终于看清了背后的伤疤。只见白皙的皮肤上，三道爪印分外明显，被撕开的那一块皮肉有碗口大小，狰狞地盘踞在正中央。我顿觉悲从中来，不可断绝，恨不能直接溺毙在洗澡桶里。

从那日起，我房间里便只剩下巴掌大的一面铜镜，所有可能照到我背后的镜子统统在一夜之内消失得无影无踪。可是，背后那惨不忍睹的画面早已存在我的脑海里，挥之不去。

这日午后，阳光慵懒，我在凉亭中读书煮茶。

院中的玉兰花开得正好，大朵大朵的花清丽绝尘，在阳光下洁白莹润，盛开似雪。清幽的香气溢满庭院，似带几分甘甜之气，仿若一个清甜的梦境，教人沉醉其间。

常叔快步上前，递来一枚信封。

我放下手中的书卷，打开信封一看，淡雅的梨花笺上唯有"图南"二字，力透纸背。我盯着这熟悉的字迹，心中思绪万千。

宋国据长江天险，偏安江南，而江南自古以来便是天下粮仓，富庶丰饶，商业贸易十分发达，加之文化底蕴深厚，风流名士层出不穷，可谓人杰地灵。然则中原大地多年混战，因穷兵黩武而大伤元气，百姓疲敝不堪。太祖定国后，推行轻徭薄役、休养生息的政策，至今三十载，仍未完全恢复。因而，无论是在物质还是文化方面，齐国皆远远逊于宋国。

对于宋国是战是和，朝中两派争论不休。

亲宋派认为，应与宋国结盟，互派使者交流访问，互通有无，取其长而补己短；对于漠北突厥，国主野心勃勃，恐其觊觎中原广袤的土地，理应多加防范。

亲突派则认为，齐突两国有姻亲关系，宜联合突厥对抗扶桑倭国；而宋国国主宋容书荒淫无度，放任宠妃张氏把持朝政，江南百姓怨声载道，应及早起兵伐宋，将江南并入齐国版图。

双方争来争去，足足争了十年，仍未有定论。

如今他要图南，是想尽早对宋国下手，还是另有打算？

这真是给我出了个难题，他明知道我……

良久之后，我问道："他还说什么了吗？"

常叔道："时局对小姐非常不利，言官乐此不疲，每日弹劾您的奏折一波接着一波往御书房送，王爷的意思是让您尽快还朝。"

"我自有计较。"我随手将信笺扔进茶炉中，顿时化为灰烬。

东宫。

傅谅闷闷不乐地趴在凉亭里，脚边放着一坨不明块状物。小安子正苦巴着一张脸，不知在跟他说什么。

我快步走过去，唤道："殿下。"

傅谅抬头望我一眼，仍是提不起兴致，怏怏道："玉琼，你回来啦。"

我一撩衣袍在傅谅身旁坐下，温声道："殿下，怎么好像不太高兴啊？"

傅谅叹了口气，指着那坨块状物，沮丧道："我的研发半路夭折了。"

研发……

我仔细打量那块状物，看材质好像是木头……我登时明白过来，听说这货前几日风风火火地做木工，搞得满城风雨，结果被皇上一通责骂，眼下正在闭门思过。

额间青筋一阵乱跳，我的气就不打一处来了："微臣在家休养期间，听到一些风言风语，说殿下每日不务正业，忙着做什么木工，还把长安城中有声望的木工全部召进东宫开会，可有此事？"

傅谅瞟我一眼，似有些怯怯，道："是……是这样的。"

我竭力忍怒，整了整脸色，尽量让自己看起来不那么狰狞，道："殿下既有如此闲情雅致，想必武经七书的笔记都做完了吧。"

"没……没有。"

"既然没做完，那为什么要搞这些呢？"

他垂下脑袋，声音低如蚊蚋："因为你这段时间都不在，我一个人很无聊，不想看书，不想写笔记，只好随便找些事来做。不知怎么的便传到了父皇耳中，被他狠狠地骂了一顿，还把我的工具全都收走了，命我十日之内不得离开东宫。"

还不知怎么回事？搞那么大阵仗，我整日闭门在家都能听到风声，更莫说皇上！

我恨铁不成钢地瞪他一眼，道："殿下，您是一国储君，未来的天子，岂可因个人喜恶而荒废学业、荒废朝政呢？倘若微臣不在，您便无心政务、无心学业，说出去岂不是教人耻笑？"

傅谅一言不发地对手指，神情颇为委屈。

我叹息道："殿下，微臣总不能一直陪在您身边，您可自己长点心吧。"

他立马抬头，声音抬高一个八度："为什么不能？"

我一噎，道："微臣只是打个比方。"

傅谅撇撇嘴，又蔫了下去："哦，我知道了。"

"知道便好。"我挥手示意，和颜悦色地问他道，"笔记三天内能做完吗？"

"能。"

我欣慰地点头，道："好了，微臣要去御书房面圣了，殿下专心做笔记吧。"说罢，起身欲走，傅谅忽然拽住我的衣袖，水汪汪的大眼睛仰望着我，道："玉琼，说好的陪我微服出游呢？"

"这……您都被禁足了您还敢提微服出游？咳，总之笔记没做好之前，一切免谈！"

御书房中，博山炉香烟袅袅，满室馨香。皇上端坐案后，正聚精会神地批阅奏章，见我进来，他挥退了随侍的太监，对我道："过来吧。"

我垂眸敛目走过去，恭敬地拜下："微臣参见皇上。"

"戚爱卿，你的伤怎么样了？"

"托皇上洪福，微臣已经好得差不多了。"

"那就好。"皇上放下手中的朱砂笔，抬眼看我，"朕今日找你来，是想与你说说黑熊一事。你觉得黑熊之祸当真是意外吗？"

心里咯噔了一下，我沉声道："皇上的意思是……有人从中作梗，要谋害太子殿下？可是，人怎能控制黑熊发疯呢？"

"朕只是怀疑罢了。当日那只黑熊当场被活捉，之后一直关在铁笼子里由侍卫看押，现已送去太医院作研究查证之用。事发至今已半月有余，它仍然未死，并且已然恢复正常。倘若它当真是患了疯病，发疯后不过三天便会力竭而死。但是，太医也没在它身上发现什么可能会致疯的毒物，此事看似纯属意外，不过，朕依然觉得，或许另有蹊跷。戚爱卿，你与太子朝夕相对，可曾发觉什么异常？"

我压下心头思绪，淡定道："回皇上，那几日殿下起居一切正常。若非要说的话，猎熊大赛当日清晨，微臣陪同殿下一同去马场选马，殿下选中了突厥进贡的汗血宝马，而其他几位皇子骑的都是从宫里带去的马。"

皇上眸光一沉，似有机锋闪过："你觉得突厥的马有问题？"

"这很难说。微臣也曾问过殿下，殿下说他那匹马当场便被黑熊咬死了，只怕现在要查也是死无对证。"

皇上沉吟良久，叹息道："罢了，此事暂且搁一搁。太子素来粗枝大叶，往后你要更加小心谨慎。"

"微臣明白。"

"还有一事。"皇上从手边抽出一本奏折，递来示意我看。

我上前接过，打开速速浏览一番，原是元睿奉突厥王之命，请求皇上为妍歌公主选一位好驸马，两国永结秦晋之好，以固邦交。

"突厥王这招先斩后奏也算得上高明，先把女儿送过来，再说联姻之事，教朕没有丝毫回绝的余地。戚爱卿，在众多皇子之中，你以为朕应该把妍歌指给谁呢？"

我捏着奏折，手心沁出丝丝冷汗。直觉告诉我，皇上并不是在询问我的意见，而是故意试探。我抬眼觑了觑他的脸色，发觉他目光如炬地看着我，仿佛正在等待我的答案。

妍歌倾心傅惟，这已是满朝皆知的事。我今日就曾听到朝臣私下议论说突厥驸马非傅惟莫属，更有甚者还说他表面看起来光风霁月，实则是个小人。听闻傅惟这几日一直陪着妍歌吃喝玩乐，若没有皇上的吩咐，持重沉稳如他，又怎会做出这种明显是在献殷勤的事而惹人诟病呢？

既是如此，皇上为何又要这么问我？难不成，他其实并不想让傅惟占这好处？让我猜他心意，我如何能猜到？

唉，有道是圣心难测，伴君如伴虎，古人诚不吾欺！

心下百转千回，想起傅惟那番笃定的话，心里不禁涌上一阵酸楚。可眼下的情况容不得我多做思考，我只得给出一个最契合我身份的回答："回皇上，突厥自圈地立国以来，日益强大，已然渐成气候。从地理上看，突厥雄踞漠北，西接室韦，东邻扶桑，地理位置极其重要。若我朝要与西域室韦对抗，势必绕不过突厥。微臣以为，妍歌若是嫁给太子殿下，有朝一日成为大齐国母，对我朝经纬西域，开辟疆土，将是一件大有裨益的事。"

皇上盯我一瞬，笑道："起初朕也这么想，可是太子对朕说，妍歌生性骄纵刁蛮，不能母仪天下。他受不了，也不愿受。"

这货怎么总是这么简单粗暴。

那么我就这么说了："既是如此，皇上不妨听从妍歌公主的心愿，让她自己选择。皇上指婚，若是妍歌公主不满意，往后婚姻生活不幸福，只怕反倒影响两国情谊。她自己选的驸马，因果由她自己承担，即便出了问题，也怨不得皇上。"

"你倒是机智。"

我干笑道："微臣，不过是耍耍小聪明罢了。"

"嗯，此事倒也不急，朕再考虑考虑吧。"言下之意，你可以走了。

我立刻很有眼色地叩首告退，不知为何，心里总有些不踏实，惴惴难安。

我满腹心事地离开御书房，抬眼却见回廊下，一抹天青色身影施施然转了出来。

"少傅大人。"元君意扬声唤我,似笑非笑道,"好久不见。"

他提着一个包裹,依旧是汉人装扮,玉冠束发,衣袂翩然。一袭天青色长袍将他衬得清俊尔雅,倒是一位难得的佳公子。只可惜,我看他却是——面目可憎,冤家路窄!

我放缓脚步,走到他跟前,笑得恰到好处:"元公子,别来无恙?"

今次春猎半途夭折,皇上为表歉意,特意邀请突厥使团回京小住,并安排了一系列娱乐活动,诸如游湖赏灯之类的。而我这段时间一直在家养伤,并未出席作陪,眼不见心不烦,倒也落得清闲。

"大人的伤怎么样了?这些日子一直没见到大人,在下颇感担忧。"他轻勾嘴角,笑容有些意味不明,稍顿,又道,"黑熊凶猛,大人可得小心些。"

我微笑道:"有劳元公子挂心,本官已无大碍。公子在宫中住得可还习惯?本官告假养伤,未能陪行左右,多有怠慢,心中深感愧疚。"

"大人言重了。大人是朝廷的股肱重臣,身体安康关乎江山社稷,养好伤比什么都重要。"

我笑了笑,不想与他多费口舌,遂道:"本官还有要事在身,改日再与公子畅谈,告辞。"说罢举步欲走,他忽然将我唤住,扬起手中的包裹,笑道:"这是在下的一点儿心意,还望大人笑纳。"

他这又是唱的哪一出?

我迟疑道:"这是什么?"

元君意道:"此乃极品桉树蜜,在下多处寻访,勉强求来两罐。内服可益气补中、止痛解毒,外敷čin
可活血生肌、祛疤淡痕,对大人的伤极有裨益。"

心下猛然一跳,我看一眼那包裹,迟迟未接。元君意目不转睛地看着我,笑容云淡风轻,坦然得让人无法怀疑他的动机。

他别的不送,偏偏要送桉树蜜给我,绝不可能仅仅是为我治伤这么简单。

我深吸口气,暗中告诫自己一定要镇定,绝不能自乱阵脚。

"公子的好意本官心领了,先在此谢过。但所谓无功不受禄,如此厚礼,本官生受不起。况,本官从来不食蜂蜜,公子不如自留吧。"

"哦,是吗?"他微微蹙眉,面上浮起几分困惑,"那日闻见大人身上有蜂蜜的香味，还以为大人喜爱食蜜……"他故意放缓语速，欲言又止，眸中一片幽深。

我微微一笑，迎上他的视线，淡定道："恐怕是公子闻错了。本官喜茶不喜蜜，这是满朝皆知的事，公子可以问任何人。"

"也许真的是我闻错了。"他将包裹向前递了递，不以为意地笑道，"既是如此，尝尝也无妨，说不定大人会喜欢。"

我思量一瞬，终是接过包裹。他既如此坚定，我再推托反倒显得心里有鬼，索性大方收下，改日赠他回礼便是。

我拱手笑道："那本官便恭敬不如从命了。多谢公子。"

"大人客气了。"他侧过身，做了个请的姿势。

我揣着那烫手山芋一般的包裹，道了声告辞。往前走了许久，仍能清晰地感觉到背后那道别有深意的目光，如影随形。

五月二十四，四皇子傅辰二十岁寿辰，行弱冠之礼，将于汉王府大宴宾客。

收到请柬时，我刚刚检查完傅谅的作业回到府里，见初夏风光甚好，遂手提鸟笼，一面吹哨逗鸟，一面闲庭信步，好不惬意。

常叔递上请柬，我一眼便望见"汉王寿宴"这五个烫金大字在阳光下闪闪发光，嘴角不受控制地抽搐了几下，手一滑，那鸟笼摔落在地，滴溜溜地打了几个圈，惊得笼内的八哥上下扑腾，一阵乱叫。

回到房里，我沉思良久，陷入了长久的纠结。

首先，傅辰与傅谅素来不大对盘，有时甚至公然互相谩骂，简直到了势同水火的地步。所谓城门失火殃及池鱼，身为太子幕僚，我自然而然成了傅辰的重点打击对象。他看我不顺眼，见缝插针地嘲讽我两句，早已是家常便饭。

现在他却忽然请我去给他贺寿，我思前想后，委实无法理解他这种自添堵的行为到底是为了什么。

然，他既给我发帖，于情于理，我都不得不去。

我从小阁楼里取出一方八宝璎珞盒。盒中，一双玉制耳坠莹润生辉。流苏乃由头发编制而成，末端缀了一小颗红玛瑙，中央镶嵌着芝麻大小的羊脂白玉。乍一看，像极了一颗饱满圆润的红豆。

我将耳坠放在掌心细细端详，阳光透窗而入，映得玛瑙莹润通透。这是娘留给我的唯一遗物，是外祖家的传家之宝。

娘出生于南朝宋国的一户书香世家，在江南颇有美贤名。有一年江南洪水泛滥，她随外祖父来齐国洛阳城避难，遇见了时任洛阳主簿的爹爹，二人一见倾心。当时齐、宋正当敌对，外祖父又是江南大儒，起初他并不同意爹娘来往，乃至棒打鸳鸯。后来渐渐被爹爹的才情、气度和真心所打动，终于不再反对。没过多久，外祖父客死洛阳，临终前将娘托付给爹爹照料，并将这双耳坠传给了娘。

而后爹爹升任洛阳总管，再到出任京官，一直是亲宋派的核心人物，却也因此招来了灭门之祸。

常叔轻声道："小姐，您又想念夫人了。"

我笑了笑，道："没有哪一天不想，亦没有哪一天敢忘记。"

"都道十年之内齐宋必有一战，倘若当真要打仗，小姐，您打算怎么做？"

"爹爹一生都在为消弭齐宋战祸而努力，但当今圣上亲突远宋的倾向非常明显，我怕我力有不逮……"我叹了口气，道，"能避则避避吧，若是避不了，便择人品肖重之良将，善待百姓，使江南不致生灵涂炭。"

入夜。

明月遥映人间，仿若善睐的明眸，流光清莹皎洁。暑意消散，凉风习习。

汉王府门庭若市，往来皆是富商巨贾、达官贵人，一团欢喜热闹的景象。我递上请柬，一名小厮引我入府。

早就听闻汉王府乃北朝第一园林，今日一观，倒也名不虚传。府中繁花绽放、绿树掩映，布局精妙新奇，可谓移步换景。亭台楼阁无不金碧辉煌、气势恢宏……啧啧，真是穷奢极欲的守财奴！

戌时，皇上驾到，众人纷纷拜倒，山呼万岁。

未几，筵席开始。

傅谅与其他几位皇子同坐一桌，我则在文官席就座。

突厥使臣团也已就座，妍歌正与傅惟说话，满面娇羞甜美的笑意。她今日换了齐国装扮，身着一袭嫣红色织锦罗裙，长及曳地。墨玉般的长发绾了碧落髻，额前步摇轻缀，尽显雍容华贵。

傅惟站在妍歌身旁，依旧是一派温文尔雅的姿态，与她保持着恰到好处的距离，脸上并没有多余的表情，只唇畔含着一丝浅淡的笑意。

视线转了一个大圈，竟出乎意料地没有发现元君意的身影，我正觉奇怪，忽听耳畔一个贱兮兮的声音道："戚大人。"

不祥之感如潮水般涌上心头，我极不情愿地转过身一看，果不其然，那厢元君意大大咧咧地坐在我身旁，正笑意盈盈地将我望着。

额间青筋一阵乱跳，我微笑着提醒他道："元公子，这是文官席，你是不是坐错地方了？"

元君意道："我们那一桌坐不下了，族长大人准许我另找座位，我见戚大人身旁座位空着，便过来与大人搭个伴，大人不介意吧？"

"当然不介意。"我在心里重重地加了两个字：才怪！

视线落在我的耳畔，他的神色微微一变，眸中霎时掀起了狂风暴雨，沉声问道："戚大人，您这耳坠从何而来？"

我被他这般认真的模样骇了一跳，下意识地伸手摸了摸耳坠："此乃家传。"

他剑眉微蹙，沉吟道："你父母是南朝宋国人？"

我莫名其妙地看他一眼："这跟你有关系吗？"

"当然有。"他说。

我懒得理他，决定无视他的存在。

元君意对此毫不在意，继续问道："你外祖家姓何，你外祖母姓苏，闺名君慧，对吗？"

心下猛地一刺，我警惕地盯着他，矢口否认道："不是。"

"真的不是吗？"很显然，他不相信。

"你到底想干什么？"

他没有回答，垂眸沉默了许久，仿佛在思考什么玄妙的问题。半响，终于抬起头，唇畔的笑意再深三分："没想到，原来是你啊……哎呀，真是无巧不成书。"

"你到底什么意思？"

他一脸高深莫测道："大人以后会知道的。"

爹娘罹难之后，傅惟为了保护我，已偷偷替我改了官籍。普天之下，知道我真实身份的除了傅惟便只有前任太傅李瑞安，元君意一个突厥人是怎么知道的？

元君意忽然又凑近几分，轻声道："在下并无恶意，也绝不会将大人的身世流传出去，请大人放心。"

我笑了："不知道元公子在说什么。"

他抿唇笑了笑，似乎还有话要说。我猜不透他到底意欲何为，也不知道究竟是谁泄露了我的身世，一时间心乱如麻，只得低头专心吃喝来掩饰自己的慌乱。饶是如此，我依然能清晰地感受到那两道灼热的目光，若带几分审视，别有深意。

我只得借口更衣，起身离席。

湖畔有一方不大不小的花园，其中曲径通幽，百花争艳。我一连做了几个深呼吸，竭力平复烦乱的心绪。脚趾痛得厉害，便以极慢的速度走走停停，就这般漫无目的地四处游荡。

夜色之中，有一道人影渐渐浮现，瞧身形有些熟悉。我停下脚步，定睛一看，来人竟是傅惟。

他唤我："玉琼。"

"你……"我看了看四周，催促道，"你怎么在这儿？汉王府里人多眼杂，你还是赶快回去吧。"

"方才我看你急匆匆地离席，怕是有什么事，便跟来看看。你不用紧张，郑嘉就在外面，不会有人靠近这里。那边有折桥，我们过去坐。"

湖的另一端依旧歌舞升平，觥筹交错，不时有丝竹之声随风传来，越发将这片花园衬得宁谧幽静。

月辉如流水般安静地淌泻，池中白莲胜雪，在月色下更显晶莹。我与傅惟比肩而坐，彼此挨得极近。天地之间，仿佛只剩下我们两个人。

傅惟温声道："怎么看起来不太高兴？"

我摇头，道："你知道元君意是什么来历吗？"

傅惟微微一愣："我派人查过他的底细，他是前任突厥族长元曦容的独孙。"

我大吃一惊："元曦容？那个传说中的不死战神？"

早就听闻突厥有一位不死战神元曦容，乃老突厥王的亲弟弟，曾与太祖陛下争过天下。

彼时，中原大地仍处于藩镇割据、诸国混战的局面，元曦容凭一己之力，率领三千铁骑扫平北方三朝，拿下燕云十六州，可谓金戈铁马，骁勇善战，中原大小王朝皆闻风丧胆。突厥从一个游牧部落渐渐壮大，以致圈地立国，版图扩大，他绝对功不可没。

傅惟点头，道："没错，不过严格来说，元君意并不是突厥人，而是南朝宋国人。元曦容一生未娶，听闻他从前游历宋国时，曾收养了一名孤儿，元君意便是这名孤儿的孩子。"

我恍然大悟："原来如此。"

"你问他做什么？"

"他前几日送了两罐蜜给我，说是春猎时在我身上闻到过蜂蜜的香味，以为我喜爱食蜜，但我总觉得他话里有话，恐怕知道些什么。今日又问我耳坠从何而来，说什么原来是你，还知道我外祖家姓何，我外祖母名叫苏君慧，当然，我并没有承认。可是，我的真实身份除了你和李先生外，再无人知晓，他是如何知道的？"

傅惟神色微沉，沉吟道："你先别慌，我再派人去查查他。据我所知，他的母亲是一名调香师，他对各种香味熟悉也不奇怪。他自幼在突厥长大，从未踏足中原，应当不会知道你的事，或许是有别的什么渊源也未可知。"他轻轻握住我的手，眼神愈显温柔，"不用太担心，若是他再有什么动作，随时告诉我，知道吗？"

他的手掌宽厚而温暖，带了让人心安的力量。我点了点头，一颗心终于放了下来，仿佛只要有他在，我便可无所畏惧，他会与我风雨同舟，患难与共。

意念一动，我问："说起宋国，你……是不是打算对宋国下手？"

"江南之地丰饶富庶，商贸发达，且文化底蕴深厚，人才辈出。玉琼，你可知道，宋国一个州的贡赋便可抵我齐国五个州，若能拿下宋国，不但能减轻江北百姓的赋税负担，充盈国库，还可省下茶叶、丝绸等的采购开支。如今，国主宋容书荒淫无度，放任宠妃把持朝政，大肆搜刮民脂民膏，有些地方甚至十室九空，百姓怨声载道。我若伐宋，必是顺应天道。"

他的语意铿锵而笃定，若带几分舍我其谁的骄傲，黑眸之中流光溢彩。

这般看去，他的侧颜刚毅坚定，恍若九天神祇降临人世。

世人皆道晋王傅惟温润多才，风流儒雅，不理世事朝政。可我知道，那都是假象，是他苦心经营起来的"晋王"形象，而眼前这个雄才伟略、心怀天下的男子才是真正的他。

一时间思绪万千，我迟疑道："可是……"

爹爹一生都在为消弭齐宋战祸而努力，乃至因此丢了性命，若我支持傅惟伐宋，他在天有灵会不会责怪我？

"我知道，要你推翻你爹的政见，对宋国操戈，你必然心有顾虑。"他握着我的手紧了紧，耐心地分析，"但是今时不同往日，宋国前几任皇帝不说有多大作为，起码算得上勤勉，百姓能安于家室，生活富足。可现在呢？那宋容书做尽了荒唐事，江南民不聊生。玉琼，可知道最近三年之内，有多少江南百姓涌进了我朝的江州城吗？八万！江南人口总数不过两百万，若非迫不得已，谁愿背井离乡。与其让江南百姓在一个昏君治下饱受痛苦，不若取而代之，给他们一个清明安乐的天下。"

江州是我朝最南面的一个郡，与宋国都城建康隔江对望。江南百姓涌入江州及周边城镇之事我早有耳闻，自宋容书登基便开始了，本以为是改朝换代引发的动荡，属偶然现象，没想到近几年这种情况却愈演愈烈。

我缄默一瞬，迎上他坚定的目光，道："好，我相信你，你要我怎么帮你？"

傅惟道："我想挂帅。"

我不由得倒抽一口冷气，惊道："你要亲自出征？"

他点头，正欲说话，恰在此时，郑嘉匆匆赶来，禀道："王爷，外面出事了。"

傅惟沉声问道："何事？"

"太子殿下不知何故与汉王动起手来。"稍顿，郑嘉看了我一眼，又道，"几位殿下都去劝架，可太子殿下倔得很，怎么劝都劝不开……"

我这才走开了一小会儿，怎么就又搞出幺蛾子了！难道要分分钟在我眼皮底下他才安分吗！

傅惟倒显得十分冷静，不显丝毫意外："怎么回事？可曾惊动父皇？"

"属下不清楚，只知道好像是太子殿下先动的手。"

我既气恼又无奈，对傅惟道："你暂且不要离开这里，我先过去看看，以免惹人疑。"说罢，不待他回答，便快步走出花园。

　　湖边的假山旁，傅谅与傅辰正扭打作一团，周围众人强势围观。侍卫们大约是怕伤到两位金枝玉叶的皇子，犹疑着不敢上前。傅邕与其他几位皇子在一旁不停地呼喊，甚至试图分开二人，奈何他俩委实打得难分难解，几次三番都没有成功。

　　傅辰招招退让，大有息事宁人之意，傅谅却步步紧逼，怎么也不肯罢休。二人皆是衣衫凌乱，傅谅的脸上还挂了彩，形容简直狼狈不堪。

　　我急忙上前道："殿下，不要再打了，快停手！"

　　傅谅转头看我一眼，竟像是完全不认识我似的，眸中充满杀伐之意，目光凌厉得教人心惊胆寒。犹如寒冬腊月里被人用冰水兜头浇下，我愣在当场，寒意透入心底，再也说不出一个字。

　　傅谅是什么人我再清楚不过了，他虽脾气暴，却不是不知分寸。即便对傅辰不满，最多甩手走人，绝不可能在此重要场合公然动手。

　　怎么会这样？

　　我既惊且急，跑到傅邕身旁，问："五殿下，这是什么情况？怎么忽然打起来了？"

　　傅邕也是一脸愁苦，无奈道："具体我也不知道，方才我在席上喝酒，听到这边有动静，便过来看看，没想到是大哥和四哥在干架……唉，都是兄弟嘛，何必呢？"

　　我又问小安子和常叔："太子殿下究竟怎么了？"

　　他二人亦是摇头，表示不知情。

　　小安子苦巴巴道："奴才不过上了个茅厕，殿下就跟王爷打起来了，之前一直相安无事。方才五殿下想上前拉架，差点被揍，根本拉不住……早知道奴才就不去上茅厕了。"

　　如此说来，除了两名当事人之外，竟没人知道事发经过？

　　正当我惊疑交加时，只听一声大喝："你们在干什么！"回过头，见皇上在一众侍卫的簇拥下快步走来。犀利的视线扫过二人，他冷着脸道，"打打闹闹成何体统！还不快给朕住手！"

　　傅辰面露惊色，显然是想就此停手，他本就攻势不猛，处处受制于傅谅，此刻突然收势，猝不及防被傅谅一脚踹中心窝，霎时面色惨白。他闷哼一声，捂住胸口，一连退了好几步，所幸被傅邕及时扶住。

傅谅恍若未闻，竟想要上前再打。皇上气极，吼道："傅谅！你想造反吗！"

傅谅如梦方醒，像是被符咒定住那般，满面狠厉之色悉数变作了茫然。他环视四周，视线落到傅辰身上，脸上浮起一丝惊恐，他复低头看了看自己的手，仿佛不明白自己做了什么。

我忙上前低声道："殿下，这究竟是怎么一回事？"

他转头望向我，眸中一片迷茫："我……我也不知道……"

皇上震怒道："傅谅！"

我暗叫不妙，忙不迭拉着傅谅一起跪下。他似乎是想为自己辩解："父皇，儿臣不是有意……"

皇上气极，根本不听傅谅解释。他微颤着手，指着傅辰道："老四，你来说！"

傅辰喘气道"回父皇，方才在席间，大哥与儿臣发生口角，争执了几句，儿臣并未放在心上，还自罚三杯向大哥赔罪，未料大哥根本不领情，不肯原谅儿臣。后来大哥好像是喝多了，派人把儿臣叫到这里，儿臣以为他有话想对儿臣说，谁知他不由分说便要打儿臣，儿臣迫于无奈只得还手……"

皇上道："傅谅，可有此事？"

傅谅支支吾吾道："好像……好像……父皇，儿臣真的不记得了……"

"不记得？"皇上冷笑，"朕以为你只是喜欢胡闹，本心并不坏，没想到你今天竟然为了一点小事对自己的弟弟下狠手，朕……朕对你失望透顶！"他连连咳嗽，一张脸气得通红。

傅谅着急地为自己辩白："父皇，儿臣冤枉啊，儿臣并不是有意要伤害四弟，只是……"

"不要再说了！"皇上深吸一口气，一字一句道，"太子傅谅行事乖张，离经叛道，更借酒闹事，意图戕害手足。鉴于其屡教不改，冥顽不灵，罚其思过半年，以观后效！来人，将太子送回东宫，严加看管，没有朕的命令不许踏出东宫一步，也不许任何人接近！"

这哪里是思过，分明是软禁！

几名侍卫作势上前，被我喝住："等等！"

事情来得太过于突然，根本来不及仔细思考分析，我只得直接求情道：

"皇上明察，此事必定另有蹊跷，太子生性纯良，绝不可能……"

皇上眼锋一扫，冷声打断我道："再有求情者，罪同从犯，即刻打入大牢，直至太子思过期满为止！"

傅谅惊慌失措地拉住我的衣袖，急切道："玉琼，我是冤枉的，我真的不知道这是怎么回事，玉琼，你要帮我……"不待说完，便被侍卫强行拖走。

皇上望了他一眼，眼神之中满是恨铁不成钢的心痛，良久之后，终是甩袖扬长而去。

见尘埃落定，围观之人一面议论着，一面三三两两地散了。

我看了看傅辰，他已是精疲力竭，靠在傅邕身上直喘粗气。我径直走到他跟前，直直看进他的眼中，道："请问汉王殿下，在席间，太子究竟为什么同你起争执？"

傅辰没好气道："我哪知道为什么！咳咳……好好的生辰宴会被他搞砸了，真是晦气！"说罢，在傅邕的搀扶下慢吞吞地走了。

我望着他渐行渐远的背影，心下百转千回。方才事出紧急，傅谅的反应绝不会有假，他口口声声说不知情，不可能连我也骗。

很明显这是一个局，一个要置傅谅于死地的局。

设局者会是谁？

第四章

有些事，细思恐极

回到府中，我躺在床上辗转反侧，一夜无眠，傅谅那惊恐无助的眼神一直在脑海中浮现。

幕后黑手会是谁？

若说是傅惟，陷害太子并非小事，他显然要找可靠的心腹下手。而今日他只带郑嘉一人赴宴，事发当时他与我在一起，郑嘉也在不远处守着。要给傅谅下个药什么的，委实不方便，操作难度太大。况且他从不瞒我，若他要算计傅谅，应当会事先知会我一声。以上，排除。

若说是突厥人，自家人没必要设计自己人，即便他们不再看好傅谅，决定支持其他皇子夺嫡，也没必要将傅谅置于死地，再者说元皇后也不会答应。排除。

若说是傅邕，此人头脑简单，心思单纯，最大的爱好便是与三教九流的人饮酒作乐。我入朝三年，从未见他有所作为，怀疑他陷害傅谅……那还不如说是小安子。也排除。

我思前想后，以为还是傅辰的可能性最大，理由如下：

其一，就傅辰同我和傅谅关系的恶劣程度来看，他会请我们俩出席本就不合常理，如果不是脑子被门挤了那便一定是有阴谋。

其二，汉王府是他的地盘，他若想要设局害谁，简直易如反掌。更何况，当时宾客云集，人多且杂，便于瞒天过海。

其三，傅辰经营户部多年，手中握有朝廷大量财富，素来心高气傲，不将傅谅放在眼里。日增月盛，很难说他不会生出取而代之的心思。

到底什么东西会让人性情大变，以至于六亲不认呢？

横竖今晚是睡不着了，我索性披衣起身，前往藏书阁查阅典籍。

外祖母生前是一名医女，自幼跟随江南孟河医派名医岳振先学习医术，医术精湛，留下了不少医学典籍。当年来洛阳避难时，旁的没带，这些宝贝医书却一本不落全带来了。爹娘过世后，我便将这些医书束之高阁，不承想竟也有派上用处的一天。

不知是我运气好，还是傅谅运气好，我很快便在一本破破烂烂的古董典籍中找到了一种名叫五石散的药粉。

此药乃由钟乳石、紫石英、白石英、硫磺、赤石脂五种石药配制而成。因为五种石药的药性十分燥热性烈，服下五石散会令人狂躁，并在短时间内迷惑人心，令人丧失心智。

药方下面还有一行批注，写着"遇此方，即须焚之，勿久留也"。

若我记得没错，这种药曾在中原诸国广为流传，据说服下可以祛病强身。后来因为吃死的人太多，太祖即位后便将其列为禁药。虽然药方不易找到，但如果是财大气粗的傅辰想找，那肯定是零难度了……

那么问题来了——我要如何才能证明傅谅那日确实被人下了五石散呢？

不多时，东方既白，旭日东升。

我顶着两坨浓重的黑眼圈准备上朝，连常叔都被我骇了一跳，他照着我的脸反复打量，疑惑道："小姐，您是不是将画眉的石黛画到眼睛上去了？"

我揣着笏板爬上马车，一脸正气道："不是，小姐，我一片丹心、忧国忧民，以致日不能食、夜不能寐，连黑眼圈都重了几分。怎么样，是不是有种包拯重生、狄相在世的感觉？"

常叔眼角抽了抽，道："小姐，时辰差不多了，该上朝了。"言下之意，快醒醒吧别做梦了。

我放下车帘，掂了掂手中的笏板，不知何故，心下涌起一阵烦乱。

包拯狄相，可真不是好当的啊。

今天九龙殿外的人好像比平时多了不少，待看到那抹熟悉的身影，我恍然想起今天是二十五。

按我朝律例，每逢一和五，诸位皇子必须与文武百官同朝听政，共商国是。除了据说"受到惊吓、抱恙在家"的傅辰以及"思过"的傅谅之外，其余皇子悉数到齐。

晨光中，傅惟笑容淡淡，端的是一派清俊无双。他正与一名年轻官员交谈，似乎并未留意到我。

不多时，皇上驾到，百官入殿上朝。

皇上的心情很不好，阴沉着一张脸，一言不发地扫视殿下众臣。

众臣皆是面有菜色，一个个把脑袋垂得连眉毛都看不见了，生怕一个不留神被点了名，不知如何回话。

周遭的气氛无比压抑，九龙殿内几乎落针可闻。

我捏紧笏板，心中暗自盘算：看样子皇上还在为昨夜的事生气，我必须谨言慎行，不能有丝毫行差踏错。倘若我现在就为傅谅求情，只怕一个不小心便会弄巧成拙。届时，不仅傅谅的储君之位难保，我自己也会受到牵连。

大约集体罚站了一炷香的光景，皇上终于不紧不慢地开口，道："有事启奏，无事退朝。"

兵部尚书出列，道："启奏皇上，兵部昨日收到加急文书，称最近一段时间，宋国在扬子江畔陈兵五万，大量造船，且在全国范围内征收新兵，募集粮草，备战迹象十分明显。微臣认为宋国有意对我朝用兵，宜及早有所防范。"说罢，命太监呈上文书。

亲宋派官员立刻出来反驳："齐宋休战已有二十余年，其间虽发生过一些争端与摩擦，但总体相安无事。现任国主宋容书生性慵懒懦弱，爱美人不爱朝政，他为何要突然对我朝用兵？此事不合常理，恐怕另有内情。"

兵部尚书道："大人有所不知，宋国新上任的兵部尚书魏瑾乃镇国将军魏怀远之子，上一次齐宋战争时，魏怀远因大意轻敌而被我军将领斩杀。

说起来，魏瑾与我朝有杀父之仇。他上任后勾结宠妃张氏，鼓动宋主伐齐，偏偏那宋主又是个没主见的，听信于他也不奇怪。"

皇上看完文书，道："诸位爱卿怎么看？"

朝堂上顿时议论纷纷，有人认为应当加强边防，有人认为应当以静制动，还有人认为应当尽快敲定与妍歌公主的婚事，拉拢突厥……

恰在此时，有一人缓步走到大殿中央，其声落落疏朗，道："启奏皇上，宋国据长江天险与我朝相邻，如今宋主陈兵江畔，伐齐之心已是昭然若揭，无需赘言。倘若我朝不采取措施应对，无异于坐以待毙。微臣斗胆，恳请皇上及早起兵征宋，统一南北！"

一石激起千层浪。

话音落下，众人惊呆，倒抽冷气声此起彼伏。

此人正是方才在殿外与傅惟交谈那名年轻官员，今科武状元杨夙。他官拜兵部七品主事，入朝不过三月有余。

傅惟为何会选择这样一个毫无根基的人出来说话？

我下意识地看了看傅惟，但见他垂眸敛目，面色沉静如水，仿佛此事与他没有任何关系。

有人嗤笑道："小小兵部主事也敢在此胡言乱语，说开战便开战，你以为战争是儿戏吗？"亲宋派群情激奋，七嘴八舌地声讨杨夙，指责他残忍不仁，不知轻重。

皇上微眯着眼睛，上下打量杨夙："要朕征宋，理由呢？"

杨夙全然不理会周遭的非议，神情不卑不亢，道："回皇上，理由有三。其一，敌弱我强。我大齐从立国后便一贯推行休养生息的政策，轻徭薄役，韬光养晦。时至今日，我朝非但已坐稳北方江山，更是天下清明、国富兵强。反观南朝宋国，虽根基深厚，然，皇帝疏于朝政，权臣宠妃当道，已显穷途末路之相。况且，宋国素来兵弱，我朝却是以武立国，要战胜宋国实非难事。

"其二，我朝得道多助，宋国失道寡助。吾皇英明仁慈，爱民若子，百姓皆赞皇上为明君圣主。而宋主昏庸无能，贪官污吏横行，大肆搜刮民脂民膏，江南早已民怨沸腾。论民心，孰胜孰负再明显不过。

"其三，所谓天下大势，分久必合。自永嘉之乱、西晋南渡以来，中原大地藩镇割据，连年混战，长达三百余年之久。微臣以为，如今大一统的时机再度来临，征宋乃顺应天道，皇上必能成为继秦皇汉高之后，第三位一统天下的君王！"

字字句句，掷地有声，九龙殿内瞬间便安静下来。

亲宋派一个两个都傻了眼，好像完全没料到对手的水平如此之高，一时竟无法反驳。

我不禁暗自称赞，不愧是傅惟相中的人，果然有两把刷子，很善于抓住人心，不动声色地将皇上狠狠地夸了一番。连我这个对征宋持保留意见的人都听得热血沸腾，更何况是皇上？试问哪个皇帝不想一统江山，不想彪炳史册呢？

果不其然，皇上沉吟片刻，道："杨爱卿言之有理，其实朕也早就有征宋的打算，一直苦于没有时机。毕竟贸贸然发动战争，师出无名，是为侵略，恐上天不佑。如今宋国陈兵扬子江畔，是他们挑衅在先。无论宋容书是不是有意对我朝用兵，起码朕有了出兵的理由。然则，征战并非小事，不可草率。诸位爱卿，你们怎么看？起先反对征宋的，出来说说理由呢？"

亲宋派面面相觑，几位老臣气得老脸通红，却又不敢随便开口。杨凤的三条理由分别为国强、君明、顺天道，即便他们再反对征宋，也万万不能对此进行反驳，说国不强、君不明、逆天道。

我本以为傅惟会出来说两句，没想到他依然一言不发，连最喜欢凑热闹的傅邕都破天荒地保持缄默。

"没人反对？"皇上犀利的视线扫过殿上众人，最后落到我身上，问，"戚爱卿，你怎么看？"

我一惊，立马挺直腰杆，出列，道："回皇上，微臣认为，可以一战。"

我刚说完，一名言官立刻跳出来反对："万万不可，我朝与宋国互通贸易多年，我朝所需的茶叶、丝绸、瓷器等，有七成是要从宋国购买，而我朝生产的煤炭、生铁也多半销往宋国，这部分收入占每年国库总收入的两成。一旦开战，贸易中断，茶叶丝绸将无处购买，煤炭生铁也将滞销。如此一来，物价大乱，必有大患。这一点，戚大人考虑过没有？"

我说："本官想请问大人，您不喝茶叶会死吗？不穿丝绸会死吗？不用瓷器会死吗？"

那人一噎，答不出来。

我伸出一根手指，晃了两下，不紧不慢道："当然不会。不喝茶叶，喝白水便是；不穿丝绸，穿棉麻也可；不用瓷器，用陶器不行吗？茶叶丝绸瓷器都不是生活必需品，能有最好，没有也不会影响百姓的正常生活。而煤炭生铁呢？没有这些，宋国几乎所有行业都要瘫痪，没有煤炭便无法生火，没有生铁便无法冶炼兵器，请问，后果孰轻孰重呢？况且，待攻下宋国，茶叶丝绸瓷器这些都从外贸转成内供，连贸易所需的税费都免了，岂非一举两得？"

皇上捋须道："说得不错。说起来，宋容书虽是个蠢人，可那张贵妃还算得上精明，知道要保护当地冶铁业的发展。从去年起，我朝销往宋国的煤炭生铁全部要加收三成的税费，长此以往，宋国的冶铁业若是果真发展壮大了，这笔贸易照样要断。战也是断，不战也是断，还不如一举拿下宋国。"

那言官的脸霎时变作锅底色，口称"皇上英明"，悻悻地退了下去。

皇上默了默，叹了口气，道："此事事关重大，朕会审慎考虑，容后再议吧。退朝。"

不多时，百官三三两两地散了。我刻意放慢脚步跟在傅惟身旁，原以为他至少会给我一个微笑，不承想他竟像是没看见我那般，自顾自与傅邕说话，很快便上了辇车。

我失望地驻足，望着他渐行渐远的背影，虽然知道这是避嫌的需要，可失落与难过还是不受控制地涌上心头。

究竟要等到什么时候，我们之间才能不用再有顾虑，光明正大地说句话呢？

这厢我正当愣怔，忽闻身后有人喊我："戚少傅。"

我回头一看，原是杨凤。他缓步走到我跟前，向我作一揖，微笑道："戚少傅，久闻大名。"

我苦笑道："是久闻臭名吧。"

杨凤哈哈大笑："少傅大人太过于自谦了，史上第一女官必定不是一般人能胜任的，些许非议不足挂齿，大人何必妄自菲薄？方才大人在朝堂上舌战言官，可谓巾帼不让须眉，下官佩服佩服。"

我知道他是傅惟的人，但此刻我没有心情与他聊天，遂拱了拱手，道："多谢杨大人夸奖，本官有事先走一步，大人请便。"

"也好。"杨凤看了看四周，忽然侧过身，压低声音道，"多谢，定不负卿意。"

我先是一愣，紧接着面上一烫，一颗心怦怦直跳起来。先前的怅然若失悉数化作了甜蜜欣喜，我强压住颤抖的声音，问道："这是他说的？"

杨凤微微点头，似有深意道："下朝前他再三叮嘱我，一定要第一时间转告你。啧，我与他自幼相识，却还是第一次看到他这样。"

我奇道："自幼相识？可我从未听他提过你啊……"

他解释道："我家世代经商，为了拓展生意，在我十二岁那年，举家移居西洋国。今年年初因祖父过世，需要父亲继承家业，这才回到大齐。"

我恍然大悟地点头："原来如此。"

"不过，大人重点是不是偏了啊……"

"什么意思？"

杨凤掩口轻咳，笑意之中似有一丝揶揄："我方才说'第一次看到他这样'，按照常理，大人应当问我'这样是哪样'才对。"

也对。那么我就从善如流："这样是哪样？"

他故作神秘地笑了笑，施施然飘走了。

我僵在原地，看他在朝堂上慷慨陈词的架势，还以为他是个正人君子，没想到也是个不正经的。

不过……

我轻轻念了声那个名字，抬头眺望明媚的晴空，心中的阴霾忽然一扫而空，心情也跟着晴朗起来。

今天东宫的戍守分外森严，侍卫比平时多了一倍。我在小安子的帮助下，扮作太监的模样，不费吹灰之力便混进了东宫。

我见到傅谅时，他正蹲在墙角画圈圈，浑身上下散发出一种幽怨悲哀的气场，简直教人无法直视。

我小心翼翼地唤了他一声，他扭头看我，目光有些呆滞，仿佛没反应过来我是谁。我见他没动，便也僵立着不敢动，心下暗自狐疑：这货该不是被打击傻了吧？

就这般彼此大眼瞪小眼瞪了一会儿，他眸中忽然流光溢彩，旋即腾地站起身，飞奔过来扑进我怀里，哭得梨花带雨。

额间青筋一阵乱跳，我慈爱地抚摸着他的脑袋，心里却是恨铁不成钢的愤懑——该哭的时候不哭，现在对着我号有什么用！

我肃颜正色道："殿下，您先别哭了，哭解决不了任何问题。微臣可是冒着生命危险来帮您的，时间不多啊。您若是再这样号下去，待会儿一个不幸把皇上引了过来，非但您没办法沉冤得雪，连微臣也要跟着遭殃！"

"嘤……"傅谅抬起蒙眬泪眼将我望了望，抽抽搭搭道，"那你要怎么帮我？"

我嫌弃地将他推开，他挨过来，我又推开，他又挨过来……就这么来回拉锯了不下十次。

好吧，他赢了。

我直接进入正题："您先告诉我，您昨天到底为什么会突然跟汉王动手？当时有没有什么异样的感觉，比如……狂躁？"

傅谅猛地一拍大腿，道："真的有哎！说起来……"他摸了摸下巴，剑眉微蹙，认真回忆道，"那时候我好像是喝多了，觉得头昏脑涨、浑身发热，整个人都很不舒服，于是就想到湖边醒醒酒。然后傅辰过来同我说话，我当时不知为何特别烦躁，身体里面就像是有一团火在烧，根本听不清他讲什么，再后来就什么都不知道了。等到清醒的时候，就看见你和父皇，还有好多人都在……"

错不了，傅谅的描述与服下五石散后的症状完全一致。

我思量一瞬，又问："您昨晚上喝的什么酒？跟谁喝的？喝酒的时候有没有什么异常情况发生？"

"昨晚我心情不好，没有跟任何人喝酒。"说着，他小媳妇儿状瞥我一眼，继续道，"我记得昨晚的宴酒有桑落酒和竹叶青两种，我喝的是桑落酒，按照我的酒量，喝上三五斤不成问题，可昨晚我才喝了不到两斤就不行了。再者说，即便果真是喝多了，我酒品也是很好的，喝醉了只是睡觉，绝不会做出动手打人这么暴力的事。总之就是太奇怪了，难道……我被人阴了？"

"您不会刚猜到您被人阴了吧？"我扶额，默默地腹诽：这货这般缺心眼竟还能在太子之位上安然无恙地长到这么高这么大，也不知该说是先帝在天有灵，还是说他天生命硬。

"是谁？"傅谅登时怒目圆睁，"是守财奴吗？"

"哎哎，小点声儿！现在没有任何证据，别瞎嚷嚷！"我叹了口气，道，"微臣觉得最有可能的就是他，但他摆出一副受害者的姿态，今天还称病没来上朝。皇上又在气头上，在没有确凿证据之前，谁也不能拿他怎么样。您先忍忍，小不忍则乱大谋。"

他仍是气鼓鼓的样子，道："君子报仇，十年不晚！哼，等我出去了一定要他好看！"

"先别说这些，殿下，您昨天穿的衣服还在吗？"

"在啊。"

他点点头，小安子帮我取了过来，好在还没送洗。

我三下五除二将它包裹好，塞进空食盒，复叮嘱他道："千万不要告诉任何人我来过，包括皇后娘娘，衣服这事也不能提。还有，这几日没事做的时候就多哭几声，制造点动静。画圈圈有什么用，就算把东宫的地画穿了都没用！记住，无论谁来看您，不管三七二十一先喊冤，一口咬定您是被人陷害的，明白吗？"

元皇后既然能在第一时间赶过来，就不会毫无作为。昨天她被拦在外面，势必会直接找皇上求情。毕竟突厥使臣还在宫里，皇上怎么也得给突厥王几分薄面，若我没猜错，她不久之后便能拿到皇上的特许通牒，进来看望傅谅。

傅谅满口答应，又好奇道："玉琼，你拿了我的衣服就能为我洗刷冤屈吗？"

我暗自掂量一瞬，以为先不告诉他为妥，他素来咋咋呼呼，说不好什么时候嘴一漏就说出去了，届时打了草惊了蛇，恐怕便没那么容易查出真相了。

我胡乱地敷衍了几句，便说："行了，微臣要走了，您记住微臣的话。"

他拽住我的衣袖，弱弱道："那你什么时候再来看我？"

"殿下，微臣进来一趟十分不容易，恐怕最近没有机会再来看您了。但是，您若配合得好，皇上早日放您出去，届时一切恢复正常，微臣还能陪您微服出游！"

傅谅眼前一亮，忙不迭道好，哈哈笑道："玉琼，你放心，我肯定认真喊冤，每天早中晚三次，一次不少！"

我拍了下他的肩膀，赞许地点了点头，提起食盒随小安子走了。

说曹操曹操就到。

这厢我前脚将将踏出东宫大门，便听见一声唱喏："皇后娘娘驾到——"

小安子忙拉着我退避到一旁的小道上跪下，我不动声色地抬眼偷瞄。

只见凤辇停在东宫门前，元皇后在宫婢的搀扶下缓缓步下辇车，一袭明黄色蚕衣宫装尽显雍容。

虽已近不惑之年，她依然明眸皓齿，美艳动人，仿佛岁月不曾在她脸上留下任何痕迹。她转身对宫婢说了句什么，神色颇为憔悴，大约是因傅谅的事而忧心。

四年过去了，她倒是一点儿没变。

我心中冷笑，左手不由自主地紧紧攥起，指甲深深嵌进掌心，却感觉不到半分疼痛——我的左手手掌没有任何知觉，全是拜她所赐呢。

小安子似是发觉我的异样，一脸惊恐道："戚大人，您……您怎么了？"

我下意识地摸了把脸，忙笑道："没什么，大概是担心太子殿下吧。"

侍卫仍旧铁面无私地将元皇后拦住，她身旁的宫婢递上一张通牒，脆生生道："皇上有旨，准许皇后娘娘进东宫探望太子殿下，尔等还不速速放行！"

侍卫查看过通牒，不敢再有迟疑，迅速打开大门。

我站起身，瞧了一眼元皇后缓缓消失的身影，问小安子："皇后娘娘极疼太子殿下，对吧？"

小安子点点头，小声道："奴才从小服侍殿下，殿下十二岁以前都和皇后娘娘一起住在太和殿，娘娘对殿下那叫一个含在嘴里怕化了，捧在手里怕摔了，完全是有求必应！唉，殿下这次被罚思过半年，只怕娘娘的心都要疼碎了……"

我掂了掂手中的食盒，心道，疼碎了才好，疼碎了好办事。

果不其然，元皇后刚进东宫没多久，便听得一阵撕心裂肺的哭喊声破空传来……

"母后，儿臣冤啊！"

小安子虎躯一震，我满意地拊掌，默默地在心里向傅谅竖起大拇指——号得漂亮！

回到府中，我以最快的速度洗去脸上的锅底灰，换了身干净的衣裳，复取出白玉耳坠戴上。准备好之后，脑中忽然灵光一闪，万事俱备，只欠……

那件东西！

常叔见我忙前忙后，莫名其妙道："小姐，您这是做什么？"

"常叔，那年我爹升任刑部侍郎，我们举家搬来长安，离开洛阳前，他的一位好友送给他一盒据说十分名贵的香料作为别礼，你还记得放哪儿了吗？"

常叔思忖良久，很快取来一只璎珞八宝盒，道："小姐，您是说这个吗？"说着，他打开盒子，只见里面放着三只碧玉小瓶。我取出其中一只，放在鼻前轻轻一嗅，一股清幽淡雅的香味顿时盈满心胸，教人沉醉不已。

我喜道："就是它了！"

常叔奇道："小姐，您要它做什么？"

"有求于人，总得投其所好吧。"我有些忧伤地叹了口气，将一张纸递给他，道，"常叔，这里有一张方子，麻烦你去帮我把这五味药买来。还有，替我备车，我要去一趟瑶山别院。"

常叔不再多问，很快下去准备。

我抱着那只八宝锦盒，心下不由得忐忑——就凭这三只小瓶，也不知元君意会不会卖我这个人情啊。不过他的鼻子比狗鼻子还灵验，眼下也只有他能帮我了。

出发之前，我特意去了趟小阁楼给爹娘上香。

我拈香跪拜，重重地叩了三个响头："爹，娘，女儿不孝，今日支持皇上伐宋。只因宋主昏庸无道，我实在不忍心看见爹娘守护了一辈子的江南败落在一个昏君手里。傅惟人品肖重，我相信，若他挂帅南征，必定会善待江南百姓，所以，希望爹娘能够谅解。

我点燃纸钱，扔进火堆里："入朝三年，女儿一天也不敢忘记家仇，丧门之痛，锥心刻骨。从入朝为官的那一刻起，我便没想过我能活着离开。哪怕是拼上性命，我也要手刃仇人，告慰爹娘在天之灵。但是现在，我必须先把傅谅救出来，爹娘，你们一定要支持我，保佑我……"

瑶山别院在长安城东面，依山傍水而建，风景秀美如画。

烈日当空，夏意渐盛。有风轻送，别院中宫柳摇曳，荷香醉人。

我在门前徘徊许久，深吸一口气，正欲敲门，却听里面传来一阵絮絮人声，伴随着元君意微弱的轻咳。

病了？我顿时心生疑窦，戳在原地，进也不是退也不是。

恰在此时，只听"吱呀"一声，那扇门自己开了。

迎面出来的那人先是一愣，继而秀眉一挑，别有深意道："这么着急赶我走，我还当是什么重要的事情，原来是佳人有约。"最后四个字说得极是暧昧，带了几分窥破天机的了然。

元君意身着中衣，披着一件外袍缓步走出来，俊脸苍白，双唇亦毫无血色，整个人看起来十分憔悴。目光在我耳畔停留一瞬，旋即落到锦盒上，唇畔含了一丝笑意，却是什么话都没有说，仿佛默认了妍歌的猜测。

看来是真病了。

我顺水推舟道："公主说笑了，微臣听说元公子身体不适，怕招待不周，特意前来探望。没想到打扰了公主与元公子谈事，是微臣的疏忽，微臣改日再来拜访。"

"没事，我能有什么事。"妍歌看了眼元君意，不冷不热地笑了声，"听说太子又闯祸了，少傅大人不担心太子的安危，反而担心你的身体，啧啧，难怪你不愿意回突厥……"

元君意打断她："公主该午休了。"

"嫌我碍事了？好，我走便是，你们慢慢聊吧。"说罢，妍歌睨我一眼，拂袖翩然而去。

乍见之时，惊鸿一瞥，她美艳不可方物，若天仙下凡。而今再看，越发觉得她像是一只骄傲的孔雀，美则美矣，却永远成不了凤凰。

我望着她冷艳高贵的背影，深深为傅惟的未来感到担忧……

"少傅大人。"元君意唤我，"进来坐吧。"

我回过神，随他一同进屋。

瑶山别院在建造时，每一座宫殿内四周都挖了暗渠。每逢严冬腊月，便引热水进来，作取暖之用。而盛夏时节，则在里面放置冰块与冰水，可消暑解乏，因而屋内别有一番清凉之意。

博山炉中烟雾冉冉，淡淡的花香若有似无。踏入其中，仿若步入阳春三月，教人神清气爽。

我坐定，笑眯眯道："元公子，身体不碍事吧？要不要请大夫来看一下？"

"想来是昨晚吹了风，有些受寒罢了，没什么大碍。"元君意虽笑得温文尔雅，脸上却分明写着：要不要这么虚情假意？

他从柜中取出茶叶，冲了一壶茶替我斟上，道："听闻大人喜爱茶道，想必喝过不少好茶。这鹿苑毛尖乃友人相赠，大人尝尝味道如何。"

"多谢。"我小啜一口，赞道，"鹿苑茶我喝得不多，但十分喜爱。其香馥郁，其味醇厚，回甘无穷，乃荆楚茶中佳品。"

"无事不登三宝殿，大人不会当真是来探病的吧？"

我放下茶杯，打开璎珞八宝盒放到他面前，道："上次我受伤时，元公子费劲找了两罐桉树蜜送给我，虽然后来转赠给太子殿下，但元公子的心意我一直铭记在心。听闻令堂乃闻名突厥的调香师，想必公子对香料颇有研究，于是我便自作主张选了一盒香料作为回礼送给公子，还望公子笑纳。"

元君意微微一愣，眸光之中似有一丝讶然。他打开一只碧玉瓶，放在鼻前轻轻转了个圈，笑意深了几分："这是前朝哀帝的贵妃花蕊夫人亲手所制的衙香，可通经开窍，安神养性，因配料太过于考究，存量十分稀少。哀帝亡国后，花蕊夫人以身殉国，配方失传，衙香便举世难寻，我也只在书本上读过。"他掂了掂瓷瓶，"少傅大人送的这三瓶，少说也有二三两，如此珍贵，我真是惶恐啊……"

我诚实道："真的这么珍贵吗？其实我也不知道这是什么。"

元君意："……"

我哈哈笑道："不过你喜欢便好。"

"喜欢，自然是喜欢。可惜我今天已经焚了别的香，不能再试衙香了，否则香味混淆，便品不出衙香本来的味道了。改日大人若是有空，再一起焚香煮茶，如何？"

我微笑道："如此甚好。"

元君意将碧玉瓶放回八宝盒中，道："回礼我收了，大人有话也不妨直说。"

本来我想也学学他那故弄玄虚的一套，但想到傅谅还在东宫里卖力地哭号，就直接进入正题，道："其实是这样的，本官有一事想请元公子帮忙。"

"哦？"他掩口轻咳几声，饶有兴趣道，"与太子殿下有关？"

我点头道是。

"我猜对了？哈哈，不过，你竟然会为了太子的事奔波，倒教我好生意外，我以为……"言尽于此，他迎上我的目光，笑容变得高深莫测。

我心下一跳，笑得恰到好处，道："你以为什么？"

他并没有回答我，呷一口茶，道："其实我更好奇，少傅大人，你对太子殿下到底是什么态度？"

我稳住心绪，淡定道："元公子这话问得蹊跷。太子为君，我为臣，君为臣纲，这便是我的态度。正所谓在其位谋其职，我身为太子少傅，自然要以匡扶太子为己任。如今太子有难，我岂有坐视不理的道理？"

"是吗？"元君意轻声一笑，似真似假道，"大人忠心耿耿、兢兢业业，果真是国之栋梁啊。齐国的宫廷争斗，我本不打算参与，但既然大人开口……"他看了一眼我的耳坠，继续道，"我怎么也得给大人面子。说吧，想要我怎么帮？"

我打开包裹，将那五味药和傅谅的外袍一齐递给他，道："本官想请元公子闻一闻，太子殿下这件衣服上可有这五种药材的味道？"

"钟乳石、紫石英、白石英、硫磺、赤石脂……"元君意将五种药材一一闻过，复拿起傅谅的外袍研究一番，旋即剑眉微蹙，似有些难以置信，"五石散？"

我奇道："你知道五石散？"

"略有耳闻。听说这种药可令人丧失心智，性情大变，难道太子昨夜被人下了五石散？"

既然有求于他，我也不打算隐瞒，遂点头道："我怀疑是。怎么样，殿下的衣服上有没有五石散的味道？"

他肯定道："有，不过味道很淡，应当是极少量的。"

我说："这玩意儿吃死过很多人，当然不能多了，多了太子就不是被遣送回东宫思过那么轻巧了，恐怕是直接进皇陵了。"

元君意沉吟片刻，道："可是知道了真相又如何，无凭无据，皇上会听信于你吗？"

我将药材和衣服收拾好："皇上信不信并不重要，只要皇后娘娘信了，他便不得不信。"

他托腮问我："少傅大人跟我说这么多，难道就不怕我跟那下毒人是一伙儿的吗？"

我不由得怔住，说实话，我自始至终都没有考虑过这种可能性，并不是基于理性的分析判断，而是直觉，直觉告诉我可以向他求助。

不知为何，我竟忽然对他产生了一种莫名其妙的信任……真是奇怪。

我笑着反问他："你是吗？"

元君意也笑："当然不是。不过……"他稍顿，摸了摸下巴，困惑道，"说实话，我真是越来越看不透你了。"

想到他三番五次故弄玄虚，我毫不客气道："彼此彼此。"

"没关系，来日方长，大人若是想知道什么，终归都会知道的。"

猜测既然得到证实，此地不宜久留，朝廷命官私自与外臣会晤本就于理不合，我今日来这里，皇上必然知道。若是逗留时间过长，引起猜疑，恐怕傅谅的处境便会雪上加霜。

我并没有接他的话，起身作了一揖，道："多谢元公子相助，我不便多叨扰，就先行告辞了。公子是明白人，想必不用我多说什么了吧。"

"自然明白，我就当大人今天是专程来送衙香的。"他负手走到我身旁，勾了勾唇，略凑近几分，附在我耳畔轻声道，"大人放心，不管怎么样，我都是站在你这边的。"

语意轻缓，隐约有几许意味深长，教人分不清是玩笑还是认真。我与他数次交锋，从未摸清他的意图，他现在无缘无故说什么站在我这边，又有几分可信？

我笑道："公子好生休养，告辞。"语毕，推门离开。

从瑶山别院出来后，我马不停蹄地向皇城赶过去。宣武门外，小安子已等候多时。

马车停下，我向他招了招手，他一溜烟小跑过来，我问道："皇后娘娘与太子殿下谈得怎么样？"

"殿下照大人说的一见到皇后娘娘就开始喊冤，他哭，娘娘也跟着哭，母子俩就这般抱头痛哭了大约有半个时辰。"

"然后呢？"

小安子一脸无辜道："没然后了。"

我："……"

我抹了把额头上的冷汗，将包裹和药方交给他，叮嘱道："小安子，你赶紧将这两样东西送到太和殿，一定要亲手交给皇后娘娘，她定有办法救殿下出来。"

"奴才明白!"小安子抱紧包裹,四下张望一番,又一溜烟跑走了。

皇上这次之所以龙颜震怒,无非因为傅谅"借酒闹事、戕害手足"。所以傅谅能否化险为夷,关键在于能否证明他与傅辰打架斗殴并不是出于本意,而是遭人算计。至于是谁算计、怎么算计,其实并不是那么重要。只要皇上肯相信傅谅是无辜的,那他自然会查幕后黑手是谁,根本无须我操心。

经过再三考虑,我以为此事由元皇后出面最为妥当。虽然后宫嫔妃众多,但帝后相伴多年,皇上对元皇后的感情非同一般,否则就凭傅谅这德行,恐怕早已被废千百回了。既然有情,便容易心软。由她出面,必定事半功倍。再者说,元皇后爱子心切,肯定比任何人都想要为傅谅洗刷冤屈。

天边飘来大片的云团,遮蔽了阳光,天色霎时阴暗下来。我望天叹息,转身登上马车。

傅谅啊傅谅,我只能帮你到这里了,剩下的便是等待以及看你自己的造化了。

我以为将东西交给元皇后,这件事便能很快水落石出。即便不能彻底洗白傅谅,至少也给他个机会为自己辩解,或是放出来遛遛。孰料,我一连等了十多天,却是半点消息都没有。皇上那边没动静,皇后那边也没动静,只有在路过东宫时,才能偶尔听到几句杀猪般的哭喊声。

我不禁狐疑,到底哪里出了纰漏,怎么就石沉大海了呢?元皇后绝不可能没有作为,莫非皇上不相信?抑或他明明知道了实情,就是不愿意把傅谅放出来?

九龙殿上,我端着笏板,满脑子都是为什么、怎么会以及怎么办之类的问题,全然没有在意皇上与众臣在说些什么。

"退朝——"

一声尖锐的唱喏将我的神思拉了回来,只听皇上道:"戚爱卿,下朝之后来一趟御书房。"

四周骤然安静下来,众人的视线齐刷刷地落在我身上。我浑身一个激灵,忙不迭收敛心神,抬脚跟了过去。

御书房中,皇上端坐案前,目不转睛地将我望着,目光如苍鹰般犀利。半晌,不紧不慢道:"戚爱卿,你今日上朝走神了吧。"

我被他看得头皮发麻，干笑道："皇上英明。"

"所为何事啊？"

我斟酌了一下，扑通一声拜倒在地，痛心疾首道："回皇上，太子殿下虽然行事荒唐，但他心思纯良，从未有过害人之心，更不可能对自己的兄弟下毒手。汉王寿辰那晚，他定是受奸人陷害，绝非出于本意。微臣身为太子少傅，不能为殿下洗刷冤屈，终日惴惴难安，以致日不能食夜不能寐。微臣每天都在想着怎么还殿下一个清白……"

话未说完，皇上指着一旁的包裹，道："这就是你想出来的办法吗？"

没有一点点防备，也没有一丝顾虑，惊吓来得太过于突然。我骇道："皇上恕罪！微臣……微臣并非有意违抗圣旨，微臣所做的一切都是为了太子殿下啊！"

"好了，朕知道，朕没有怪你，起来吧。"

我捏了把冷汗："多谢皇上。"

"昨天晌午，皇后带着包裹和药方来见朕，说汉王寿辰那日，太子是被人下了五石散以至于丧失心智，朕当时便猜到这是你的主意。"

昨天？元皇后明明半个月前就拿到了东西，为什么昨天才来找皇上？

心下疑虑万千，可不待我仔细思考，皇上又道："戚爱卿，你之前去瑶山别院见元君意，也是为了这件事吧。"

既然被发现，我也只好老实承认："是，微臣听闻元公子对香料颇有研究，能分辨出许多种不同的味道，便想请他闻一闻太子殿下的衣袍上有没有五石散的味道。"

枉我自认考虑得细致周全，安排得天衣无缝，却没想到终究难逃皇上的火眼金睛。那我平日里搞的小动作、耍的小聪明，有多少是被他看穿而不自知的呢？

啧，真是细思恐极啊……

"结果呢？"

"元公子说有……"

皇上默了默，道："太子的心性朕再清楚不过，要说他吃喝嫖赌，朕相信，但戕害手足之事他不会做。那天晚上朕也是气昏了头，没来得及想那么多，后来渐渐想明白了一些。听说他最近整天喊冤，朕也曾怀疑是不是错怪他了。直到皇后来找朕，朕终于确定太子是被人陷害的。但是，朕暂时还不打算放他出来。"

"微臣不明白，请皇上明示。"

"即便太子在这件事上是无辜的，但他平日里总是不务正业，整日吃喝玩乐，众臣对他积怨已久。最近一段时日，不少人上书指责太子失德，言语间多有要朕改立太子之意。朕想借此机会让他好好反省反省也好……不过，他多半也反省不出什么。"说罢，他恨铁不成钢地叹了口气，伸手轻捏眉心，眉宇之间似有几许疲惫。

我恍然大悟，不知何故，心下生出几分戚戚然，道："皇上真是用心良苦。可是，就这么一直关着太子终归不是个办法。"

"朕知道，过段时日，寻个机会让太子表现一下，便可放他出来了。但陷害太子事关重大，朕不可能容忍朝中有这种狼子野心的人存在。戚爱卿，你觉得幕后黑手会是谁？"

我低头，道："微臣不敢妄自揣测。"

皇上"嗯"了一声："此事朕会派人去查，你就不必费心了。"

我跪下叩首，诚恳道："微臣先替殿下叩谢皇上。"

"行了，你先下去吧。"

我忙收起思绪，跪安退下。

走出御书房时，竟意外地看见元睿与另一名突厥使臣等在门外，神情仓皇焦急，额间竟隐有细密的汗珠，大约是因为傅谅的事而焦心。

我本想上前打招呼，孰料，元睿见御书房门打开，向那使臣使了个颜色，便径直走了进去，完全忽略了我的存在。

我不免有些错愕，旋即心下一定——果然是舅甥情深啊，有元睿在，傅谅的太子之位应当能保住了。

没走多远，见小安子闷着脑袋往宣武门赶，神色颇为慌张。

我唤住他，快步走过去，道："什么事这么慌张？"

小安子愁眉苦脸道："太子殿下拉肚子了，奴才要去太医院请太医。"

"怎么回事？"最近整天想着五石散的事，以至于我此刻的第一反应是这货是不是又被人下毒了。

"今天早上殿下起床后说是生活太无聊，想去伙房转转，然后一时兴起自己动手做了一道菜，吃完就拉肚子了。"

我："……"

我懒得再吐槽他了，于是直截了当问道："小安子，我给你的包裹你有没有立刻送到太和殿？"

　　"有啊。"

　　"那有没有亲手交给皇后娘娘？"

　　"有啊。"

　　那便奇了……我百思不得其解，为何会迟了半个月，难道皇后在等待什么时机？

　　小安子觑了觑我的脸色，问道："大人，怎么了吗？"

　　我挥手道："没事，你去吧。记得告诉太子殿下，不要放弃治疗。"

　　小安子点头道是，很快跑走了。

第五章

金戈铁马，替谁争天下

　　傅谅的事顺利解决，我心里的大石头终于落了地。虽然此事尚有诸多疑点，但这已然不在我的考虑范围之内了。不管过程如何，我要的是结果，只要傅谅能平安地被放出来，其他都不重要，至于傅辰，或许会有皇上收拾他……

　　六月十五乃齐国立国之日，举国同庆。

　　皇上颁旨大赦天下，并率文武百官祭天祈福，告慰列祖列宗。到了晚上，京城内外取消宵禁，一年一度的国庆游园盛会如期举行。

　　是夜，月色明媚，流光皎洁。凉风徐徐，暑意渐散。

　　随处可见大红灯笼高悬，微风过时，灯影绰绰，摇曳生姿。沿街瓦肆林立，小贩们争相叫卖。百姓纷纷出游，处处欢声笑语，一派欢喜繁华之景。

　　我东看看，西瞧瞧，买买胭脂，选选纨扇，简直不亦乐乎。

　　露天茶肆中，傅惟和杨凤正悠然坐在街边饮茶。一个温润清贵，一个风度翩翩，就这么随意谈笑着，便是游园会上一道不容忽视的风景。

　　我心中暗喜，笑道："没想到王爷和杨大人也会来逛游园会。"

杨凤瞥了一眼傅惟，笑容顿时变得十分暧昧："戚大人，好巧啊，快过来坐。"

傅惟抬眸向我看来，笑容淡淡，一袭月色锦袍将他衬得清峭出尘，如芝兰玉树，似皓月当空。

我坐下："那个……我随便逛逛，随便逛逛。"

"哎呀！"杨凤猛地拍了一下脑袋，一副醍醐灌顶的样子，道，"我忽然想起来，我爹找我有事，我得早点回家。你替我向先生问好，真是不好意思，我改日再去拜访他，今天就先走了哈！戚大人难得出来一次，你陪人家好好逛逛啊，哦呵呵呵！"说完，不待傅惟回答，腾地站起身，拔脚就走。

这人，真的是九龙殿上那个旁征博引、舌战群臣的兵部主事吗……怎么感觉反差有点大？

我望着杨凤施施然远去的背影，问傅惟道："你们是要去拜访什么人吗？"

他替我斟上一杯茶，解释道："前太傅李瑞安先生曾是杨凤的启蒙老师，后来他随父母移居西洋，十多年未见。这次回来之后，他忙于南征之事，一直没有时间拜访李先生，原本约好今晚一起去的。"

我了然点头，意念一动，道："我也好久没见李大人了，我跟你一块儿去吧。"

傅惟点头道好，又道："方才他说的话不必在意，他就是个没正经的人。"

我将茶杯握在手里，茶香四溢，心道：杨凤真是个妙人，没正经也未尝不是一件好事，至少他没正经得很是时候呀哈哈。

我笑道："杨大人在朝堂上不遗余力地帮你，得友如此，也是一件幸事。"

"是啊……"傅惟略凑近几分，唇畔是我熟悉的浅笑，温柔的目光一直看进了我心底。他伸手轻抚我的头发，指尖微暖，若春风拂面。从额头一路到耳际，最后在脸颊旁停下，却久久没有收回。

细碎的触感激得我心脏猛然一收缩，浑身上下浮起阵阵酥麻，连脸颊都跟着隐隐发烫起来。我有些发愣，出神地将他望着，不觉愣怔。

他薄唇微抿，笑道："还有你啊。有你在我身边，真是三生有幸。谢谢你，玉琼。"他的眼神若有魅惑人心的力量，教人莫名心悸。

恍然间，似有一股甘泉缓缓流过心间，甜得无法言语。我赧然垂眸，笑道："其实，该说这句话的人是我。"我一字一句，轻声而坚定道，"相比起你的救恩之命，我做这点事算得了什么。"

傅惟眼睛一眨不眨地看着我，眼底的笑意深了几分。半晌，他握住我的手，放在掌心轻轻摩挲："玉琼，你最近还好吗？听说你为了太子的事费心不少，真是难为你了。"

语意一如既往的温柔平和，听不出半分波澜。

我却有些不自在，干笑道："还好，呃，多亏外祖母留下的医书，我才能这么快发现真相。根据我平时的观察，即便太子跟汉王不对盘也不会直接干架，他应当是被人下了五石散以至于狂性大发。不过，就算我不查，皇上也已经起了疑心，毕竟太子是他亲手带大的，太子是什么样的人、会做什么样的事，他比谁都清楚。"

"你去找元君意，是不是也是为了这件事？"

就知道瞒不过他，不用想，肯定是妍歌说的，估计还没少添油加醋！我干笑道："是的，他这人鼻子比狗还灵验，我就是想让他闻闻太子的衣服上有没有五石散的味道，他说有，也就肯定了我的猜测。"

"那，你知道是谁下的毒手吗？"

"暂时不知道，我怀疑……是汉王。"

傅惟静默一瞬，道："罢了，这不是你该操心的事，你不要再插手了。元君意此人深不可测，是敌是友还未可知，你尽量不要跟他有过多接触，知道吗？"

"知道了。"我点了点头，心念一动，道，"前几日皇上找我商讨伐宋之事，似乎有意让你挂帅，你……真的非去不可吗？"

他笑着反问我："怎么？你不想让我去吗？"

"我当然想让你建功立业，得偿所愿，不过……"我瞥他一眼，小声道，"战场上性命相搏，刀剑无眼，我担心你的安危……"

"真是傻姑娘……"他揉了揉我的脑袋，似嗔似宠道，"我是挂帅，又不是从军，你何时见过打仗需要元帅执刀杀敌的？再者说，即便要我亲自上阵，我也是当仁不让。若不能立下军功，单凭口口相传那点声誉，将来谁能信我服我？你知道，我想要的东西，从来都不是轻易能得的。"

太祖遗训立嫡以长，嫡长子傅谅刚满周岁即被立为太子，其他皇子无论多么出众，注定与皇位无缘。多年来，傅惟一直韬光养晦，在外人看来，他专注文章诗词，对权势地位不争不抢，并在十五岁时主动要求离京外放，出任并州总管，为齐国戍守边疆。他这般苦心孤诣，步步为营，为的正是有朝一日有机会坐上九龙殿上那把交椅。

他想要的，岂止不能轻易得到，皇上最是厌恶兄争弟夺，倘若稍有行差踏错，只怕连性命都要不保。

我刚想说话，不远处传来一阵锣鼓声乐之声，响彻夜空。

一支表演队伍沿街缓缓而来，打头的是舞龙舞狮，巨龙通体金黄、吟啸翻腾，雄狮器宇轩昂、栩栩如生。紧随其后的是吐火龙、射火箭、踩高跷等游艺杂耍。

百姓纷纷驻足围观，拍手叫好。

傅惟道："难得出来一次，别说这些了。走，我们看表演去。"说完，拉起我向街边走去。

也罢，好不容易同他单独约会一次，什么江山社稷，什么军国大政，还是先靠边站吧！

围观的人越来越多，整条街上熙熙攘攘、摩肩接踵，很快便被挤得水泄不通。郑嘉手握长剑，在前方为我们开路，他警惕地扫视周围人群，仿佛随时要拔剑而出。

我看了一眼从四面八方源源不断拥过来的百姓，对傅惟道："要不然还是不要看了，这里鱼龙混杂，若是有刺客趁机对你不利，我们防不胜防。"

傅惟笑道："玉琼，你太小瞧我了，从小到大想刺杀我的人还少吗？我现在还不是好好地站在这里。"

我一想也是，他的剑术之高连宫中禁军统领都比不上，加之常年在外带兵，功夫定然十分了得，恐怕寻常刺客都无法近身。

我仍是不放心道："还是小心为妙。"

"没关系的，不用紧张。"他护着我艰难地往前移动，叮嘱道，"倒是你，一定要抓紧我，千万不要走散了。"

"哦！"嘴角不由自主地上扬，我立马握紧他的手，紧紧地靠在他身边，内心安全感爆棚。

其实，不用他提醒我也会这么做的，毕竟，能跟他亲密接触的机会实在太难得！

哈哈哈，这趟出来，真是值了！

表演队伍一拨接着一拨，四周的喝彩声一阵高过一阵。

我看得津津有味，傅惟在我耳畔问道："喜欢吗？"

我使劲点头："喜欢！从前在洛阳时，爹娘时常带我去杂技班看表演，来了长安之后就再也没看过了。"

"好，以后若是想看杂技，记得告诉我，我带你去。"

我欣喜地连连点头。

"玉琼。"他将我轻轻拢在怀里，湿热的气息肆意地喷洒在我的额头上。身子蓦然一颤，我抬起头，视线撞进那双灿若星辰的黑眸中，似有一把火一直从耳后烧到脸颊。

在我心里，无论多么精彩纷呈的表演，都抵不过他扬眉浅笑的风华，只要有他在我身边，哪怕是万丈深渊、修罗地狱，我都喜欢。

我有时会想，若我不是太子少傅，他亦不是晋王殿下，我们都是再寻常不过的百姓。我无须背负家仇，他亦没有经纶天下的野心，就这么平凡地相遇、相知、相守，那该有多好。

可惜，也只能是念想而已，毕竟，他的心太大了。

表演大约持续了一盏茶的时间，之后队伍渐渐远去，街边便亮起了各式花灯。以走马灯居多，灯上所画之物有西施浣纱、贵妃出浴等，无论神态容貌皆是惟妙惟肖，教人叹为观止。除此之外，还有莲花灯、玉兔灯、游龙灯等。

四周彩灯高悬，行人三三两两地围在一起猜灯谜，暖黄的灯光照得人影绰绰，颇有一番雅致的意境。

我不禁叹道："过了今夜，只怕户部又要忙了。"

"为什么？"

"我听户部的人说，每次游园会之后都有一波成亲热潮。正所谓'游园会，才子佳人来相会'呀，这游园会表面上是为了与民同庆立国之喜，实则是一个大型的相亲会。不管是金风玉露相逢，还是干柴遇上烈火，总之看对眼了，就去户部登记成亲咯。"

傅惟饶有兴趣道："那你呢？你有没有看对眼的人？"

明知故问！我理所当然状道："当然有啦。"

"哦？是谁？"

我没回答他，反问道："那……你呢？喜欢你的姑娘那么多，你有看上的吗？"说这话时，我面上笑嘻嘻的，心里却不可控制地有些紧张，生怕听到不想听的答案。

他微微摇头，眸光灼亮迫人，笑道："玉琼，不要转移话题，是我先问你的。"

"我……不告诉你！"

他惋惜道："唉，可惜。"

"可惜什么？"

"我本打算，若你告诉我你看上谁，我便投桃报李，也告诉你我看上谁。可惜你不愿告诉我，那就没办法了。"

心头一紧，我暗自打量他的神色，试探道："你……真的看上哪家姑娘了吗？"

他但笑不语。

我沮丧地垂下脑袋，心里有几分失落，心情也跟着晴转阴了。傅惟素来心气极高，不近女色，连貌若天仙的妍歌都看不上眼，到底是哪个小妖精这么手疾眼快，好想找出来聊聊人生！

傅惟忍笑道："你怎么了？这是什么表情？"

我一愣，意识到或许是自己的表情太过于狰狞，便揉脸干笑道："没……没什么。"

他看我半晌，笑意再深三分，问道："你，真的想知道吗？"

我点了点头，复摇了摇头。思量一瞬，决定直面惨淡的人生，最终肯定地点了下头。

他掩口轻咳一声，眼睛一眨不眨地将我望着，薄唇微微动了一下。

就在这紧要关头，只听"砰砰砰"几声响，万千烟花在皇城外的夜空中倏然绽开。

刹那间，漆黑的夜幕上绽出火树银花，连漫天繁星都为之黯然失色。流光溢彩之间，仿若一场缤纷绚烂的流星雨纷扬而落。

烟花的声响完全掩盖了傅惟的声音，再加上周围百姓异常兴奋的欢呼声，我根本没听清他说了什么。

我加大音量问道："你说什么？我没听清楚。"

他摊手，道："好话不说第二次。"

我心里不服，但也只得"哦"了声，勉强作罢。哼，礼部这烟花放得可真是时候，看来回头得找礼部尚书喝个茶什么的！

"玉琼，现在该你说了。"

我也学他耍赖皮，道："既然没听清，你这也不能算真的告诉我了，咳，总之不作数……啊，你看，烟花真漂亮，礼部真舍得花钱啊！哈哈，走，我们去猜灯谜！"

说着，我大步流星地往前走，心里却仍不死心地回忆着方才那一幕。若我没看错，他应当只说了一个字，那个字好像是……

你。

我与傅惟走走停停，时而观赏烟花，时而停下猜几个灯谜。看到有卖面具的店铺，我便进去买了一张面具，与一般的脸谱面具不同，我特意挑选了银质面具，可以遮住大半张脸，一来是为了好玩，二来也是为了避免被人认出来。

走过这条街，便到了游艺区。

大小摊贩皆摆出各式各类游艺项目，除了套圈、投箭、射飞镖等传统项目，更有钻火圈、背媳妇、三足跑等新型游戏，引得行人纷纷围观，异常热闹。

有一处游艺摊略显冷清，很少有人问津，连灯火都不及其他地方亮堂，奖品的阵仗却是所有摊贩之中最大的。满目珠宝琳琅，直教人眼花缭乱。

那老板上前招呼道："哎，这位相公，带你娘子一起来玩游戏呀！套圈投箭之类的太没有新意对不对，我家的游戏才好玩！而且我家的奖品可是所有摊位中最丰厚的，若能取得最终胜利，所有奖品统统归你们哟！机会难得！"

我面上隐隐烧烫，赧然笑道："他不是我相公……"说话时，不由自主地瞥了一眼傅惟，想知道他对此是何反应。但见他神色平淡如水，唇畔的笑意依稀加深了几分，没有丝毫不悦。

他……不介意旁人的误解？

那老板立刻改口，哈哈笑道："哎哟，对不起，在下见二位郎才女貌，神貌皆合，十分般配，一时口快失言，还望二位见谅，哈哈，见谅！"

真的十分般配吗？我心里偷乐，虽然不知道这家到底是玩的什么游戏，但看在老板这么会说话的分上，玩一玩也无妨。

傅惟微笑着问老板："你家玩的是什么游戏？奖品又是什么？"

"这个游戏叫'众里寻她千百度'，报名费每人五十文钱。游戏开始之后，这位姑娘将会被藏到这游园会的某个地方，我们会根据她周围的环境给您一个提示，您必须在一盏茶的时间内将她找到，此乃初胜；您按时找到这位姑娘，将她带回，并猜对三个灯谜，则算最终获胜。至于奖品嘛……"老板指了指身旁高台上的一堆，笑眯眯道，"若只是初胜，只能挑三件带走，若是二位有本事全胜，这些全都是你们的。"

"白玉如意、翡翠手镯、云锦纨扇……"我一边看奖品，一边赞道，"老板，你真壕啊！不过，报名费才每人五十文钱，够回本吗？"

那老板扬扬得意道："姑娘，不瞒您说，这游园会我每年都来，摆摊十年了，连获得初胜的人都寥寥无几，能全胜的人至今不超过三人。"

傅惟兴致盎然道："真的这么难？"

"难不难，您一试便知。"

在一堆琳琅珠宝中，有一枚不起眼的小盒子，大约只有巴掌大小，里面装着一只棕色小瓶，我好奇道："咦，这是什么？"

老板道："西域有一种花名叫迷迭香，人称海洋之露，这瓶是取初开不过三日的迷迭香炼制而成的精油。"

"精油？我倒是从未听过。"我将小棕瓶放在鼻前轻轻嗅了嗅，一股淡雅清幽的香味直沁入心底，教人神清气爽、心旷神怡。

"没错，迷迭香精油十分好用哦，若在洗沐时加入浴汤之中，则可紧致肌肤，消除浮肿；若在焚香时加入香炉之中，则有提神醒脑、增强记忆之功效。您别看这小小一瓶，千金都难买到，只怕连宫里的娘娘也不曾用过。"

我不禁啧啧称奇，赞道："真是好物啊好物。"

傅惟问："你想要？"我点了下头，他遂风轻云淡地笑道，"这容易。老板，这里是一百文钱，我们要玩游戏。"

老板收下钱，笑道："二位请。"

游戏开始。

老板将傅惟的双眼蒙上，我则被一名小厮带到高台之后。此处仅有一张竹椅和一方小几，小几上放着一套茶具。一道高台的距离，将所有喧闹隔绝在外，惠风和畅，更显幽静。

我疑惑地看一眼那小厮，他做了个噤声的动作，示意我坐下，并斟上一杯茶递给我。我了然点头，安心地坐下喝茶。

良久之后，只听外面那老板对傅惟道："姑娘藏身的范围就在这片游艺区，提示是这游戏的名字——众里寻她千百度。公子，您可以开始找了。"

我瞬间明白了，不禁暗笑：这么简单的游戏，竟然十年之内只有不超过三个人通关，看样子是没将国子监办好，以至于我齐国民众的智力和文化水平普遍偏低。教育非小事，看来得上书皇上才行。

傅惟脑子好使，又文采风流，这个游戏对他来说，根本就是难度为零嘛。

我正这么想，那老板奇怪道："咦，公子，您怎么还不动？时间有限哦，一盏茶时间内找不到姑娘，您就输了。"

傅惟闲闲道："不用找了，她根本没有离开。众里寻她千百度，答案在这句提示里。"

"愿闻其详。"

"老板，你适才给我提示之后，做了一个请的手势，是想告诉我要出去找，对吗？一盏茶时间很短，玩家大都求胜心切，一定会顺着你的暗示，不假思索地离开这里，去别处找，却往往忽略了提示本身。众里寻她千百度，下半句是：蓦然回首，那人却在，灯火阑珊处。放眼整个游艺区，别处都是灯火通明，就数你这里最清静，正是灯火阑珊处。至于说玉琼到底在哪里，应该是要回头看了……"话音渐止，他的声音却越来越近。

伴随着一阵细碎的脚步声，只见傅惟从高台前悠然转出，缓步走到我跟前，牵着我走到老板面前，温文笑道："回首高台之后，便是佳人藏身处。"

我握紧他的手，欣喜道："阿惟，你真棒！我就知道难不倒你！"

他笑看我一眼，道："我要把那瓶迷迭香精油赢来送你。"

"好！"

老板一脸惊诧，呆呆望着傅惟，张大嘴巴说不出话来。良久，他竖起大拇指，赞叹道："公子果真才高八斗、聪慧过人，能在这么短时间内找到同伴，您还是第一人！这样吧，您要是能一次性猜出这三个灯谜，不仅所有奖品全部归您，这三盏琉璃花灯我也双手奉上，如何？"语毕，他拍了拍手，小厮立即奉上三盏形态各异的琉璃花灯。

傅惟淡淡扬起嘴角，道："这有何难？"

见他成竹在胸，我也跃跃欲试，对他道："让我来试试吧，从前爹娘带我出来玩，庙会、灯会、游园会里面所有的灯谜都是我猜的，十有八九能猜对。"

傅惟点头道好。

老板拿来第一盏花灯，上面写着一行字：充耳不闻无话讲。他说："这个灯谜打一道茶。"

我不假思索道："老板，这个你真的问对人了，我极爱茶道，普天之下还没有我不曾喝过的茶。很简单，充耳不闻为耳聋，聋与龙谐音。无话讲，讲字无话为井。所以答案是龙井。"

老板惊叹道："没想到姑娘也这么聪明！来，这盏牡丹花灯送给您了！"

我从他手中接过花灯，灯体呈牡丹状，烛火微微摇曳，将嫣红色的琉璃映得光芒盈盈，美不胜收。我做谦虚状拱了拱手，哈哈笑道："多谢老板，过奖了。"

他拿起第二盏花灯，道："醉翁之意不在酒，打一花名。"

这是盏莲花灯，造型十分小巧精致，柔光粉中带紫，宛若一朵盛开的睡莲。

我想了想，道："这个也很简单。原理与'众里寻她千百度'一样，应当看下半句。醉翁之意不在酒，在乎山水之间也。有山有水又有人，自然是水仙啦，老板，对吗？"

老板拊掌笑道："没错，答案正是水仙。内子最喜欢水仙花，在下曾带她同游滁州醉翁亭，在山涧旁发现许多水仙花，内子十分高兴，采了一些带回家种养。于是，在下便想到了这个谜面。"

"有龙井茶，有水仙花，老板真乃风雅之人。"

"姑娘谬赞啦，在下也是闲来无事，胡乱想想罢了。还有最后一盏，若是能顺利猜对，二位便可将所有奖品带回家。谜面是一个字,声音的'声'，打一成语。"

"声……"这一题倒是将我难住了，我望着第三盏山茶花灯，绞尽脑汁思忖良久，仍是无解，只得无奈地对傅惟摇头。

傅惟轻轻拍了拍我的手，柔声道："没关系，我来。"

老板道："这一题也由在下自创，乃本摊位的镇场之题，许多获得初胜的人都能轻而易举地猜出前两题，却独独折在了这最后一题。公子，在下还是给你一盏茶的时间思考，如何？"

傅惟摇头："不必了，我已知晓答案。"

"真的吗？"老板有些难以置信，道，"公子请说。"

"答案是'喜上眉梢'。喜之上为士，眉之梢去目，合起来便是声字。其实这一题是由谜底倒推谜面，本应是喜上眉梢为谜面，声为谜底，你为了增加难度，将谜底与谜面对调了，我说得没错吧？"他娓娓道来，语意清淡而笃定，我顿觉醍醐灌顶，恍然大悟，对他的崇拜登时再上了一个台阶。

老板目瞪口呆地望着傅惟，讷讷地点头说"没错"，许久之后，深深地向他作了一揖，由衷道："完全正确！公子啊，才高八斗什么的根本不足以形容您，您简直是惊才绝艳啊，在下深感佩服，五体投地。这位姑娘亦是聪慧过人，二位皆是人中龙凤，堪称天作之合。所有奖品悉数奉上，还望二位笑纳。"说完，命小厮将一堆奖品打包好，恭恭敬敬地送至我们面前。

送奖品就送奖品啦，还说这么多大实话，人家会不好意思的啦！

我羞涩地望了傅惟一眼，喜笑颜开道："多谢老板！"

老板捋了捋胡须，笑道："这是你们应得的。"

我欢喜地跑过去清点奖品，背后却传来一个熟悉的声音，俏生生道："哎，元君意，你真无聊啊，掷飞镖有什么好玩的，你自己回去立个靶子随时能玩啊，还用得着来这里！你看你看，那边的游戏好像比较有趣，我们过去那边！"

紧接着是元君意的声音："我既然交了报名费，怎么也得扔两把再走。你若是想玩什么游戏，自己去便是，何必拉着我。"

"你……"

犹如一道惊雷直劈向天灵盖，我顿时僵在原地，半点也动弹不得。

苍天啊，大地啊，我跟傅惟约个会容易吗！要不要这么快就派人来终结啊！

我本还奇怪，怎么国庆游园会这么好玩的事妍歌不来凑凑热闹，果然这就来了。若是迫不得已要照面，她少不了又要对我进行一番惨无人道的羞辱和嘲笑！这还不是重点，重点是她分分钟就把傅惟抢走，我根本没有立场反抗！不对，不是没有立场反抗，恐怕我还得求着她不要告诉别人！

傅惟显然也留意到了妍歌的声音，面色微微一变，迟疑着没有回头。

我小声说："怎么办……"

他递来一个眼神，我立马心领神会——三十六计走为上计！

我说："老板，这些什么白玉啊翡翠啊我统统不要，我只要你这瓶迷迭香精油和这三盏花灯。祝你客似云来，财源滚滚，我们先走一步，江湖再见！"说完，以迅雷不及掩耳之势抄起那枚盒子，拉着傅惟拔腿就跑。

"哎，姑娘……"

一口气跑出长安城，才放慢了脚步。

远离了繁华与喧嚣，宁静的夜色如水般包围而来。明月高悬中天，仿若善睐的明眸，凝睇着前方的路。

我说："没想到你也怕妍歌。"

傅惟扶额，无奈道："不是怕，是麻烦。"

麻烦？

听他这么说，我心里虽然很是痛快，可想起从前妍歌刁难我时，他在旁毫无表示，便又有些许气恼，遂凉凉道："不会吧？妍歌公主生得倾国倾城，多少人削尖了脑袋想要一睹她的芳容，如今她一心一意地爱慕于你，还为你精心设计了萤火虫表演，你却嫌她麻烦？"

他沉默不语，唇畔的笑意越发深了。半晌，他深深吸了口气，似真似假道："嗯，空气中有一股不同寻常的味道……"

"什么味道？"

"酸溜溜的，好像是醋味。"

我先是一愣，旋即半羞半恼道："我才没有吃醋，不知道你在说什么！"说完，自顾自往前走。

傅惟快步追上来，柔声道："怎么了？我跟你开玩笑的，乖，别生气了，我向你赔不是。"

温暖透过掌心传过来，仿佛化作一股甘冽的清泉流入心间，甜得无法言喻。我扑哧一声笑出来，道："没有生气啦，我哪有那么小气。"

傅惟笑了笑，牵着我不紧不慢地朝前走。两厢静默片刻，他的笑容渐渐淡去，叹息声轻若烟云："光有美貌有何用，生在皇家，这么多年来见过的美人还少吗？比她漂亮的大有人在。她有'草原第一美女'的名声在外，又有几分小聪明，因而深受突厥王宠爱，养成了霸道且任性的脾气，眼里揉不得沙子，处处要人宠着惯着。若我娶她为正妃，会不会从此永无宁日，我实在很担心这个问题。"

我对此深表同意，暗道孔雀就是孔雀，永远也成不了凤凰。

他又道："不过你放心，从今往后，无论如何我都不会让她再欺负你。"

我笑道："你也放心，我从来不是能让人随便欺负的人，而且，我应该也没什么机会见到她了吧。"

"你呀，凡事不要太争强好胜，有事记得告诉我，听到了吗？"

虽然我不是任人拿捏的软柿子，但这样被他保护的感觉真的很好很安心。我乖觉道："嗯，我知道。"

"罢了，头疼的问题还是等回宫后再头疼，不说这些煞风景的话了。时候不早了，李先生还在等我们，走吧。"

我点头道好。

我知道，我与傅惟之间不可能有将来，连最渺茫的希望都没有。我本是罪臣之女，为报家仇，不得已改头换面入朝为官，成了太子幕僚。戚家一日没有沉冤得雪，我便一日不得安生，更别谈什么儿女私情。

我也知道，他迟早有一天会娶别人为妃，即便不是妍歌，也绝不可能是我。终有一天，我必须眼睁睁地看着他与别人绾发结同心，生儿育女，白头偕老。

我能做的，只有珍惜现在每一刻与他在一起的时光，然后不停地自我麻痹，告诉自己，或许那一天会来得很迟，或许永远不会来，或许……绝望到了极致，便会生出希望。

我握紧他的手，多么希望眼前这条路没有尽头，我们能彼此相携，就这么走下去，一直走下去。

前任太傅李瑞安辞官之后，拒绝了皇上良田美宅的赏赐，却在长安城郊外辟了一方土地，开了个养蜂场，养起蜜蜂来。

李瑞安足智多谋，助太祖夺得天下，且为官清正廉洁，爹爹生前对他极其崇敬，曾在他门下学习三年。仔细说来，他是爹爹的恩师，我还应当称他一声师公。

一名家仆迎上前来，笑道："我家老爷已等候多时，二位请随我来。"

傅惟拱手道："有劳。"

花园中百花盛放，争妍斗艳，空气中满是花蜜的淡香，仿若一个清甜美好的梦境。月下，老者与少年对面而坐，二人皆目不斜视望着石桌上的棋局，专心致志地对弈。

老者便是李瑞安，而那少年不是旁人，正是据说"他爹找他有事"的杨夙。

我俩前脚刚踏进花园，只见李瑞安一拍脑门，花白胡子抖了几抖，指着杨夙懊恼道："哎呀，大意失荆州，又输了！这都输三局了，小杨杨，你就不能让让老夫吗！你从西洋回来，难道就是为了赢老夫的吗！"

杨夙笑得十分得意："承让承让！先生，没想到多年未见，您的棋艺没怎么进步，棋品也还是这么差啊！哎，阿惟，戚大人，你们怎么现在才来！"他起身踱过来，视线在我和傅惟之间打了个圈，笑得贼兮兮的，道，"是不是游园会很好玩呀？"

我嘴角一阵抽搐，说："杨大人，你不是有事先回家了吗？"

"哦，是这样的，我本来是有事要回家的，半路上忽然接到我家仆人的通知，说是又没事了。你们说，我这爹，是不是太不靠谱了，整天逗我玩呢！那么我见时辰尚早，回家未免太无聊，若是去找你们吧，又显得我太不识趣，比宫里最亮的青瓷油灯还亮啊！哈哈，于是索性先到先生这里坐坐，喝杯蜂蜜水，顺便下几盘棋，等着你们！"

简直太扯淡了。

"哎戚大人，你为什么戴着面具？"

我摘下面具，嘿嘿笑道："好玩。"

傅惟向李瑞安作揖，温文道："李先生，好久未见，近来可好？"

李瑞安气鼓鼓道："一点儿都不好！你们都不来看老夫，老夫好寂寞，好无聊！还是我们小玉琼好，知道逢年过节派人来请安，送点吃吃喝喝玩玩的东西。"说着，他靠在我身上，好似受了天大的委屈。

傅惟："……"

下一刻，他又恢复了嬉皮笑脸的模样："小玉琼，上次老夫给你的桉树蜜你吃了吗？怎么样？好不好吃？那可是老夫的得意之作哟。"

"……"我硬着头皮道："好吃，好吃……"

一般人真的很难将眼前这个老顽童跟传说中智比孔明的谋士联系在一起。在世人眼中，他是开国元勋，是无双国士，他的功绩足以流传千秋万世，根本不会有人知道，他的行为举止完全像个小孩。说实话，我第一次见到他时，他正在街边因买不到糖葫芦而哭闹，我真的误以为是谁家的痴呆老人走丢了……

"小惟惟，你自己说，你多久没来了？小杨杨去西洋了，不能过来老夫不怪他，你就在长安，你说你为什么不来？"

傅惟哭笑不得道："学生……"

我说："先生，其实阿惟不是不想来看您，只不过他公务缠身，不得空闲。我一贯比较清闲，主要的工作就是看着太子不让他闯祸而已，时常孝敬您老人家也是应该的。"

李瑞安看了看我，复看了看傅惟，一边戳我的胳膊，一边嬉笑道："太子是什么人老夫会不知道？你以为老夫这几年当真两耳不闻窗外事，一心只当养蜂人了吗？老夫听说你可没少吃苦头啊！唉，你呀你，还没进门就开始帮着小惟惟说话，这要是进门还得了？"

杨夙哈哈大笑，傅惟抿唇轻笑，我耳根子微微发烫，嗔道："先生，您胡说什么呢，能不能有个正经的时候！"

"谁说没有，老夫说正经就正经。"李瑞安立马肃颜，一脸认真道，"老夫知道他忙什么，不就是忙着跟宋国打仗的事吗？这有何难？"

我奇道："这不难吗？宋国虽是积弱，但根基还在，所谓瘦死的骆驼比马大，要拿下宋国恐怕没想象中那么容易吧。"

家仆将棋盘收走，奉上蜂蜜水和糕点，李瑞安抓起一块糕点，啃得碎屑横飞："小惟惟，老夫问你，你是不是想挂帅？"

傅惟道是。

"那你有没有什么具体的平宋方案？"

傅惟恭敬道："回先生，学生打算以扬子江为线，以武昌为界，将平宋战争分为上游和下游两个战场。因为宋国的都城建康在下游，晋陵、姑苏、临安等商业重镇也在下游，是以学生认为因以下游战场为主战场，严密部署，派重兵出击；在上游则应大量督造舰船以保证军需，同时也起到虚张声势的作用，吸引宋军的注意力，确保在下游战场奇袭建康成功。"

李瑞安连连拊掌，道："不错，你的思路很对。老夫听说，你之前让兵部的人游说皇上征宋，用的理由是宋国大军压境，且大量造船，怀疑他们有意对我朝用兵，对不对？"

傅惟点头，解释道："每年六七月是宋国的梅雨季节，扬子江流域普降大雨，时有泛滥的危险，宋国国主此举不过是为抗洪做准备，并无出兵之心。这只是为了让父皇答应伐宋而找的借口罢了，否则师出无名，恐怕招致反对。"

"那老夫再问你，既然宋国无心战争，你想的必然是攻其不备，对不对？"

"对。"

"其实啊，对付宋国，攻其不备不是上策，最好的方法是要事先通知他们。"

傅惟剑眉微蹙，不解道："学生不明白。"

我与杨夙面面相觑，异口同声道："我们也不明白。"

李瑞安啃完糕点，咕嘟咕嘟灌了一大杯蜂蜜水，拍着胸口道："通知他们要打仗，未必真的要打。待宋国备战完毕，你反悔说不打，让他们放松警惕。一段时间后，你再下战书，于是宋国又去准备，哎，准备好了，你又说不打了。如此循环再三，他们必然不再相信你，以为你逗他们玩呢，届时你再出兵，这才是真正的攻其不备嘛，你们觉得怎么样啊？"

我由衷道："啧，这个方法真是太贱了。"

李瑞安冲我做了个鬼脸，傅惟却笑道："先生果然高明，如此一来，在出战之前便已达到了疲敌、懈敌的目的，则可事半功倍。"

"是嘛是嘛，我真的太聪明了，我真的很佩服我自己呀！"

杨夙捧腹大笑，道："是是是，您太聪明了，不如请您出山担任伐宋军师，如何？"

"怎么是老夫？明明是你，你才是军师！"

"您怎么知道军师是我？"

李瑞安摸摸胡子，道："老夫当然知道，因为老夫聪明，哈哈哈哈！"

我奇道："杨大人是军师？"

傅惟点头。

杨夙满不在乎道："嘿，这有什么可奇怪的，舍命陪君子呗！我无牵无挂，光棍一条，就算交待在江南也没什么大不了的。"

眼看攻打江南避无可避，若是有杨凤陪在傅惟身边，我倒还能放心些。

就在此时，一阵怪异刺鼻的气味飘了过来，仿佛是什么东西烧焦了。家仆匆匆赶来，焦急道："老爷，不好了，养蜂场那边走水了。"

放眼望去，只见不远处的蜂场上空红光冲天，依稀可以听见噼里啪啦的燃烧声。滚滚浓烟升腾而起，弥散在浓重的夜色之中，遮星蔽月。

"什么！"李瑞安拍案而起，惊急交加道，"怎么会走水？"

那家仆道："小人也不知道，小人方才在伙房干活儿，突然闻到一股烟味，赶忙出来查看，没想到竟是养蜂场走水了。"

李瑞安呆愣一瞬，旋即哭号起来："哎呀，我苦命的小蜜蜂啊！你你你……你们还戳在这儿做什么，还不赶紧去救火，能救一只是一只啊！"

家仆急忙道是，带着一干人等前去灭火。

傅惟道："先生莫急，学生也过去看看。"

话音落下，夜风乍起，四周树木轻摇，沙沙作响。天边明月被乌云所笼罩，四周陡然暗淡下来，唯有火光依然灼灼。

杨凤警觉地抬起头环视周围，夜色如死一般寂静，四周安静得诡异。

不知何处冒出一群黑衣蒙面人，如鬼魅般无声无息地逼近，一眨眼便将我们团团围住。

"调虎离山？"傅惟不慌不忙道，"谁派你们来的？"

黑衣人二话不说，挥起大刀就要开打。杨凤手握长剑，拔剑出鞘，剑锋如雪，寒芒猎猎，他冷笑道："也不打听打听老子是谁就来搞刺杀，以为老子这今科武状元的头衔是白拿的吗！看招！"说完，率先向黑衣人发动进攻。

消失许久的郑嘉忽然平地冒出，迅速加入缠斗。

傅惟神色凝重，小心翼翼地护着我和李瑞安退到一旁，李瑞安激动得嗷嗷直叫，我说："先生，您能安静点吗？现在有人要取您的性命啊！"

李瑞安嘿嘿笑道："就凭这几个毛贼也想刺杀老夫？真是很傻很天真。啧啧，想当年在战场上，几千敌军追杀老夫一人呢。"

我惊诧道："然后呢？"

"没然后了，啊，然后老夫还是好好地站在这里呀。"

我："……"

对方有十余人，瞧他们攻守配合十分得当，显然是有组织有预谋的，绝非临时起意。当然，郑嘉和杨夙也不是吃素的，虽是以寡敌众，竟也半点没落下风。

　　黑衣人渐渐改变攻势，向我们这边杀过来。傅惟眸中一凛，森冷的杀伐之意徐徐浮现。他将我紧紧护在身后，以迅雷不及掩耳之势从腰间抽出一柄剑。

　　剑如藤蔓，柔软无骨，却铮而不鸣，招招凌厉，杀机毕现！

　　黑衣人不要命地进攻，傅惟却是游刃有余，应付自如，步伐稳如泰山，不见丝毫紊乱。我心下暗赞，原以为他只是骑射之术了得，不承想剑术竟也到了这般出神入化的地步，说是个中高人亦不为过。

　　黑衣人见久攻不下，忽然改变策略朝我攻来，试图分开我与傅惟，蓦地，他的手腕灵活一动，我只觉眼前虚晃一瞬，下一刻便稳稳当当地落入他怀中。健硕的臂膀犹如铜墙铁壁，将我牢牢禁锢于胸前，不教黑衣人有半分可乘之机。

　　李瑞安被撇在一旁，气恼道："喂，搞了半天你们不是来刺杀老夫啊，没意思，真没意思！"

　　我无语，傅惟无语，黑衣人也无语了。

　　"哎，小惟惟，马，马在那边！"

　　傅惟心领神会，道："先生，学生先带玉琼离开。郑嘉杨夙，你们保护先生！"

　　郑嘉与杨夙齐声道是。

　　李瑞安道："哼，保护什么保护，他们又不是来刺杀老夫的！"

　　"……"傅惟一脸无奈，步步后退，很快便靠近了系马的那棵树。须臾，他挥剑刺伤最近处的那名黑衣人，执起我的手，腾身一跃带我上马。只听头顶传来凝重的声音"抓紧我"，他以软剑代替马鞭，扬手一挥，马儿驮着我们箭一般奔腾出去。

　　夜风自耳畔呼啸而过，吹得人睁不开眼睛。

　　我艰难地回望身后，心有余悸道："阿惟，你说这些黑衣人是谁派来的？"

　　傅惟摇头："暂时还不知道。"

　　我沉默不语，今晚我是临时起意想要逛游园会，遇到傅惟和杨夙也是意料之外。除了杨夙和郑嘉，根本没有其他人知道我们今晚的行程，究竟是谁能这么快得到消息，而要置我们于死地？

到了少傅府，傅惟将我放下马，温声道："玉琼，我不放心先生和杨夙，必须回去看看，你早点休息。今晚这件事我定要调查清楚，不用害怕，我会加派人手保护你的。"

"嗯，我不怕，你自己多加小心。"

"放心，有郑嘉在。"稍顿，他微抿薄唇，笑意柔若春风，道，"今晚我很开心，谢谢你陪我。"

心跳陡然加速，仿若鹿撞，我望着他，轻声道："我也很开心。"

"快进去吧，我先走了。"

他扬鞭策马，清峭的身影渐渐消失在夜色之中。我站在原地，眼前挥之不去的是他临别时那抹温柔的笑，久久不能回神。

当天夜里，傅惟派了二十名高手过来保护我，他们乔装成小厮、厨子、花匠等各种角色潜伏在我家的每一个角落，我以为这未免有些小题大做，于是想要打发十人回去。谁知他们却说，傅惟交代下来，从今日起，他们必须寸步不离地保护我，即便死，也只能是为了保护我而死，总之生是我的人，死是我的鬼。

我哭笑不得，仔细回想在蜂场缠斗的情形，那群黑衣人似乎不是冲着我来的，倒像是针对傅惟。况且，我自认处事低调，除了几个言官与我不对付之外，暂时没有别的仇家。但想到傅惟也是紧张我的安危，心下便又不由自主地泛起几分甜蜜。

据杨夙说，傅惟赶回养蜂场时，黑衣刺客已被他杀得落花流水，只可惜没能留下一个活口——他们一旦被擒，便立刻服毒，暴毙当场。

于是，到底是谁要谋害我们，成了一桩悬案。傅惟表示一定要将那幕后黑手揪出来，毕竟如今伐宋将领悬而未决，在此紧要关头遭遇此事，其中必定大有文章。杨夙却对此表示不以为意，说什么人在朝廷混，怎能不挨刀。没几个人来刺杀，岂不是很没面子。我听得也是醉了。

这段时日，朝中风起云涌，颇不平静。

一方面，皇上伐宋心意坚定，招募新兵、准备粮草之事便被提上议程。至于到底由谁挂帅这个问题，每日上朝时，群臣少不了要进行一番激烈的唇枪舌剑。由于我身份敏感，不可直接出面，杨凤便挑起大梁，代表兵部舌战群臣，力荐傅惟。

在听了几天吵架之后，皇上终于拍板，下旨任命傅惟为伐宋元帅，杨凤为军师。此事遂尘埃落定。

傅惟将李瑞安那个贱兮兮的懈敌之计上书给皇上，得到皇上的大加赞赏。兵部迅速拟了一篇伐宋檄文，指责宋主荒淫无道，并派一名专使南下送到宋容书手上。不出所料，听闻宋容书看到檄文时，吓得面色惨白，两股战战，险些昏死过去。这厢我朝专使还没离开，他便迫不及待地下旨征兵备战。

待宋国备战备得八九不离十了，傅惟便又派另一使臣前去议和。孰料，宋容书第一反应竟不是生气恼火，却是如释重负、喜出望外，甚至还与张贵妃饮酒作乐，大肆庆祝战争危机解除。而正当他玩得高兴时，使臣话锋一转，又重提了打仗之事。

如此反复三次，宋容书气得脸都绿了，当着满朝文武的面破口大骂，连玉玺也摔了，险些将我朝使臣推出去斩首。待第四次送去伐宋檄文时，他索性紧闭宫门，根本连见都不见了。

懈敌的目的达到，时机业已成熟，伐宋之战便也正式拉开帷幕了。

杨凤被派到扬子江上游的永安城督造战舰，训练水师。他从西洋归来，学了不少妙招。据闻他设计了一种"黄龙战舰"，上起楼五层，高百余尺，可容纳兵将千人，并有炸锰三十余处，可连发百余炮。图纸传回长安，举朝为之震惊。

杨凤走后，傅惟也越来越繁忙，除上朝之外，我根本没有任何机会与他见面，更别提说话。

另一方面，自从皇上知晓真相后，便不再软禁傅谅，但他的思过期尚短，为免遭人诟病，暂时还不能离开东宫，我却已然可以自由出入。

这货上次一时兴起想要体验一把做厨子的感觉，自说自话做了一道菜。奈何厨艺不精不幸吃坏了肚子，上吐下泻三天三夜。据小安子形容，那道菜呈坨状，且黑中带黄，完全看不出原料是什么。偏偏傅谅还吃得津津有味，说什么人间第一美味，最后果然悲剧。

从那之后，他整个人乖觉了不少，没再整什么幺蛾子，每日研读武经七书，认真做笔记。于是，我的主要工作从收拾烂摊子变成了检查读书笔记，顿时清闲许多，感到十分欣慰。

然而，朝中众臣对傅谅的声讨却没有因此减少，反倒有愈演愈烈之势。

即便是在满朝文武为了伐宋将领争得面红耳赤时，依然有人三天两头地上书皇上，指责太子失德，恐无法继承大统，言辞也渐渐由含蓄变得激烈。

舆论迅速呈现一边倒的趋势，好似积怨已久突然爆发，除了几位太祖朝的老臣，再没人愿意为傅谅说话。而老臣们反对废太子的理由也仅仅是祖宗规矩不可坏，皇位必须由嫡长子继承，实在有些苍白无力。

皇上为此头疼不已，好在国战当前，傅谅的事暂被搁置一旁。

八月十五，天边圆月如盘，漫天星汉灿烂。庭院里几株早桂开了，晚风习习，携来阵阵幽香。

我呆坐在书房中，盯着眼前空白的梨花笺出神。忽闻"啪"一声轻响，墨水倏然滴落在笺纸上，徐徐氤氲开来。

我回过神，长长地叹了口气，心下颇为惆怅。

唉，中秋节，月圆人不圆哪……往年八月半，他总会想方设法与我见一面，说上几句话，看样子今年是不行了。

我正这么想着，常叔快步走进来，奉上食盒，道："小姐，方才晋王殿下派人送来豆沙月饼，说这馅料是用玫瑰露熬的，十分难得，您尝尝。"

我打开食盒，小尝一口，香酥的薄皮裹着浓郁的豆沙馅，若带几分玫瑰的香气，甜而不腻，入口即化。

我一贯喜爱吃甜食，傅惟时常差人给我送来新鲜的糕点。原来，他虽公务繁忙，心里也还是惦记着我。思及此，我不由得抿唇微笑，好似豆沙月饼一直甜到了心底。

常叔看一眼桌案上的笔墨，道："小姐，您是不是有话要对殿下说？晋王府的家奴还没走，您若有书信，不妨让他捎回去。"

"是啊，是有话想对他说……"

可是想说什么呢？我也不知道，心中分明有千言万语，可又怕无端扰了他的心绪，让他分心。

最终，我放下毛笔，摇了摇头。

我不在乎胜负，不在乎功勋，我只要他平安归来。纵使一败涂地，纵使一无所有，他依然是我心里的天下无双。

入夜后，我躺在床上辗转反侧，久久难以入眠，遂披衣起身，在花园中漫无目的地游荡，不知不觉便走到了小阁楼门口。

我推门而入，楼中烛火摇曳，一室暖黄。

我拈香跪拜，重重地叩了三个响头："爹，娘，这些年，女儿承蒙傅惟庇佑，衣食无忧，个中恩情，实难言语。若你们在天有灵，请保佑傅惟征宋顺利，平安归来。就算不能凯旋，也要让他活着回来。"

青烟袅袅升腾，视线不觉模糊。画像中的爹娘笑得格外慈祥，同在世时没有任何分别，就好像他们从未离开。

我抽抽鼻子，道："爹娘离世后，他是女儿在这个世上唯一爱的人了，求爹娘让他留在我身边，好好地，留在我身边……"

钦天监起卦问卜，八月十八乃黄道吉日，皇上正式下诏，将伐宋之战昭告天下，并率领文武百官祭天祈福。

辰时，旭日东升，朝霞漫天，又是晴好的一天。

南城门外，军旗迎风招摇，三十万大军集结完毕，粮草兵器悉数到位。点兵台上，皇上慷慨陈词，将士们共饮美酒。

我站在城楼上，远眺城外景象，终于明白为什么自古以来无数英雄豪杰甘为江山折腰。若非亲眼所见，永远无法想象如潮水般浩浩荡荡的军队绵延数里，整装待发，是何等气壮山河、气势磅礴。

"我等誓死效忠皇上！"

"吾皇万岁万岁万万岁！"

震天动地的呼喊声响彻云霄，如拍岸浪潮，一阵高过一阵，撼人心弦！

傅惟站在大军之首，神色清淡一如往常，仿佛胜券在握。阳光下，玄铁铠甲寒芒猎猎，将他俊美的脸庞衬得轮廓分明，竟是从未见过的刚毅坚定，恍若九天战神降临。

左右两位将军跟在傅惟身后，二人皆是从地方调回的年轻将领。

左将军秦虎，乃宣威将军秦贺的独孙，自幼在军中长大，未满十五岁便已立下赫赫战功，可谓将门无犬子。右将军刘恩则起于草莽，凭借一身虎胆，以性命换军功，从一个小参军一步步走到了将军的位置。虽出生寒族，满朝上下却无人不敬他服他。

傅惟平日里对他二人多有赞美之词，此次点名道姓要任命他们为将，得到皇上欣然应允。他们饮尽杯中酒，与身后的将士一同山呼万岁。

不多时，点兵结束，傅惟翻身上马，率领大军出发，远赴江南战场。大军浩荡而去，马蹄笃笃，带起林涛阵阵，仿佛连大地都在为之颤抖。

我极目远眺，目送大军渐渐消失在远处蓊郁茂密的树林中。

正当我神思恍惚，有一人走到我身旁，轻声唤道："戚大人。"

来人竟是元君意，我立马回神，微笑道："元公子，别来无恙？"

"托戚大人洪福，在下吃得下睡得着，一切安好。"

我说："上次太子被人陷害之事，多亏元公子相助，元皇后已将证物呈给皇上，待太子沉冤得雪，定会重谢公子。"

"戚大人客气了，我本不想插手齐国的争斗，但是大人开口，我岂可坐视不理。重谢就不必了，举手之劳，不足挂齿。"

晨风掠过，携来些许清凉之意。元君意一袭白袍衣袂翩然，举手投足间满是倜傥之姿。

"不过……"他轻摇玉骨扇，逆光而立，笑得有些意味深长，道，"大人既然想为晋王殿下送行，为什么不直接下去？"

心下一跳，我迎上他的目光，摆出若无其事的样子，微笑道："公子这话说得奇怪，我乃二品少傅，朝廷要出兵打仗，我不应该来看看吗？怎么是独独为晋王送行？"

"不是吗？"他一脸窥破天机的神情，走近几步，轻声道，"游园会那日，虽然大人戴了面具，但我还是认出来了。大人也知道自己是少傅，太子少傅，却与晋王过从甚密，此事若是教皇上知道了，不知他会作何感想。"

他不仅鼻子灵如狗，偏生眼睛还这么尖，简直无法愉快地做朋友！

我被他气得牙痒痒，却又碍于颜面不能发作，只能硬着头皮笑道："世人貌有相似，公子看错了。"

"大人敢做却不承认，当真怕我去告状？"他抿唇一笑，悠悠然道，"放心吧，我说过，无论如何，我都是站在你这边的。于你而言，我绝对是友非敌。方才只是同你开玩笑罢了，若我真想抖出去，那晚就不会拉住妍歌给你们离开的机会了。"

这人一天到晚神神道道，故弄玄虚，说话喜欢说一半，看样子知道的事情不少，也不知究竟是何目的。精明如傅惟都摸不透他，我还是小心为妙。

我一言不发地看着他，面上笑得恰到好处，心中却早已七上八下。半晌，轻嗤道："不知道公子在说什么。"

元君意轻轻一笑，话锋一转，道："晋王挂帅征宋，想必戚大人暗中出了不少力，大人当真觉得征宋理所应当？"

我一怔，旋即义正词严道："不管是不是理所应当，这是我齐国的内政，公子身为突厥使臣，好像不应该过问这么多吧。"我不想再跟他多啰唆，毕竟多说多错，遂拱手道，"我尚有要事在身，先行告辞，公子请便。"

"等下。"元君意收起玉骨扇，侧身拦住我的去路，不急不恼道，"大人言之有理，是我多事了。不过有件事，我觉得还是让你知道一下比较好。"

脚步蓦然滞住，我疑惑道："什么事？"

"有关那对玛瑙耳坠，你可知道是何来历？"

他既然早已知道我的家世，我便也不再隐瞒，索性大方道："那天你说得没错，我外祖家姓何，外祖母名叫苏君慧。玛瑙耳坠是我外祖父传给我娘亲的，怎么了，有什么问题？"

"红豆生南国，当春乃发生。愿君多采撷，此物最相思……"

我扶额道："哎，有话你直说，别吟诗啊。"

元君意哈哈大笑，道："大人莫急，且听我慢慢道来，此事还要从六十多年前说起。彼时中原尚未统一，南朝也未败落。宋国高宗皇帝登基后，立了最年幼的皇子宋昭为太子。大人应当知道，宋国立嫡以贤不以长，那宋昭才情卓绝，性情纯孝仁厚，在民间声望极高，深得高宗的宠爱。他入主东宫后，广招天下文人学士，收集书籍三万卷，想要编著一部集古今文章之大成的文选。

"宋昭觉得宫廷之中让他分心的事情太多，便择了一处世外桃源——也就是京口南山，专心选编文章。在南山期间，他与当地一名医女苏君慧结识，二人朝夕相对，渐生情愫。奈何宋国讲究门第，高贵的太子与卑微的医女相恋，注定不得善终。半年之后，宋昭编成文选。动身离开南山前，他命人打造了这对玛瑙耳坠，以红豆为形，意为相思，并将耳坠作为定情信物赠与苏君慧，承诺一定会接她回宫。

"宋昭回宫之后，在高宗殿前跪了三天三夜，终于求得高宗松口，同意他将苏君慧接入宫，却只能以侍女的身份陪在他身边，不得成婚。本以为有情人终成眷属，即便没有名分，至少能相守一生。奈何宋昭是个出色的文人，却不是一个称职的太子。没过多久，大皇子宋怿为夺皇位，设计谋害宋昭，趁他在莲池漾舟时将他推入水中。宋昭本就体弱，根本经不起折腾，险些命丧黄泉。所幸苏君慧医术高明，救回宋昭一命。

"遭此劫难后，他对皇家的明争暗斗彻底厌倦，于是想出了死遁的办法，带着苏君慧离开建康，从此隐姓埋名，闲云野鹤。宋高宗不知内情，以为宋昭不幸罹难，万分悲痛，下旨为他举行国丧，谥号'昭德'，他编的文选也被世人称作《昭德文选》。之后，宋怿被立为太子，即为后来的宋成宗。"

说话时，元君意眼睛一眨不眨地将我望着，唇畔含着一抹玩味的笑意，仿佛对我的反应甚是期待。

恍然间，似有一道惊雷在脑中炸开，我震惊得无以复加，久久不能言语。我费劲地消化他的话，片刻之后，艰难道："你……你在说什么，我不明白你的意思……"

"不明白吗？我再解释解释也无妨。"他不紧不慢道，"宋昭离开建康后，化名何逸，与苏君慧一起回到京口南山安顿了下来。几年之后，苏君慧生下一女，起名何英，正是你的娘亲。换句话说，你是昭德太子宋昭的外孙女，当今宋国国主宋容书则是宋成宗宋怿的重孙，若按辈分，宋容书还应当喊你一声姑姑。"

我喃喃道："姑姑……"

"故事讲完了，大人听明白了？"

听娘亲说，外祖父是江南大儒，所著的文章诗词在京口一带广为流传，许多人慕名前来向他求学，声望极高。我走路尚且不稳，她便教我诵读外祖父的遗作。他确是满腹经纶、才情盖世，可要说他是昭德太子，未免太过于荒谬了吧。

我稳住心绪，道："就算你说的不假，但这些都是当年宋国的宫闱秘闻，你从何得知？"

"实不相瞒，祖父元曦容年少时曾在宋国游历，与苏君慧和宋昭是知己好友，宋昭设计那对玛瑙耳坠时，祖父也在场。宋昭假死之后、宋怿即位之前，江南曾爆发一场叛乱，百姓死伤无数，苏君慧救治了一名在战争中受伤的孤儿，这名孤儿后来被祖父收养，正是家父。"

我咬唇，道："我凭什么相信你？"

"有一年江南洪水泛滥，宋廷救灾不力，百姓流离失所，死伤无数，宋昭一家离开京口北上洛阳避难。祖父听说后，一直放心不下。他老人家过世之前，曾再三嘱咐我，一定要找到宋昭和苏君慧的后人。我本以为这是一件大海捞针的事，没想到，踏破铁鞋无觅处，得来全不费工夫，我要找的就是戚大人。所以我一直说，无论如何我都是站在你这边的，这便是原因。哪怕是为了祖父，我也绝不会做任何不利于你的事情。"稍顿，元君意笑了笑，道，"我知道空口无凭，你心里定然存有疑虑，你可以不信我，但这就是事实，而且，我也没有理由编故事骗你。"

我缄默不语，心里反复掂量他的话。

于情于理，他的确没有必要骗我，他方才所说的一些时间地点，都与爹娘从前告诉我的非常吻合。若说他那番话都是信口胡编，好像可能性也不是很大。

但⋯⋯

"你为什么要告诉我这些？"

"为什么？大人一贯聪慧过人，怎么连这点都想不明白？你是昭德太子的后人，若他当年没有离开皇宫，即便他后来没有登基为帝，你也是堂堂正正的宋国公主或者郡主。如今你助晋王伐宋，无异于同室操戈，我相信这绝不是宋昭愿意看到的。最重要的是，晋王知不知道你的身世，谁也说不清。"

心里咯噔了一下，我盯着他："你这话什么意思？你是想说，晋王早就知道我的身世，却一直瞒骗我，故意不让我知道，是吗？"

"不是没有这个可能。晋王志在天下，为了拿下宋国谋划已久，若你知道了自己的身世，势必有所顾虑，不会尽全力襄助他，这当然不是他愿意看到的。我很奇怪，你为什么不想知道自己的身世？你怀疑我的动机，是不是因为你方才已然猜到原因，所以害怕了？"

我冷笑道："荒谬至极！"

元君意并未在意，俊脸上嬉笑之色渐渐淡去，神情竟是难得一见的认真："你对晋王不要太过于掏心掏肺，他绝没有你想象中那么简单。我知道，你明里暗里为他做了不少事，上次春猎⋯⋯"

"元公子！"我高声打断他，一字一句道，"倘若你今日来这里，是为了告诉我有关我的身世，我很感激你，就当你说的全是真的。但倘若你是为了挑拨离间，那么很遗憾，你想错了，我没那么容易上当。你说你的祖父与宋昭是好友，所以你知道当年那段往事，可晋王今年不过二十有三，在伐宋之前，他从未踏出过齐国半步，试问他如何得知我的身世？"

"宋昭与苏君慧相恋之事本就在宋国引起不小轰动，国丧后不久，苏君慧便彻底人间蒸发了。世人不知他二人死遁，只当苏君慧为了宋昭而殉情，赞她有情有义，此事在江南流传为一段佳话。当年他们在南山种下一棵红豆树，至今还有人慕名前去参访。晋王想要知道你的身世，当真一点儿也不难。再者说，我与他往日无冤近日无仇，我为何要挑拨离间？"

"世人都知道的事，只有我这个当事人不知道，你是这个意思？"

"你……"元君意以扇击掌，无奈地叹息，道，"也罢，信不信由你，总之你且多加小心。"他的目光笃定而坦然，教人无法怀疑他的意图。

身子不由自主地微微颤抖，脚下趔趄几步，几乎就要站不稳。我下意识地朝后退了两步，扶着城墙喘息起来。不知为何，心下忽然涌起一股烦乱，仿佛被猫爪挠过似的，带几分恼火、几分惊慌，或许……还有几分恐惧。

我究竟恐惧什么？我自己也不知道。

兴许，正如元君意所说，我心里隐隐猜到了原因，那个我万万不敢承认的原因，所以我害怕了。

兴许，是因为有那么一瞬间，我竟产生了一丝动摇。

然而，下一刻，我又觉得自己实在可笑。我与元君意相识不过短短两月，连他的身份和动机都没摸清楚，竟然因为他不辨真假的一番话，便对傅惟生出芥蒂。

当年我为了洗刷家门冤屈，独自一人回京城告御状。奈何我人微言轻，始终没有机会面圣，无奈之下只得四处鸣冤，却屡屡碰壁。大小官员无人敢接我的状纸，那些曾与爹爹交好的人见了我如同见了老鼠，避之唯恐不及，哪里肯帮我伸冤。

非但如此，更有甚者为了邀功领赏，还将我打入监牢，大刑伺候，我险些命丧黄泉。

那段不堪回首的时光，是我午夜梦回时分最可怕的梦魇。

在我最艰难、最潦倒的时候，只有傅惟愿意出手相救。倘若没有遇见他，只怕我早已横尸街头，连死都不知道是怎么死的。

相识相知，已有四载寒暑。

这四年来，他对我可谓无微不至，嘘寒问暖自是少不了，甚至不顾身份之别陪我聊天谈心，教我射箭。为了助我报仇，他甘冒危险为我假造官籍，送我入朝为官。他为我做的这一切，他的恩情他的迁就，早已铭于心、刻于骨，除非我死，否则今生今世永不相忘。

傅惟究竟是什么样的人我再清楚不过，倘若我真的因为一个毫不相干的人，随口胡诌几句，便对他产生怀疑，我才是荒谬至极！

再者说，外祖父当年借死遁逃离宋廷，化名何逸，就说明他对宋廷已然彻底失望，宋廷将来如何与他再无关系，他只想做一个安逸的清闲散人。宋容书荒淫无道，残暴虐民，江南百姓苦不堪言，我助傅惟伐宋，只是想还江南百姓一个清明安定的天下。相信外祖父在天有灵，也一定会支持我的决定。

这么想通后，我淡定地笑道："好，我记住了。多谢你的好意，今天真的有事，先告辞了。"语毕，拂袖而去。

元君意没有说话，也没有再拦我去路。背后，细微的叹息声随风传来。

我加快脚步走下城楼，直至进城门，仍能清晰地感觉到那两道灼热迫人的视线，如影随影。

我蓦然驻足，回头眺望，只见元君意依然静立城楼之上，像是石化了那般一动不动。因相隔太远，我看不清他脸上的神色，唯有那柄玉骨扇，依旧有一下没一下地敲打着他的手掌。

啪，啪，啪，一声一下，如同敲在我的心坎上。

心跳没来由地变快，我下意识地伸手摸了摸玛瑙耳坠，不敢再停留，匆匆离开。

不久之后，皇上为弥补春猎夭折的遗憾，命礼部在长安城外的狩猎场举办了一场狩猎比赛。

因傅惟不在，我方人数不够，皇上特意点名傅谅随行参加。在比试中，几名突厥猎手均"意外地"失手脱靶，最厉害的一人在比赛时竟忽然晕倒在地，说是紧张过度，请求退出比赛……

我觉得吧，如此浮夸的演技和简单粗暴的理由，根本就是在愚弄百官的智商，偏偏所有人还要配合演戏。

于是，傅谅毫无悬念地夺魁。鉴于他此次表现出众，皇上龙颜大悦，恩准他提前结束思过，恢复正常活动。

至此，我高悬已久的心，终于踏踏实实地落地了。

东宫。

傅谅将最近一段时间的读书笔记交给我过目，伸了个懒腰，喜滋滋道："关了这么久，终于重获自由啦！说来也奇怪，那些突厥人不是号称神射手吗，怎么今天一个两个都脱靶，眼睛里长东西了？"

我嘴角抽了抽，一面随意翻阅，一面道："并不是，只不过是皇上想找机会放你出来，所以联合突厥人演一场戏罢了。"

他"哦"了一声，显然不愿意深究这个问题，话锋一转，道："玉琼，你不知道，我整天闷在这里，整个人都快长出蘑菇来了。不如……今晚我们出宫去赌两把，开心开心，啊哈哈哈，你觉得怎么样？"

我重重地合上读书笔记，恨铁不成钢地瞪着他，道："微臣觉得不怎么样！殿下，您脑子里到底都装了些什么？您还没认识到问题的严重性吗？就算您是被人陷害的，但满朝文武中，借机大做文章，要求皇上改立太子的可是大有人在啊！您若是再不表现得像一个太子，拿出点功绩给他们看看，连皇上都救不了您了！"

傅谅小声嘀咕道："改立就改立啊，反正我也不想当这个太子，我知道自己不是这块料嘛……"

这货虽然净做些糊涂事，没想到对于自身的认识还是挺正确的，但……

我掩口轻咳，严肃地打断他："不许胡说！你若被废，此番微臣和皇上救您的一片苦心可就都白费了，您过意得去吗！"

他嘟了嘟嘴，飓声飓气道："好吧，我知道了，以后不说了嘛……"

"嗯，虽然皇上恩准恢复正常活动，但眼下是非常时期，朝中无数双眼睛盯着您的一举一动，稍有差池都会引起麻烦。依微臣看，您近期还是少外出，多在东宫读书，微臣每天都会来检查您的功课，知道吗？"

傅谅一脸闷闷不乐道："知道了。"

我看他一副可怜巴巴的样子，心中生出几分恻隐，遂又温声道："别不高兴，微臣也是为了您好。"

他点头，大眼睛眨巴眨巴地将我望着："我知道，我相信你。"

我相信你。

他的眼神明净清澈，不掺一丝杂质，仿若山涧溪流般盈动，瞳孔深处，依稀含着几分期待。

心脏倏地狠狠抽了一下，我别过脸，不敢再看他，含混道："行了，您今天比试也累了，早些休息吧，微臣明天再来看您。"

我正欲起身离开，岂料，傅谅一把捉住我的手，一字一句，轻声而认真道："玉琼，谢谢你，有你在我身边，真的是太好了。"

他的手掌灼烫似火，不若傅惟般温暖如玉。恍然间，似有一把火一直从手上烧进了我的心底。

我不自在地抽回手，勉强扯了下嘴角，干笑道："殿下这是说的什么话，微臣身为太子少傅，帮您救您是职责所在，毕竟要是您出了事，微臣也要吃不了兜着走。所以，您无须言谢。"

傅谅怔了怔，手还保持着先前的姿势，一动未动。四目凝视，两相无言，他的眸光迅速暗淡下来，仿佛珠宝蒙上了尘埃，光芒不再。

"微臣告辞。"说完，我逃也似的跑了出去。

前脚刚踏出东宫，抬眼便瞧见元皇后和妍歌在一众宫人的簇拥下款款而来。

真是冤家路窄！我暗自腹诽，奈何避无可避，只得硬着头皮上前行礼："微臣见过皇后娘娘，妍歌公主。"

妍歌在元皇后面前表现得十分乖巧，没有像往常那般对我进行冷嘲热讽，只是十分不屑地看了我一眼，然后便移开视线。

"戚少傅。"元皇后上下打量着我，美眸若带几分凌厉，半晌，不紧不慢道，"不必多礼。此番太子顺利脱难，你功不可没，本宫收到你的包裹后，第一时间上呈给了皇上，虽然幕后黑手尚未落网，但好歹是洗刷了冤屈。"

第一时间？第一时间！

可是，距我将包裹交给元皇后，到那日皇上召见我，这中间分明隔了半个月！究竟是怎么回事？到底哪里出了纰漏？

元皇后疑惑地看我："你怎么了？"

我忙压下思绪，笑道："没什么。皇后娘娘谬赞，微臣愧不敢当。太子殿下一向待微臣不薄，无论是出于君臣之纲，还是朋友之谊，微臣都不该坐视不理。"

元皇后笑了笑,道:"你,很好。你救太子之恩德,本宫记在心里。本宫听说,你乃前任六品司膳戚远峰戚公公的养女。戚公公殡天多年,你一介女流无依无靠,往后若有什么需要,尽管告诉本宫。"

我做受宠若惊状,道:"多谢皇后娘娘恩典。"

我垂眸敛目,她并没有看到我唇边的冷笑,更不会知道,这句话我说得有多么咬牙切齿。左手不由自主地攥了起来,指甲深深嵌进肉里,却没有半分感觉。

恰在此时,一直闭口不言的妍歌忽然道:"姑姑,您若是有心照拂戚大人,不若成全了她和元君意吧。我见他二人郎情妾意,十分投缘,元君意不过是感染个风寒,戚大人还大老远地跑到瑶山别院来探望他,连我都被感动了呢。"

嗯,就知道这根搅屎棍要出来搅一下……

元皇后饶有兴趣道:"真有此事?"

我微笑着解释道:"回皇后娘娘,妍歌公主误会了,微臣与元公子只是普通朋友。微臣上次前往瑶山别院拜访元公子,是想请他分辨一下太子殿下的衣服上有没有五石散的气味。当时尚未肯定,微臣担心知道的人太多于事不利,遂谎称是前去探病。欺瞒了妍歌公主,实属情非得已,还请公主见谅。"

"你……"妍歌愤愤地别过脸,咬唇不语。

"原来如此,本宫知道了,下次有机会定要重重谢他。时候不早,本宫还要去看太子,戚大人,你退下吧。"

"微臣告退。"

向前走了几步,我猛地驻足,转身看着她二人的背影消失在东宫之中,心中的恨意几乎就要喷发而出。

元梦樱,迟早有一天,我要让你知道,我不是六品司膳戚远峰的养女。我爹是正二品刑部尚书,那个被你陷害而惨死狱中的,戚正坤。

犹记得那一年的深秋,我带着一纸状书,独自回到京城长安。

爹爹出事后,我和娘亲被他的部下护送出京避难,后来那名部下受到牵连,被判斩首。不久后,娘亲生无可恋,带着我烧炭自尽,所幸我逃过一死。

爹爹生前官拜刑部尚书，位高权重，在位期间审判了无数冤假错案，使冤者昭雪，替百姓请命。拜在他门下的人数不胜数，世人皆赞他为民之青天。

然而，万万没想到的是，命运与他开了个如此之大的玩笑。当他含冤入狱，不忿屈辱而死时，居然没有一个人愿意站出来替他伸冤。

或许不是不愿意，而是不敢。毕竟，那人是当今皇后，突厥的公主，谁敢去逆这个天？

我处处鸣冤，从大理寺到刑部，没有放弃任何一丝可能，不料却屡屡碰壁。大小官员听说我是戚正坤的女儿，要状告元皇后时，都不约而同露出了惊惧之色。稍微有点良知的人会劝我快快收手，趁皇后没有觉察赶紧远离京城。若是碰上翻脸不认人的小人，便赏我一顿板子，骂我不知天高地厚，再把我扔到大街上示众。

我想告御状，因为这个世界上如果还有人能惩治元皇后，那便一定是皇上了。奈何我连宫门都摸不着在哪儿，更别提面圣。

走投无路之际，我想到了京城总管张跃新。爹爹在洛阳当主簿时，他是时任洛阳总管，算是爹爹的顶头上司。小时候，他时常来我家与爹爹一同饮酒读书，两人称兄道弟，相处得十分愉快。洛阳在他们的共同治理下，物阜民丰，百姓和乐，且商业贸易发展迅速，皇上曾多次大加赞赏。

而后，他们一同升任京官，爹爹因办案得力而出任刑部尚书，张跃新却只得了个四品总管。就为此事，他心生怨恨，与爹爹反目成仇，从此不相往来。

张跃新最初见到我时，态度竟是出乎意料的客气。他并没有看我的状纸，只说此事事关重大，应当从长计议。我恳求他找机会带我进宫求见皇上，他满口应下，说明日早朝过后，会先向皇上禀告此事。他还对我嘘寒问暖，为我添置衣物，留我在他府里暂住。

当时，还很傻很天真的我对张跃新感激涕零，岂料没过多久，他就露出了真面目。他将我捉进天牢，严刑拷打，逼我交出皇后陷害我爹的证据。我咬紧牙关，宁死不说，他开始变着法子折磨我，天牢十八般刑具的滋味，我尝了个遍。

身体上的痛苦并没有什么大不了，真正让我恐惧的，是绝望。

原以为看到了希望，没想到却跌入更深的陷阱，如今能不能保命还未可知，更别提为爹爹洗刷冤屈。

折磨仍在继续，我浑身上下没有一处肌肤是完好的，甚至连肋骨断了几处都已不自知。我被狱卒从牢房中拖出来，绑上刑架。

张跃新站在我面前，阴鸷道："臭丫头，京城天牢的刑具滋味如何？真没想到，你跟你那死鬼老爹一样，骨头硬得很。你若再不说出是谁指使你来的，以及证据藏在何处，恐怕你就要像他一样把小命交待在这里了。"

我偏过头剧烈地咳嗽起来，胸腔里似有一股腥甜渐渐涌出，我憋足气，将一口血悉数喷到了他的脸上。我望着他形容狼狈的模样，心中竟是前所未有的畅快，不由得咻咻地笑了起来。

张跃新错愕地抹了把脸，瞬间恼羞成怒，颤抖着手指着我："臭丫头！打，给我往死里打！"

皮鞭如雨点般落在身上，我的神志有些模糊了，视线也变得不太清晰。只有啪啪的抽打声，一声一声，分外清晰。

就这么死了，好像有点不甘心呢……

爹，娘，女儿没用，终究没能帮你们洗刷冤屈，不过也好，至少我们一家人可以团聚了……

就在我以为自己真的要命丧于此时，蓦然间，一道陌生的声音在耳畔响起，既轻柔又沉稳，其音清越，若环佩叮咚而鸣。应当是个极年轻的男子。

"这女子所犯何罪？为何动用私刑？"

张跃新顿时惶恐地拜倒在地，连连叩首，嘴巴不停地张合。但他究竟说了什么，我听不分明。

过了没多久，我被人从刑架上放下来。当时我整个人浑浑噩噩的，连呼吸都困难，刚一松绑，便猝不及防地跌倒在地。

那人走近几步，一双描金绣凤的长靴映入眼帘，天青色的锦袍上，绣着四爪团龙和五彩祥云。

我根本无力思考他究竟是谁，脑子里只剩下那唯一的念头，于是拼尽全力往前爬了爬，用沾满血污的手攥住他的衣袍，气若游丝道："我是刑部尚书戚正坤的女儿，我要替我爹鸣冤……"

他蹲下身，小心地将我扶起。我艰难地抬起头，忽地撞进一双灵气逼人的眼眸之中。那眼眸深亮灼灼，若有星斗融于其间。却只有一瞬间的工夫，世界便陷入了一片黑暗之中。

后来我才知道，原来他便是贤名在外的晋王傅惟。

傅惟将我救出天牢，带我去医馆疗伤，还让我在他府中休养。他告诉我，他不会帮我告御状，但他会帮我做一份假官籍，让我入朝为官，有机会接近皇上和皇后。他说我的家仇，还是应由我自己来报。再后来，我受李瑞安举荐，入东宫担任少傅一职，一直到今年。

整整四年时光，我没有哪天能过得安生，时间越长，仇恨越深。

但是我相信，那一天已经不远了。

第六章

此事古难全

伐宋之战一路打得顺风顺水。

此次朝廷共派出水陆军共计三十万，兵分四路进攻宋国。

首先，杨夙率领八万水军，从扬子江上游的永安城出发，三千艘战舰齐发，气势汹汹，直指宋国重镇江夏城。按照傅惟的部署，他的主要任务乃声东击西，吸引下游火力。

杨夙真是个妙人，贱主意一个接着一个。

由于宋国在上游兵力相对较弱，他在进攻时便故意搞大声势。每到一处，或者大张旗鼓地打砸几家店铺，或者当街抓几个俘虏带走，或者派人趁夜偷点猫猫狗狗之类的。此举立时引起了宋国民众的极大惶恐，甚至有传言说"齐军猛于虎"！

上游的地方官们手足无措，纷纷上书，极尽声色地描绘齐军的恶行，致使宋容书误以为这是齐军主力，匆忙派出五万大军增援抵抗。

而杨夙并没有跟宋军正面对抗，却是有一下没一下地同他们打着游击战，拖延时间，给傅惟创造奇袭宋国都城建康的机会。兵书有云："一鼓作气，再而衰，三而竭，彼竭我盈。"宋军将士被杨凤耍得团团转，一时间，厌战情绪浓厚。

其次，秦虎和刘恩分别率领五万陆军，从陆上行进，目标是一举夺下建康周围的江都城和晋陵城，以达到牵制和分散江南火力的目的。

最后，傅惟率领十二万生力军，直攻建康。

九月末，陆上的三路大军陆续到达扬子江北岸，安营扎寨，准备渡江。

直至大军压境，宋容书方幡然醒悟，原来先前杨凤的小动作只是幌子而已，大家都被他耍了。

然而，宋容书见傅惟久久没有动作，又以为他惧怕扬子江天险，不敢强行渡江，于是继续沉湎声色，极尽奢靡地为张贵妃筹办寿宴，甚至还将驻守江都和京口的两名皇子召回建康一起庆祝。

此行为无异于自卸双臂，再次印证了"不作死就不会死"这个真理。

十月伊始，三十万大军正式攻宋。

杨凤首先在扬子江上游发动进攻，水军主力五万屯于汉口，与江夏城的守军相持不下。同时，另外三万兵分两路，一路按兵不动，另一路从江夏的北面绕开进攻。先是东西夹击狼尾滩，继而攻下宜都，一路上连拔五城，我军士气壮大。最后，绕至江夏城背面，与留守原地的那一路发起进攻。江夏立时腹背受敌，守城一看形势不利，忙率军向建康撤退。岂料杨凤乘胜追击，将他们打得丢盔弃甲，落荒而逃。

至此，上游战场大获全胜，首先告捷。

消息传到建康，宋廷顿时乱作一团。宋容书吓得两股战战，终于意识到了问题的严重性，慌忙派兵抵御，无奈已是螳臂当车，根本拦不住杨凤大军东下增援的步伐。

就在宋廷手足无措之时，下游大军兵分三路趁夜秘密渡江，天亮时分顺利到达江南，将守江的宋军打了个措手不及。我军不费一兵一卒，宋军却死伤过半，剩下的残兵败将仓皇逃回建康报信儿。

入秋以来，长安城一直阴雨连绵。

小雨淅淅沥沥地下了许多日，空气温暖而湿润，夹杂着一丝桂花的甜香，教人恍然间生出置身于暖风四月的错觉。

十月初五，照例是诸位皇子与百官同朝的日子。

九龙殿外，百官站在回廊中避雨，正三三两两地讨论着当下的战况。屋檐下，雨水像断了线的珠子一般次第落下。我站在高柱旁，望着眼前的雨景，不觉有些失神。

捷报是三天前送到长安城的，即意味着这至少是五天前的战况，虽然大家一致认为攻下建康根本不费吹灰之力，但山高水远，战场凶险，我还是很担心傅惟的安危。

正当我神思恍惚，身后有人大声唤我："玉琼！"

额间迅速挂下三条"黑线"，想都不用想，除了傅谅还有谁敢在九龙殿前大声喧哗？

果不其然，傅谅快步走到我身旁，拍了下我的肩，笑得阳光灿烂："嘿，你在发什么呆呢？"

我回过神，正色道："没什么。"

话音刚落，只见傅辰和傅邕缓步走过来，傅辰皮笑肉不笑道："太子殿下，戚大人，二位好久不见。"

傅谅瞬间炸毛，怒气冲冲道："守财奴，你这个阴险狡诈的卑鄙小人！你……"

我见势不妙，忙不迭将他拉住，挡在他身前抢先道："汉王殿下，好久不见，近来身体好些了吗？"说话时，还不忘用眼神告诉傅谅：君子报仇，十年不忘！冲动是魔鬼！

傅谅深吸口气，愤愤地"哼"了声，咬牙忍下怒意。

傅辰的视线在我二人之间打了个圈，倨傲道："尚可。"

我笑了笑，不紧不慢道："微臣一直以为您精通骑射，必定是身强体壮，没想到竟然这么弱不禁风。不过是兄弟之间小打小闹罢了，也足够您受惊休息这么久，果真人不可貌相……"先前对他百般忍耐，他反倒得寸进尺，三番五次与我为难。横竖这个梁子已经结下了，那就开诚布公地结个彻底，也省得我再白赔笑脸。

"你……"傅辰气结，俊脸一阵红一阵白。不等他发作，辰时已到，伴随一声高亢的唱喏，皇上入殿，百官上朝。

自傅惟出征以来，皇上的身体一直不大爽利，上朝时总是咳咳咳，甚至还休朝了好多次。他已过不惑之年，却仍像刚登基时那般勤勉，总是不停地操心内政外交，操心天下一统，还要操心不争气的傅谅。此番一病，整个人迅速消瘦，看起来苍老了许多。

朝上，前线的士兵送来最新战报。

傅惟与秦虎等人率二十二万大军趁夜秘密渡江，一举歼灭六万守江宋军，余下四万残兵败将仓皇跑回了建康。渡江后，秦虎率军突袭庐江城，三日拔城；刘恩率军攻占晋陵城，守城忌惮我军骁勇，竟直接开城投降。这两座城池拿下后，相当于从东西两面打开了通往建康城的屏障。

然而，眼看胜利在望，傅惟却似乎并不着急，他率军驻扎在建康城外的栖霞山，距离皇城不过五十里。宋容书彻底慌了神，急忙调兵抵御，奈何为时已晚，回天无力。

十月初十，傅惟派手下副将领五千轻骑夜袭京口，由于原本镇守京口的皇子被宋容书喊回去贺张贵妃寿辰，于是我军不费吹灰之力便将京口拿下。同时，刘恩大军继续前进，与五千轻骑在京口会合。十二日，占据建康钟山。刘、秦两路大军已对建康形成了包围之势，只待傅惟一声令下，便可直捣黄龙，将江南纳入我齐国版图。

那士兵慷慨陈词，铿锵道来，我听得心潮澎湃，嘴角不由自主地向上扬起，既骄傲又忧心。

这就是我倾尽韶华去爱慕的人，雄才伟略，运筹帷幄。谈笑间，敌国已破。我没有看错人，他值得我爱。

但同时，我也为他感到担忧，担忧这场仗打得太过于顺利，是否会有其他变数。他一刻没有回来，我便一刻不能彻底安心。

战报结束，九龙殿上登时沸腾了，百官群情激昂，争先恐后地朝贺皇上。

"皇上，您是继秦皇汉高之后，第三位统一天下的君主！如此千秋伟业，必定彪炳史册，受万世敬仰啊！"

"皇上为我大齐开疆拓土，完成太祖遗愿，不可不谓明君圣主！"

"恭喜皇上，贺喜皇上！"

皇上龙颜大悦，一扫憔悴之色，捋须哈哈大笑，笑着笑着，忽然微微蹙了蹙眉头，连咳了几声，似有忍耐之色一闪而过。而群臣仍在欢天喜地地议论战报，谁也不曾留意这细微的变化。

"咳咳，晋王打算何时攻入建康？"

"回皇上，晋王殿下说，建康附近尚有陈军十万余人，必须先灭掉这十万大军，方可攻城，否则将有后患。"

皇上点点头，叮嘱道："不可伤害无辜百姓。"

士兵道是。

话音落下，皇上捂住胸口，靠在龙椅上猛地咳了几声，喘息声变得尖锐而急促，面色也跟着由白转红，最后隐隐透出青白之色。下一刻，他两眼一闭，竟直挺挺地昏死过去！

殿内顿时乱作一团，几个心脏脆弱的老臣口呼了几声"皇上"，便也跟着扑通倒地，不省人事。

我大惊之余，向傅谅使了个眼色，示意他赶紧出来主持大局。

他很快便心领神会，径直走上玉阶，朗声道："来人，快将父皇送回寝殿，传太医院院使进宫请脉！今日早朝到此为止，其余诸臣退朝，回府等候通知！"

皇上的贴身宦官康公公跑去请太医，几名侍卫将皇上抬进御辇，送回寝宫，一切依傅谅所言，无声而高效地进行着。

殿内迅速安静下来，众臣面面相觑，大部分人三三两两地走了，有些人还戳在原地没动。

蓦地，有人高声道："见不到皇上龙体安康，臣等绝不离开！"

"就是！太子殿下，如今皇上昏迷不醒，您将臣等遣回府，若是有个什么事，这皇宫大内岂不是您说什么便是什么！"

余下几人纷纷附和。

这些都是前一阵弹劾傅谅弹劾得最积极的人，为首之人叫樊准，官至御史令，与言官群体交好，几人时常联合起来与我过不去。

傅谅剑眉横指，怒道："樊准，你这说的是什么话！你的意思，难道是我想挟天子以令诸侯不成！"

樊准梗着脖子，一脸耿直不屈的样子："话是殿下自己说的，不是老臣说的！"

傅谅气极："你！"

我走到樊准面前，微笑道："皇上只是偶感风寒，引发肺热，而又一直未能好好休息，加之最近天气不好，所以喘咳病才会越拖越重。适才太子殿下让你们回府，自然是有他的道理。"

樊准哼道："老臣看不出有什么道理！"

"风寒不是什么大病，太医院高手云集，院使更是天下第一名医，可医活死人、肉白骨，小小风寒根本不在话下。再者说，皇上乃真龙天子，诸神庇佑，岂会连这点病痛都战胜不了。樊大人不肯走，是对太医院没信心，还是对皇上没信心？"

"老臣既非对太医院没信心，也非对皇上没信心，老臣身为朝臣，非但要匡扶社稷，关心皇上龙体亦是分内之事！"

我煞有介事地点头，道："樊大人言之有理。你担心皇上的这份心意，本官作为臣子，也是感同身受。只不过，樊大人不懂医术，留在这里也是添乱。本来没什么大不了的事，大人却搞这么大阵仗，还要疑神疑鬼，怀疑太子殿下的用心，不知道的人……"我凑近他耳边，轻笑道，"还以为你唯恐天下不乱呢！"

这回轮到樊准气极了，一张老脸涨得通红，花白胡子直哆嗦，几次三番想要张口反驳，却又不知从何反驳，只得愤愤离去。

他一走，其他几人也跟着走了。

九龙殿上，只剩下傅辰和几位皇子。众人神色各异，显然都在盘算自己的小九九。

傅辰抱臂，缓步走出来，似笑非笑道："戚大人好一张利口，什么话都让你说尽了。"

"汉王谬赞，微臣愧不敢当。"

傅辰转向傅谅，道："大哥，父皇龙体抱恙，我等身为儿臣理应尽孝道，你将我们都轰走，莫不是想独占这个功劳？"

傅谅看我，我思量一瞬，略一点头。他叹了口气，极不情愿道："好吧，那你们同我一起去看父皇吧。"

傅辰冷笑了声："听听，这话说的，看来我们几个还得多谢大哥恩典。"此话一出，他身后的几位皇子不约而同地露出了尴尬之色。

傅谅怒指道："傅辰，你少在这里得了便宜还卖乖！我告诉你，按皇祖父遗训，我是太子，只有我才有资格进入昭阳殿伴驾。你就算去了，也只能在外面候着！"

偏生傅辰还把脸往前凑了几分，薄唇边噙着一抹嘲弄的笑意，挑衅意味十足，轻慢道："是太子又如何，谁知道你这太子还当得了几天？"

傅谅一把攥住他的衣襟，一字一句道："你给我记着，这句话，我一定原封不动地禀告父皇！"

我轻扯了下傅谅的衣袖，小声道："殿下，多说无益，皇上的身体要紧，您还是快去昭阳殿吧。"

傅谅竭力忍下怒意，重重地甩了袖，扭头就走。

我忙跟上他的脚步，刚走没几步，又下意识地回看傅辰，视线不期然停留在他的手上。那被广袖半覆着的手，正紧紧攥着拳，大约极是用力，依稀可以看见青白的骨节。

昭阳殿。

几位消息灵通的贵妃已然在殿外等候，康公公守在殿前，盯着进出的太医和宫婢，神色颇为凝重。

傅谅快步上前，急问道："父皇情况如何？"

康公公摇头，道："院使大人正在为皇上请脉，暂时还不知道具体情况。殿下，您进去看看吧。"

傅谅点头，二话不说抬脚进殿。

我往殿内望了一眼，里面光线昏暗，博山炉内香烟袅袅，悄无声息地弥散着。透过重重纱幔，隐约可见人影晃动。

据贴身服侍皇上的康公公说，自入秋以来，皇上经常咳嗽。起初以为是风寒，并未在意，只是命太医开了几服调理身子的药方，服下后却一直不见好转。伐宋开始后，皇上的病情便急转直下，整夜整夜地咳嗽。即便睡着了也总会咳醒，胸口疼得厉害，不能呼吸，有时还会咳血。

傅辰和其他几位皇子很快赶了过来。

几人齐刷刷地跪在殿门口，口口声声喊着父皇。奈何太祖陛下留下遗训，唯有皇太子和皇后才能进皇帝寝宫，若无召唤，其余皇子妃嫔一律不得入内。所以，他们也只能在外面干巴巴地号几声而已。

傅辰一扫方才在九龙殿上的狠戾阴鸷，满脸焦急，一副恨不能代替皇上承受痛苦的模样，号得十分卖力。号着号着，额间渐渐沁出细密的汗珠。他随手抹掉，广袖挥动，再抬头时，竟然还挤了几滴眼泪出来……啧啧，演得真是到位！

不多时，元皇后闻讯而来，身后跟的是元睿和元君意。

素白的油纸扇上，几朵牡丹被雨水打湿，更显娇艳欲滴。伞下，她妆容精致，莲步轻移，端的是一派母仪天下的雍容之姿，全然不见上次傅谅被软禁时的憔悴与忧心。

　　她不紧不慢地步上玉阶，扫了一眼殿前的傅辰一干人等，呵斥道："皇上吉人自有天相，你们哭什么哭，喊什么喊！还不快给本宫起来！"

　　几位皇子瞬间噤声。傅辰虽有不忿，却也只能悻悻地站起身，立到一旁。

　　元皇后拂袖进去，留下一票人在殿外大眼瞪小眼，一时间气氛甚是尴尬。好在康公公及时出现，将皇子和贵妃们全部请到偏殿小憩片刻。

　　于是乎，昭阳殿前只剩下了我和元君意两人。

　　他长身玉立，一手执伞，另一手握着一柄玉骨扇，熟练地玩弄于股掌之间，正若有所思地将我望着。

　　我不想跟他废话，正打算掉头走人，孰料，他却抢先一步拦住我的去路，似笑非笑道："戚大人，请留步。"

　　他比我高出一头有余，就这么站在我面前，无形的压迫感没顶而来。我下意识地后退几步，道："元公子又有何见教？"

　　元君意哗啦一下打开玉骨扇："这里风大雨大，那边有个避雨的凉亭，我们过去说。"言外之意，这里人多眼杂，不方便说话。

　　他稍侧过身，很有风度地做了个请的动作。姿态秀雅，眉眼如画，举手投足间气度翩然，立时引起了周围宫婢的谈笑议论。

　　我无奈，只得抬脚走过去。

　　凉亭中，我开门见山道："元公子有话不妨直说。"

　　"上次在下说的那番话，大人考虑得如何了？"

　　"元公子说的问题就是指这个？我的答案很简单，前代的恩怨我不想管，我只知道我是齐人，而且是齐国少傅，不是什么宋国公主。不管是宋廷还是宋容书，都与我没有半分关系。皇上有心一统天下，伐宋之战迟早要打，这不是我或者傅惟、杨夙能改变的。再者说，若是认真算起来，公子你也是宋国人。齐国要攻宋，你为何不请突厥王阻止此事？"

　　元君意先是微微一愣，旋即抿唇轻笑，叹道："我就知道会是这样。也罢，随你高兴。不过，你真的要小心傅惟，他比你想象的要复杂许多。"

　　"公子多虑了。我与傅惟相识四年，而你认识他不过四个月，我想我对他的了解应当比你要深吧。元公子，你几次三番提醒我小心傅惟，我倒要怀疑你的用心了。"

　　他静默片刻，神情是前所未有的认真："我不会害你。"

我望着他，心怦怦跳了几下，好似被他的目光灼烫，于是不动声色地移开视线，笑道："既然元公子没别的事，我先行告辞。"

"等等，我还有一个问题。"元君意站起身，缓步走到我跟前，用只有彼此才能听见的声音说，"我问你，倘若皇上驾崩，诸皇子夺位，你会支持谁？"

"你……"身子狠狠地颤了颤，我赫然抬起头，他的眼底似有重重漩涡，能将人的神思尽数吸入。我一字一句道："你这话什么意思？"

他不语，眼睛一眨不眨地盯着我，脚下不知何时又近了几步，几乎与我面对面地贴在一起。身体的温热透过薄薄的衣衫传递而来，彼此呼吸相闻。

脸颊隐隐烧烫起来，我既羞且怒，使出浑身力气想要推开他，岂料他的玉骨扇紧紧抵着我的后背，好像故意要将我钳制住，不给我半分动弹的余地。

他觉察到了我的小动作，唇畔的笑意再深三分，凑近我的耳边，轻声细语道："我的意思是，若非要你选，你会站在哪一边？傅谅，还是傅惟？不要说什么'身为太子少傅'之类的话，我想听的是你的真心。"

我推他，抗议道："放开我！"此人平日里看起来文质彬彬、弱不禁风，没想到力气竟然如此之大，任凭我如何挣扎，他依然纹丝不动！

"你告诉我，我就放。"

我呸！什么翩翩佳公子，根本就是无耻臭流氓！我咬牙切齿地威胁他："元君意，你再不放手，我就喊侍卫了！"

元君意笑道："好哇，你喊哇。听说最近皇宫里流传着不少有关你我的绯闻，那些宫婢太监闲来无事最喜欢嚼舌根，你若不怕绯闻坐实，随便喊。"

我恨得牙痒痒，却又拿他无可奈何，只得尽力朝后仰，能远离他一分是一分，冷笑道："好，我说。于公，这是我齐国的内政，即便你是突厥使臣，那也只是外臣，根本无权过问。于私，这是我的个人选择，你我非亲非故，我凭什么告诉你？元君意，别说我没提醒你，这里是齐国的皇宫，不是突厥的草原，容不得你胡作非为，你还是自重为好！"他一愣，终于将我放开，笑容变得有些意味深长，却是什么话都没说。

我怒瞪他一眼，以最快的速度离开凉亭。

昭阳殿前，太医院院使与康公公一齐走了出来。皇子贵妃们蜂拥而上，争先恐后地询问皇上的病情。

冲在第一个的傅辰一脸急切道："父皇他怎么样？"

只见院使摆摆手，微笑道："皇上并无大碍，只是由普通风寒引起的咳喘症。由于先前一直没有系统地调理，致使病情骤急。请各位贵人放心，只要坚持服药，配以施针治疗，很快便可痊愈。"

众人面面相觑，将信将疑。

我不禁暗生疑窦，听康公公描述的症状，根本不是普通的咳喘症，只是咳嗽病的话，万万不可能在短时间之内迅速消瘦这么多。还有，太医明明前几天还来调整过药方，怎么可能没有系统地调理？

有人问："我们何时可以见父皇？"

康公公道："皇上正在休息，除了皇后娘娘和太子殿下，暂时不见任何人。若有需要，奴才自会传召。今日天气阴冷，还请各位贵人早些回去，切莫着凉。"

众人这才三三两两地散了。

康公公唤我："戚大人。"

我走上前，他谨慎地四下环视，小声道："传皇上口谕，命你明日申时进昭阳殿见驾。"

第二日申时，我准时至昭阳殿报到。

殿内一片沉寂，空气中弥漫着一股清苦的药味。

皇上恹恹地靠坐在龙榻上，双目半睁半合，苍白的脸上没有半分血色，手里却还握着一本奏折。不过一天的工夫，他看起来又消瘦了不少，双颊高耸，形容枯槁，全然不见昔日的风采。

元皇后和傅谅都不在，只有太医院院使和康公公守在榻前。

心里不觉发酸，我拜下道："微臣参见皇上。"

皇上缓缓睁开眼睛，费劲地看了我一眼，虚弱道："起来吧。"他略一抬手，康公公迅速搬来一张椅子请我坐下。

我谢恩后坐下，轻声问道："皇上，今日好些了吗？"

他摇了摇头，没有说话。我看向康公公，他亦是不语，眼眶隐约泛着红，满面愁容地叹了口气。

院使叹息道："戚大人，皇上患的不是普通咳喘症，而是肺之积，息贲。"

心像是被什么东西狠狠抓了一下，连呼吸都凝滞了。虽然昨日我就料到极有可能是息贲，但此刻猜想得到证实，到底还是有些难以接受。

我记得很清楚，家中有本医书典籍是这么写的："息贲者，肺脏败也，必死。"外祖母对此的批注是"师父说得了息贲基本只能等死"。她师从江南孟河医派名医岳振先，岳振先是宋国著名的"半仙"，医术造诣绝不在院使之下，若连他都无法医治，只怕皇上也是凶多吉少了。

康公公再也忍不住，扭过头，偷偷地摸了把眼泪。皇上闭上眼，面色平静无澜，仿佛生死与他无关。

我说："确定是息贲吗？会不会是别的什么，比如……中毒？"

"不会。"院使摇头，康公公补充道："皇上每日的饮食都有专人试吃，所用的香料衣物等也经过严格查验，绝对没有下毒的可能。"

"可是，之前不是有太医为皇上请过脉吗？怎么没有早发现呢？"

院使道："起初皇上症状较轻，虽有过怀疑，一直未敢确定。"

我还欲再问，皇上忽然开口道："朕，还能活多久？"

院使艰难地答道："长则一年半载，短则两三个月。息贲是一种极其凶险的病症，目前暂无有效的治疗方法。"

皇上陷入了静默，神情没什么变化，苍白的嘴唇却好像在微微颤抖。良久之后，哑声道："朕知道了。你们俩先下去吧，朕有些话想要单独跟戚爱卿说。"

二人叩首，很快退了下去。

"朕得息贲这件事，只有你们三人知晓，朕不希望有第四个知情人，明白吗？"

竟然连元皇后和傅谅都不知情吗？我心下暗吃一惊，来不及多想，忙道："微臣明白，皇上如此信任微臣，微臣受宠若惊。哪怕粉身碎骨，也绝不会透露半句。"

皇上点头，将手中的奏折递给我，道："这是今天清早前线送来的战报，你且看看。"

我接过奏折，迅速翻阅。

原来，就在前天夜里，宋容书这个蠢蛋做了一件自掘坟墓的事情。

他实在是一个贪生怕死的人，看见齐军已经打到建康城外，遂将建康城附近的十万宋军集结起来，全部部署在城内外。这样也就罢了，他对行兵打仗一窍不通，完全不采纳大臣们的合理建议，偏偏要听信兵部尚书魏瑾的谗言，竟然仓促出兵，主动向傅惟大军发起攻击，简直是自作孽不可活。

魏瑾只能纸上谈兵，根本不懂实地作战，胡乱指挥一气，十万大军首尾进退互不相知，刚出建康城不远即被秦虎打了个落花流水，连傅惟的影子都没能看到。

魏瑾为保全性命，立刻投降，还引导秦虎大军从玄武门进入建康城。我军士气大振，势如破竹，建康剩下的那点微薄的守军根本无法抵挡，眨眼间便全军覆灭。

当天夜里，刘恩也率军从朱雀门入城。两路大军顺利会师，直攻皇城，俘虏了宋容书。据说，那宋容书带着张贵妃躲在水井之中，险些淹死。最后被刘恩捞了上来，形容狼狈不堪，真是滑天下之大稽。他自知回天无力，当场同意投降。

傅惟将于十月十八，也就是明天进入建康，与宋容书商讨具体事宜。

伐宋之战，至此宣告全胜。

我合上奏折，笑道："恭喜皇上，天下一统！"

皇上侧首猛咳了几声，大约是用了力，双颊浮起一丝不正常的嫣红，他颇为艰难道："强求不来。朕昨天想了一宿，朕走之后，到底该由谁来继承皇位。阿谅是不成器，但他到底是在朕跟前长大的，是朕的第一个儿子，朕总是盼着他好，想把皇位传给他。这些年你也费心不少，他扶不起，朕实在很心痛。老二在一众兄弟中是最能干的一个，文武双全，声誉极高，这次又为大齐立下了如此煊赫的战功。若由他来继承大统，非但能令百官信服，也是民心所向。"皇上轻揉太阳穴，长长地叹息，道，"戚爱卿，你说朕应该怎么选？"

我默然怔住，顿时心乱如麻，怎么也没想到皇上竟会如此直接地问我这个问题。耳畔响起元君意昨日的发问——若非要你选，你会站在哪一边？傅谅，还是傅惟？

我会怎么选？

我垂眸敛目，道："皇上，此事关乎齐国的江山社稷，微臣不敢妄自进言。"

"昨天朕问阿谅，是否愿意娶妍歌为太子妃，他的答案还是不愿意。朕问为什么，他却说他已有喜欢的女子。朕又问是哪家的千金，他说……"皇上掀了掀眼皮，目光如炬地望着我，"是你。"

千言万语悉数化作一声叹息，我咬唇不语，指节不觉收紧。

傅谅对我的感情，连皇上都已心知肚明，我非木头人，又怎么会毫无知觉？只不过一直在装疯卖傻，守着君臣之礼刻意回避罢了，希望有一天他能自己想通，慢慢忘却。或是等到我大仇得报，辞官归隐，远离这个是非之地，从此永不相见。

"朕最宝贝阿谅这个儿子，不忍太伤他的心，皇位和爱人，朕至少要成全他一样。所以，朕是这么打算的……"

手心渐渐沁出汗水，我盯着皇上不断开合的双唇，心下无端生出几分恐惧。

"若阿谅继承皇位，他势必要娶妍歌公主为妃，而你，不可继续在朝为官。朕会依当年之约，赐你良田华宅和黄金美男，让你安度余生。若老二继承皇位，则娶妍歌公主的人便是他，朕会留下遗旨，为你和阿谅赐婚。阿谅是不能留在宫里了，随你们愿意去哪里都可以，老二也不会为难你们。玉琼，这几年朕也把你当成孩子看待，朕也想听听你的意愿。但是你要知道，世事总难两全，人的一生绝不可能事事称心如意。舍得舍得，有舍才有得。"最后两句话，他说得格外缓慢且意味深长，显然是意有所指。

话音落下，昭阳殿陷入了死一般的寂静，时光仿佛在此刻静止。

炉内的沉香无声无息地燃烧，满室烟斜雾横。

果然，我最害怕的事还是发生了。

若傅谅登基为帝，我便不能在朝为官，只怕也没有机会替爹爹洗刷冤屈了。倘若当年之事真是元皇后一手策划，傅谅再怎么爱我，也绝不可能动自己的母族。况且，傅惟多年的苦心经营也将付诸东流。

若傅惟登基为帝，只要我拿出证据，他必然会还爹爹一个公道。可这也意味着他娶妍歌，我嫁傅谅，从今往后天涯海角，各自安好。倘若果真要这样，即便是报了仇，只怕我余生也不会痛快吧。

所以皇上才会说，世事难两全，有舍才有得吗？

或许在旁人看来，功成身退，抑或嫁给傅谅，无论哪一种都是看似完美的归宿。

但，都只是"看似"而已。没有他的归宿，又岂会真正完美？

不，这两者都不是我想要的结局。

我深吸一口气，重重地磕了个头，道："微臣叩谢皇上恩典，然，事出突然，微臣实难当机立断，恳请皇上准许微臣思忖几日。"

皇上"嗯"了一声："你先下去吧。"

我起身告退。

离开昭阳殿，皇上的话一直在脑海中回荡不息，心里如同被一团乱麻塞住，剪不断理还乱。

唉，信息量真不是一般的大啊！

傍晚时分，细雨初歇。

天气昏沉，层层乌云压着屋檐。凉风拂面，黄叶翩然而落，秋意更浓。

我裹紧大氅，本打算直接回府，不知怎的，恍惚中便走到了东宫门口。

"玉琼！玉琼！"花园中的小阁楼上，傅谅正凭窗向我挥手，"上来！"

我应声走上去。

莲花香炉内熏着苏合香，淡淡的白烟升腾而起，气味清芬。书案上堆着一些书卷，小安子在一旁研墨，看起来好像傅谅正在用功的样子。

傅谅打量着我的脸色，道："玉琼，你看起来怎么闷闷不乐的？"

我摸了摸脸，道："哦，没事，外面有点冷，冻的。"

小安子机灵地奉上热茶，我端起茶杯暖手，问道："殿下今天做了什么功课？"

"我想把武经七书重新温习一遍，上次的笔记做得有些马虎，这回认真做一遍。温完之后再读战国策史记这类史书，希望能在年前把落下的功课全都补上。"他托着腮，大眼睛眨巴了几下，脸色黯淡下来，懊恼道，"现在开始发奋也不知还来不来得及，唉，都怪我以前总偷懒，不爱学习，如今父皇病倒了，我才觉得好对不起他老人家，呜……"

我心下不禁动容，既有惋惜又有感慨。

惋惜的是，皇上病重，皇位更迭在即，他现在努力还有何用？临渊羡鱼，到底为时晚矣。

感慨的是，他生在帝王家中，却还能保持一颗善良纯孝的心，实在难能可贵，皇上这么多年没有白疼他。

我温声安慰他道："当然来得及。殿下，您的孝心，皇上一定能感受到。"

他叹气："希望如此。"

沉默半晌，我斟酌着开口，道："殿下，其实我有狐臭……"

傅谅："……"

他凑过来，在我胸前乱嗅一通，茫然道："没有啊。"

我坚定道："我有，只是衣服穿得多！"

"可是我夏天也没闻到啊。"

我："……"好像是有点扯淡。

"哦！我知道了！我听宫里的嬷嬷说，有缘的人是闻不到对方的狐臭的。"傅谅嘿嘿笑了几声，得意道，"一定是咱们俩有缘！"稍顿，又一脸真诚地补充道，"玉琼，就算你真的有，我也不会嫌弃你的！"

我真是感动得要流泪了，我心一横，又说："我晚上睡觉打呼。"

"打呼？没关系，我睡眠质量特别好，就算是在我耳边敲锣打鼓，我照样睡得香。是吧，小安子？"

小安子如捣蒜般连连点头，还向我露出了一个极其暧昧的笑容。

等等，这段对话怎么听起来有点奇怪，仿佛哪里不太对？

我清清嗓子，决定祭出大杀器，道："那个，我有隐疾。"

傅谅一脸紧张："什么隐疾？"

"我……我……我月事不调，大夫说不容易受孕……"说完我就后悔了，犯得着这么诅咒自己吗！我呸，童言无忌！

我以为这样能吓退他，孰料，他却满不在乎地挥手，笑道："嘿，我还以为是什么了不得的大病呢，吓我一跳。太医院新来了一位孙太医，是齐国出了名的妇科千金圣手，人称'送子观音'！天下没有他治不好的妇科病！小安子，请孙大夫抽空去戚大人府上请脉。"

小安子得令，飞快地跑了。

我真的要哭了。

傅谅望着我，清隽的眼中写满疑惑，莫名其妙道："玉琼，你今天到底怎么了？以前没听说你有这么多毛病啊……"话至此处，他忽地一怔，试探道，"是不是父皇对你说了什么？"

我做毫不知情状，摊手道："没有啊，皇上说什么了吗？"

傅谅一本正经地摇头，矢口否认："没……没什么！"话虽说得理直气壮，目光却是掩饰不住地闪躲。

这货的演技比起傅辰简直差太多，连说谎时要目不斜视这个最基本的道理都不懂。不过，怎么感觉他比我还紧张……他有什么可紧张的？

我干笑道："微臣真的没什么，随口聊聊嘛，哈哈哈……那个，殿下您继续用功吧，微臣先告退了，有空记得多去昭阳殿陪陪皇上。"

他终于放下心来，满口答应。

入夜，天气转好，云开雾散，一轮朗月高悬中天。

府里的茶梅开得正好，皎洁的月光映着粉色的花瓣，愈显清盈。我点亮睡莲花灯，这是上次国庆游园会时傅惟为我赢来的，灯体精致小巧，粉光盈盈。我趴坐在竹藤榻上，看着花灯，陷入了长久的沉思。

常叔快步走来，道："小姐，太医院孙太医奉太子之命过府为您请脉。"

我嘴角一阵抽搐，这效率……

我说："就说我休息了，请他喝个茶，给些赏钱，打发走吧。"

常叔道是，示意身旁的小厮照办。

"常叔，你说，怎么才能让一个喜欢的人不喜欢你呢？"

依我对皇上的了解，恐怕他心里早已打定主意要废掉傅谅的太子之位，改立傅惟。他不忍伤傅谅的心，想要尽量弥补他。否则，他大可以直接给傅谅和妍歌指婚，何必费这么多心思想这个折中的办法。

所以说，我为难的根源就在于傅谅说他喜欢我。若他不喜欢我了，皇上自然不会让我嫁给他，那么一切问题也就迎刃而解了。

常叔一怔，道："小姐，您是在说太子殿下吗？"

我惊讶道："有这么明显吗？"

他沉重地点了下头："基本上，只要不是瞎子，都能看出来。"

我："……"

我欲哭无泪道："皇上说，要想傅惟登基，我就得嫁给傅谅，要想傅谅登基，我直接收拾细软走人，怎么办？"

常叔凛然道："千万不能让太子殿下即位，否则戚家永无昭雪之日。"

"这个道理我当然明白，我本来也想，索性直接将当年的事和盘托出，拿出证据，求皇上做主。可仔细想想，仍觉不妥。皇上重病，皇后虽不知道实情，但多半心里是有数的，她不会毫无防备。况且突厥人尚在京城，她有靠山，若我们将她逼急了，我怕她会做出对皇上不利的事。”

常叔沉吟道："眼下晋王不在朝中，您不如拖延几日，等王爷还朝后再与他商量对策。"

我想了想，点头道："是啊，也只好这样了。"

建康业已攻下，只需与宋容书敲定具体投降事宜。那么距离他回来，应该不会太久了吧……

不要让我等太久。

因皇上卧病在床，需要静养一段时日，早朝暂时取消，大小事宜交予丞相和各部尚书，只有前线战报必须交由皇上亲自过目批示。

傅惟入城后，当即发布安民告示，声明齐军纪律严明，战争期间，绝不会发生打家劫舍或是烧杀抢夺之类的事，百姓可安心照常生活。杨夙也释放了所有从上游郡县抓来的俘虏，连那些猫猫狗狗都就地放生，或是交由建康百姓领养。

当夜，傅惟与宋容书促膝长谈。宋容书提出两个投降条件：其一，傅惟不得伤害他和张贵妃的性命；其二，齐皇封他做个闲散侯爷，让他逍遥度日。作为回报，他同意以手书招降各地剩余的宋军，并将妹妹容华公主献予齐皇为妃。

傅惟欣然应允。

招降诏书发出后，宋国绝大部分郡县表示愿意归顺，归顺的郡县全部由齐国国库拨款，开仓放粮。但也有姑苏、湘州等地的宋军将领拒降，遭到秦虎和刘恩的强势镇压，所有战俘挂于城墙上示众。

傅惟此举只为向宋国百姓昭示一点，那便是——降者昌，逆者亡。

一切处置妥当，傅惟将于十月末班师回朝，留下刘恩驻守江南，防止叛乱再次发生。

常言道："人逢喜事精神爽。"

宋国归顺之后，皇上心情大好，病情也渐渐得到控制，开始有了好转的迹象。太医院院使说，若照此趋势发展下去，莫说再活一年半载，三年五年都不是问题。昭阳殿一扫前几日愁云密布的景象，人人面带喜色，康公公更是笑得连嘴都合不拢。

我亦跟着松了一大口气，每天求神拜佛祈祷皇上多活几年，不要逼着我做选择题。

这日，我听完战报，照例去东宫检查傅谅的作业。

据小安子说，这货最近相当用功，简直是头悬梁、锥刺股，三更灯火五更鸡，连上茅厕都要捧着一本书，听得我也是啼笑皆非。

回廊下，三名宫婢快步走来，看模样是太和殿的人。为首的宫婢伸手拦住我的去路，躬身道："少傅大人，皇后娘娘有请。"虽说是请，眼前这三人却分明是不去也得去的架势。

元皇后？她又要什么花样？该不会是发现了我的身份，想要杀人灭口吧……

我暗自狐疑，面上微笑道："劳驾姑姑带路。"

"这边请。"

太和殿。

元皇后倚在小几旁饮茶，手握书卷静静翻阅，华贵中若带一丝慵懒，娴雅中透出几许高傲。蟾首蛾眉，肤白胜雪，完全看不出已年近不惑，难怪皇上宠她宠了这么多年。

宫婢将我带入殿中后，转身消失得无影无踪。

我看着元皇后，心里冷笑了无数次，终是深吸一口气，行礼道："微臣戚玉琼拜见皇后娘娘。"

她放下书卷，微微笑道："少傅大人，过来坐吧。"

我依言坐下，她亲手斟上一杯茶，递给我道："久闻少傅大人喜爱茶道，最近天气转冷，本宫这里还有一些祁门红茶，喝着暖和，少傅大人尝尝看。"

"多谢娘娘。"我忙接过茶杯，细闻一番，复慢慢饮下，笑道，"茶色红艳明亮，茶香鲜甜清快，回甘无穷，应是礼茶中的极品。"

元皇后眼前一亮，赞许道："有眼光。你喜欢便好，待会儿带些回去，本宫平时不喝红茶，放着也浪费。"

无事献殷勤，非奸即盗！这女人突然对我这么好，想必是有所企图，我倒要看看她葫芦里卖的是什么药。于是顺势答道："多谢娘娘赐茶。只是微臣无功不受禄，实在惶恐。"

"这些年来，你尽心辅佐太子殿下，兢兢业业，皇上多次称赞你。上次你又力挽狂澜，救他于危难之中，怎会是无功呢？本宫给你，你收下便是。"元皇后笑说，不紧不慢地上下打量我，道，"少傅大人今年多大了？"

"回娘娘，微臣今年将好二十。"

"二十了……"她眸光流转，叹息声轻若烟云，道，"本宫像你这么大时，太子都会喊母妃了。"

这话几个意思？怎么有种要包办婚姻的感觉？

元皇后甚是亲热地握住我的手，轻轻拍了两下，教我鸡皮疙瘩掉落一地。只听她又道："你的养父戚公公殡天多年，你一介女流，无依无靠，又要操心朝政，想必过得十分辛苦吧？不如由本宫做主，为你指一门婚事，你看如何？你虽在朝为官，但终究是个姑娘，迟早要嫁人生子。再者说，能有个体己的人在身边照料陪伴，总比一个人独活强上百倍。"

果然！

我低头喝茶，打算再听她的下文。

"本宫听说，你与元君意甚是投缘，你对他心存爱慕，是不是？元君意这孩子的确不错，生得一表人才，又才情洋溢，与你十分般配。你们若能在一起，必是天作之合。不知你有没有听说，他是突厥前任族长元曦容的独孙，承袭南王爵位。你若嫁给他，便是突厥的南王妃。"

我差点没绷住一口茶喷出来，好在我演技过硬，迅速捂住嘴巴，表现得既惊讶又害羞，内心却像是有一万只神兽呼啸而过，瞬间掀起狂风暴雨，根本无法淡定……

这鸳鸯谱点得未免太离谱了吧！我爱慕他个鬼啊，我嫌弃他还来不及好吗！还一表人才，还才情洋溢，依我看，根本就是猥琐无赖！故弄玄虚！

最近到底什么情况？我红鸾星动了？怎么谁都想帮我安排婚事？

我强自镇定片刻，低头做羞赧状，道："皇后娘娘，您误会了，微臣与元公子只是君子之交，并没有男女之情。元公子贵为南王，身世显赫，微臣出生卑微，无父无母，实在不敢高攀。"

元皇后眸光微动，仿佛有些失望，但她显然不打算轻易罢休，又劝我道："出生卑微又如何？你乃齐国第一女傅，注定要光耀史册，名垂千古。元君意并不是看中身世之人，不会因此而亏待你的。前不久本宫问过他，他对你的印象很是不错。现在没有男女之情不要紧，只要有媒妁之言便成，感情是可以慢慢培养的。本宫在嫁给皇上之前，连他的面都没见过。婚后照样琴瑟和鸣，鹣鲽情深。"

我："……"

那么我只好将皇上搬出来了，道："不知皇上的意思是？"

元皇后胸有成竹道："这个你放心，本宫自有办法说服皇上。"

皇上都想把我许配给傅谅了，我还不信你能说服他。

我干干一笑，道："皇后娘娘的好意，微臣心领。只是这毕竟是终身大事，恳请娘娘给微臣几天时间考虑一下。"

元皇后满意地点头，笑道："当然可以。本宫相信，你不会让本宫失望的，对吗？"言下之意你不嫁也得嫁了。

我呵呵哈哈糊弄了几句，便起身告退了。

什么叫"不是冤家不聚头"，那便是我刚走到宫门口，很不幸地撞上了正四处闲逛的元君意。

"戚大人，真巧。"他薄唇勾了勾，作势要走过来。我忙不迭后退三步，警惕地环顾四周，确定无人经过，才道："你别离我太近，若是被人知道了不知又要传出什么怪力乱神的谣言！"

元君意闲闲笑道："谣言早就传遍了，就算你现在告诉所有人，你我清清白白，从未暗通曲款，你觉得会有人相信吗？"

听起来竟是有理有据，无法反驳！

罪魁祸首就在眼前，偏生他还表现出一副云淡风轻的模样，我气不打一处来，悲愤道："还不都是因为你！那日在昭阳殿外调……咳咳，总之就是我跟你什么仇什么怨，你没事靠我那么近干什么！"

"原以为戚大人是个聪明人，没想到竟会为这等小事烦恼。所谓清者自清，相信你的人，自然不会相信谣言，而相信谣言的人，想必你也不愿搭理。所以，无论谣言传得多么荒唐，与你又有何干呢？还是说……"他负手走近两步，眸光灼灼，意味深长道，"你不是怕'被人知道'，而是怕'被有些人知道'？"

我当然知道他话中所指，笑道："是又如何？如你所言，清者自清，我有什么好怕的。"

"那就好。"

"听说，你跟皇后娘娘说，你喜欢我？"

元君意讶然挑了下眉，失笑道："可能吗？"

看他的反应，应当是对此事毫不知情了。我放下心来，释然道："那你去告诉皇后，你不喜欢我。皇后娘娘方才召见我，说要为你我指婚，还说你我十分般配，是天作之合什么的……"我在心里默默地补了一句：真是滑天下之大稽！

元君意听得一愣，旋即恍然大悟地点了点头，唇畔的笑意再深三分，眸中涟漪不绝，道："我说她找我做什么，原来竟是为了这件事。"

"她也找你了？"

他扬起手中的帖子，道："昨晚我就收到帖子了，让我今日午后去太和殿一趟。我还纳闷，她无缘无故召我进宫究竟所为何事，没想到竟是想为你我牵红线。不过，仔细想想，倒也在情理之中。"

我不解道："此话怎讲？"

"皇上与元睿早已达成共识，妍歌定是齐国下一位皇后。如今太子势弱，其他几位皇子为了增加手中的夺嫡筹码，皆是绞尽脑汁想娶妍歌公主为妃，各位贵妃也在暗中活动。唯独皇后端坐太和殿，八风不动，难道你不觉得奇怪吗？"

我思忖一瞬，点头道："好像的确是这样。为什么？难道皇后娘娘不想让太子登基？"

"当然不是。"元君意看似闲庭信步地转了一圈，实则暗中观察周围是否有人窃听。片刻之后，他收回视线，不紧不慢地走近我身旁，凑到我耳畔轻声道，"皇后只是不想让太子娶妍歌。"

我愈发困惑："为什么？"

"原因很简单，娶妍歌没用。你想，皇上同意将下一任皇后的位子给妍歌坐，很明显是想拉拢突厥。如今晋王拿下江南，天下一统只是时间问题，皇上的野心不小，不会就此罢手。齐国若想西征西域室韦，势必要与突厥联合。突厥现有五十万铁骑，皇上一定以为，调兵虎符在突厥王手上……"

说话时，他一手虚扶着我的肩膀，另一手握着玉骨扇，微微颔首，下巴几乎要贴到我的耳朵上，姿势怎么看怎么暧昧。此时若有人从旁经过，必定会以为我俩在悄悄说什么情话。

果然谣言就是这么来的……

心下骤然一紧，我迎上他的目光，隐隐猜到了那个答案："调兵虎符不在突厥王手上，难道……"

他"哗"地打开玉骨扇，轻轻摇了几下，笑得优雅而疏狂："在我手上。"

"原来如此。"我缓缓点了下头，严肃认真道，"壮士，请收下我的膝盖！"

他扑哧一声笑了，打量我道："戚大人，第一次发现你这么有趣。"

我谦虚地拱手："一般有趣，一般有趣。"

"其实此事牵扯到突厥的内政，说来十分复杂。突厥出生游牧民族，至今保留八大部落，八大部落之中，有六部是效忠我的祖父元曦容，只有两部听命于突厥王。这块调兵虎符非但能调动五十万铁骑，还能号令六部勇士。祖父临终前将虎符传给了我，突厥王几次三番想要从我手中夺去，却又不敢伤我性命，所以一直没有成功。这件事只有皇后知道，而皇上不知道。突厥王这次把妍歌送来，也是想借齐国之力对抗六部。"

那皇上岂不是成冤大头了？我暗自唏嘘，由衷道："说到玩心眼，果然还是皇后娘娘更胜一筹。"

"你是东宫幕僚，倘若与我联姻，我自然而然也就站到了太子那边。"元君意放开我，俊脸上浮起一丝讥嘲，轻嗤道，"皇后这如意算盘，打得可真是不错。"

我重重地拍了下他的肩膀，语重心长道："皇后用心险恶，我们绝对不能让她得逞！"

眼底急速闪过一道锋芒，元君意眼睛一眨不眨地看着我，笑意丝毫不减："哦？这么说来，你不想让太子即位了？"

我暗叫不妙，一不小心说漏嘴了！

我淡定道："我当然不是这个意思，我是想说，你不喜欢我，我也对你没意思，所谓强扭的瓜不甜，盲婚哑嫁毁人终身，即便你我勉强凑在一起，也是不会幸福的。在我看来，政治是政治，婚姻是婚姻，这是截然不同的两码事，我绝不会为了政治而牺牲婚姻的。"

他似真似假地点头，道："说得不错。"

"那……"

"放心，我当然不会强迫你嫁给我。此事我自有分寸，你不用担心。

天色不早，我该去太和殿了，免得皇后起疑，告辞。"他向我点头示意，拂袖正要离开，却在此时，我的脑子里蓦然闪过一道灵光，一切顿如雪光惊电般透彻。

我唤住他："元公子且慢。"

元君意转头看我，静待下文。

"既然元皇后挖空心思想要将你我凑在一起，不妨先顺着她的意，不要答应也不要拒绝，就说婚姻大事需要慎重考虑。至于之后如何应对，我自有打算。"

"你……"元君意一脸惊讶加意外地望着我，良久，笑道，"你该不会真的想嫁给我吧？"

我模仿他方才的样子，反问道："可能吗？"

他静默一瞬，道："好，如你所愿。"

"对了，久闻公子擅长香道，我想向公子讨一些上好的香料，可以吗？"

"当然可以，我尽快派人送到你府上。"

我向他作揖，真心道："多谢。"

他抬手，容色淡淡道："不必客气，我说过，无论如何我都是站在你这边的。你放心，你想做的事情我一定支持。"

这话他说过不止一次，起初我怀疑他的意图，一直未曾当真，如今方知他的确是用心在帮我，不禁既莫名又感动。

"凡事总得有个理由，元公子与我非亲非故，却几次三番明里暗里帮我，究竟是为什么？难道你真的喜欢我？"

"可能吗？"

我："喂，你要不要这么小气……"

他不语，侧身望向远处的天空，眸光变得悠远而深沉："大概因为，这是祖父遗愿吧。"

十一月中，长安迎来了今年冬天的第一场雪。

大雪纷纷扬扬，直下了三天方渐渐止歇，皇城内外，银装素裹，满目素白。

凛冽的北风呼啸而过，吹落屋檐上的积雪。天边铅色的云沉甸甸地压下来，天地间满是肃杀之气。

征宋大军终于凯旋，皇上不顾病体，亲自率领文武百官至南门外迎接。

清晨，第一缕阳光射破云层，照在雪地里，分外耀眼。未几，旭日东升，朝霞灿若锦绣，布满天际。

南城门外，皇上端坐台上。他虽然形容消瘦，精神却已是大好，脸上也有了红润之色，再也不见之前的憔悴枯槁。

有一骑从远处飞驰而来，禀报道："启禀皇上，晋王大军已至城外三十里，一个时辰之内便可抵达南门。"

皇上笑着道好。

我静立在百官之首，面上不动声色，一颗心却早已扑通直跳。

当日，送他出征的情形仍历历在目，转眼已然阔别三月。三个月，说长不长，说短不短，我与万千思妇一样，数着月亮圆了一回又一回，期盼征人早日平安归来。

当听到那名士兵说出"晋王大军"四个字时，耳根子竟隐隐发烫起来，心中的激动难以喻。起先未曾觉察，而今却惊觉思念竟是如此汹涌，如潮水般袭来，一刻不停地拍打着我的心房。

不多时，大军浩荡归来。

马蹄嘚嘚，恍然间，若有松涛万顷。写着烫金"晋"字的战旗迎风招摇，气势磅礴。

为首之人正是傅惟。

他仍身着玄铁铠甲，一柄长剑傍身，从容不迫地拜下，朗声道："儿臣参见父皇。儿臣奉旨伐宋，鏖战三月，幸不辱命，如今旗开得胜，终于凯旋。"杨凤和秦虎紧随他身后，几人分别简单地向皇上陈述战报，在场官员皆是拊掌赞叹。

三月未见，他好像变了，却又好像没变。战场的洗礼，使他举手投足间多了几分干练，于温文之外更显沉稳。

皇上捋须笑道："好，朕的好儿子，大齐的好儿郎！随朕回宫，朕要重重地赏你！"

傅惟道："父皇，宋容书在投降时，曾应允将其妹容华公主献给您。这次，儿臣将容华公主一并带了回来。"

139

皇上点头，康公公道："传容华公主。"

一辆精致华贵的玉辇停在三军之中，显得有些突兀。北风间歇拂过，垂落的流苏随风轻轻荡漾。

少女不过十六七岁的模样，在丫鬟的搀扶下徐徐步下玉辇，仿若瑶台仙子降临人世。

一袭水烟蓝罗丝长裙将她衬得身段玲珑，婀娜生姿。乌云般的青丝如瀑般垂下，只用一根朱钗随意绾起。青螺黛眉长，绿鬓染春烟，顾盼之间，柔情婉转。

最难得的是那双眼睛，清莹灵动，澄澈得好似山涧溪流，不染一丝杂质。

她环顾周围，眸中浮起几许惊慌无措，怯怯地后退几步，像是一只受惊的小鹿，教人心生爱怜。

在场之人皆是屏息凝神，仿佛连大声喘气都会惊扰了美人。

皇上目不转睛地望着她，眼中闪烁着微光。我从未见他有过这般神色。

容华公主，宋容华。

是夜，皇上摆下庆功宴，犒赏三军将士。

歌舞升平，长乐未央。皇城内外，处处张灯结彩，一派喜庆热闹的景象。

未央殿内灯火绮靡，金碧辉煌。席间，文武百官谈笑风生，觥筹交错。帝后比肩坐在殿上，皇上的心情似是极好，一扫病衰之气，容光焕发。殿下首席是傅惟和杨夙，百官纷纷上前祝酒，二人亦是来者不拒，开怀畅饮。

没过多久，傅惟外出更衣，我便也借口离席，跟了过去。

十五之夜，圆月高悬天边，洒落如水般明澈的清辉。月光下，几株早梅傲雪绽放，疏影横斜，暗香浮动。

我循着傅惟的脚步一路找去，却始终没有发现他的踪影。

今晚宴席繁忙，许多宫人被调去未央殿周围帮忙，偌大的御花园中格外静谧。夜风刮过，抖落枝上的积雪，落地时的轻响仿若是谁的轻声叹息。

我心生疑惑，七绕八拐之后，终于在椒房殿后找到了他。只见他身披黑色绣金大氅，以狐皮绲边，看起来既清贵又雍容。在他身旁，还有一抹娇俏的身影，不正是白天所见的容华公主？

他到这里来做什么？脚步不由得滞住，我隐在假山后面，想要看个究竟。他二人好似在说话，隔着一段距离，我看不清他们的神色，只能隐约看出容华公主正嘤嘤抹泪。

两名宫婢恰巧从此经过，议论声不期然飘了过来。

一人道："哎呀，就是那个容华公主啦，长得那叫一个天上有地下无，我是女的都忍不住要心动，更别说皇上！难怪一进宫就能住进椒房殿，想当年元皇后都没有这等待遇！"

另一人表示不服："喊，不就是个亡了国的公主？有什么了不起的！我听人说，南朝的女人个个是狐狸精，这个容华公主指不定要怎么迷惑皇上呢！"

"这话可不能乱说，仔细被人听见！哎，说起来，你有没有觉得容华公主跟咱们少傅大人长得有几分相像？尤其是那双眼睛，啧啧，简直是太像了！"

"哎，对啊！我说怎么这容华公主看着如此眼熟，被你这么一说，的确是挺像少傅大人的！不过，咱们少傅大人长得可比她温婉许多，哪像她，浑身上下都散发出一股狐媚之气……"

"就是……"

心里咯噔了一下，她们是在说我吗？我摸着下巴寻思，若果真如元君意所说的，我是宋容华的姑姑，那，姑侄之间貌有相似好像也不是没有可能……

就在这片刻之间，那厢宋容华哭着哭着，竟一头扑进傅惟的怀里！而傅惟仿佛没有任何反应似的，仍然保持负手而立的姿势，既不推开也不接纳。

哎呀，这还了得！

我立马整理衣冠，深吸一口气，缓步走过去，扬声道："微臣参见晋王殿下。"

宋容华顿时吓得躲到了傅惟身后，双手紧紧攥住傅惟的衣袖，美眸之中清泪盈盈，正万分惊恐地将我望着。

　　傅惟显然看破了我的用意，笑意顿时涌进眼底，深深道："少傅大人，好久不见。"

　　我微笑道："微臣出来醒酒，恰巧路过此地，不料撞见晋王殿下和……"我衣袖掩口轻咳一声，看了看宋容华，"容华公主在此谈事，冒昧打扰，实在不胜惶恐。微臣先告退了，殿下请继续。"

　　说完，我恭敬地作了一揖，扭头就走。

　　天空又飘起了大雪，夜风渐止，雪花轻舞飞扬，很快便掩盖了一切。

　　我闷着脑袋往前走，走着走着，不由自主地回头看了看，发觉傅惟竟没有追上来。刹那间，酸楚、恼火、委屈……数种情绪一齐涌上心头，绞得心如裂锦，极不是滋味。

　　我捂着胸口，沮丧地蹲在地上，恨不能直接被大雪活埋算了。那边妍歌公主还没搞定，这边又来一个容华公主，我还期待什么，指望什么！

　　耳畔响起那熟悉的声音："你蹲在这里做什么？"

　　我抬起头，一双描龙绣凤的长靴赫然映入眼帘，傅惟居高临下地望着我，星眸之中笑意盈盈，若有漫天星斗融于其间。手上不知何时多出了一柄油纸伞，伞身向我倾斜。

　　我别过脸不看他，不高兴道："走累了，歇一会儿。"

　　"起来。"

　　"我不。"

　　"地上冷，快起来。"

　　我还就跟他杠上了："我就不！"

　　傅惟似是无奈地叹息一声，不由分说拉我起来。我想要推开他，奈何力量悬殊太大，根本无济于事。只觉腕上一紧，他倏地将我拉到跟前，轻轻拢在怀中。

　　心顿时就软了，嘴巴还不肯服输："宫里人多眼杂，殿下不怕被人看见？"

　　他不答，只是敞开大氅，为我挡去寒风，温柔的声音隐有几分嗔怪："出来醒酒也不知道披件衣服，天寒地冻的，若是着凉了可如何是好？"

　　我本就被冻得直哆嗦，此处又黑灯瞎火没有人烟，便也不避讳，索性靠他肩膀上取暖。他一手虚揽着我的腰，扎人的下巴抵着我的额头，湿热的气息肆意喷洒在我的耳际，带了一丝清冽的酒气，惹人欲醉。

我用鼻子哼哼一声，嘀咕道："嗯，殿下教训的是。微臣就不该出来醒酒，打扰了殿下和公主谈心，微臣罪该万死……"

闻言，他薄唇微抿，笑得越发欢畅。

我看他一眼："你笑什么？"

他摇头，笑道："没什么，我高兴。"

我："……"

"你……你怎么舍得抛下娇滴滴的容华公主来找我？她要是再哭怎么办？"这话说完，连我自己都深深感觉到了一股酸味。

"宋容华是要献给父皇的女人，我就算再怎么饥渴，也决计不会碰自己的庶母。"他轻弹了一下我的额头，啼笑皆非道，"玉琼啊，你这脑袋里整天都在想些什么？"

虽然相信他的人品，但他这样威风这样惹眼，想贴上去给他生猴子的女人一拨儿接着一拨儿，我不想都不行。那容华公主生得貌若天仙，又是初来乍到，放眼整个大齐只认识傅惟一人，自然将他当成依靠，日久生情也不是没可能。

我捶了下他的胸膛，理直气壮道："当然是想我亲眼看到的！"

他捉住我的手，放在掌心摩挲，剑眉微蹙，道："怎么这么冷？"

我不依不饶道："不要转移话题。"

他笑嗔道："没可能的事，不许再胡思乱想了。你我出来太久会惹人怀疑，先回去吧，宴席结束后我去你府上找你，我给你带了些东西。"

我奇道："什么东西？"

傅惟神秘一笑，道："礼物。"

难道是江南土特产？我虽疑惑，却乖觉地点头道好。

他将伞递到我手上，温声道："假山后面有一条小路直通未央殿，你穿得这么少，从那边回去会比较近。回去后记得先喝点酒暖暖身子，嗯？"

"哦。"我咬了咬唇，心头泛起几许甜意，"我知道了，你快走吧。"

他拍了拍我的脑袋，转身踏雪而去。

宴席结束后，皇上直接召幸容华公主，文武百官一片哗然。

皇上一贯主张清心寡欲，在男女之事上十分克制，登基至今近二十年，后宫嫔妃仅有六人。推己及人，他也要求皇子们先立业、后成家。诸皇子中，仅有傅辰因常年贡献国库而受到皇上褒奖，立了正妃，其余基本都是光棍。

如今，容华公主刚到齐国便受到皇上的召幸，非但不合礼法，且大家在情感上无法接受。尤其是元皇后，一张俏脸拉得老长，面色黑如煤炭，连告退礼都没行便带着一众宫人扬长而去。

我想了想，倒也能理解皇上这种行为。毕竟容华公主实在太美，美得清丽绝尘，连多看一眼都是亵渎，艳压后宫绝对不在话下。再者说，皇上自知时日无多，想要及时行乐也是极有可能的。

雪越下越大，北风呼啸而至，夹杂着雪花敲打窗棂。我温了一壶茶，靠在榻上，捧着暖手炉翻阅医书。

不多时，傅惟如约而至，双颊泛红，似有些醺醺然。他解开大氅，抖落一身风雪，走到我身旁坐下，道："在看什么书？"

"外祖母留下的医书，闲来无事，随便翻翻。"我把暖手炉递给他，伸手拂去他眉间沾染的雪花，"是不是很冷？外面风雪这么大，有什么东西非要今天给我？"

"不冷。"傅惟握住我的手，放在唇畔轻轻点了一下，"我想见你，这点风雪算得了什么？"

我垂眸，赧然道："殿下，你喝醉了。"

"又叫我殿下？"他顺势将我搂进怀里，笑道，"醉拥佳人，醒掌天下。如此，才不负人间走一遭。"

我靠在他胸前，耳畔是他沉稳有力的心跳，嘴角不由自主地上扬："你到底有什么东西要给我？"

傅惟从腰间摘下一枚锦囊，我打开一看，竟是一把红豆。

"从建康回来之前，我特意去了一趟京口南山，找到了那株昭德太子种下的红豆树，适逢荚果成熟，便采了一些带回来给你。当年，昭德太子在南山编写文选时与医女相恋，他自知身份有别，相恋无果，便在离开前亲手种下一株红豆树，望医女睹树思人，后来，江南人都将红豆树称作相思树。"他抿唇轻笑，捻起一颗红豆放在指间把玩，俯身贴着我的耳朵，呢喃道，"愿君多采撷，此物最相思。玉琼，一别三月，你可知道我多想你。”

　　他的声音柔若春风，薄唇贴着我的脸颊，有意无意地擦过，惹得我阵阵战栗。我抬头看他，他的眸光清澈而深沉，仿佛极是动情。

　　若换作平时，我定然欣喜若狂，但此时此刻我只觉得心里七上八下，脑中繁芜纷乱，根本拿不定主意。

　　为何偏偏是昭德太子的红豆树？他是真真切切在向我倾诉思念，还是知道我已知晓自己的身世，故意试探？

　　想了想，我摘下玛瑙耳坠：“阿惟，你可知道这耳坠从何而来？”

　　他点头：“我听你说过，这是你的传家宝。”

　　“愿君多采撷，此物最相思……这也是这对耳坠的由来。我的外祖父何逸就是当年的昭德太子，宋昭。”

　　傅惟怔了一瞬，讶然道：“你知道了？”

　　我不动声色地打量他的神情，确定他不是在试探我，便放下心来，解释道：“是元君意告诉我的。他的祖父元曦容曾游历南朝，与医女苏君慧交好。宋昭派专人打造了这对耳坠，赠与苏君慧作为定情信物，当时元曦容也在场。”

　　他目光微动，神色捉摸不定：“元君意……”

　　“你……是不是早就知道了我的身世？”

　　他坦然道：“是，我的母妃出身宋国官宦人家，她曾告诉我，当年宋怿曾怀疑宋昭诈死，多次派人暗中寻找他的下落，一直没有找到。后来，我看见你戴这对耳坠，又听你说你外祖父是江南人，心中隐约有些怀疑。毕竟这耳坠无论是材质还是做工，皆属极品，世间罕见。直到我在你家中见到你外祖父的字画，终于肯定了猜想。”

　　我恍然大悟，如释重负地松了口气。然，思及自己多次误解他，不免又有些愧疚，道：“那你为何不早些告诉我？”

　　“我为何要告诉你？你外祖父舍弃的身份，对你而言又有何意义？告诉你，不过是让你徒增烦恼罢了。玉琼，我知道你心里的煎熬，希望你能过得快乐些。”

　　心下动容不已，我将红豆装回锦囊中，贴身收好，复紧紧抱住他，埋首在他颈间，一时间不知该说什么。

　　“娇丫头。”傅惟轻拍我的背，笑道，“什么时候变得这么娇了？”

"你不在的这段时间，宫里发生好多事，我一个人差点应付不过来。皇上病重，太医院对外宣称皇上得的是咳喘病，其实是肺之积，息贲。此事只有我、院使、康公公和皇上自己知道。"

傅惟的身子颤了颤，难以置信道："息贲？"

我叹息道："院使亲口说的，不会有错。息贲无药可治，不过院使医术高明，皇上兴许还能撑上一两年吧。"他沉吟点头，眉宇间隐有几许悲痛。我握紧他的手以示宽慰，又道，"那日皇上秘密召我入宫，给了我一道选择题。"

"什么选择题？"

"他说，若太子登基，则我要远走他乡，从此不得回朝；若你登基，那我就要嫁给太子。我知道，其实根本由不得我选，对吗？阿惟，皇上已经有了改立的决心，他不愿伤害傅谅，所以想出这个折中的办法来成全他。我……"

傅惟打断我，淡淡道："不用选，你不会走这两条路中的任何一条。"

我哭丧着脸道："当然了，因为还有第三条路……"

"什么意思？"

"你知道吗？元曦容临终之前并没有将调兵虎符上交突厥王，而是传给了元君意。皇后为了拉拢元君意，竟然想让我嫁给他……"

"真的？"

"千真万确，元君意亲口说的，调兵虎符在他手上，突厥王几次三番想要夺走，却一直拿他无可奈何。我觉得他没有必要诓我，否则也没有办法解释元皇后为何如此殷勤地想要撮合我们。"

傅惟沉默不语，凤眸稍稍眯了眯，里面幽深莫测。烛火跳跃摇曳，映着他的侧颜，愈显坚毅。

良久之后，他转头看向我，瞬间春风化雨，眼中只余下温柔缱绻："你不会嫁给他们，不管是傅谅，还是元君意。玉琼，你放心，我不会让这三种可能出现在你的人生里。"

"好，我相信你。"我笑着，用力地点了点头。

我轻轻依偎在他胸前，感受他的体温、他的心跳、他的气息，仿佛只要有他在，我便无所忧、无所惧，他自会免我颠沛流离，护我一世安好。

倘若可以，多希望时光能停留在这相拥一刻，刹那白头。

须臾，傅惟呷了口茶，似真似假道："玉琼，我今日听到一些传闻，想来元皇后选择让你嫁给元君意，不是空穴来风。"

我浑身一僵，怯怯道："什……什么传闻……"怎么有种不太好的预感？

"听说，我不在的这段时间里，你与元君意各种暗通曲款，过从甚密，甚至公然在宫中搂搂抱抱……"他睨我一眼，闲闲道："可有此事？"

我说："宫里的谣言怎可相信？如果你跟容华公主是清白的，那么我和元君意也是清白的。"

傅惟好整以暇道："是吗？"

我理直气壮道："是啊。你若不相信我，是不是我也要怀疑你和容华公主？"

他惩罚似的轻捏了一下我的腰，哑声道："这么牙尖嘴利？"

我咬唇表示不服，也捏了下他的腰。傅惟极怕痒，边大笑边躲闪，手上还不忘向我还击。我没他力气大，只好挠他的胸膛表示抗议，他手疾眼快地捉住我的手。我挣开，他再捉住……如此循环往复坚持不懈地斗争了许久，他忽地眸光一沉，欺身压了上来。

湿热的气息带着清香的酒气肆意地喷洒在我的脸上，如同一阵春潮一般，瞬间拂开了我的毛孔。

铺天盖地的窒息感直面而来，他的星眸之中沾染了醉意，似有一团幽暗的火焰在燃烧跳跃。

我愣愣地看着他，彼此的鼻尖轻轻斯磨碰触，呼吸相闻。他的薄唇近在咫尺，好像只要我稍稍动作，他便会毫不迟疑地贴上来。

"玉琼……"他的喉结上下滚动，低沉的声线撩动我的心弦，"我说我很想你，是认真的。"

"我知道。"

"这场攻宋之战看似简单，实则暗含凶险。我不止一次受伤，也曾遭遇敌军的围攻，身陷险境。但我心里记得，你要我平安归来，我无论如何也不能让你失望，所以咬牙撑了过来。你要我做的事我做到了，现在你也答应我一件事，好不好？"

"好。"

他笑："你都不问是什么事便满口答应，若是我要把你卖了呢？"

我反问："你会吗？"

"当然不会了。"他撩起我鬓角的碎发，语意炽热道，"不管将来发生什么，千万不要离开我，好不好？我绝对不能接受失去你，哪怕一时半刻也不行……"

"好，我答应你……"我怎么可能离开他呢，我多想永生永世跟他在一起啊。

话音仍在唇边，他的吻已然果断地落了下来。

这个吻霸道而热烈，不容许我有半分反抗。火热的气息掠夺了我的呼吸，气息仿佛有片刻的停滞，旋即变得急促而紊乱，鼻腔里满是独属于他的清醇男子气息。

脑中一片空白，每一寸肌肤都似被火灼烤过，烫得厉害，身子不由自主地瘫软在他怀里。

他用力搂紧我的腰，舌尖撬开我的嘴唇，柔缓地滑入我的口腔，灵巧地挑拨我的舌，寸寸深入，细细厮磨。

也许只是弹指须臾的工夫，我却觉得有一生一世那般漫长。他离开我的一瞬间，我仿佛丢了魂，心中茫然若失，却又好似被什么东西满满填住。

他的目光潋滟而清澈，眼波流转，脉脉凝视我半晌，复将我拉起来，紧紧抱在怀里，轻声呢喃道："玉琼，你真好。"

我平复着呼吸，乖顺地伏在他的肩头，心中甜得无法言语。

恰在此时，外面有人敲门。

傅惟仍然没有要放开我的意思，我推了推他："有人来了。"他才缓缓松手。

我整理好衣襟，开门一看，原是常叔。

他盯我一瞬，很快低下头，奉上包裹，道："小姐，方才元公子派人送来这个，说是您想要的东西。"

我下意识地摸了摸滚烫的脸颊："我知道了，给我吧。"

他关门退下。

傅惟问道："什么东西？"

我打开包裹，只见一方璎珞八宝盒中放着几枚精致的小瓶，白玉质地，莹润生光。我心下了然，道："是元君意送来的香料。"

傅惟拿起白玉瓶，放在鼻前轻轻一嗅："南郡独产千步香，熏肌生香，百病不生。大雪天里给你送这个，这般用心良苦……"他剑眉轻挑，似笑非笑道，"也是眼见为虚吗？"

　　我笑嗔他一眼，道："千步香香味甜腻，焚了之后，千步之内都有香气，我怎么可能喜欢这种风骚的东西？不是给我用的，是要献给元皇后的。并且，这配方里面还少了一味香料呢……"

第七章

情人眼里揉不得沙子

　　容华公主入宫后，皇上对她极尽恩宠，好似铆足了劲要讨这位美人欢心。各种赏赐源源不断地往椒房殿送，今日是奇珍异宝，明日是山珍海味，宋容华简直谢恩谢到腿软。非但如此，皇上要么不踏进后宫，若踏进后宫也只见宋容华一人。

　　这下可好，此等专宠行径无疑是踩了言官们的雷区，各种痛斥宋容华狐媚惑主的奏折铺天盖地，如潮水般涌进御书房。但都毫无意外地被皇上批上"朕知道了"四个字，便悉数退回，意思非常明确：朕同意你的说法，但朕的地盘朕做主。

　　非但如此，连几位皇子都在朝堂上婉言提醒皇上，病情刚有好转，宜静心休养，不可亲近女色。"孝子"傅辰喊得最为起劲，整天唠叨什么纵欲伤身，惹得皇上十分不快，索性不再理睬他。

　　前朝大唱反对，后宫亦是阴云密布。

　　元皇后自诩大度容人，一向与几位嫔妃相处融洽，却从不给宋容华好脸色，几次三番刁难于她。据说，有日清晨宋容华到太和殿给元皇后请安，元皇后说尚未梳妆完毕，让她在外面候着。于是宋容华便在冰天雪地里罚站了一个多时辰，最后元皇后一句"身体不适，不想见客"便将她打发了。柔柔弱弱的宋容华回去之后一病不起，皇上心疼得不行，怒气冲冲地去找元皇后理论，帝后二人大吵一架，不欢而散。

总而言之，满朝上下，宫里宫外，除了皇上自己，再没人看好这段黄昏恋。

不久之后，皇上打算册封宋容华为元贵妃，品阶仅比皇后低了半阶，毫无意外地遭到众臣强烈反对。几名言官和御史当朝脱下官帽，奉上笏板，放下话说若是皇上要立宋容华为元贵妃，他们便集体告老还乡。皇上气得险些又昏死过去，却又不能真的让他们辞官，最终只好妥协，答应先封宋容华为夫人，这才平息众怒。

我不禁感叹："爱情啊，总是让人盲目！"

康公公却愁眉苦脸道："自从皇上知道自己得了瘟疫，成天郁郁寡欢，思虑深重，好不容易来了个容华夫人能让他开心，百官却又如此苛责……唉，皇上心里也不好受。"

"若换作寻常嫔妃便也罢了，关键在于宋容华是亡国公主，如此隆恩盛宠多少有些不合适。再者说皇上身体……也不适宜太过于宠幸某个女子。"

"是这个理儿，皇上也明白。昨日他同奴才说，再怎么宠也就是几个月的事，还能翻了天不成。其实皇上去椒房殿，多数是找容华夫人谈心饮茶，没外面传的那么夸张。"

我了然，心下蓦然生出些许悲凉，道："皇上想及时行乐，也是人之常情。但所谓众怒难犯，皇上自登基以来一直勤勉于朝政，是当之无愧的贤君明主，本该彪炳史册，如今岂能因为一个容华夫人而毁了一世英明。公公是皇上的贴心人，还应多多提点才是。"

康公公点头道是，叹息良久。

册封大典定于腊月初一举行，虽只是封为夫人，但一切仪仗皆比照贵妃。元皇后又怒了，竟任性地托病拒绝参加。皇上碍于情面，拿她无可奈何，只好让位分其次的德贵妃，即傅惟生母，执皇后之礼出席大典。

册封大典当日，我早早便往东宫看望傅谅。

这货昨夜通宵看书，此刻挂着两坨浓重的黑眼圈，一副隔夜脸配上薄薄的胡楂显得十分沧桑。

我哭笑不得道："殿下，您用功温书是好事，但也不能熬坏了身体，该读书时读书，该休息时休息。况且，今日宫中有盛事，您顶着这张隔夜脸去参加容华夫人的册封大典，皇上看到了又要不高兴。"

他一连打了十几个哈欠，索性丢了书，一头倒在榻上，口齿不清道："我以前蹉跎了太多时间，现在要加倍弥补，不努力怎么行。父皇这么宠爱容华夫人，若是将来她生了皇子，岂不是要来抢我的太子之位？"

我一愣，心道这货什么时候变得这么有忧患意识？我看了眼日晷，上前拉他："快去洗漱收拾吧，册封大典已时开始，切莫误了时辰。"

谁知他竟像死猪一样沉，我怎么拉都拉不动。我再三催促，他索性躺倒装死，哼哼唧唧就是不肯起来，我恨得牙痒痒，差点抄起鞋子拍他脑袋。

好在小安子及时出现，我向他使眼色，示意他速来帮忙。他一溜烟跑过来，一把拽起傅谅，傅谅睡眼惺忪状望着我，可怜巴巴道："玉琼，我能不能也称病不去？"

我威胁他："皇后娘娘称病不去，皇上已然心有芥蒂，您若是再称病不去，不用旁人来抢，您这太子之位就没了！"

傅谅："嘤嘤。"

小安子指了指殿外候着的几名宫婢，赔笑道："殿下，太和殿的姑姑把您的朝服送来了。"

傅谅慢吞吞地望一眼殿外，撇撇嘴，心不甘情不愿地走了。

我叮嘱小安子道："你仔细看着殿下，千万不能迟到。"

小安子连连道是。

由于傅谅没有立妃，准备朝服这种琐事便由元皇后代为打理。我照惯例将朝服仔细检查了一番，从冕服、毓冕，到玉圭、绶带，确定没有差错，这才放心地离开。

今年冬天格外寒冷，大雪一连下了许多日，积雪厚重，压断了枝丫，宫人正忙于清理。

太和殿外，大片梅林傲雪而立，梅花妖娆吐香，教人沉醉。元皇后独自一人站在梅林中，一袭绯色宫装端庄华贵，神色清冷，眉间隐有怨怒。

我屏退引导宫婢，四下环视一圈，快速服下一颗药丸，深吸一口气，上前拜下道："微臣参见皇后娘娘。"

"免礼。"她略抬手，视线仍然停留在梅枝上，"今日是容华夫人的册封大典，所有人都赶着去椒房殿贺喜，少傅大人怎么来本宫这里，是不是走错地方了？"

我溜须拍马："皇后娘娘说笑了，容华夫人再得宠，她也只是个夫人罢了，如何能与您相提并论。"

元皇后挑眉，转身打量我，美目之中带了几分锐利，笑道："你，很好，本宫没有看错人。"

"多谢娘娘抬爱，微臣惶恐。"

"你无须惶恐，本宫喜欢跟聪明人说话。"稍顿，她不紧不慢道，"前几日元君意进宫，本宫向他提及与你的婚事，他并未反对，只说此事应尊重你的意愿。本宫看得出，他对你绝不仅仅是朋友之谊，绝对心存爱慕。那你呢，你考虑得怎么样了？"

我只让元君意拖延一下，没想到他还表现出了对我有意思，连精明的元皇后都能骗过，这演技也是杠杠的。

我垂眸敛目，抿唇微微一笑，做娇羞状，道："元公子风神朗润，惊才绝艳，微臣若能与他结为连理，是几世修来的福分。皇后娘娘愿意成全，微臣不胜感激，怎敢拒绝？微臣一介孤女，无依无靠，一切但凭皇后娘娘做主。"

元皇后满意地点头，道："你与元君意男才女貌，天作之合，本宫也乐意撮合这桩良缘。你放心，过几日本宫便禀告皇上，为你们下旨赐婚。"

我忙磕头谢恩，奉上八宝璎珞盒，道："皇后娘娘，这是元公子所赠的千步香，南郡独产，十分金贵。焚之可令人肌肤生香，百病不侵。微臣每日都要上朝，与同僚共商国是，不便焚香，所以想借花献佛，转赠给皇后娘娘，还请娘娘笑纳。"

"你看看，这么难得的千步香他都舍得送你，足见他对你十分上心。"她打开盒子，拿起小瓶轻轻嗅了嗅，面上露出惊艳之色，"嗯，果然是好香！少傅大人，眼下时辰尚早，你不妨与本宫一起品评。"

这女人猜忌心极重，我早就料到她一定拉我试香，是以早早做了准备。

我迎上她的目光，微笑着点头道是，广袖覆盖下的左手却不由自主地收紧，指甲深深地嵌入掌心，丝毫没有痛感。

坐定后，我沐手挽袖，打开第一只瓶子，取玉勺舀出一些香粉放入香炉中。一缕轻烟缓缓升腾而起，甜蜜的香气渐渐弥散开来。

元皇后道："没想到戚大人还会焚香。"

那么我就把一切推到元君意身上："都是元公子教得好。"

她了然点头，笑得意味深长，一副"我懂得"的神情。

我陪她焚了一会儿香，便借口要出席册封大典告退了。她显然对这香十分喜爱，临走时，又赏了我两盒君山银针。我面上欢天喜地地谢恩，心中不禁冷笑：元梦樱，待会儿你就会明白什么叫"因果循环，报应不爽"！

走出太和殿，我正了正官帽，抬脚朝神明台走去。

郑嘉无声无息地出现在我身旁，乔装成太监的模样，手上握着拂尘，不惹任何人怀疑。

我掩口轻咳，用只有彼此才听得见的声音说："香料已送到，接下来就拜托你了。"

他点头："大人放心，一切准备妥当。"

"好，我先过去。"

"大人——"他唤住我，道，"王爷说，近日张月鹿星宿大盛，是难得一遇的黄道吉日，若只唱一出戏，未免可惜。"

我不解："什么意思？"

他却只是行了个告退礼，转眼便消失得无影无踪。

一阵强烈的不安之感袭上心头，隐约觉得仿佛有哪里不妥，却又想不起问题何在，不由得颇为纠结。

神明台位于皇城的制高点，在百层玉阶之上，里面供奉着太祖陛下、皇室宗亲和开国功臣，气势宏伟，肃穆巍峨。

诸皇子身着朝服，站在玉阶一侧，百官站在另一侧。傅惟恰好站在我对面，他面色沉静，唇畔含着一抹清淡的笑意，正与傅辰谈笑。

巳时将至，傅谅这货终于姗姗来迟。只见他一脸倦色，耷拉着脑袋站到傅惟旁边，一副随时就要倒地不起的模样，间或向我投来一个"我好困求解脱"的眼神。

我扶额叹息，简直不忍直视。

蓦然间，耳畔响起一阵窃窃私语，阶下众臣皆是目光如刀地探过来，不约而同对着傅谅指指点点。我心生疑惑，于是将傅谅从头到脚好好打量了一番，除了浓重得堪比乌云的黑眼圈之外，并没有发现任何不妥。

奇怪，到底怎么了？

我竖起耳朵凑过去，隐约听见了"朝服"二字，再仔细一看，心里猛然咯噔了一下，不由得倒抽了一口冷气。

这是……

怎么会这样！这套朝服是元皇后准备的，而且我明明全都检查过了，怎么会出这样的纰漏！这要是让皇上看见……我不由得捂住嘴，完全不敢往下想。

我下意识地看向傅惟，他恰巧迎上我的目光，笑意深了几分，凤眸之中一片幽深莫测。

"近日张月鹿星宿大盛，是难得一遇的黄道吉日，若只唱一出戏，未免可惜。"

郑嘉说的另一出戏，难道是指这个吗？

不待我多想，只听得一声唱喏"皇上驾到"，礼乐骤然响起，皇上与德贵妃登上神明台，礼官宣布册封大典正式开始。

宋容华在一众宫人的簇拥下款款走来。

她走得极慢，姿态婀娜娴雅，好似有意要吸引众人的目光。

杳杳远山眉，莹莹额前金，清丽之中透出一丝妩媚。长裙曳地，嫣红的宫袍上绣着金丝鸾凤，极尽奢华。

多日未见，她的气质竟截然不同，再也没有初见时的青涩与无措，举手投足间尽显雍容大度，仿若一朵盛放的牡丹。

皇上向她伸出手，二人相携拜过天地祖宗后，礼官便开始宣读诏书。

"奉天承运，皇帝诏曰：兹有宋氏容华，秉性柔嘉，持躬淑慎……"

自始至终，我一直处于纠结混乱的状态。脑中纷乱如麻，心下思虑万千，根本不知道礼官在说什么，只是讷讷地跟随百官一起焚香、唱诵、叩拜。

显然，神明台上的三位还没有发现傅谅的朝服有问题，我该怎么办，阻止还是不阻止？

若是阻止，上有皇上德妃，下有文武百官，那么多双眼睛生生地盯着，我想要不着痕迹地提醒傅谅，简直难于登天。我与丞相站在百官之首，离皇上仅有一步之遥，只要我这里稍有动作，立刻便会引起他的注意。

况且，还有傅惟在场，在他眼皮底下，我要搞小动作也是绝不可能。若此事当真是他一手策划，他一定是有万全的准备能扳倒傅谅，只怕我想阻止也阻止不了。

且不说他对我有救命之恩、照料之恩，这些年，我与他彼此相互扶持，他为了九龙殿上那把交椅可谓苦心孤诣，步步为营。历经多少艰难，忍耐多少痛苦，旁人不得而知，我却是心知肚明，我怎么忍心他的努力付诸东流？

其实在入朝之初，我就料到会有这一天，心里也早已做好了时刻与傅谅决裂的准备，但当它真正来临时，我还是会纠结苦恼，还是会不知所措。元皇后诬陷我爹，逼死我娘，害我半生流离，受尽苦楚，固然罪大恶极，但傅谅到底是无辜的。他虽行事荒唐，可生性纯孝仁厚，待我也是极好。如今他就这样稀里糊涂地犯下弥天大罪，我却只能眼睁睁地看着。思及此，心里极不是滋味，愧疚与担忧如潮水般没顶而来，瞬间将我淹没。

"今立为夫人。望其恪守妇道，仪范后宫，敬宗礼典。四海皇天，纳德是依，无负朕命。钦此。"

宋容华拜下谢恩，众人山呼"皇上万岁""娘娘千岁"。

皇上朗声大笑，仿佛心情极好。他握着宋容华的手，温柔道："容华，你有没有什么想说的？"

宋容华笑言："皇上，多余的体面话臣妾便不多说了，臣妾还有一个小小的愿望，望皇上能够满足。"

"但说无妨。"

"臣妾国破家亡，流离至此，能得皇上垂怜，实乃万福。长安虽好，臣妾总是时常思念家乡，今日晋为夫人，自当尽心服侍皇上。只是嫁娶之事，乃终身大事，况，臣妾无依无靠，自觉凄苦。臣妾希望能依照旧时南朝的风俗，请皇上的诸位皇子上来敬茶，算是认下臣妾这个庶母，臣妾心里也有安慰。"

皇上爽快道："敬茶而已，这有何难。太子，你先来。"

傅谅道是，一撩衣袍步上玉阶。他的步子迈得很快，我根本来不及阻止。已到了箭在弦上的时刻，连蒙混过关的可能性都没了，恐怕这一次傅谅在劫难逃！我咬唇，不敢再看神明台上的情形。几乎是同一时刻，傅惟蓦地抬眼望向我，视线相触，却又不着痕迹地移开。

果不其然，那厢皇上盯傅谅一瞬，瞳孔瞬间收缩，眼底掀起狂风暴雨，怒声呵斥道："大胆傅谅，你想造反吗！"

傅谅一吓，忙不迭跪下，惊慌道："这……儿臣不明白父皇的意思。"

四下再起议论之声。

傅惟垂眸静立，面色沉静如水，眸中无波无澜，看不出任何情绪波动。傅辰抬眼望向神明台上，面上浮起几许惊色，但很快便被笑意所取代。

"不明白？"皇上气得脸色发白，宋容华上前扶住他，看着伏在地上的傅谅，容色淡然，仿佛此事与她毫无关系。

"礼官，你来告诉他！"

礼官抖了抖，诚惶诚恐道："依……依我朝礼制，唯有天子的龙袍上才能绣九龙五爪图，皇太子以及诸亲王都只能用八龙四爪图。太子殿下，您这身朝服上的龙……都有五爪啊！"

傅谅慌忙查看自己的朝服，大惊失色道："父皇，儿臣……儿臣并非有意僭越，这件朝服是怎么回事，儿臣全然不知情，求父皇明察啊！"

皇上冷笑道："混账东西！你自己穿在身上的朝服，怎么会不知道！朕还没死呢，你就迫不及待地要穿龙袍了，是不是盼着朕早日驾崩，你好取而代之！朕原以为你只是胡闹，没想到你竟有如此狼子野心！"大约是气极了，他有些喘不上气来，颤抖的手指着傅谅，"你……你这个不孝子，真是其心可诛啊！"

傅谅急忙喊冤："父皇，儿臣真的不知情，儿臣冤枉啊！"

皇上又点我的名："戚玉琼，你上来！"

我心下一跳，上前跪在傅谅身旁，皇上道："太子一口咬定他是冤枉的，你身为太子少傅，你来说这是怎么一回事！"

"回皇上，太子殿下尚未立妃，朝服、毓冕等都是由太和殿代为准备。今早微臣到东宫时，亲眼目睹了皇后娘娘派人送来朝服。殿下因昨夜通宵读书，当时正在洗漱，也许的确不知情。"我刻意略去了我检查过朝服的事实，心中掂量一番，望了望傅谅，艰难道，"皇上，殿下这身朝服既然是皇后娘娘准备的，微臣相信，她一定知道这是怎么一回事，皇上不妨召娘娘过来问询。"

傅谅俊脸煞白，惊痛地盯着我，似是难以置信道："玉琼，你为什么要这么说？你为什么要陷母后于不义？"

"殿下，微臣只是如实禀告。"我低下头，沉声道，"皇上，微臣敢向天发誓，所说绝无虚言，东宫的一众宫人都可作证。"

"皇后？"皇上猛地拍了下桌案，震得茶杯滚落在地，瞬间摔得粉碎，"来人，把皇后给朕喊过来，朕倒要问问她，这究竟作何解释！"

几名侍卫应声退下。不久，却无功而返，只说元皇后不在太和殿。

皇上冷厉道："她做了亏心事，不敢来见朕吗？找！掘地三尺也要给朕找出来！"

侍卫总管得令，立刻带领一队人马四处寻找。

一时间，四周鸦雀无声，皇上龙颜震怒，谁也不敢再妄自议论。北风呼啸而过，积雪簌簌落下，似乎成了天地之间唯一的声响。

我沉默地跪着，左手始终紧握，不知是因为激动还是紧张，心口跳若擂鼓。

故意将一切推到皇后身上，一是打算将计就计，以此引起皇上的注意，好让他尽早发现皇后的行踪，毕竟，若是错过时机，一切便都白费了；二来也是想尽最大可能为傅谅脱罪，也许他不能谅解我，但我已经没有回头路可以走了，只能挽回一分是一分。

即便他将来恨我，我也不会后悔，哪怕豁出这条性命，我也要为爹娘报仇。我等了四年，忍了四年，四年来我食不知味，夜不能寐，没有一日能够安生。千算万算，为的就是今天。

天理昭昭，报应不爽。爹，娘，你们在天之灵一定要好好看着，女儿精心编排了一场好戏，教那个女人血债血偿！

很快，一名侍卫匆匆赶回来，却是支支吾吾，不敢禀告。

皇上愈加恼火，怒吼道："快说！皇后到底在哪里！"

那侍卫道："启禀皇上，皇后娘娘在西苑听风楼。"

德贵妃道："西苑乃冷宫，皇后娘娘无端端去那儿做什么？你既然找到，为何不请她过来见驾？"

侍卫面露难色，怎么都说不出口："皇后娘娘她……"

"给朕说！"皇上猛地抄起一茶杯砸在地上，寂静中，清脆的声响分外扎耳。从未见过皇上如此动怒，在场之人无不战战兢兢，心生寒意。

那侍卫道："微臣不敢说，还请皇上移驾西苑，自有分晓。"

皇上凛然拂袖："摆驾西苑！"

众人赶到西苑时，另外几名侍卫早已等在听风楼外，皆是面色古怪，隐有绯红。

西苑冷宫住着几位失宠的先帝嫔妃，非老即疯，平日极少有人靠近这里。在寒冬腊月里，显得尤为冷清萧瑟。听风楼也因年久失修而透出一股腐败的气息。

那扇雕花木门破败不堪，摇摇欲坠，随风发出吱呀吱呀的声音。门隙中，偶有一丝极其隐忍的呻吟声飘散出来，很快便被寒风吹得支离破碎。

皇上拨开众人，亲自踹开雕花木门。伴随木门轰然倒地，男欢女爱的声音顿时放大数倍，莺声浪语，令闻者血脉贲张。

纱幔重重，随风招摇，掩去了巫山云雨，遮盖了颠鸾倒凤。

皇上的面色极其难看，三步并作两步冲上前去，百官紧随其后，毫无意外地看到了极其香艳旖旎的一幕。

榻上男女正交颈合欢，媚态横生。

女子青丝散乱，眉眼如丝，白皙的面庞因兴奋而染上了潮红，白嫩如藕的玉臂垂在帐外，手纸紧紧抓住帘帐，仿佛想借此纾解心中的欲念。她忽然失声尖叫，身子抑制不住地痉挛起来，似是畅快淋漓，极尽靡丽。紧接着，断断续续的呻吟如潮水般涌来，如一汪春水般柔媚。

皇上浑身一震，缓缓闭上眼，额间青筋突突乱跳，连呼吸都变得凌乱。

满室鸦雀无声，众臣与几位皇子齐刷刷拜倒在地，脑袋一个埋得比一个低。德贵妃和宋容华别过脸，皆是面有羞色。唯有傅谅僵在原地，俊脸上一阵白一阵红，身子不住地颤抖着。他看一眼皇上，终究是趔趄了几步，颓然地跌坐在地上，神情一片狼狈。

只一瞬的静默，却好似有一生一世那般漫长。

最终，皇上一声暴喝打断了这场春梦。

"元梦樱！"

元皇后如梦方醒，那双沾染了欲色的蓝眸渐渐变得清明。她看了看身上的男人，复看了看皇上与地上众人，发疯似的尖叫起来，叫声凄厉而惊恐，直要掀翻屋顶。

"你是什么人！"

下一刻，她惊恐地推开那男人，裹着锦被连滚带爬地跪到皇上面前，哆哆嗦嗦竟不知该说什么。

那男人赤条条地爬下来，垂着脑袋，一言不发地跪下。

皇上的面色由赤红转为惨白，双唇没有一丝血色。他负手孤立，眼睛一眨不眨地望着元皇后，眼中竟渐渐泛起黯淡不明的水色，不知是因为恼怒还是因为羞耻。

他问那男人："你……你是谁？怎么会在这儿？"

那男人浑身像筛糠哆嗦得厉害，惊恐得不知言语。

"说！"

男人哭得十分狼狈，"皇……皇上，微臣是西苑这里当值的侍卫……皇后娘娘以前来找过微臣，说……说……说微臣生得很合她眼缘，还说深宫寂寞，想要一起快活快活……微臣贪恋皇后美色，心生淫念，于是便……皇上，微臣自知万死莫辞，不敢有所狡辩，求皇上饶命，求皇上饶命啊……"

元皇后伸手便给了他一记响亮的耳光："你放屁！本宫根本没见过你，你为什么要污蔑本宫！"

那男人捂着脸，既惊且痛，嗫嚅着喊了声："梦樱……"

我心中冷笑，这死囚演技真是不错。

啪——又是一记耳光，元皇后指着他的鼻尖，厉声道："放肆！你算什么东西，也配直呼本宫的闺名！"

皇上已是怒不可遏，良久没有言语，开口时，冰冷的声音不带一丝温度："元梦樱，你还有什么要解释的？"

元皇后失声痛哭，语无伦次道："皇上，臣妾先前还在太和殿看书，不知怎么的……这……这个男人是谁，怎么会到这儿，臣妾一无所知……皇上，臣妾自知百口莫辩，但臣妾真的不知道这是怎么回事，皇……皇上……"

她作势要去拉皇上，却被皇上一脚踢开。

皇上仰头望天，极力忍泪，悲怒交加地吼道："不许碰朕！"

傅谅爬到皇上脚边，拽住皇上的龙袍，仓皇道："父皇，母后绝不会做出对不起您的事，这件事一定另有蹊跷，求父皇明察啊！"

皇上揪住傅谅的衣襟，冷笑道："另有蹊跷？你当朕的眼睛是瞎的吗！

方才浪叫的是谁！啊，太子，你告诉朕，是谁！"

傅谅呆愣片刻，看着元皇后羞愧至死的模样，恨恨地别过脸，不再言语。

元皇后趴在地上嘤嘤哭泣："皇上，臣妾伴君二十多年，臣妾的品行皇上难道不清楚吗，臣妾真的是冤枉的呀……"蓦地，她好像想起什么，怨毒的目光如针般落到我身上，咬牙切齿道，"臣妾知道了，是她，是戚玉琼！今早她送来一盒千步香，说什么焚完可以肌肤生香、远离百病，皇上，臣妾就是被那盒千步香迷了心智，求皇上还臣妾清白！"

皇上怒视我："戚玉琼！"

我忙不迭磕头喊冤："皇上，微臣冤枉。上次皇后娘娘赏了几盒祁门红茶给微臣，微臣心存感激，恰好突厥使臣元君赠了一些千步香给微臣，微臣平日素不焚香，便想借花献佛，转赠给皇后娘娘。今早娘娘焚香时，微臣也在场，也闻了千步香。若说那香料有问题，为何微臣还能毫发无损地在这里说话呢？"

元皇后声色俱厉道："你少在这里抵赖，明明就是你，那香是你焚的，一定是你动了手脚，意图加害本宫！"

我迅速逼出几滴眼泪，万分委屈道："皇上明察，皇后娘娘体恤微臣，非但赏赐好茶给微臣，还关心微臣的终身大事。微臣感激娘娘还来不及，怎敢加害娘娘。皇上，您若是信不过微臣，大可将那千步香拿来查验。"

元皇后哭道："对对，皇上，臣妾也要求验香！"

皇上冷笑着点头："好，朕就成全你，今天文武百官和一众皇子都在这儿，若是验出香料没问题，朕铁定饶不了你！侍卫总管，你去太和殿取千步香！"

侍卫总管得令，转身退下。

皇上背过身，压着颤抖的声音道："来人，先把这奸夫押下去，免得脏了朕的眼！带皇后下去穿衣服！"

千步香很快便取了过来，太医院院使仔细查验后，道："皇上，这香料并没有任何不妥。"

"元梦樱，你还有什么话要说？"沙哑的声音难掩疲惫。

元皇后登时如临末日，大声喊冤，连连磕头，磕得额头流血仍不知停止。傅谅上前抱住她，哭喊着为她求情，却被侍卫无情地拉开。

我从未见过傅谅如此涕泗横流的模样，心痛不已，若有千虫万蚁在啃噬，几乎无法呼吸。

皇上深吸一口气，就这么背对着元皇后，一字一句道："来人，将皇后打入天牢，太子禁足东宫，不许与人往还。"

话音落下，他似乎也失去了力气那般，身子一斜，轰然倒地。

北风咆哮，大雪纷飞。天灰地白，分外萧瑟。

京城天牢。

同样的季节，同样的地点，同样幽暗狭长的甬道，同样催人欲吐的腐朽气味。却是不同的姿态，不同的立场，不同的心境。四年光阴，如弹指一挥，而今再次站在这里，只觉恍如隔世，不知今夕是何夕。

寒风透过破败的窗户灌进牢房，加之阴暗潮湿，整个天牢冷若冰窖。我裹紧大氅，手提食盒，不紧不慢地向最深处的一间牢房走去。

"戚大人，到了。"狱卒为我开门。

"多谢。"我递给他一枚碎银子，他很快退下去。

这间牢房处于半隔绝状态，四面无风，环境较之外面简直天差地别。榻上有手笼和棉被，桌上有热茶和暖炉，地上还铺了一层薄薄的绒毯，干净而温暖。

我关上牢门，将食盒放在桌上，微笑道："皇后娘娘，微臣来看您了。"

她端坐榻上，视线凌厉如刀，咬牙切齿道："戚玉琼，你这个贱人！"

"皇后娘娘，别这么大火气，仔细气坏身子。来，这是太和殿小厨房为您准备的木瓜炖血燕，您在这儿受委屈了，应当补补。"

她劈手夺过瓷盅，不由分说泼到了我脸上，怒极道："瞧你那假惺惺的嘴脸，真让人倒胃口！这件事情到底是怎么回事，你心知肚明，分明就是你在千步香里动了手脚，你骗得了皇上骗不了本宫！你说，本宫到底哪点对不起你，你要这样陷害本宫！"

我不怒反笑，取出丝帕，不紧不慢地擦掉脸上的汤汁，道："皇后娘娘，您若是有证据，大可以去皇上面前告我一状。"

她恨恨地指着我的鼻尖，双目赤红，犹如厉鬼："贱人，你给本宫等着！真的假不了，假的真不了，皇上与本宫多年夫妻，他定会查个水落石出，还本宫一个清白！届时本宫定要教你死无全尸！"

我挥开她的手，侧身笑道："是吗？但，有时老天偏偏不长眼，黑非黑，白非白，颠倒是非，以假充真，这样的事也不是没发生过。"

元皇后眸光微闪，大约是有些心虚，连声音都弱了几分："你这话什么意思？"

"什么意思？"我逼近几步，冷哼一声，道，"深宫禁庭之中，众目睽睽之下，孤男寡女，捉奸在床，仿若历史重演。皇后娘娘，当年那件事你不会这么快就忘了吧。"

她趔趄着向后退，有些惊恐道："本宫不知道你在说什么！"

"好，那我便说得清楚些。四年前，中秋佳节，皇上在宫中大宴群臣，恰巧那日昭嫔托病不曾参加。宴会上，你说想听昭嫔弹琴，皇上便派人去请她。孰料，侍卫却发现她在西苑听风楼与一名大臣苟且，当时文武百官都在场，昭嫔羞愤不已，奈何喊冤无门，遂当场自尽。这名大臣则被打入天牢，施以腐刑，最终他不堪屈辱，撞墙而死。想起来了吗？你精心编排的戏可真是精彩，如今你自己也入戏了，其中滋味如何？"

元皇后跌坐在榻上，玉指攥紧被褥，死死瞪着我道："你是戚正坤的什么人？"

"他姓戚，我也姓戚，你说我是他什么人呢？"

"你是他女儿！不可能，不可能……他的妻女明明早就死了……"话至此处，她猛然掩口住嘴，好似泄露了天机，面上浮起几许惊恐。

"我爹被你害死之后，我娘烧炭殉情。她本想带着我一起死的，却因为将我搂得太紧，相当于捂住了我的口鼻，于是我幸免于难。你得到消息后，派人前去查看，那人为了试探我到底有没有死，用铁器狠狠地砸了一下我这只手。就像这样……"说着，我将左手放在桌上，抄起瓷盅砸了上去，"我一贯很怕痛，可就是那次，我愣是一声不吭忍了下来，侥幸逃过那一劫。托你的福，我的左手废了，一点儿感觉都没有。"

元皇后看一眼我的手，仍是嘴硬道："可笑，本宫与戚正坤八竿子打不到一块儿，为何要陷害他？还有那昭嫔，本宫与她也算姐妹情深，她自尽之后，本宫难得好几夜没睡好。你说本宫害他二人，先把证据拿出来。"

"当时昭嫔风头正盛，恩宠不输如今的容华夫人，你面上与她和睦，实则暗生妒心，想借机铲除她。"

她冷笑道："荒谬！一切全是你的一面之词，根本毫无凭据！"

我对她的狡辩毫不在意，继续道："至于你害我爹，是因为他知道了一个秘密。"

她呼吸一滞，咬唇不语，眼内波澜不绝。

我凑近她耳畔，轻声细语道："那便是——你偷龙转凤，瞒天过海！"

"你闭嘴！"只听"哐当"一声响，她将一桌子物品悉数拂落在地，摔得支离破碎，满地狼藉。

我闲闲叹了口气，轻笑道："害怕了？装不下去了？你现在这般气急败坏，岂不是露了马脚？"

她背对我，气得身子不停地颤抖，仿佛筛糠一般。良久之后，压着声音道："就算你知道又如何？你也只是空口无凭，谁会信你？"

"倘若空口无凭，我又岂会站在这里。皇后娘娘，无论你相信与否，世间万事皆有因果，天理昭昭，报应不爽。你做过的事，不要妄想永远不被人知道。"

她深吸一口气，道："你不会毫无目的地来跟我摊牌，你到底想怎样？"

"杀父之仇，不共戴天。"我走到她跟前，轻轻拍了下她的肩，缓缓道，"我只想以眼还眼，以牙还牙。我知道，你一定不想让当年的事公布于众，你知道该怎么做。"

那张俏脸霎时变得惨白一片，她的双唇微微打战，眼睛一眨不眨地盯着我，气息越来越粗重，仿佛极是恐惧，又仿佛极是仇恨。

"微臣先告退了，过几日再来看娘娘。"说罢，我转身离去。

走出天牢，风雪渐止。

天空云开雾散，雪霁天晴，冬阳普照大地。

常叔迎上来，照着我的脸反复打量，紧张道："小姐，您的脸怎么了？"

我轻轻碰了碰脸颊，戴上帽子，道："不碍事，方才在里面被血燕烫到了，有点疼，回去擦点药膏就好了。"

常叔待要说话，一个身影渐渐浮现在不远处的雪地里，正快步向这边走来。我挥手示意常叔退下，向前走了两步，恰巧停在那人跟前。

我唤他："小安子。"

"奴才参见戚大人。"

"起来吧。"我微笑道，"你来这里做什么？"

他哈哈笑着解释道："哦，是这样的，太子殿下被皇上禁足，不能离开东宫，他十分担心皇后娘娘，所以托奴才过来看望娘娘。"

"是吗？到底是太子殿下让你来，还是晋王殿下让你来？"

"这……"小安子眸光骤变，道，"大人，您几时知道的？"

"起初我只是怀疑，直至册封大典当日我才完全确定。当日在秋虎原，晋王殿下教我箭术时，太子忽然出现在对面矮林中，不慎被我射伤，其实是你故意向他通风报信儿。后来太子被人下了五石散，我让你将太子的衣服送给元皇后，事后元皇后说她半个月之后才收到包裹，也是你扣下了包裹。彼时正值伐宋之战前夕，元帅人选悬而未决，太子多被禁足一日，皇上便会多偏向晋王一分。我说得没错吧？"

"是，大人聪慧，猜得一点儿都没错。"

"这些全部是晋王让你做的吗？"

他点头道是。

"那五石散，也是晋王让你下的？"

他忙不迭摇头："这倒不是，五石散是汉王殿下的主意，与晋王殿下无关。"

我颔首，又道："那件五爪团龙的朝服，是不是晋王让你掉包的？"

他迟疑着点头，怯怯地觑我一眼，垂下了脑袋。

再无须赘言，一切已是雪光惊电般透彻。我沉默不语，心下生出几许恼火。

傅惟为什么没告诉我他在东宫还有别的眼线？他是不相信我的办事能力、对我不够信任，还是担心我被傅谅感动，倒戈背叛他？

小安子见我神色不善，踟蹰片刻，解释道："殿下没有事先告诉您，是怕您心有愧疚。自从出了秋虎原黑熊一事，殿下知道太子对您好，怕您于心不忍，便吩咐奴才暗中做了这些事。"

听他这般解释，我心中细细思量一番，释然了几分，遂点头道："你什么时候开始跟他的？"

他如实道："一直都是。"

小安子贴身服侍傅谅许多年，万万没想到，他竟然是傅惟安排的人。不过傅惟身为皇子，无权干预宫中人事调动，兴许是德贵妃的安排也未可知。

"行了，我知道，你去吧。"

小安子道了声"告退"，一溜烟跑走了。

册封大典之后，皇上的病情便急剧恶化，几乎到了不能下床的地步。院使说，得息贲者，必须保持轻松愉悦的心情，方可延寿，切不可受任何刺激。元皇后一事对皇上打击相当之大，只怕这次凶多吉少。宋容华日日陪在龙榻边，后宫诸多嫔妃，只有她一人能进出昭阳殿。

所谓国不可一日无君。不久后，皇上下旨，由傅惟监国摄政，丞相助理万机，六部协同，共同处理国事。满朝上下要求改立傅惟为太子的呼声一日高过一日，可皇上对此并无直接表态，只是多次下旨嘉奖傅惟行事沉稳，可堪重任。众臣对此猜测纷纷。

虽然我一口咬定傅谅的朝服是由元皇后准备，与他本人毫无关系，但皇上并没有因此减轻对他的怒火，东宫内外把守的士兵比上次足足多了一倍有余。元睿急得团团转，每日在昭阳殿外磕头求见，却屡屡被拒之门外。

傅谅倒霉，我自然也不能幸免于难。言官团体又掀起了新一轮的"弹劾热"，与往日"辅佐不力，发配边疆"不同，这次我的罪名变成了"教唆谋逆"，罪当推出午门斩首。

傅惟对此置若罔闻，只是每日派人把弹劾的奏折送到我家，意思是让我自己看着办。那么我便默默地记下那些人的名字，然后将这些奏折垫桌脚、当柴烧，节省家用。

除夕将近，宫中开始忙碌。

皇上一贯主张勤俭，宫宴上的歌舞和烟花以观赏性为重，从不铺张奢华。今年他病重，谁也不敢大肆庆祝，这个年便过得愈加简单了。

这日下朝后，我照例去内务府领取俸禄。途经东宫时，不期然听见了那熟悉的呼喊声，在冰天雪地的寂寂深宫中，显得十分扎耳。

东宫大门紧闭，沉闷的拍门声时断时续，伴随着愤怒而绝望的吼叫："父皇，儿臣冤枉！父皇，你们让开，我要去见父皇！"

我望着黄瓦朱墙，再也无法挪动脚步。眼前的景象分明万分熟悉，却早已物是人非。

恍然间，似有一只手伸进我的心窝里，狠狠地抓着、拧着，教我莫名心痛，无法呼吸。愧疚与不安如潮水般汹涌而来，瞬间将我淹没。

恰在此时，背后响起一道声音："为什么不进去？"

元君意信步走来，拢着白狐皮手笼，一袭素色锦袍清峭出尘，仿若融在皑皑白雪之中。

我扯出一个笑，道："皇上有旨，任何人不得靠近东宫，我如何能进去？"

他轻挑眉梢，笑道："上次能进去，这次却进不去了？究竟是进不去呢，还是你不想进去呢？"

我不想与他多费口舌，转头欲走，他却伸手拦住我的去路，意味深长道："戚大人，早知今日，何必当初。"

"莫名其妙。"

元君意拉过我的手，慢条斯理地为我套上白狐皮手笼，手笼里面分外温暖，原本冻得发麻的手渐渐恢复了一丝知觉。我警惕地盯着他，他却对我满不在意地一笑，道："太子和皇后的事我听说了，你在自责。"

我嗤笑道："元公子这话说得奇怪，元皇后与人通奸怪我咯？太子的朝服由元皇后一手操办，我根本就毫不知情，我为何要自责？"

"朝服一事的确与你无关，那……"他抬眸看我，眸光深亮迫人，稍顿，道，"黑熊之祸呢？那天我在你身上闻到桉树蜜的香味，你却说你从不食蜜，委实蹊跷。后来我发现，秋虎原一带桉树密布，桉树蜜非常之多，乃黑熊的最爱。是你把桉树蜜涂到太子的马上，想要借此引起黑熊的注意，好拖慢傅谅的行动，让傅惟有更多时间赢得比赛。至于黑熊为什么会发狂，我想你也不知道原因，或许是巧合，或许是傅惟有意为之。我说得对吗？"

我早已猜到他知道的不少，便索性不再隐瞒，大方承认："元公子果然聪慧过人，本官佩服。你说的全对，是我做的，那又如何，你去皇上面前揭发我呀。"

他好笑道："我要揭发你还用等到今天？怎么事到如今你还是不信任我呢？我帮你那么多次，你还是不相信我是站在你这边的吗？"

心中一番思量，我沉默不语。他这话倒是不假，他早知道真相，却一直为我隐瞒。况且，若非他几次三番暗中相助，我也不可能这么顺利地扳倒元皇后。只是他轻佻孟浪的行为和故弄玄虚的姿态总让我觉得此人不靠谱。

我沉吟道："你送我桉树蜜，是想试探我？"

"我早就说过，我对齐国的内政没有兴趣，我是为你而来。我要帮你，最起码先要弄清楚你的立场。但当时你对我充满戒心，我直接问你，你当然不会承认，所以我便送了两罐桉树蜜给你加以试探。没想到你心理素质好得很，半点没有露出马脚。我原本猜测你不是傅谅的人，可后来他被人下了五石散，你竟然肯低头来求我帮忙，我真是越发看不透你。后来看到你和晋王同游游园会，我才最终确定，你是他的人。"

"我帮傅谅，是不愿让傅辰奸计得逞。"

元君意煞有介事地点了下头，旋即向我走近几步，轻笑道："你在傅谅的马上涂桉树蜜，是为了帮傅惟，那元皇后呢？若我没猜错，你在千步香里面加的是可以致幻的迷药，七星海棠，是不是？"

我简直被他的神通给惊呆了，问道："你怎么知道是七星海棠，连太医院院使都没有发觉。"

"七星海棠无色无味，世间罕见，普通人极难发觉。当年医女苏君慧为了研究迷药，四处寻找七星海棠，却一直没有找到。后来我祖父出征西域，在大月氏的皇宫中找到了少许七星海棠，将它带回江南交给苏君慧。你的七星海棠，一定是她流传下来的。"

我恍然大悟道："原来如此。"

他抚了抚衣袖，不解道："无论元皇后是否出于自愿，她在众目睽睽之下与人通奸，便是永世也翻不了身了。你究竟为什么要这么做？"

我笑道："你知道我是戚正坤的女儿，那你知道戚正坤是怎么死的吗？"

他摇头："阖宫上下都对此事讳莫如深，知道他的事的人非死即贬。"

"同样的地点，同样的手段，同样的众目睽睽，同样的龙颜震怒。我今日对她所做的，便是她当年对我爹之所为，我只不过是以彼之道，还施彼身。"

元君意剑眉微蹙，眼底隐隐掠过一丝震惊。

"我不想伤害无辜，所以从地牢选了一名死囚充作奸夫。但是，你可知当年有多少无辜遭到牵连？昭嫔何错之有，却因此香消玉殒，听说她死时尚未满十八岁。还有我娘，我娘本打算带我一起烧炭自尽，所幸我命大，没有死成。当我醒来时，我娘早已死去多时，她的身子都僵硬了，整张脸是紫灰色的，眼睛还瞪得老大，分明就是死不瞑目，你能明白这是一种怎样的体会吗？"

我竭力平静自己的情绪，但说到末处，声音仍不可控制地颤抖起来：

"偏偏元皇后不放心，派人来确认我母女二人的死讯，就这么生生地毁掉了我一只手。我让她永世不得翻身，你说，我哪里做得不对？"

元君意沉默良久，长叹一声，神色竟是难得一见的温软，唏嘘道："原来竟还有这么多隐情……这么多年真是委屈你了，你吃了太多本不该吃的苦，也是我不好，若我能早些来找你便好了。"说着，他欲伸手抚摸我的头发，被我侧身避开。

我深吸一口气，郑重道："元公子，我很感谢你一直以来的帮助，也很感谢你帮我报这个大仇。如今，我再也没有遗憾，而你也算是完成了你祖父的遗愿，对他有所交代。往事已逝，你不必再为了前代的恩怨来向我回报什么，你没有欠我任何东西。"

他扑哧一声笑了："所以，你这是要与我划清界限了？"

"太子获罪，我必定会受到牵连，无论结果是什么，我都愿意承担。如果以后还有机会见面，如果以后还有用得到我的地方，你尽管开口，我一定万死莫辞。"

元君意动了动唇，似乎还有什么话想说，眸中瞬息万变。

我将白狐皮手笼递还给他，裹紧大氅，道："该说的话我都说完了，告辞。"语毕，转身踏雪而去。

他没有再拦我，只是静静地站在原地，目光有些黯淡，仿若珠宝蒙尘，光芒不再。

回到府里，天色已渐昏沉。

前脚刚踏进花园，便瞧见郑嘉与常叔谈笑着迎面走来。

我讶然道："郑嘉，你怎么在这儿？"

"王爷说有些日子没见大人了，今日难得空闲，过来看看您。"他指向身后的书房，暧昧地笑道，"大人，王爷在等您。"

面上一烫，我清清嗓子，一本正经道："嗯，那我先去了。"

书房内烛火摇曳，映出一抹顾秀挺拔的剪影。推门而入，炉烟冉冉，一室温暖馨香。傅惟正端坐案边翻阅文书，眉目温润一如往昔。

我解开大氅，笑道："我回来了。"

"玉琼。"他放下笔，起身走过来，微笑道，"你的脸色不太好看，是不是身体不舒服？"

我摸了摸脸，干笑道："没有，大概是有些累了吧。阿惟，你今天怎么有空过来？"

"时近年关，不少官员告假回家过年，朝中没有什么大事，该处理的都处理妥当了，剩下一些鸡毛蒜皮的小事，自有六部操心。"他斟了一杯热茶递给我，挑眉笑道，"不过，这些都不是原因。"

我端起茶杯，莫名道："那原因是什么？"

"我来看你，当然是因为……"他将我揽在怀里，微微扎人的下巴贴在我的额间，温存地厮磨着，语意炽热道，"我想你了。"

心瞬间柔软得一塌糊涂，我靠在他的肩头，轻声道："我也是。"

相拥着沉默了许久，他哑声唤我："玉琼。"

"嗯？"我下意识地仰起头，他忽然俯身靠近，刹那间，清浅的气息夺取了我的呼吸。唇与唇相碰的刹那，我只觉心跳若擂鼓，直欲冲出心房。

他的唇瓣温热而柔软，仿若春日里煦暖的和风。我依偎在他怀里，身子不由自主地颤抖着，他渐渐收紧臂弯，将我牢牢环绕其中，唇齿之间温柔地厮磨着，细细地辗转着，寸寸深入。

我的脑子里一片空白，似有什么东西在胸腔中激荡，几乎要透不过气来。我稍稍张开唇，想要呼吸更多空气，他的舌尖却趁机滑了进来，不紧不慢地挑拨着我的舌头，不似上次般霸道火热，攻城略地，只是浅尝辄止。

半晌，他离开我的唇，我忽觉怅然若失，心中浮起万般不舍。他眼睛一眨不眨地将我望着，眸光清澈而深沉，双颊染上了一层薄薄的红霞。

"玉琼，这些年谢谢你一直在我身边，陪伴我，帮助我，遇到你真是我这辈子最幸运的事。"

我平复着呼吸，心里满满都是幸福和满足，道："这话应该我来说才对，若是那日没有你出手相救，只怕我早已被张跃新折磨而死，也不会有机会入朝为官，替爹娘报仇。从前我时常抱怨天道不公、命运残忍，为什么要强行夺走我的一切。可我没想到的是，它竟以另一种方式给了我补偿，那便是让我遇见你。"

"待此事尘埃落定，再也没人能阻止我们俩在一起。玉琼，你答应过我，永远不会离开我，对吗？"

心下微微一刺，我张了张唇，不知该说什么。

我和他，真的能永远在一起吗？我不知道，我很想给他肯定的回答，却又觉得有些苍白无力。连我自己都无法说服自己，如何蒙骗得了他？

前途杳杳，未知数太多，而我和他之间，盘亘的人和事也太多。即便他顺利入主东宫，来日登基为帝，我们就真的能毫无顾虑地厮守终身吗？到那时，他会有后宫佳丽三千，会有诸多皇子承欢膝下，我真的能忍受与那些毫不相干的人分享他吗？

我想我是不能，因为情人眼中不但出西施，情人眼中也揉不得沙子。虽然知道只是奢望，可我偶尔也会有所期盼，有些幻想，或许有朝一日，我能得到那种愿得一心人的感情。

傅惟看出我的迟疑，剑眉轻蹙，声音低沉而沙哑，若有几分紧绷的意味："你怎么了？"

我说："可是，你要娶妍歌，不是吗？等你当了皇上，你还会娶很多别的女人，等到我人老珠黄时，你还会记得我是谁吗？在你身边的，永远也不可能只有我一个人，我却只有你。"

他一怔，眸中涟漪不绝，颤声道："在你眼里，我就是个背信弃义、喜新厌旧的人？"

"当然不是。"

"我娶妍歌又如何？你应当知道，我娶的并不是她这个人，而是突厥公主。即便不是妍歌，换作任何人在我眼里都是没有分别的。身在帝王家，很多事身不由己、无可奈何，是，我不能保证我身边只有你一个人，但是我能保证，我心里只有你一个人。你，愿意相信我吗？"

"我当然愿意，可是……"可是你太好太耀眼，而我又不够自信，生怕自己不配拥有这么好的你。

傅惟打断我，用力将我带入怀中，坚定道："没有可是。你无须多想，只要牢记一件事，那便是相信我，嗯？"

听到他这么说，我心里仿若淤滞多时的河道一朝疏通，竟是前所未有的畅快。

想了想，我说："不过，既然突厥的五十万大军掌握在元君意手中，那你娶妍歌也没太大的用处啊……"

"鬼丫头！"傅惟宠溺地点了点我的鼻子，笑道，"说来说去，你就是不想我娶妍歌，对不对？"

"我……我才不是！"

傅惟捏住我的手，放在掌心细细摩挲，温声道："还记得在秋虎原我是怎么说的吗？我绝不会让妍歌再欺负你，即便我娶了她，你在我心里的地位依然没人能够撼动。"

"我记得。"

"你说的我早就知道了，但现在看来，拉拢突厥王更为重要。一来，元君意毕竟是汉人，绝不可能颠覆突厥王室，那些王族宗亲不会让一个汉人掌权；二来，从地理位置上来说，突厥横亘在大齐和室韦之间，而室韦与西北夏州接壤，若来日我们要拿下室韦，除了从西北进攻外，也少不了北面突厥的支持。"

言下之意不娶也得娶了。我撇撇嘴，"哦"了声不再说话。

他叹息道："这么没有安全感，我该拿你怎么办呀。"

我笑嗔道："别把我说得这么小气。我知道你的心意，也理解你的抱负，无论你做什么我都会支持你的。不过，这次傅谅闯下弥天大祸，我应该很难独善其身，恐怕会遭到连坐。"

"嗯，你不必太担心，父皇一贯明辨是非，应该不会太过于迁怒于你。不管他打算怎么罚你，你先认下，我自会想办法帮你脱罪。玉琼，我知道，傅谅遭难你心里多少有些不忍。你不要怪我事先没有告知你，我不想看你愧疚难过，你也根本无须自责，他不是傅家的血脉，皇位无论如何也不能让他来坐。"

我默了片刻，道："我明白。阿惟，你能答应我一件事吗？"

他摸了摸我的脑袋，微笑道："你说。"

"不管怎么样，留他一条性命好吗，毕竟他从来不曾亏待我。"

傅惟答得干脆："好，我保证，绝不会伤害他。"

我伸手抱他，舒心地笑道："阿惟，谢谢你。"

他却退了两步避开我，挑眉道："就这么谢啊？太没诚意了。"

"那你想怎么……唔唔！"话未说完便被他堵在了唇齿之间，灵巧的舌尖寸寸深入，似是在探索我口腔内的每一处秘密。

浑身的力气好像尽数被抽去，我攀上他的肩膀，如同落水之人抓住了救命稻草，鼻腔里满是他独特清醇的男子气息。

或许这一刻，我可以暂且放下顾虑，亦不用思考往后会如何，就这般依偎在他怀里，亲吻，沉沦。

良久之后，他轻啄了一下我的额头，道："玉琼，等过了年我要再去一趟江南。"

"听闻最近一段时间许多颇有声望的江南大儒联名抗齐，部分郡县出现暴乱，你打算亲自出面平乱？"

傅惟点点头，道："这件事是我考虑欠妥。起初留下刘恩镇守江南，是因为他善于用兵，作战骁勇，令宋兵闻风丧胆。但南朝文化底蕴丰厚，风流名士层出不穷，文人素来讲求气节。或许我们用武力镇压他们，却不能让他们从心底臣服。刘恩出身寒族，大字不识，只知挥刀砍人，久而久之，必然激发矛盾。"

他说的这些我自然明白，可想到相聚不久又要分开，一别不知何时才能相见，心中十分不舍，遂道："可是如今朝中局势混乱，云谲波诡，你若离开京城，我怕太子之位旁落。尤其是傅辰，此人城府极深，且对皇位觊觎已久，若他背后插刀，恐怕你防不胜防。"

他好似看穿我的心思，笑言："你真的是这么想的？不是因为舍不得我吗？"

耳根发烫，我挠他的胸膛，佯怒道："我跟你说正经的！"

"好啦，我知道啦，傅辰是什么人我比你清楚，我会多加小心的。江南对于齐国的重要性不言而喻，既然是我打下的疆土，便应该由我去镇守。太子之位我要，江南的安稳我也要，但凡我想要的东西，没人能抢走。"他语意笃定而骄矜，仿佛天下尽在掌控之中。烛光暖黄，映着他坚毅的侧颜，恍若九天神祇降临人世。

我打趣道："没想到你的占有欲这么强。"

"当然，还有你。"他俯身凑到我的耳畔，一字一句道："我要江山，也要美人，要天下，也要你。"

皇后与侍卫私通一事爆出后，举国为之震惊。

尽管皇上一再强调严禁议论，但世上没有不透风的墙，不久之后，此事便传得街头巷尾尽人皆知。随便走进一家茶楼都能听见说书先生眉飞色舞地讲述元皇后如何偷情，如何给皇上戴绿帽子，极尽香艳之描述，令闻者血脉贲张。我在逛夜市时甚至还看到了诸如《皇后与大内侍卫不得不说的二三事》《西苑春色》之类春宫画，只好通知锦衣卫扫黄小队前来查处没收。

总而言之，这一回皇室颜面尽扫。

考虑到皇上的身体状况已然经不起任何刺激，傅惟下令全面封锁消息，京城总管亲自出马，抓了几名带头造谣者回衙门大刑伺候，算是杀鸡儆猴，这场风波才终于有所平息。

这段时间内，元睿带着突厥使臣团四处奔走打点，绞尽脑汁想要进天牢见元皇后一面，却一直未能成功。

不久后，突厥王再派使臣送来国书，再三诚恳道歉，并且表示废后废太子都没关系，只求皇上看在两国邦交的分上，能免元皇后一死。但皇上当场撕碎国书，并将使臣遣送回国，彻底绝了转圜的余地。

天牢。

元皇后颓然坐在榻边，通红的双眼有些肿，眼神空洞而呆滞。不过几日未见，她竟好像一下子苍老了十岁，青丝散乱，面色惨白，再也不见昔日的风采。

我推门而入，抖落一身风雪："皇后娘娘，微臣来看你了。"

她倏地抬起头，目光瞬间变得凌厉而怨毒，一言不发地瞪着我，恨意凛冽如刀。

"你不要这样看我，种恶因得恶果，一切都是你咎由自取。"

"本宫不要听你废话，本宫要见皇上！"

我叹息着摇头，道："看来娘娘在这里关久了，不太清楚外面的事。前几日，突厥王特意派使臣前来为你求情，皇上却丝毫不留情面地将使臣赶走，你觉得他会见你吗？"

她狠狠一怔，眸光变了几变，有震惊，有绝望，亦有不甘，渐渐化作泪光浮了上来。半晌，咬牙切齿道："真是没想到，二十多年夫妻，他竟对本宫这般绝情。"

"事已至此，娘娘还是想开些吧。"

元皇后冷笑："你不就是要本宫死吗？哼，死有何难？但本宫怎么知道你到底有没有证据？即便你真有，又会不会在本宫死后再将当年的事公开，唆使皇上与突厥致对？本宫不相信你这贱人，你先把证据拿出来看看！"

早料到这女人猜忌心极重，没那么容易就范，果然死到临头还不忘扑腾几下。

我哂笑道："你怕我诈你啊？放心，我只想为爹娘报仇，唆使皇上与突厥敌对于我而言没有半点好处，我不会这么做。我不可能将证据随身携带，也不打算拿给你看。不过，如果你想听的话，我说说也无妨。"

她将信将疑道："好，你说。"

"当年你在突厥的地位与如今的妍歌公主相仿，老突厥王将你视若掌上明珠。你嫁来齐国时，彩礼红妆绵延数十里，且由元睿亲自送亲，可谓出尽风头。孰料天意弄人，尽管皇上对你极尽恩宠，你的肚子却一直没有动静，后来经太医诊断，你患有严重的血蛊症，根本无法怀孕。这教你如何甘心？

"巧的是，不久之后太和殿的宫女绿玉怀上了元睿的孩子，于是你便买通太医，假装怀孕，待绿玉临盆后，你再说那孩子是你生的，如此偷龙转凤，神不知鬼不觉。后来，绿玉生下一名男孩，不知情的皇上龙颜大悦，当场册为太子。你怕此事走漏风声，便想将所有关联人斩草除根。你杀了太医，杀了接生嬷嬷，还杀了照顾绿玉的几名宫女，却偏偏让绿玉给逃了出去。

"你派人追杀她，将她老家的亲人全部灭口。绿玉在外东躲西藏，过了十多年非人的日子，直到她遇到我爹。她想将你的罪行公布于众，想为她枉死的家人报仇，便将有关你不孕的诊断记录和元睿赠予她的定情信物交给我爹，求他为她伸冤。你担心事情败露，索性一不做二不休，设计害死了我爹。绿玉得知消息后，深感愧疚，自尽身亡。

"你以为这件事就这么完了，可惜没有，上天有眼，证据落到了我手上。我爹娘惨死后，我回京告御状，被时任京城总管的张跃新囚禁了一个多月，他对我严刑拷打，逼我交出证据，打算讨好于你。所幸晋王救了我，否则我早已没命，又怎能站在这里陈述你的罪行！"

元皇后深吸一口气，哽咽着艰难道："不要再说了……好，本宫问你，你怎么保证这些……往事不流传出去？本宫一定要看到证据才能放心。"

我轻笑一声，道："很遗憾，你看不到证据，你只能选择相信我，因为你已经没有资格跟我谈条件了。若我将一切禀明皇上，这可是欺君罔上的大罪，依照皇上的性子，必定不会善罢甘休。不仅是你，元睿也要遭殃。届时战火再燃，突厥王手中又没有调兵虎符，而元君意也很明确地表示他

175

是站在我这边的，突厥要如何抵挡我齐国百万雄师？元梦樱，你忍心见你的故土国破家亡吗？"

她垂眸不语，玉指紧攥。良久之后，似是下定决心，道："好，你要本宫死可以，但本宫还有最后一个要求，你必须答应。"

死到临头了还是颐指气使的模样，让人生厌。我耐着性子道："你且说来听听。"

"你发誓，不得伤害傅谅的性命，不管将来谁当皇帝，你必须护他安好，否则你将永无宁日，痛苦终身，死后堕入无间地狱！"

我愣了一瞬，没想到她最后一个要求竟是为傅谅而提，更没想到像她这般心狠手辣的蛇蝎毒妇，竟也有舐犊情深的一面。

"不用你说，我自然会做到。傅谅无辜，待我也是极好的，我绝不会迁怒于他。"我扬起手，指天为誓道，"我戚玉琼对天起誓，若我不能保护傅谅安好，则生无宁日，死堕无间。"

元皇后闭上眼，笑道："好，好，这样本宫便能瞑目了。"

"你还有没有什么话要对皇上说？"

她勾了勾唇，露出一抹不知是愧疚还是讥嘲的笑意，道："此生已尽，还有什么可说的。"说罢，她站起身，整理衣襟，捋起鬓角的碎发，复轻抿了下唇。眼波流转向我看来，眸光坦然而澄澈，若大雁飞过的天空，似轻舟漾过的湖面，了无波澜。

"戚玉琼，你不是想替你死鬼老爹报仇吗？那你留在这里，不要走，本宫要你看着本宫是怎么死的，好好看着……"话音未落，她的身影在眼前急速闪过，速度极快，仿若天边一闪而过的流星，快得我根本来不及反应。

下一刻，只听"咚"的一声闷响，血溅三尺。

鲜血染红了薄毯，悄无声息地蔓延开去。

她倒在血泊中，额头凹陷，颈椎断裂，整个人呈现出一种怪异的姿态，双目圆睁，死死地瞪着我，用最后一口气说道："是你……是你……逼死本宫的，你……你记住本宫的死相……本宫化为厉鬼也不会放过你……"

我走到她身旁，缓缓蹲下，笑道："好，我等着你，你尽管来找我，我不怕，只要你敢来，我让你灰飞烟灭！"

"你……你这个贱……"她目眦欲裂，气息粗重而急促，最终一口气没提上来，没了。

空气中飘散着浓重的血腥味，催人欲吐。

我走到牢门前，闭上眼，深深吸一口气，竭力平复狂乱的心潮。半晌，慢慢走出牢房，用最平静的声音道："来人，皇后娘娘自尽了。"

昭阳殿。

我在外殿跪了大半个时辰，纱帘重重，隔开了寝殿的境况，只能依稀望见许多忙碌的身影来回穿梭、晃动。

元皇后撞墙自尽的消息传开后，我第一时间被宣至昭阳殿问话，皇上承受不了如此沉重的打击，再次吐血昏厥。太医院院使正紧急施救，宋容华伴驾榻旁，康公公守在殿外挡住前来探视的一干人等。

瑞兽香炉中香烟袅袅，清新的水沉香夹杂着清淡草药味，沁人心脾。殿门紧闭，殿内空旷而寂静，间或有细碎的人声从外面传进来。

不多时，太医院院使提着药箱走出来，脸色有些苍白，对我道："戚大人，皇上让您进去说话。"

我站起身，小声问道："皇上情况如何？"

他轻轻叹息，眉间紧拧，用只有彼此才听得见的声音说道："皇上再也经不得任何刺激了，否则只怕过不了正月，您可得小心些回答。"

我微惊，忙不迭压下思绪："多谢大人。"

他点了点头，便退出了昭阳殿。

寝殿内，宋容华侍立床头。

她身穿一袭淡粉色锦缎宫装，青丝轻绾，珠钗斜插，眉眼柔婉清丽，净是说不出的妩媚风情。宜笑宜嗔，眼波流转，依稀带了几分少女的明媚慵懒，教人挪不开眼。

彼此视线相触，她的眸光清亮若水，却好像并不十分友善。须臾，她抿唇微笑，笑意也只停留在嘴角。

我跪下行礼："微臣参见皇上，参见容华夫人。"

皇上平躺在龙榻上，幔帐轻掩，我看不到他的脸。

许久之后，他方缓缓问道："你为什么会出现在天牢里？"声音苍老沙哑，略显疲惫，仿若枯木作响。

我答道："回皇上，托太子殿下的洪福，皇后娘娘素来十分关心微臣，她知道微臣喜爱茶道，曾赏赐祁门红茶、君山银针之类的极品茶叶给微臣品尝。如今娘娘因犯错而沦落牢狱，微臣十分担心，特意前去探视。"

皇上"嗯"了一声，又问："她……临走前有没有说什么？"

我沉声道："没有。"

皇上没再说话，叹息声轻若烟云，殿内再次陷入死一般的寂静。

不知过了多久，皇上对宋容华道："朕有话要对她说，你先下去吧。"

宋容华道是，转身退下。

"皇后虽死，谣言尚未平息，阿谅这太子之位是万万不能再坐了。"

难道他要与我商讨改立太子的人选？一颗心骤然提到了嗓子眼，我不由得屏息凝神，静静等待他的下文。

他咳了几声，继续道："起先朕答应你，只要你能帮助阿谅顺利登基，便给你丰厚的赏赐，让你安度下半辈子。咳咳，谁知道他实在不争气，扶不起来，朕既心痛又无奈。可是这也没办法，或许他本来就不是一块当皇帝的料。他说喜欢你，朕又想，若不能成全他的帝位，成全他的姻缘也不错。但如今出了这样的事，朕都不知该如何保他，更别提成全了。朝服穿在他身上，众目睽睽，众口悠悠，他错了就是错了。"

我感叹道："皇上为殿下费尽了心。"

"朝服之事，朕想了许久，阿谅应当是的确不知情。他自小在朕跟前长大，有几斤几两，朕比谁都清楚。吃喝嫖赌之类的荒唐事他干得不少，可要说起谋朝篡位，朕相信他还没那个胆量，也没那个野心。他的确品性纯良，但是在百官和百姓看来，他的确不是一个称职的太子。你身为太子少傅，理应辅佐太子，以道德教谕之。如今太子一再失德于民，你难逃干系。你不要怪朕，朕不得不这么做。"

果然……

我沉默一瞬，做痛心疾首状道："微臣辅佐不力，不敢奢望侥幸脱罪，伏听皇上处置。"

"朕知道你心思细腻，办事稳妥，虽是女子，却也丝毫不让须眉。你不可留在京城了，不如去江南吧。"

江南？我有些没反应过来，错愕道："皇上，这？"

"伐宋之战打得太急太快，虽然拿下了宋国的江山，却没有征服宋民的心。听闻最近江南不甚太平，朕打算任命你为江南总管，负责一切招抚事宜，你可愿意？"

这个结果着实教我意外！

我知道他不会真的杀我，原以为他会将我贬去做一些有名无实的差事，或者索性发配边疆，没想到他竟让我去招安江南，想必他为此也费了不少心思。

封为江南总管属于降职外调，在外人看来与发配边疆无异，且江南多暴乱，简直是个烫手山芋，前几日上朝时议及此事，几位适合的官员你推我让，争得面红耳赤，险些大打出手。现在我顶了包，大家都满意，想必也能堵住言官团体的嘴了。

另一方面，于我而言，这却是再好不过的安排。毕竟江南是我半个故乡，既然傅惟决心亲自坐镇江南，我正好先过去等他，待风头过了再跟他回京。

我对这个"贬谪令"十分满意，忙磕头谢恩，道："微臣乃戴罪之身，不敢有任何异议。微臣叩谢皇上恩典，此生自当勤勉不辍，殚精竭虑，使江南安定，使大齐江山稳固。"

皇上似是舒了一口气，道："好，好……你先下去吧，朕累了。"

哎？不谈太子人选了吗？

他说完话便闭上了眼睛，气息有些粗重，当真很是疲乏的模样。我只得压下疑虑，磕头告退。

一大群人候在昭阳殿门口，一字排开。众人神色各异，有疑惑不解，比如不明真相的皇子；有幸灾乐祸，比如与元皇后不睦的嫔妃；也有恨意凛然，比如元睿和妍歌；当然还有意味深长，比如元君意……

傅惟负手而立，神情清淡如水，眼底却隐隐含着几分焦急。我知道他为我担忧，便向他递去了一个宽慰的眼神，他心领神会地点了点头，低头扯出一抹安心的笑意。

妍歌正靠在元睿身旁抹泪，见我出来，立马凶神恶煞地扑上来，扬手就要给我耳光。我手疾眼快地挡掉，并顺势反握住她的手腕，她挣了几下没有挣开，咬牙恨道："戚玉琼你这个贱人！一定是你害死我姑母，我要杀了你为她报仇！"

我甩开她，不怒反笑道："公主与皇后娘娘果然是血缘姻亲，说的话都是一模一样的。不过我可要提醒公主，这里是齐国的皇宫，我是齐国的朝廷命官，怎么也轮不到你出手教训。你若是有证据证明是我害死皇后娘娘，不必跟我废话，直接进去跟皇上告状。可你若没有证据，小心我反告你诬蔑之罪！"

"你！"她被我一通抢白，气得俏脸通红，撂下狠话道，"你给我等着，我一定会让你不得好死的！"

我轻笑道："好，我等着。这里这么多人听着看着，你最好言出必践。"

入夜。

北风转急，天空又飘起了大雪。积雪压断树枝，落得满地狼狈。

我倚在榻上翻阅江南驻军传回的文书，忙碌了整天，精神有些疲乏，不知不觉便打起了瞌睡。

恍惚中，我依稀看到了元皇后的身影在眼前来回晃动。她仍是死时的模样，双目圆睁，额头上陷下去好大一块，几乎可以望见森白的颅骨，殷红的鲜血四处喷溅，形容十分恐怖。她僵直着身子一步步向我逼近，口口声声喊着"还我命来"。

我骇极，推开她夺路而逃，跑着跑着，不知为何竟跑进了东宫，迎面撞上傅谅。他狠狠掐住我的脖子，声色俱厉地质问我，为什么要这么对他。

"不要！"

我倏然惊醒，冷汗涔涔，捂着胸口大喘粗气。

一双手探过来，将我轻搂进怀中，耳畔响起熟悉而温软的声音："做噩梦了？"

我心有余悸地点头，许久才平复心绪，道："阿惟，你怎么来了？"

傅惟浅吻我的额头，笑言："我听说是你通报了元皇后的死讯，料想她一定是当着你的面自尽身亡，我担心你晚上害怕，所以过来看看你。"

"我……我没有害怕。"我瞅他一眼，觉得自己这句话说得太没底气，于是又补了一句，"只是噩梦而已……我才不信这世上真的有鬼！"

"好哇，既然你不害怕，那我先走了。"他作势要离开，我忙拉住他，双手紧扣住他的腰，小声抗议道："不行，不让你走。"

他轻弹了下我的脑袋，笑嗔道："你呀你，在我面前还逞什么强。"

我撇了撇嘴，心下浮起几许甜意，没有说话。

"对了，父皇有没有对元皇后的死起疑？"

"没有。"我叹了口气，"皇上找我过去，是想询问元皇后是否留下遗言。其实……皇上还是很爱她的，若非真情流露，他身为天子，又怎会在我面前落泪……"

他温声宽慰道："玉琼，不要难过，想想你爹娘和那些无辜惨死的人，还有那几年你吃的苦，元皇后落得今日这个下场，完全是罪有应得。"

我点头道："我知道，我没有后悔。阿惟，皇上说打算派我去江南招安，我想，正好借此机会将爹、娘、外祖父和外祖母的灵位带回京口安置。"

傅惟惊喜道："真的吗？如今太子之位悬而未决，京城暗流涌动，我本来还担心将你一人留下是否会有不妥，父皇这样安排真是再好不过了，你何时出发？"

"明日早朝下诏，后天就起程。"

"好，过去之后一切小心，我会吩咐刘恩派人保护你，你且等我几日，我很快便会过来跟你会合。"

我依偎在他怀中，笑道："嗯，我等你。"

第八章

易求无价宝，难得有情郎

自永嘉之乱、西晋南渡以来，中原大地藩镇割据，连年混战，长达三百余年之久。因南北分裂太久，无论是统治方式还是思想方式，都存在不小的差距，光靠武力镇压显然远远不够。

我与傅惟商量后，决定反其道而行之，充分尊重南方的文化，笼络人心，使得江南人民摆脱国破家亡的屈辱感，从心底接受齐国的统治。首先我要做的，便是学习江南官话。兴许是因为身体里流淌着南朝人的血液，我听着吴语感觉分外亲切，学起来也是不费吹灰之力。

清晨，雪霁天晴。

我焚香跪拜，祭告爹娘："女儿苦心筹谋多年，终于促使元梦樱在天牢中撞墙自尽，戚家大仇已报，爹娘，你们在天之灵可以安息了。这次女儿南下江南，打算将外祖父、外祖母的灵牌带回京口安置。"

不多时，香炉内的香渐渐熄灭，我将二老灵位请入锦盒中收好，关上小阁楼的门，对常叔道："我不在的这段时间里，一定要安排家仆定期打扫小阁楼，每天给爹娘上香，千万不能忘记。"

常叔道："老奴明白。"

我安心地点点头："准备好了吗？"

"小姐，行礼都已搬上马车，即刻便可出发。"

"走吧。"

马车停在门外。

为防不测，傅惟另派了几名高手随行保护。虽然我觉得他有些小题大做，但想到他这么紧张我，心中的欢喜自是难以言喻。

我抱着锦盒踏上马车，却不期然听见车帘内仿佛有人在谈笑，不由得诧异。挑帘一看，登时倒抽一口冷气，惊悚道："你你……你们俩怎么会在这里！"

那厢元君意和李瑞安正对面而坐，喝着小茶，下着小棋，一派悠闲惬意之姿。我看了一眼常叔，后者回我一脸茫然无知的表情。

李瑞安笑嘻嘻道："哟，小玉琼，好久不见，见到老夫有没有很惊喜呀？"

惊倒是很惊，喜肯定没有！

元君意端起茶盅小嘬一口，闲闲地补刀道："看她一副活见鬼的样子就知道不是惊喜，是惊吓。"

我说："你们俩还没回答我的问题，为什么会在这里？"

"现在江南暴乱，那可是很危险的呀！小惟惟担心你应付不过来，让老夫过去帮你。唉，俗话说'易求无价宝，难得有情郎'，他对你真是好得天上有地下无！哎呀呀，连老夫都被感动了，你不从了他简直天理难容呀！"

"真的是阿惟让你来的？"我对他说的话持怀疑态度，"那你的小蜜蜂怎么办？"

"小蜜蜂在蜂巢里好好的，没有老夫又不会死！"李瑞安吹胡子瞪眼睛道，"你竟然不信老夫？哼，那待会儿经过晋王府，你自己下去问他！"

"不是，我信，我信……"我摸了摸下巴，将视线转到元君意身上，"那你呢？"

"哦，是这样的，祖父从前游历江南时落了些东西在京口，他老人家临终前特意嘱咐我一定要取回来。反正你要去，顺路捎上我也无妨，多个人热闹些，也不至于旅途寂寞。"他说着，拍了下李瑞安的肩，笑道，"对吗，李先生？"

李瑞安点头如捣蒜一般，附和道："对呀，对呀，这个你叫……小元子是吧，对，小元子的棋艺很是不错，老夫跟他下了三局都是打平，老夫表示不服，一定要赢他才行！"

我扶额叹息，简直无法直视眼前这美丽的画面。

见我不答，元君意补了一句："你放心，到了江南，我自然会跟你们分道扬镳，绝不会妨碍你办公。"

"小玉琼，你就让小元子同行吧，反正你也不跟老夫玩，这一路老夫会闷出蘑菇的！"

我看了看一脸期待的李瑞安，复看了看笑意盈盈的元君意，怎么都觉得他动机不纯。

"那好吧。"我掂量一番，勉为其难地答应下来，复龇牙咧嘴地恐吓他，"不过我可得提醒你，我仇家众多，说不定什么时候就有一群黑衣人冲出来要杀我，到时候发生误伤你自己负责。"

"放心放心，我虽不是武艺超群，但自保还是没有问题的。"笑意再深三分，元君意向我拱手，道，"多谢。"

我狐疑地看他一眼，坐下道："起程。"

其实仇家众多什么的我真的只是随口一说，谁知竟一语成谶。

这一路上，刺客们前赴后继，乐此不疲。有时早上刚打发了一批，中午便又杀出来一批，怎一个多如牛毛了得！

但这些刺客武艺不精，刺杀能力也不够强，每每还没来得及近我身，应当是连拉车的马都碰不到，便被傅惟派来的高手打得片甲不留，落荒而逃。若换作我是他们的雇主，只怕是要杀的人还没死，自己先被这群酒囊饭袋给气死了。

每次有刺客出现时，李瑞安总是格外兴奋："哈哈哈，真是打不死的小强，每天都来！好玩好玩，如果没有他们出来耍，这一路真是闷死人啦。话说回来，小玉琼，你到底得罪了谁，非要置你于死地？"

我斜睨元君意，凉凉道："还能有谁？问他咯。"

李瑞安凑过去问他。

元君意怡然自得地笑道："反正不是我。"

我说："拜托你让元睿妍歌派点有本事的杀手过来杀我啊，总是刺杀不成，他俩很没面子的。还有，刺杀不成也就罢了，还喊什么让我自我了断，武功不行，脑子也不行吗？"

"这与我无关。"他竖起一根手指，晃了晃，"我跟他们不是一路的。"

我："……"

七日后，我们有惊无险地抵达了江州城。

在攻下江南之前，江州是齐国最南边的郡，与京口、建康隔江对望。适逢除夕夜，江州城小雪翩然，处处张灯结彩，一派喜庆热闹之景。

一进城，李瑞安便开始嚷嚷："我要住江景房，我要吃年夜饭！"

所以我就纳闷了，傅惟到底为什么会让他一起来？他完全是把降职远调当成了游山玩水。看到好看的要停下看一看，看到好吃的要停下吃一吃，好不容易能赶路了，他又吵着要方便了。

太阳穴突突跳了几下，我扶额道："哪里有江景房？"

"听说江州城有一家聚仙客栈，临江而建，风光甚好。最重要的是，这家的主厨乃前任御膳房总管，他做的贵妃醉鸡简直是天上有地下无……嘿嘿嘿，我们去住聚仙客栈，不就又有江景房，又有好吃的年夜饭了吗？"

我只得无奈地吩咐车夫："去聚仙客栈。"

安顿好之后，天色尚早，我便和衣小憩片刻。不多时，忽然被一阵吵闹声惊醒。推门而出，只见两名少年在大堂内争执不休。

其中一人衣饰华贵，身形微胖，左手玉扳指，右手金手链，一看便是有钱人家的少爷。另一人则身形清瘦，剑眉星目，举手投足间气度不凡，想必也是龙藏凤隐。

根据围观群众讲述，大意是最后一间江景房被这名美少年订下，可是胖少年娇生惯养，非江景房不住，便想出三倍价钱请美少年换房。孰料美少年不为金钱所动，坚持先来后到，说什么也不肯换房，一来二去两人便吵了起来。掌柜夹在中间十分难做，一脸菜色地左哄右哄，哄了半天仍是未果。

不久，有一高瘦一矮胖两名路人出来劝架，胖少年仍然不买账，喘了口气继续吵。

好无聊……

我打了个哈欠，见李瑞安摩拳擦掌作势要上前劝架，忙不迭将他拉走："先生，不要多管闲事。"

暮色四合，夜幕降临。

家家户户点燃爆竹，将新桃换旧符，阖家团圆，其乐融融。江边烟花绽放，火树银花，照亮漆黑的夜幕。

推开窗户，北风夹杂着雪花吹拂进来，刺骨的寒意透入体内。我浑身一个激灵，不由得裹紧身上的棉衣。

临窗眺望，但见扬子江浩浩汤汤，横无际涯，江面上浮着一层薄薄雾霭。

夜渐深，爆竹声渐渐止息，天地之间，万籁俱寂，愈显大江之苍茫寂寥。此岸白雪皑皑，彼岸灯火荧荧，仿若夜幕上稀疏的星辰。只一江之隔，便隔开南北。

我抱着暖炉，眼里望的是江南，心里想的却是长安。不知今夜宫中景况如何，这次走得太急，临行前未能求得恩典回东宫探望傅谅，心里多少有些内疚牵挂。

恰在此时，一阵敲门声打断了我的思绪。我关上窗户，开门一看，来人竟是元君意。

他手上提着一个食盒，自顾自走进来坐下，道："听说这里的八宝甜饭很有名，我跟厨房订了两份，你也尝尝。"

我早已对他这种自说自话自来熟的举动见怪不怪："你刚才年夜饭没吃饱？"

"吃饱了。"他打开食盒，取出一个小瓷盅放到我跟前，解释道，"不过，北朝人过年以饺子为主食，南朝人过年则喜食甜饭。江州虽是齐国地界，只因与宋国接壤，不少风俗习惯与江南类似。既然我们在江州过年，怎么也得入乡随俗，尝一尝这里的八宝甜饭。"

我了然点头，遂小尝了一口。这盅虽名为甜饭，实则呈粥状，入口香甜清爽，滑而不腻，的确好吃！

元君意边吃边问："你今后有什么打算？"

"还能有什么打算，皇上让我招抚江南，我就在江南待着呗。"

"我不是说这个。"他放下勺子，目光灼灼地望着我，意味深长道，"我是说，你和晋王。"

动作不由得一滞，我咽下口中的甜饭，淡定道："我不懂你在说什么。"

"照如今的形势，晋王势必要入主东宫，成为皇位继承人。我看他野心不小，应当不会满足于江南的版图，倘若要远征西域室韦，便不得不借助突厥的力量。他一定会立妍歌为皇后，届时你要如何自处？你与他一路走来，患难与共，难道甘心屈居人下，做他的妃子？"

我一直对自己说，船到桥头自然直。现在看似无解的问题，或许到了眼前自然能迎刃而解。一味地纠结尚未发生的事，只会徒增烦扰。正如傅惟所说，我只需要相信他，坚定地相信他，无须多虑其他。

然而，此刻元君意将这个问题摊在我面前，如此直白，不留一丝余地，我心里竟隐隐有了些许动摇和恐惧。

我笑了笑，道："突厥五十万大军的调动权不是在你手上吗？他娶妍歌，还不如娶你。"

元君意一愣，哑然失笑道："我不是在开玩笑。方才我说的那些问题，难道你从来没有考虑过吗？"

我避开他的视线，咬唇不语。

"还是说，事到如今你仍然觉得我在挑拨离间？你为什么不肯相信我，我纯粹是关心你，不想看你将来难过。以你的心气、你的才华，必然不会愿意囿于后宫，几个女人整天明争暗斗，费尽心思只为等他的宠幸。"

"是，我不愿意。可是这并不是唯一的选择。"

元君意剑眉微拧，疑惑道："那你打算怎么做？"

"不入后宫，我可以入朝堂，替我爹完成遗愿，做一个为民请命的好官，名垂青史。"

"入朝为官？你想就这么没名没分地跟着他一辈子？玉琼，如果他是真心对你，怎么会舍得让你受这种委屈？对于女人而言，还有什么比名分更重要？"

还有什么比名分更重要。

这句话无疑直戳我的痛处，我勉强扯出一个笑，道："元公子，我的前途，我自会打算。我选的路，即使跪着也会走完，你不必为我费心。现在已经很晚了，明天一早还要渡江，元公子早些回去歇息吧。"

元君意沉默不语，黑眸之中瞬息万变，仿佛蕴含着千言万语，只一瞬的工夫，却又归于平静。

他不紧不慢地站起身，抬头，抿唇微笑，笑意显得有些寡淡："那好，晚安。"

"晚安。"

我将他送走，反身关上门，深深吸了一口气。

不知为何，气息竟有些颤抖。

不去想，不去管，不去怀疑，不去担忧。我做的没错。

既然选择站在傅惟身边，那么，无论未来会发生什么，也不论这一路将会走得多么艰难，我都要给他毫无保留的信任，相信他会免我流离，免我忧思，免我愁苦。

如此，方能执子之手，风雨同舟。

夜里难以入眠，我便打算起床冲茶喝，忽闻窗外响起一阵细碎的脚步声，在更深人静的夜晚显得分外扎耳。

窗外有人！

我立马停下手中的动作，屏息凝神，侧耳静听。蓦然间，眼前闪过一道黑影，快如鬼魅，空气中飘散着一股怪异而甜腻的香味，我只觉眼前一花，心神一荡，很快便失去了知觉。

再次睁开眼时，天色已是大亮。我发现自己正呈五花大绑状倒在一间……姑且称作茅屋的地方。

确切地说，并不是自然醒，而是被冻醒。这间茅屋破旧不堪，屋内布满蜘蛛网，显然已是很久没人居住，墙体四面漏风，仅有片瓦遮头。

昨晚我临时起意，起床冲茶，只在中衣外披了一件薄棉袄。此时外面狂风大作，雪花狂舞，透过漏风的窗户、破败的木门和墙上的缝隙席卷进来，拂面如同刀割。地上一片阴冷潮湿，寒意透骨，我不由自主地打了个寒战，冻得直发抖，这种感觉就好像整个人泡在冰水里一般，酸爽得无法言喻。

我身边还躺着两个人，正是昨日在聚仙客栈为了一间江景房而吵得不亦乐乎的一胖一美两名少年。

有人道："喂，那个臭丫头醒了，过去看看！"

两个男人放下酒碗走过来。

一人高高瘦瘦，脸也特别长，像极了一根会走路的筷子；另一人则矮矮胖胖，脸圆圆扁扁，完全就是一颗田埂里刚挖出来的土豆。

瞧模样，好像有些眼熟。

我略一思忖……哦！原来是昨天出来劝架的那两名路人！

他们也是突厥人派来的刺客吗？感觉不太像啊，如果真是刺客，不抓李瑞安，不抓常叔，却偏偏抓这两个少年做什么？

来不及想太多，我忙摆出笑脸，哈哈道："两位壮士，有话好说！呃这个，不知道两位壮士把小女子绑到这儿来，有何吩咐呢？"

"你闭嘴！""筷子"呵斥我，顺脚踢了踢那两名少年，见他们仍然毫无反应，对"土豆"道，"这俩怎么还在睡？干脆把他们泼醒吧！"

"土豆"立马抄起一桶水，"哗啦"一下全部泼到两人身上。说时迟那时快，我麻溜地打了几个滚，堪堪避开了这场水祸。两名少年被淋得昏头昏脑，全身湿透，终于在寒战中慢慢转醒。

我心有余悸地想，真没想到醒得晚还要遭殃，幸亏我醒得早！

胖少年气得双目赤红，一面用力甩身上的水，一面骂骂咧咧道："哪里来的杂毛，胆敢这样对小爷，你知道小爷是什么人吗！还不快把小爷放了，否则把你们五马分尸一万次！"

"筷子"狠狠地踹了他一脚，胖少年应声倒地，吃痛地闷哼一声，哆哆嗦嗦不敢再废话。"筷子"拍打着他白嫩的脸，奸笑道："老子当然知道你是谁，你是高轩嘛，你爹是江南首富高天元，这些你昨天说过。"

高天元……

我惊得倒抽一口冷气，高天元来头不小，听闻乃江南最著名的儒商，外祖父与他的父亲交情匪浅，直至去世前都一直保持书信往来。高家共出过三名状元、一名榜眼和两名探花，家学之渊博令人赞叹。非但如此，高天元更是宋容书御笔亲封的皇商，当之无愧的富可敌国。

父亲这么有本事，儿子就不太……我默默叹息，简直不忍直视高轩的熊样。

另一名美少年显然聪明得多，他并没有急于发问，将二人上下打量许久，才沉声道："你们到底想做什么？"

"筷子"斜睨美少年一眼，蹲到他身旁，从他腰间拽下一枚玉牌，放在手中掂量了一番，道："这是陇西李氏的家传玉牌，臭小子，李弘卓是你什么人？"

若我没记错，李弘卓在十年前曾任工部尚书一职，后因与丞相意见不合，愤然辞官回乡经商，如今陇西一带的丝绸、茶叶、古玩等生意都被他所垄断。他为人慷慨且有大义，经常给贫苦百姓赠医施药，还捐助基建工程，修建书院、医馆、祠堂，在当地极有声望。

美少年道："他乃家父，在下李嘉悦。"

我恍然大悟，昨日见他气度沉稳，不卑不亢，便知他出身不凡，不承想他竟是李弘卓的幼子李嘉悦。我在京城时常听闻他的美名，世人皆赞他才情卓绝，光风霁月。

这两名少年都是出身名门，来头不小，难道……

"土豆"拿来笔墨纸，"筷子"龇牙咧嘴地对他俩道："老子盯你们很久了，快写信！让你们家人在三天之内准备十万两赎金，否则老子就把你们的腿打折，扔到雪地里喂狼！"

果然，这就是一次普通的掳人勒索……想我一路上日防夜防，防掉了无数精锐的杀手，到头来竟然栽在两个毛贼手上，真是阴沟里翻船！

不过，这两个人为什么劫我呢，难道他们知道我的身份？那就更不对了，从未听说哪个绑匪胆大到敢劫朝廷命官！

我说："壮士，这两位公子皆出身名门，家财万贯，十万两赎金当然算不得什么。但小女子只是一个小小的丫鬟，就算我写信，我家老爷也不会花钱来赎我的，你们劫错人了！"

"土豆"一脸困惑道："那你家老爷是哪个？"

李瑞安疯疯癫癫没个正经，不太像当家做主的老爷。常叔为人低调，默默无闻，也不像。那只有……没办法，不坑他坑谁！

"咳咳，我家老爷就是那个穿玄色锦袍的青年男子啦，年纪跟我差不多大，玉树临风，相貌堂堂，富得流油！不如你们把我送回去，把他绑来……"

"长得帅了不起吗！""筷子"不满地打断我，啐了口口水，凶神恶煞道，"臭丫头敢糊弄老子！那个小白脸是你家老爷？这世界上哪有老爷给丫鬟夹菜吃的？老爷会给丫鬟送夜宵，还被丫鬟赶出房间吗？说，他是不是你养的男宠！"

额间青筋一阵乱跳，我也是给这根"筷子"丰富的想象力跪了。

我哭丧着脸说："壮士英明！其实他是小女子的表哥，他很有钱的，小女子真的没钱……"

"我呸！你们一行十二个人，每人一间江景房！连随行的家丁都住得这么好，你还说你没钱！你当老子是蠢蛋吗！老子告诉你，不管你是丫鬟还是小姐，这赎金都得交！不交老子就把你卖到青楼！还有，他们俩每人十万两，你二十万两！"

我："……"

都是江景房惹的祸！

高轩和李嘉悦写完信之后，"土豆"解开我手上的绳索，将笔墨纸端到我跟前，嚷嚷道："轮到你了，写！"

我冻得牙关打战，手指又麻又痛，几乎不能动弹。我用力搓了搓手，脑中飞速盘算如何才能给常叔他们一点儿提示。

昨晚他们扛着我们昏迷的三人，又冒着大风雪，应当走不了太远。这里风雪很大，周围应当没有什么遮拦，外面还时不时飘进来一股淡淡的鱼腥味，极有可能是一家滨江养鱼场。

"筷子"搡了我一把，催促道："臭丫头，还不写！"

"写写写……"我笑着敷衍，心一横，只好赌一把了。

"准备赎金二十万两交给两位壮士，再准备一桌全鱼宴为我压惊。王京字。"

"筷子"读完我的信，一脸嫌弃道："女人就是多事，吃什么全鱼宴，还说自己不是千金小姐！"说罢，将三封信塞进兜里，嘱咐"土豆"道，"我把信送去客栈，你看紧他们！"

"土豆"连连道是。待"筷子"走后，他便坐回炉边，一边烤火一边惬意地喝着小酒。

我望一眼高轩，他半合双眼，双颊浮着一抹不正常的嫣红，好像是病了。

看来不能干等救兵，这里实在太冷，地面又潮湿，再这么下去我们三个都会被冻死在这里，必须想办法逃出去。

我转头看李嘉悦，他亦如有灵犀般向我看来，显然与我想到了一处。我向他使个眼色，趁"土豆"不注意，慢慢挪动身子朝他那边靠去，然后用只有彼此才能听见的声音问："李公子可会武功？"

李嘉悦点头。

"对付这一个可以吗？"

"没问题。"

我心下一喜，道："我头上有支珠钗，你拔下来割断绳子，先解决那个矮的。"

李嘉悦依言照做。因为害怕被发现，他割得不快，许久才割断身上的绳子。他冲我点点头，捡起地上一根短棍，小心翼翼地站起身。

迟钝的"土豆"终于发现有异，奈何李嘉悦动作实在太快，以迅雷不及掩耳之势给了他当头一记闷棍。"土豆"两眼一翻，立时瘫倒在地。

李嘉悦解开我和高轩身上的绳子，此刻高轩已然陷入了半昏迷状态，根本无法走路，李嘉悦只好将他背起来。

孰料，这厢我刚一开门，竟迎面撞上了送信归来的"筷子"。他看了看地上的"土豆"，顿时目露凶光："敢跑？老子要你们小命！"

李嘉悦迅速放下高轩，与"筷子"打作一团。我将高轩安顿在一旁，解开"土豆"身上的大氅盖在他身上，伸手探了探他的额头，果然滚烫似火。

这时，"土豆"哼唧了一声，似有转醒的迹象。我暗叫不妙，立马抄起短棍，照着他的脑袋又补了一棍，他终于彻底昏死过去。

李嘉悦武艺精湛，"筷子"也不是省油的灯，二人打了几十个回合仍然未有胜负。可李嘉悦到底被下过迷药，又这么生生地冻了一宿，体力有些不支，渐渐败下阵来。"筷子"擒住李嘉悦的双手，抬脚对着他的腹部狠狠一踹，他闷哼一声，嘴角溢出一丝血迹。

糟了！

"筷子"解决掉了李嘉悦，青面獠牙地向我逼近。我焦急万分，一时乱了分寸，不知如何是好。他一把揪住我的头发，按着我的脑袋就要朝墙上撞去。

就在顷刻之间，只听他一声惨叫，似有一股温热的液体喷溅在我的侧脸和颈间，头发上的力道也消失了。"筷子"轰然倒地，我回头一看，原来是元君意带着随行侍卫杀了过来。

他一个箭步冲过来查看我的伤势，将我上上下下打量了好几遍，焦急道："玉琼，你没事吧？有没有伤到哪里？"

我不自在地避开他的手，打着寒战艰难地笑道："我没事，就是好好好冷……"

元君意面色僵了一瞬，很快便掩饰过去，解开大氅披到我身上，微笑道："方才我拿到那封信，猜测'全鱼宴'是你给的提示，于是问了当地人，得知方圆三十里内只有这一个养鱼场，便一刻不敢耽搁，马上带人过来找，还好你没出什么事。"

方才神经紧绷，既紧张又害怕，慢慢也就不觉得冷。现在精神松懈下来，刺骨的寒意再次没顶而来，我觉得自己就快被冻成一根冰棍了，一连打了好几个喷嚏，哆嗦道："元公子果然机智，幸好你来得快，再迟一点点，我的脑袋就要开花了！我们快走吧，回去再说，这里真的好冷……哎，等下，地上还有两个，一起带回去吧，尤其是那个……"我指了指不省人事的高轩，道，"这次救了他，我安抚江南就容易多了。"

回到客栈，我已然冻得连话都说不出了，艰难地吩咐小二加了三床被子，准备三个暖炉，烧了三壶热水。元君意在我房中焚了一些驱寒祛病的香料，又抓了一剂防治风寒的方子让我服下，折腾了许久，麻木的身体终于渐渐恢复知觉。

李瑞安得知前因后果，一直在外头嚷嚷"小玉琼老夫对不起你""小玉琼老夫要去自裁了"之类的话，侍卫规劝无果，只得将他强行拖走。

我裹在棉被里，一把眼泪一把鼻涕道："元君意，一定要请全江州城最好的大夫医治那两名少年。"

他无奈地叹了口气，道："自己都快小命不保了，还想着别人。"

"你懂什么，那两名少年都大有来头，发高烧的那个胖小子是高天元的儿子，高天元在江南势力极大，可谓一呼百应。他说一句，比我说一百句都有用。"

"好，我知道。你先别管这些，赶紧好好睡一觉，出一身汗，知道吗？"

我点点头，很快便睡了过去，却睡得很不踏实。脑袋昏昏沉沉的，太阳穴一阵阵抽痛，喉咙干燥得似是在炭火上灼烤，针刺刀剜一般疼，偏偏又咳不出也咽不下。

"戚大人，你醒醒啊！"

"小玉琼，你不要死啊小玉琼，你死了我也不活了，嘤嘤嘤……"

依稀是有人在呼唤我，声音听上去分外凄切，仿佛还带了哭腔。我心里腾起一阵烦躁，没答应。那些人叫了良久，也就慢慢消停了。

可没过多久，又有人叫我："玉琼，玉琼，听见我说话吗……"

呵，好轻柔、好悦耳的声音，宛若云端传来的天籁。但，为什么听起来也是如此悲伤呢？

我想应声，可无论我怎么使劲，愣是牙关紧闭，连半个音都发不出。紧跟着，眼前发黑，周围一切皆慢慢淡去，意识便再次陷入混沌之中。

噩梦一个接着一个，从娘亲死在我身旁，到被张跃新施酷刑折磨，再到元皇后化为厉鬼向我索命，我仿佛在梦里将这几年重新过了一遍。

可是，为什么都是一些恐怖不堪的回忆呢？

强烈的不甘心油然而生，我一遍遍地责问上苍，为什么要如此残忍地对待我，为什么要夺走我的家庭、我的爹娘，甚至还有我的左手。倘若没有那场剧变，我的人生本该幸福顺遂，无忧无虑。

为什么，为什么……

直到那一抹天青色的身影缓缓浮现，他将我从地上扶起来，极尽温柔地擦去我眼中的血污和泪水，唇畔的笑温柔得如同三月的暖风。

他说："别怕，告诉我，你是谁。"

他说："从今往后，只要我所在之处，便是你的容身之所。"

他说："岂曰无衣，与子同袍。"

不知过了多久，才稍稍恢复神志。浑身黏腻腻的，像躺在泥浆里似的，难受得紧，身子分毫动弹不得。我慢慢睁开眼，顿觉头痛欲裂，正想伸手揉按太阳穴，却发觉自己的手被人紧紧地握住。

视线下移，只见有一人伏在床边睡着了。

他眉心紧锁，眉宇间是掩盖不住的疲惫。长如羽扇的睫毛轻轻颤动，仿佛睡得并不安稳。

我想叫他，胸腔里忽然生出强烈的痛痒之意，忍不住一阵猛咳，咳得头昏眼花，上气不接下气，怎么也停不下来。

他被我的咳声吵醒，惊喜道："玉琼，你醒了？来人，快去喊大夫！"

我竭力平复气息，哑着嗓子问道："咳咳，阿惟，你怎么来了？"

他伸手探了探我的额头，如释重负地笑道："太好了，终于退烧了。你呀，差点把我吓死。"

"我……怎么了吗？"记忆仍然停留在被劫的那天，我不过是睡了一觉，怎么连傅惟都惊动了？

傅惟倒了一杯水，小心翼翼地扶我起来，喂我喝下，温声道："你感染了风寒，风邪入体，引发肺热，昏睡了整整五天。"

温水入喉，瞬间舒爽不少。我长长舒了口气，恍然生出劫后余生之感。

"那日常叔派人回京急报，说是你被人劫走，下落不明。我立即放下手头的公务，日夜兼程赶到这里，好在你平安无事。"他调整了一下姿势，让我舒服地依偎在他怀里，一手搂着我，另一手轻柔地抚摸我的头发，道，"那两名盗匪作恶多端，已经伏法。这次是我太疏忽，防了暗箭却忽略了明刀，对不起……"他附在我耳畔轻声呢喃，语意炽热而愧疚，教人莫名心疼。

我忙道："这件事完全是意外，怎么能怪你呢？咳咳，你这样贸贸然跑出来，若是让旁人知道你我的关系，会不会不妥？皇位更迭在即，眼下正是特殊时期，若是京城有异动该怎么办？"

"放心，我早已部署妥当，如今京城内外都是我的人马，谅其他人也翻不出什么花样。况且有杨凤和秦虎在，有什么风吹草动，他们会第一时间通知我。我原本打算过完年便来江南找你，现在只是提前几天罢了，不碍事的。"

我沉默不语，他虽说得笃定，可不知为何，我心里还是隐约有几分不安。

没过多久，几位大夫进来查看我的情况，宣布我已脱离危险。其中一位老者捋着山羊须，话锋一转，又道："不过，恕老夫直言，尊夫人的身体状况本来就不太好，气血不足，阳虚火衰，加之常年忧思深重，郁结于心，各处脏腑已有损伤之相。"

傅惟脸色乍变，忙追问："这话什么意思？"

"简单地说，尊夫人今年芳龄二十，五脏六腑却好像已有三十余岁。这种情况极其罕见，在下行医四十年也只见过一例。"

"那可有方法医治？"

"在下医术鄙陋，不知该如何医治。不过公子也不用太担心，此病并不危及性命，况且尊夫人还年轻，暂时不会有碍身体。只要平日里多加注意，辅以汤药悉心调理，相信可保三十年无虞。"

"那三十年之后呢？"

"这……老夫不敢保证，或许还能继续活下去，或许油尽灯枯而死。"

傅惟缄默不语，覆于广袖下的手紧紧攥起，半晌，沉声道："我明白了，多谢大夫。"

常叔将大夫送走，傅惟坐回床边，握着我的手微笑道："玉琼，不要害怕，哪怕倾齐国之力，我也会将你医好。听说江南孟河医派有一位岳振先大夫，人称岳半仙，待渡江之后我便带你去找他。再不行我们立刻起程回京，太医院那么多名医，一定有办法治好你。"

"阿惟，岳振先在三年前就已驾鹤西去了……"我摸了摸他的脸颊，笑道，"我不害怕。大夫不是说了吗，我三十年之内不会有事的，我们有的是时间慢慢找大夫。"

"可是……"

"你看，我本来一无所有，父母罹难，非但告不成御状，连性命都难保。是你让我重生，助我报仇，因为遇到你，我的人生才重新有了希望。阿惟，只要能跟你在一起，就算余生只有三十年，我也心满意足了。"

"不行，三十年太短，不够你我厮守。我要白头偕老，老到头发花白，牙齿掉光，连路都走不动了，我还要像这样牵着你的手……"他的声音微微颤抖着，笑容也有些僵硬，眸中依稀泛出黯淡不明的水色，"不行，还是不行，这样也不够……这辈子都不够，我要下辈子、下下辈子……玉琼，我要生生世世跟你在一起……"

相识五年，他一直是众人眼中温文尔雅、气度沉稳的晋王，一举一动无不娴雅得体。偶尔薄嗔，偶尔欣喜，也都是收放自如，从未有过如此惊慌失措、六神无主的时候。

恍然间，似有一只手伸进我的心窝里，狠狠地掐拧，痛得我几欲窒息。

其实我早就知道，我的外祖母五十岁不到便死于此病，她乃岳振先的嫡传大弟子，医者尚且不自医，我又如何能奢望长命百岁。

可是，傅惟已经这样难受，我怎么忍心再告诉他这些。

我哽咽道："阿惟，你对我这么好，我怎么舍得扔下你，我们一定可以白头偕老。我们不但有今生，还有来世，还有生生世世。"

傅惟俯下身，用力抱了抱我，良久后，深吸一口气，恢复平静道："你刚醒过来，身体还很虚弱，我吩咐厨房准备一些清粥小菜，你多少吃一点，吃完好喝药，嗯？"

我点头："好，都听你的。"

经过多日的卧床休养，我的病好得很快，除了咳嗽之症仍有些顽固之外，其他已无大碍。我想尽快起程渡江，傅惟却显得十分紧张，说什么江面风疾寒重，容易导致病情反复，一定要等我身体大好后才能动身。

平日里他对我算得上是百般迁就，只要是我提出的要求，他总是尽量满足。可自从那日大夫说我脏腑损伤之后，他就变得很有原则，但凡事关我的健康问题，统统没有商量的余地。

比如现在……

他将一碗黑黢黢的糊状物端到我面前，道："玉琼，这是刚熬好的川贝枇杷膏，对你的咳症很有好处，你趁热吃了。"

我愁眉苦脸道："阿惟，这几天我平均每天要喝三碗药，吃五颗药丸，熏两次药雾，整个人都快变成药罐子了……咳咳，现在又多了一碗药膏，看起来好苦的样子，不吃不行吗？咳咳，反正我的病也好得差不多了……"

"你看你，咳得这么厉害还说自己好了？"他温声道，"我知道你怕苦，每天喝药遭了不少罪，所以我特意吩咐大夫在熬制药膏时加进一些蜂蜜和冰糖，味道改善了许多，你尝尝看。"

"我现在不想吃，你先放着吧，我待会儿再吃。"

"不行，待会儿就凉了。"语气十分坚决。

我把脸蒙在被子里，闷声道："可是我才喝完药，现在胃里撑得慌，根本吃不下。"

说完这句话，外头忽然没了动静，我屏息侧耳，半晌仍听不到任何动静，心里不禁忐忑起来——难道傅惟生气了？

我小心翼翼地拉下被子，露出一只眼睛偷瞄。

咦，怎么没人了，他该不会走了吧？

我探出脑袋唤他："阿惟……唔！"嘴唇覆上了温润的热度，细腻温柔地摩挲起来，辗转反侧。

他托着我的后脑，灵巧的舌头撬开我的牙关，却并不着急进入，而是将药膏缓缓地注进我嘴里，那味道既苦涩又甘甜，带着独属于他的清新气息，在我口中肆虐开去，直至席卷过我每一寸肌肤、每一种感官。

最后一口药喝完时，他的舌尖终于柔缓地滑入我的口腔，慢慢地挑拨我的舌头，轻吮着我口中的汁液，火热的呢喃在唇齿之间化开："这样很好，你一半我一半，无论是苦还是甜，我都跟你一起品尝……"

似有一把火从耳根一路烧到脸颊，视线撞进他眼中，灼热迫人的眸光在一瞬间融化了我的心。

不知过了多久，他终于不舍地离开我，唇畔扬起一抹笑，又落下了蜻蜓点水般的一个吻，道："是不是以后都要我像这样喂你，你才肯乖乖喝药？"

我捂着发烫的脸，嘴上说："你真是大坏蛋！"心里想的却是，如果你愿意我当然不介意哈哈！

他凑近我耳边，轻笑道："现在才发现我坏，太晚了，你这辈子都赔给我了。"

湿热的气息若春风吹拂，激起阵阵酥麻，我笑着捶打他的胸膛，道："什么这辈子，谁说要嫁给你了吗？"

傅惟捉住我的手，放在唇边轻吻，认真道："不管嫁不嫁，你早已是我心中唯一认定的妻子。什么后宫粉黛，什么三千佳丽，我统统不在乎，只要有你就足够了。我傅惟对天起誓，这辈子只会对你一个人坏。"

我万分动容，情不自禁地伸手抱住他，内心被幸福和甜蜜填满。

无论今后的路将有多少崎岖坎坷，无论未来还有几多风雨波折，此刻，我与他还能这样简单地相拥，没有江山社稷，没有皇权霸业，彼此眼中只有对方，哪怕只有刹那，于我而言，也是永恒。

琴瑟在御，莫不静好。

此生有他，无怨，不悔。

正月未过，立春已至。

北风渐渐止息，东风如期归来。春江水暖，百草回芽。院中迎春盛放，庭树飞花。

鉴于我最近喝药表现良好，咳症渐渐好转，在我撒娇卖萌、耍赖打滚百般央求之下，傅惟终于同意带我去后院看迎春花。

在我费尽九牛二虎之力，勉强穿上第三件棉袄后，他又给我戴上帽子、手套和围巾，裹得严严实实不说，还非要在外面再罩上一件大氅才让我出门。

我揽镜自照，毫无意外地发现自己体态臃肿如球，不禁有些惆怅，道："阿惟，现在天气慢慢回暖，我穿这么多会不会太夸张了。"

"不会。"傅惟斩钉截铁道，"你的病刚好，大夫反复交代，千万不可再吹风受冷，穿这么多是应该的。"

嗯，这个世界上有一种冷叫傅惟觉得我冷……

我艰难地甩甩胳膊，扭扭腰："可是我觉得自己好像一个球……"

他替我整理好衣襟，亲了下我的脸颊，微笑道："的确像个球，不过是个可爱的球。"

我在他的色诱下立马缴械投降，嘿嘿笑道："那好吧……"

走出门口时，忽觉有些异样。我停下脚步，环视四周，奇道："这里的守卫是不是换过一批了？"

"是，很久之前便换过了。"

"之前那些人呢？"

傅惟道："全都自断一掌，充入贱籍为奴了。"语意风轻云淡，像是在说一件再寻常不过的事。

我倒抽一口冷气，道："此事并不能完全怪他们，不必罚得这么重吧。"

"他们保护不力，害你险些丢了性命，我留他们何用？"傅惟搀扶着我，温言道，"走吧，我扶你下去。"

我望着他微笑的面庞，脊背蓦地一阵发凉。

作为一个球，下楼梯不免有些费劲，我僵着身子左摇右摆，感觉连弯一下膝盖都那么困难。走到拐弯处时，恰巧撞上迎面而来的人。那人身形一顿，眸光微微闪动，很快便恢复了常态，微笑道："晋王、戚大人。"

傅惟尔雅道："元公子从何处归来？"

元君意扬起手中的酒坛，笑道："在下与李先生相约对弈对饮，方才去对面酒铺打了一壶上好的杜康酒。"他的视线在我和傅惟之间来回打了几个圈，最后停留在我身上，"戚大人身体好些了吗？"

我正打算开口，傅惟却抢先替我答道："有劳元公子挂心，玉琼已经没什么大碍了。她说整天关在房里闷得慌，我带她去后院透透气。"说话时，他加重臂上力道，将我紧紧揽在怀里。

元君意看了一眼傅惟的手，点头道："如此也好。不过春寒依旧料峭，外面风大，戚大人千万保重身体。"

傅惟道："多谢。"

元君意侧身让路，垂眸道："二位请。"

直到我们下了楼，他依然站在楼梯拐角处，好似石化了似的一动不动，眼底碎影斑驳。

傅惟回头望他一眼，似真似假道："看来他很喜欢你。"

心下猛地一跳，我忽然想起，他来江州这么久，好像从未问起为何元君意会与我同行，再加上从前宫里那些纷纷扬扬的流言，说我和元君意暗通曲款、过从甚密什么的……

我偷偷地瞥他一眼，见他依然面色淡然，不知有没有动怒，不由得心虚道："哪有！我怎么不知道！"

"你不知道吗？据我对元君意的了解，他应当不是一个隐忍的人。"

谎言被他揭穿，我一噎，小心地问："阿惟，你生气了？"

"怎么会？所谓窈窕淑女，君子好逑。你这么美这么好，有人喜欢也不足为奇。"他拍了拍我的脑袋，意味深长道，"元君意眼光不错，跟我一样慧眼识明珠，我应当高兴才是。"

最后一句话他说得格外缓慢，并不像是高兴的样子，我心里登时掠过一阵小冷风，忙道："就算他喜欢我，可……可我对他没有半点意思，你放心！是他说他祖父元曦容从前游历江南时，曾落下一些重要的东西在京口，非要搭我的顺风车去拿。李先生又说一路上很无聊，有元君意在，可以陪他下棋对饮打发时间，那我只好勉为其难地让他与我同行了。"

"我知道，我相信你。"傅惟剑眉轻挑，笑睨我一眼，道，"玉琼，你是我的，无论是谁都休想将你抢走。"

后院迎春花开得正好，点点黄蕊鲜嫩欲滴。墙角的几株蜡梅尚未凋谢，依然妖娆吐香。我四处溜达了几圈，又活动了一番筋骨，整个人感到神清气爽，病气一扫而空。

假山旁有一处凉亭，凉亭三面垂挂着竹帘，遮去寒风。傅惟端坐亭中，焚香煮茶。不一会儿工夫，炉上的水开了。他冲了一壶祁门红茶，对我道："玉琼累不累？过来喝口茶。"

我坐在他身边，端起茶盅小喝一口，茶香浓醇，回甘无穷，不由得赞道："阿惟，你的冲茶技艺越发精进了。不当王爷，当个茶艺师也不错。"

他抿唇淡笑，叹道："奈何此生生在帝王家，想清闲也清闲不得。"

我正欲说话，常叔来报，说是高天元、高轩和李嘉悦在外求见。

我惊讶道："高天元怎么来了？"

傅惟解释道："高天元听说高轩被人劫持，亲自带人来接他回江南。其实他几日前就到了，还多次提出要当面酬谢你，不过当时你病情尚未稳定，我没有答应。"

我喜道："看来我的心愿已然达成一半了。常叔，让他们进来吧。"

未几，只见高轩、李嘉悦与一个身形微胖的中年男子快步走来，他们身后跟着一溜家丁模样的人。

中年男子一撩衣袍拜下，朗声道："草民高天元拜见晋王殿下、戚大人。"高轩和李嘉悦也齐齐行礼。

傅惟温声道："三位不必多礼，请坐下喝茶。"

三人依言入座。

高天元道："久闻齐国第一女傅才高八斗、貌美如花，巾帼不让须眉，今日一见果真名不虚传！"

我做谦虚状道："高老板谬赞了，本官迁任江南总管，早已不是太子少傅，此次南下江南，正是走马上任。"

"高某知悉，高某已命人备船，大人若不嫌弃，不妨与高某一同渡江。"

"这……"我看向傅惟，他点头道："既然如此，那便多谢高老板了。"

"王爷太客气了。前几日小犬身陷险境，多得戚大人出手相救，后又请名医精心医治，如此大恩大德，高某没齿难忘，轩儿，还不叩谢大人救命之恩！"

高轩跪下磕了个头："多谢戚大人！"

"高公子快请起。"我虚扶高轩一把，笑道，"其实这次的事李公子也有功劳，若非他武艺高强，拖住劫匪，只怕本官也要没命。二位公子现在伤势如何？"

李嘉悦道："托大人洪福，已然痊愈。在下打算明日起程回陇西，特来向大人与王爷辞行。"说着，他略一抬手，一名家丁送来三枚锦盒，"家父命人送来三枝万年沙参，对阴虚肺热之症极有疗效，请大人笑纳！"

他刚说完，高天元也不甘落后地命人奉上宝盒，道："高某也准备了三斤极品高原虫草作为谢礼，请大人笑纳！"

我推托道："二位的美意本官心领，只不过救人一命胜造七级浮屠，本官不敢图报。"

高天元愣了愣，沉吟道："既然如此，高某也不强人所难。大人到建康后，若有用得到高某的地方，尽管开口，高某一定万死莫辞。"

李嘉悦道："戚大人高风亮节，在下既惭愧又佩服。大人虽不图报，在下却也知恩，今日欠你一命，日后定当报答！"

我哈哈笑道："客气，客气。"

待他们走后，傅惟笑道："玉琼，你这如意算盘打得不错。"

"小小心思，哪能瞒得过晋王殿下的慧眼。"我伸了个懒腰，靠在他怀里，"倘若今天我接受他们的重礼，此事便到此为止，岂非白白浪费良机。我就是要他们欠我人情，这样日后才有下文。"

"嗯，越来越聪明了。"

我笑嘻嘻道："好说好说，都是王爷教得好。"

"是吗？"他凑过来，附在我耳边低声道，"那，要不要我教你一些别的？"他特意加重最后两个字，声音低沉沙哑，若带几许暧昧的意味。

我顿觉酥痒难当，从耳后到脖子起了一层鸡皮疙瘩，嬉笑着闪躲，不想却被他牢牢禁锢在怀里，没有半分逃离的余地，只好任由他摆布……

三日后，我们乘坐高家的船渡江南下。船在建康靠岸，刘恩率轻骑在城外迎接。

建康依旧繁华热闹，才子佳人往来不绝，丝毫不见亡国的破败之相。高天元热情地介绍南朝的风土人情，我自动开启吴语模式，他顿时啧啧称奇："没想到戚大人竟会说一口流利的南朝官话，果然博闻强识，令人钦佩！"

我笑道："岂止是本官，晋王殿下也会说吴语，而且说得比本官还要好呢。"

傅惟温文道："如今南北一统，天下合为一家，还分什么南朝官话、北朝官话？本王奉旨平宋，是第一个踏上江南地界的官员，早已将这里视为第二故乡，又岂能不会家乡话？"一席话用吴侬软语娓娓道来，听起来分外情真意切。

高天元感动道："有王爷和戚大人坐镇江南，真乃百姓之福！"

"本王一直对南朝文化十分仰慕，自问饱读南朝诗书，此番南下，很想结交一些大儒雅士，一起谈诗论道，不知高老板可否为本王引荐？"

"这……"高天元面露难色，道，"实不相瞒，自南朝归顺以来，北齐派来的一些官员多以严刑峻法为治，凌辱南人。如今江南怨声载道，尤其是那些门阀大儒，一向自视甚高，负气凌傲，恐怕不会见王爷和大人。"

"本王明白，本王既然将南朝视作故土，那所有南朝人便都是本王的故人，本王定会以礼相待。"说罢，傅惟向高天元作了一揖，恭敬道，"延请之事，还望高老板多多费心。"

　　高天元受宠若惊，忙称不敢当，思量一瞬，拍着胸脯保证道，"好！既然王爷盛情相托，高某定当尽力，请王爷和大人静候佳音！"

　　傅惟抿了抿唇，与我相视一笑："多谢。"

　　入夜，寒风依旧，明月高悬中天。月光如水，洒落空庭。

　　书房内，刘恩与副将们一一陈述最近的平乱情况。傅惟端坐案前，一边喝茶，一边翻阅公文。几人汇报完之后，便起身告退。

　　我替他换上一壶热茶，顺便扫了几眼案上的公文。傅惟将我拉到身前，让我舒服地坐在他腿上，道："药喝了吗？"

　　"早喝过了。"

　　"今天舟车劳顿，奔波整日，你的身体还没完全康复，怎么不早些休息？"

　　我攀上他的肩，开玩笑道："王爷还在为民忧心，下官身为父母官，又岂敢先睡？"

　　他虚揽着我，大掌在我的腰间来回游走："如此说来，你是想等本王一起睡？"

　　我面上发烫，佯怒推了他一把，赧然笑道："我跟你说正经的！现在江南各地叛乱迭起，你打算怎么办？"

　　他呷了口茶，悠然道："八个字：剿抚并重，攻心为上。"

　　我奇道："愿闻其详。"

　　"首先，剿灭叛军。"他收敛嬉笑之色，打开一幅江山舆图，提笔圈出一些地方，道，"你看，此次叛乱虽然声势浩大，但宋朝既已覆灭，这些叛军占山为王，大小山头各自林立，互不相连，没有强有力的中央领导，很难形成气候。只需逐个击破，散兵游勇并不足为惧。"

　　我审视舆图，点头表示认同，想了想，又道："不过，还是有很多叛军打着光复宋室的旗号，要再立宋容书为帝，若是这部分人联合起来，恐怕也是一股不容小觑的力量。"

　　"我明白你的意思。为绝后患，宋容书不能留。"说话时，他容色淡淡，语意毫无波澜。杀伐果决，生死只在一念之间。

的确，历朝历代的亡国之君大都下场悲惨，好一点儿的也是被囚禁终生，更别提那些身首异处、死无全尸的，简直举不胜举。

当日宋容书同意以手书招降，提出的条件便是不得伤害他和张贵妃的性命，傅惟并没有反对。此后，二人一直被软禁在皇城内。但是，若要江南稳定，必须彻底断绝南朝人复宋的念头，那宋容书就不得不死了。

傅惟捏了下我的手，眸中微光闪动："玉琼，你是他姑姑，若我要杀他，你不会怪我吧？"

我笑道："怎么会呢。我与他素未谋面，何谈姑侄之情。自从爹娘死后，你便是我心里唯一的家人了。"

他点了点头，安心道："那就好，我怕惹你不高兴。"

"当然不会。不过，即便宋容书死了，这些叛乱也平定了，如何使人心归顺仍然是最主要的问题。光靠你我学习吴语，还远远不够。"

"这便是我要说的第二点：安抚民心。江南人十分看重门阀，其中属谢、陆、高、王四大家族最为显赫，非但名士高官辈出，且互相联姻，势力盘根错节，连宋室皇族都要忌惮三分。如今高天元已经站在我们这边，如果他肯帮我们拉拢余下的三大家族，自然事半功倍。"

我见他神色有些疲乏，便替他揉按太阳穴："所以，你让高天元给你介绍大儒雅士，应当不会只是想跟他们喝酒谈心那么简单吧？"

傅惟眯了眯凤眸，唇畔浮起一抹笑意，显然对我的举动十分满意："当然不是。那些门阀之中的宋朝旧臣，我会启奏父皇，让他们继续入仕为官。起用江南人管理江南，可以避免因南北治国理念不同引起的矛盾。至于那些才情洋溢的文人雅士，我则会组织他们编撰一部《建康礼集》。因为南朝素来极其推崇礼乐，编撰礼集必定能笼络大批文儒。"

我听得眼前一亮，道："真乃妙计！如此一来，官有其位，士有所得，人心自然归顺！"

"玉琼冰雪聪明，一点就透。还有一事，你看。"他指着舆图上的几条江河，笑言，"我大齐境内几条主要的河流都是东西走向，黄河与扬子江皆发源于西北高原，穿越崇山峻岭，一泻千里，最终汇入东海。如今江南领土已尽归齐国版图，而都城长安远在北方，未免有些鞭长莫及。一旦出现叛乱之类的祸事，需要调兵遣将，只能先走陆路，再横渡扬子江，十分不便。若是能突破地域限制，修一条沟通南北的河流，则一切问题迎刃而解。"

"你的意思，莫非想要修南北运河？"

"正是。"

我赞叹道："好，很好哇！南方商贸发达，且人文荟萃，倘若南北运河修成，非但能促进贸易往来，节省运输成本，便于将南方优质的丝绸、茶叶、米粮等货物运往北方，还能加强南北文化的沟通融合，消除隔阂，于江山一统大有裨益！"

傅惟雄才伟略，目光高远，确有经世济民的胸襟。若他登基为帝，必能有所作为，开创繁华盛世。皇上不让他继承皇位也是天理难容。

"果然还是你最懂我。"说完，他忽然凑过来堵住我的唇，没有霸道地进攻，只是极尽轻柔地厮磨缠绵。良久，紧紧把我抱在怀里，呢喃道，"好了，不说这些了。现在天色不早了，你先回去休息吧。我还有一些公文要处理，一会儿过来陪你，嗯？"

陪……

其实他也不是第一次陪我睡，前几日我病重时，他整日寸步不离地守着我。不过，那时的情形是我躺在床上，他坐在床边，彼此井水不犯河水。可是，按今天这情形，莫非他要跟我同榻而眠……我先是一喜，紧接着又有些羞涩，大脑不受控制地开始浮想联翩。

傅惟仿佛看破我的心思，唇畔的笑意深了几分："想什么呢，在你的身体没有完全复原之前，我不会对你怎么样的。"

心下陡然生出一丝失落之感，我"哦"了声，慢吞吞地站起身。他轻捏一把我的脸蛋，忍不住笑道："真是可爱。"

推门而出，笑意尚未来得及收敛，抬眼便望见一人站在庭院里。

月光下，他的脸一半笼在阴影之中，神情素淡而飘忽不定。瘦削的身形融在深沉的夜色中，淡淡地勾勒出了几分萧瑟孤清之感。

我迅速调整面部表情，缓步走下玉阶："元公子，你怎么在这儿？"

元君意站在原地，眼中浮起一抹意味深长的笑："大人好像心情很不错的样子。"

我清清嗓子，淡定道："元公子有事找我？"

谁知他却完全无视我的话，自顾自说道："嗯，看来晋王殿下待你很好。也是，前些天你病重昏迷时，他披星戴月地赶来，衣不解带地照料你，连我都被感动了。看到你跟他在一起这么开心，我也算放心了，希望你可以永远这么开心下去。"

我好笑道："你来这里，就是为了跟我说这些？"

"不是，我顺口一提。"

"不是？"我指向天上的月亮，道，"那你这么晚不睡觉，难道是为了赏月啊？"

他云淡风轻道："我路过这里，这么巧碰到大人。"

我狐疑地打量他，视线落在了他襟前那枚碎花瓣上，不由得暗哂：睁着眼睛说瞎话，摆明是在这儿罚站了很久的节奏。

他意识到谎话被我识破，掩口轻咳道："其实是这样，我明日一早要动身前往京口，恰好经过书房，想向王爷和大人辞行。"

"你要走了？"我讶然。这块牛皮糖莫名其妙地黏了我这么久，怎么说走就走？

"难道大人舍不得我？"他贱兮兮地笑道，"只是暂别而已，你我迟早还会再见。"

"我呸，最好就别见了！公子好走，不送！"我翻了个白眼，扭头欲走。

他丝毫不在意，扬声唤住我，又问："晋王在里面？"

"在啊，你找他有事？"

他点头，道："我还有些话想单独跟王爷说。大人早些休息，晚安。"语毕，拂袖翩然而去。

我望着他的背影消失在书房中，心下疑窦顿生——这货葫芦里又在卖什么药？

赶了一天的路，我的确有些疲惫，脑袋一沾到枕头便睡了过去。不知过了多久，似有人推门而入，我迷迷糊糊地醒过来："阿惟，你来了。"

他"嗯"了声："吵醒你了？"

夜已深沉，清亮明媚的月光透过茜纱窗照进来，在地上洒下一片华辉。

我揉着惺忪睡眼，打了个哈欠："没有，我正好想起来喝水。"

他倒了杯水递给我，我就着他的手随意喝了两口，又一头栽倒过去。

一阵窸窸窣窣的声响过后，一双手滑进我的腰间，将我圈在胸前。我翻了个身，舒服地枕着他的臂膀，满足地笑起来。

傅惟摩挲着我的头发，湿热的呼吸喷洒在眼角眉梢，鼻腔里满是独属于他的清新气息。

两个人静静地相拥而卧，虽是第一次同榻而眠，我却丝毫没有扭捏促狭之感，好像这是一件再平常不过的事。

这般安静而美好的幸福，让我第一次产生了类似于天长地久的愿望。若能一直这样下去，我甘愿付出任何代价。

两厢静默许久，困意再次袭来，我差点又要睡着，脑子里忽然浮起一个念头，遂问："元君意找你什么事？"

他淡淡道："没什么，他明天要走了，来向我辞行。"

我点了点头，没再多想，很快便陷入了黑甜的梦乡。

第二日醒来时，傅惟已不在身边。我用过早饭后，独自一人在总管府中四处溜达，顺带活动筋骨。途经客房时，脚步骤然一顿，鬼使神差地向元君意的房间走去。

他的房间大门敞开，有一人坐在桌边，一副垂头丧气、闷闷不乐的样子。

我奇道："李先生，你在这儿做什么？"

李瑞安忧伤道："嗳，小元子走了，没人陪老夫下棋喝酒了，老夫寂寞空虚冷。"

我象征性地安慰他一下："这个，元君意有紧急的事要去京口办，我们不能耽误他，对吧。"

李瑞安嘴巴翘得老高，愤愤道："办事？哼，他骗骗你还行，想骗老夫，还差得远呢！"

"什么意思？"

"他哪里是有事要办，不过是借口罢了，他根本就是有意想陪你来江南。现在小惟惟来了，他自然是知情识趣地走喽。"稍顿，他摸摸胡子，叹息一声道，"其实小元子这个人吧，还是挺好的，对你也没的说。要不是你已经有了我家小惟惟，跟着小元子也不错。"

借口……

我心下一跳，不敢再往下想，急忙打断李瑞安道："先生别乱说！我跟元君意没什么的，让阿惟听见多不好！"

"知道啦知道啦！"他撇撇嘴，"我不说就是了。"

元君意走后，李瑞安消沉了两三天，很快又以全副热情投身到江南的吃喝玩乐事业中，傅惟也拿他无可奈何，只得由他去玩。

转眼已至三月。

春风吹绿江南岸，草长莺飞，年华暗换。建康城内外，处处烟桥画柳、衣香鬓影，满目皆是柔婉而清丽的春景。

刘恩依照傅惟的指示，派出几位副将，对各地叛军逐个击破。浙江一带的叛军势力较大，刘恩便亲自率领数千精兵，偷渡浙江，奇袭叛军后方营垒，并且纵火焚烧。待敌军不胜惶恐之际，再从正面发动猛攻，终于大破浙江敌军。

至此，江南大部分叛军或尽数伏诛，或缴械投降，南方终于安定下来。

除此之外，在傅惟的苦心奔走和高天元的鼎力相助下，谢、陆、王三大家族终于同意出面，号召江南文人接受招安。

是日，春阳煦暖，惠风和畅。傅惟在秦淮河畔设下盛宴，宴请所有门阀大族和文儒雅士。

席间，傅惟撇下王爷的身份，亲自向每一个人敬酒，哪怕是无名无禄的穷书生，也恭敬地称一声先生。他事先强调绝不能让我沾酒，于是我只好跟在一旁，为他们添酒洒酒。

如此礼贤下士的举动迅速博得了所有人的好感，连自视甚高的门阀家主都放下成见，与他相谈甚欢。

我见他双颊染霞，脚步虚浮，似乎有些不胜酒力，便吩咐常叔煮了一碗醒酒茶，道："阿惟，先把这碗醒酒茶喝了吧。"

他趁众人不注意，在我唇边偷去一个吻，醺然笑道："得贤妻若此，真是为夫的福分。"

我赧然推开他："王爷，众目睽睽之下，注意影响。"

傅惟哈哈大笑，一口饮下醒酒茶，道："都道文人最讲气节，何为气节？无非就是尊严与面子罢了。我现在就满足他们的自尊，给足他们面子，还怕他们不为我所用吗？你看，觥筹交错，宾主尽欢。"

我笑道："王爷英明。不过，在场的世家公子和文儒雅士没有五百也有三百，敢问王爷，在这么多人之中，王爷打算让谁来主持修订《建康礼集》？"

"此事我早有主意，你看。"傅惟伸手指向坐在不远处的白衣青年，我顺势望去，只见那人容貌清俊，而立之年的模样，正与身旁的人把酒言欢，举手投足间风姿卓绝，颇有一番气度。

我想了想，道："这位公子好像是……陆家的长子陆知命？"

"没错，陆知命三年前进士及第，高中榜眼，官拜龙图阁大学士，负责修撰、校理等工作，所校之书可称得上是汗牛充栋，由他主持修订礼集再合适不过了。方才我与他闲谈时提及此事，他言语之中多有赞赏的意思，想来不会拒绝。"他在案下捏了下我的手，眸中粲然生辉，道，"待会儿宴会结束后，我让郑嘉先送你回去，我要请陆知命详谈此事，嗯？"

"我知道啦。"我叮嘱道，"不要太辛苦，早点回来。"话是自然而然说出来的，但仔细回味，却又觉得好像哪里不妥……

傅惟含笑瞥我一眼："娘子有命，为夫岂敢不从？"

我瞬间明白过来，刚才那句话，分明就是娇娘子殷勤把夫盼的意思……

脸颊愈发烧烫，我避开他炽热的眼神，掩口轻咳一声，道："王爷真是醉得厉害，看来醒酒茶不够，下官再去煮一碗……"

招安文士一事进展得甚是顺利，我的心情亦是大好。用过晚饭后，我独自一人在书房赏花看书，顺带等傅惟回来。

掌灯时分，他终于踏月而归，眉梢眼角沾染了醉意。举手投足间，少了几分沉稳，多了些许倜傥。

我替他冲了一壶蜂蜜水，道："阿惟，过来喝杯蜜水润润嗓子。"

他斜倚在榻上，顺手将我搂进怀里，一边喝蜂蜜水一边道："下午又喝了不少酒，头疼得厉害。"

"好浓重的胭脂香味……"我在他衣服上左闻右闻，好像明白了什么，登时炸毛，"你你……你竟然去喝花酒！"

傅惟挑眉，笑睨我道："吃醋了？"

"我才没有！你是王爷，爱干什么干什么，我哪里管得了！"我气呼呼地别过脸，懒得搭理他。

"家有如花美眷，我怎么还会出去喝花酒。"说罢，他从襟中掏出一枚精致的木盒，道，"我听陆知命说，建康城中有一家花容阁，胭脂水粉十分有名，方才回来时恰好路过，想挑一盒打算送给你。谁知掌柜手滑，不慎打翻一盒水粉在我身上，所以才会有胭脂香味。看看，这个颜色喜不喜欢？"

"哦，原来是这样……"我心里十分欢喜，接过胭脂盒，轻声道，"只要是你选的，我都喜欢。"

傅惟叹息道："我分明是一番美意，却被你误会成喝花酒，还要与我划清界限。啧，如此寡情薄幸的态度，真是教人寒心啊……"

我扯着他的衣角，呢喃道："阿惟，对不起，我误会你了……"

"那……"他撩起我的一缕头发，放在指尖来回缠绕，"你打算怎么补偿我？事先声明，除了你的美色，我不接受任何补偿。"他低头轻嗅头发，视线却牢牢将我锁住，眼底仿佛燃着一簇幽火，灼人心神。

我羞得不知该说什么，恰在此时，忽然传来一阵急促的敲门声。

开门一看，只见郑嘉手捧一封文书，面上依稀有几分急色："京城送来急报，请王爷过目。"

傅惟打开文书，眸光陡变，瞳孔瞬间收缩。

不祥之感如潮水般袭来，我沉声问道："出什么事了？"

"父皇昨日病危，紧急召我回京。"

第九章

不管你信不信，反正我不信

春雷阵阵，惊破一泓静水。

小雨淅淅沥沥地下了好几日，雨珠仿若断了线的珠子，自屋檐上次第而落。

春风轻拂，若带几许凉意，摇动树影婆娑。远处青山隐隐，朦胧缥缈。雨帘细密，轻笼着几户人家、几树绿荫。

我倚在窗棂前发呆。

距傅惟离开至今已有一个月光景。一个月很短，短到仿佛我的指尖还残留着他的酒气，彼此相拥也不过是昨天的事。一个月又很长，长到足以令齐国乾坤颠倒，江山易主。

一个月前，皇上的病情急转直下，整日咳血昏迷，严重时连呼吸都难以为继。他自知命不久矣，想在临终前见一见诸位皇子和公主，不管皇子有没有封王，公主有没有远嫁，全部召回京城伴驾。当然，也包括了仍在软禁中的傅谅。

谁知宫人前往东宫传召傅谅时，居然意外地发现他暗中制作巫蛊人偶。

那人偶形容甚是恐怖诡异，令人毛骨悚然。据传闻称，傅谅使用巫蛊之术，在人偶背后写上皇上的姓名与生辰八字，用红绳绑住其手脚，用棺钉钉住其心，绑上枷锁，并在其额前贴上收魂的黄符。

皇上极其痛恶巫蛊之术，听说傅谅想以此邪术谋害自己，当场便气得吐血不止。在病重的情况下也不分是非真假，直接下诏废除傅谅的太子之位，贬为庶人，并幽禁于内侍省。不多久，傅惟便被册封为太子，入主东宫。

事情发展至此，情势已十分明朗。按常理就该是傅惟专心侍疾，等皇上驾鹤西去后，顺理成章地继承皇位。岂料，偏又再生风波。

册封诏书颁布的第二天，傅惟秘密传信给杨夙和秦虎，着二人在皇城外布下重兵，一是为了防止有人心怀不轨，横生枝节；二来也是为了确保皇权能够平稳交接。

傅惟一向行事沉稳谨慎，如此安排本是无可厚非。结果不知怎么回事，那封密信竟误传到皇上手中。皇上看后，认定傅惟假仁假孝，自己还未归天他就已经急着要接班了，一怒之下打算二废太子，再换一个太子。

傅惟苦心谋划多年，为的正是九龙殿上那把交椅。眼看即将功败垂成，危急关头，他果断传令秦虎，发兵包围昭阳殿，彻底断绝皇上和外界的联系。皇上在接二连三的刺激之下，身体和精神再难支撑，当天夜里便一命归西。

消息传到建康时，已经距事发好几天。我虽然远在千里之外，却依然能感受到皇位更迭的惊心动魄。皇帝暴病，宫闱朝堂波谲云诡。禁宫兵变，褫夺帝位兵不血刃。稍有行差踏错，便是身首异处，万劫不复。

有道是国不可一日无君，先帝下葬后，礼部便着手筹备新帝登基事宜。然而，就在登基大典前夕，不知从何处传出谣言，说傅惟在御前侍疾时，与容华夫人暗通曲款，二人还当着先帝的面行亲热之事。先帝龙颜震怒，怒斥傅惟为"死狗"，杨夙令侍卫拉先帝入内殿，旋即血溅屏风，冤痛之声响彻禁宫。

凡此种种，如鬼魅般悄无声息地传播扩散，好像是有人刻意扩大事态似的，竟在一夜之间传得街头巷尾尽人皆知。

有人说，这般阴谋弑父、霸占庶母的行径与禽兽无异，新太子实在不配继承大统，还不如被废的傅谅。

也有人说，新太子素来清心寡欲，且爱惜名声，那容华夫人既非国色天香，又非倾国倾城，怎么可能在如此关键的时候为了她败坏清誉。

总而言之，百姓议论纷纷，朝中人心惶惶。

御史令樊准甚至带领御史台的一众官员在九龙殿外长跪不起，要求提点刑狱司验明皇上的真正死因。

傅惟当然不会袖手旁观，他将樊准一干人等以妖言惑众的罪名全部收监，并下令，凡散播流言、扰乱民心者，一律凌迟处死。所有流言蜚语，所有是耶非耶，全部在他的雷霆手段之下止息。

四月初九，齐国新帝登基，改元大业，尊生母德贵妃为皇太后。同时，连颁三道诏令：赦天下、轻徭役、减赋税，与民同庆，百姓无不赞其为贤君明主，那些有关弑父淫母的传言也渐渐消弭。

越三日，立突厥公主元妍歌为皇后。突厥王遣使来贺，表示愿意奉上燕云十六州的版图作为陪嫁，并就废后元梦樱所犯之罪向齐国臣民致歉。傅惟欣然接受，择定吉日，行立后大典，并大宴群臣。

纵然山盟海誓，纵然柔情蜜意，他终究还是娶了别人。

正当我神思飘忽之际，李瑞安不知从哪里冒了出来，猛地拍了下我的肩，道："小玉琼，发什么呆呢？是不是在想小惟惟呀？"他一边啃烧饼一边说话，碎屑喷得我满脸都是。

额间速速挂下三道"黑线"，我抹掉脸上的烧饼碎屑："先生，咱们能好好吃烧饼吗？"

他扔掉烧饼，兴致勃勃地追问："你先回答我是不是？"

还跟我较真了。

"没有啊，我……我正欣赏雨景呢！"

"你骗人，你一定在想小惟惟！"他嘿嘿笑道，"你在想，小惟惟为什么还不召你回京呢？小惟惟怎么会立妍歌为皇后呢？小惟惟是不是真的跟容华夫人好了呢？哎呀呀，听说那个容华夫人跟你有六七分相像呢！"

我拽一把他的胡子，他疼得嗷嗷大叫，直喊松手。

我竖起三根手指，道："第一，此次皇权更迭情势凶险，京城血雨腥风，他是为了保护我才让我留在江南。礼集的编撰工作好不容易才步入正轨，若我回京，不就无人主持大局了吗？阿惟花了这么多心思拉拢江南文士，如今将将有所进展，岂能功亏一篑？

"第二，我早就知道他要立妍歌为皇后，这并非出于他的个人喜好，而是为了齐国利益考虑。毕竟燕云十六州乃险要之地，是中原通向漠北的屏障，当年太祖皇帝出动二十万大军都没能拿下，现在突厥王如此豪爽，阿惟岂有不要的道理。

"第三，别说我不相信他跟宋容华有什么苟且，即便他真的动了心，那也犯不着在皇上将死之时对她出手。阿惟那么聪明，又岂会不懂'小不忍则乱大谋'这个道理。那些风言风语谁爱信谁信，反正我是不信！"

"说得好说得好！小玉琼真是越来越聪明了！"李瑞安笑道，话锋一转，又觑着我的脸色道，"不过，你真的一点儿也不吃醋？"

傅惟立妍歌为后，虽说我心里早有准备，可事到临头仍然有些难以接受。

诏书一下，她便成了他名正言顺的发妻，也只有她才有资格与他执手，共赏江山如画。无论他说他多么爱我，在他身边的人终究不是我。

本以为我不会在意这些浮名，现在却发觉这像是一根刺，深深地刺在我心里。原来元君意说得一点没错，对于女人，没有什么比名分更重要了。

我小声道："我没有……"

"还说没有？"李瑞安故意东嗅西嗅，长吁短叹道，"咦，老夫闻到了好浓的一股醋味，不知是谁家的醋坛子打翻了……"

我伸手又要揪他的胡子，他哈哈大笑，敏捷地躲了过去，我正欲追上去，却听门外传来一声尖锐的唱喏："圣旨到——"

一名眼生的公公奉诏走进来，我忙下跪候旨，他朗声宣道："奉天承运，皇帝诏曰：着江南总管戚玉琼即刻回京述职，不得有误，钦此！"

我接过圣旨："吾皇万岁万万岁。"

待公公走后，李瑞安笑嘻嘻道："这下好了吧，小惟惟召你回去，有什么话也好面对面说个清楚，省得你天天在这里酿醋，再这样下去，这总管府都快变成醋厂啦！哎呀呀，可惜的是，江南这么好玩，我还没玩够呢，嘤嘤……"

面上不觉微微发烫，我忙催促他道："走啦走啦，快回去收拾行李！"

他一面嚷嚷"有人归心似箭咯"，一面一溜烟跑远了。

我望着他远去的背影，嘴角不由自主地上扬，脚步也跟着轻快起来。江南依然细雨空蒙，于我而言，却是云开雾散，春光明媚。

南方烟雨迷蒙，北方春深日暖。四月将尽时，我回到长安城。

微风送暖，皇城内百花斗艳，欣欣向荣。桃花妖娆，樱花清丽，梨花胜雪，还有满架蔷薇飘散一园幽香。过往种种权谋算计、宫争政斗，全都悄无声息地湮没在了曼妙的春景里。

宣武门外，几树樱花开得正好，点点粉瓣随风翩跹而落，仿若落下一场花雨。一众宫人等候在外，为首那人一身宫廷总管的打扮，瞧着分外眼熟。

我步下马车，笑道："哎哟，小安子？不错嘛，穿上这身官袍还挺有气派的，如今该称你一声安公公了。"

小安子忙跪地行礼，狗腿地赔笑道："奴才还是奴才，称呼变了，伺候大人的心没变。只要大人高兴，随您怎么叫。"

我啧啧道："这嘴甜的，难怪皇上器重你。地上凉，快起来吧。"

他麻利地爬起身，嘿嘿笑道："奴才已在此恭候多时，请大人跟随奴才进宫。"

我扶好官帽，端起笏板，抬脚踏进宣武门。小安子默不作声地在前面引路，我心里有无数疑问不知如何开口，斟酌良久，问道："皇上他……最近还好吗？"

"皇上一切安好。"

这么官方的答案……简直是废话！于是又问："那……皇后呢？"

小安子回过头，神秘一笑，道："皇上说了，大人有什么问题直接去问他，不许奴才代为回答。"

我："……"

七拐八弯绕了一大圈后，小安子将我带到内宫一处宫殿。

我抬头看了看殿前的匾额，奇道："凤栖宫？我没走错地方吧？"

回京后，我还特意回府洗漱一番，换上干净的官袍，端着笏板进宫见驾，原本琢磨着不是去九龙殿便是去御书房，不承想竟被带到了嫔妃居住的内宫……几个意思？

小安子解释道："没走错，正是凤栖宫。凤栖宫原是太后的寝殿，皇上登基后，太后便搬去了仁寿殿，凤栖宫也就空置下来。前不久皇上派人来此粉饰打扫，说是要赐给大人居住。大人多日奔波，舟车劳顿，不妨先在此洗沐休息，皇上还有一些事要与杨尚书商议，晚些时候过来看您。"

我僵在原地，一时竟无言以对。

傅惟这是把我当嫔妃的节奏，可我分明是堂堂四品官员啊撮！议政什么的也不带我玩，亏我还装模作样地端了个笏板！

我气愤地将笏板扔到一旁，小安子一脸惊恐地望着我，小眼睛骨碌转了一圈，拍了拍手。

殿内走出一名妙龄少女，十六七岁的模样，圆圆的脸蛋，圆圆的眼睛，看着十分讨人喜欢。

小安子介绍："这是喜乐，凤栖宫的女官，以后就由她贴身照料大人的起居。"

我说："等下……"

他完全无视我的话，磕了个头："若是大人没有别的吩咐，奴才先告退了哈。"说完，以迅雷不及掩耳之势溜之大吉了。

我："……"

喜乐拜下："奴婢喜乐见过大人。"

我捂着胸口道："本官感觉自己受到了伤害，决定小睡片刻养养精神。这样吧，皇上来了你再喊本官起来。"

喜乐显然被我这自由散漫的态度惊到了："大人，咱们……不事先准备准备？"

我无力地挥手道："不用准备，反正这凤栖宫我也没打算长住，权当在客栈开了个钟点房睡午觉吧。"

我和衣躺在凤榻上假寐，脑中纷乱如云，怎么也睡不着。

一方面，我肯定不愿受封为妃，终日无所事事，费尽心思与别的女人斗艳争宠，只为博他一朝临幸。另一方面，我又不想就这么不明不白地跟着他，期盼有朝一日能光明正大地站在他身边，以妻子的身份与他白头偕老。

唉，世事难两全，谁让我爱的男人是一国之君呢？矛盾啊矛盾。

想着想着，不知不觉便睡了过去。

迷迷糊糊中，忽闻"咣当"一声，殿门被人猛地踹开，急促的脚步赫然停在我跟前，我尚且来不及睁眼，紧接着，手腕骤然一紧，仿若被什么东西紧紧钳住，一股巨大的拉力将我从凤榻上生生扯了下来，狠狠摔在地上。小臂内侧磕在博山香炉的尖顶上，伴随着一阵撕裂般的剧痛，嫣红的鲜血染红了官袍，滴落在汉白玉地砖上。

头顶上，有人喝道："好大的胆子！皇后娘娘凤驾之前竟敢不下跪！"

是不是活腻了！"

剧烈的疼痛使我很快回过神，抬头看清了眼前的人——一袭绣金鸾凤宫袍，额间步摇轻晃，雍容华贵，熠熠生辉，不是妍歌又是谁。

妍歌一脸鄙夷之色，道："本宫还当是哪里来的贱蹄子，原来是你。啧，难怪本宫一踏进这里就闻到了一股狐媚的骚气，令人作呕！"

喜乐扑上来帮我按住伤口，惊慌失措地磕头求饶："皇后恕罪！皇后驾临凤栖宫，殿外宫人没有及时通报，戚大人并不知情，求皇后不要责怪大人！"

"你的主人还没开口，哪里轮得到你这贱婢插嘴！来人，掌嘴！"

一名嬷嬷奉命上前拖住喜乐，我忙喊住手，嬷嬷恍若未闻，伸手便要掴掌。

怒从心头起，恶向胆边生。我抄起桌上的茶杯往她身上砸。她"哎哟"了一声，趔趄几步，悻悻退回妍歌身后。

我把喜乐拉起来，冷笑道："公主擢升为皇后，连脾气也跟着涨了。这可不太好，凤栖宫不是你撒野的地方，当着我的面教训我的侍女，皇后可曾问过我答不答应？"

妍歌扬手甩了我一个响亮的耳光，她与我站得很近，抬手的动作又极快，我根本来不及反应，整个人瞬间被她打蒙了，左脸火辣辣地疼起来。

她扬扬得意地看着我，笑容越发不可一世："教训你的侍女又如何，本宫还要教训你呢！你算什么东西，见到本宫非但不下跪行礼，还胆敢口出狂言！这一巴掌是教训你对本宫不敬！哼，别以为本宫不知道，你爹与先帝嫔妃苟且，根本就是斯文败类，臭名昭著的淫贼！真是青出于蓝胜于蓝啊，你比你爹更不要脸，整天妄想勾引皇上！"

下一刻，又是一记清脆的一声，我顿觉耳畔"嗡"一声响，右脸再次不幸中招。

"这第二巴掌是为你害死姑母，不对，一巴掌哪够，得要血债血偿才行。先欠着，来日方长，本宫自然会慢慢跟你讨回来。"妍歌怡然自得地转动手腕，满意地欣赏我的丑态，嗤笑道，"怎么了，被本宫打傻了吗？还是你害怕得连话都说不出了？"

我摸了摸两边脸颊，忽地捧腹大笑起来，笑得前仰后合，泪水飞溅。妍歌愣住，面色变了几变："你笑什么？"

"我笑，当然是因为……"我一面擦拭眼角的泪水，一面缓步走近她，右手不动声色地探到身后，将桌案上的青瓷茶壶握在手中，凑到她耳畔，轻声道，"你可笑。"

妍歌勃然大怒："你这贱人胡说什么！"

"不是飞上枝头就能变成凤凰的，山鸡始终是山鸡。"我迎上她的目光，笑得甚是畅快，"皇后娘娘，突厥王如此煞费苦心，用燕云十六州的版图给你买了这个后位，你应该好好珍惜，端出国母的姿仪气度。别动不动就要打要杀，教人觉得你是小人得势。本朝礼制你还没读过吧，我说给你听也无妨。太祖陛下有训：凡朝廷命官皆授命于天子，受督于万民，上拜皇天，中拜帝皇，下拜厚土，此乃三拜。我官拜江南总管，就算你是皇后也没资格要我下跪，除非……你想造反！"

妍歌双目圆睁，蓝眸之中掀起滔天怒火，咬牙切齿道："贱人，本宫今天就要你死，看谁救得了你！"

我看了一眼她作势要抬起的手，心中冷笑不止：真当我傻的吗，白白站在这里挨你第三巴掌。

她一把揪住我的衣襟，说时迟那时快，我举起青瓷茶壶，照着她的脑袋狠狠拍了下去。只听一声闷响，茶壶瞬间开了花，满壶茶水将她淋了个昏头昏脑，她俏脸上沾满茶叶，鲜血顺着额角缓缓流下来，整个人既狼狈又凌乱。

妍歌失声尖叫，四周宫人显然没料到我会突然放大招，一个个惊呆了，谁也不敢上前。她哪里还顾得上皇后威仪，胡乱抹掉脸上的茶水，抡起胳膊想跟我干架。

我一把按住她的脑门，一字一句道："你给我听清楚了，我爹是被冤枉的，他没有与嫔妃通奸。至于其中原委，相信元睿比任何人都清楚。这一壶是教训你满口污秽、出言不敬。我告诉你，我早已死过好几回，纵然十殿阎罗站在这里我也不怕，你用死来威胁我未免太天真了。元妍歌，你以后最好不要再来惹我，否则后果自负。"

最终，妍歌没讨到半分好，怒气冲冲地走了。临走时，那恨意凛冽的眼神分明告诉我——她绝不会善罢甘休。

我松了口气，好像浑身的气力尽数被人抽去似的，软绵绵地跌坐在凤榻上。

喜乐关上殿门，心急慌忙地跑过来查看我脸上的伤势，哽咽道："大人，您的脸……奴婢这就去内务府取一些冰块来给您敷一敷，若是让皇上看到便失礼了。"

我摇了摇头，哂笑道："不用敷，就是要皇上看到才好。去把镜子拿来。"

喜乐奉上铜镜，我凑过去一照，好家伙，果然一边一个掌印！

喜乐抹了把泪，劝我道："奴婢听说，皇后娘娘是个睚眦必报的性子，您跟她结了梁子，只怕她会没完没了地找您麻烦。"

我默默地腹诽：从我第一天认识她起，她就开始没完没了地找我麻烦了。

"今日这事固然是她挑衅在先，可若她先去皇上跟前告状，您有理都说不清。其实宫里谁都知道，皇上不喜欢她，成婚大半个月了，皇上从未踏足太和殿。她一定是欲求不满，满腹怨火无处发泄……"

我打断她："你有所不知，妍歌讨厌我已非一朝一夕，现在撕破了脸也好，省得我再白白赔笑脸。"

没过多久，小安子匆匆赶来。

看到殿内凌乱的情形，他吓了一大跳，视线落到我的脸上，整个人目瞪口呆："戚戚……戚大人，您的脸……"

我淡定道："什么事？"

他回过神，道："回……回大人，皇上今晚在昭阳殿传膳，请您过去一起用。"

"知道了，我跟你过去。"

他上下打量我一圈，犹疑道："您这……"

我笑道："皇后恶人先告状，我受了冤枉，怎么也得还原真相吧。"

小安子立马闭上了嘴。

日头渐西，天边浮出斑斓的晚霞。

昭阳殿内宫灯盈盈，氤氲着薄雾般的光泽。宫人撩开帘幕，内殿分外寂静，瑞兽香炉内腾起一缕烟，淡淡的龙涎香弥散在空中。

屏风上面，依稀映出一抹朦胧的剪影。

我跪下叩首："微臣参见皇上。"

"其他人都下去吧。"熟悉的声音若带几分疲倦。

四周宫人悄无声息地退了下去，偌大的昭阳殿内只剩下我和他两个人。

屏风那头笑道："进来吧。"

我起身，朝屏风后走去。腰间骤然一紧，身子跌入一个温暖的怀抱，傅惟将我揽在胸前，温热暖湿的气息拂过我的脸颊，哑声道："等了好久，你终于回来了。四下无人之时，你还叫我皇上？"

千般愤懑，万般不甘，全在这一句柔暖的呢喃中烟消云散。鼻尖不由得微微发酸，视线也跟着模糊起来。

我乖顺地靠在他的肩头，咬着唇不说话。

"听说你今天跟皇后动手了，是怎么一回事？"

果然是恶人先告状。我心头气难消，推开他道："想必皇后已经把事情经过描得十分精彩了，皇上何必再问微臣。"

"方才我正与杨夙议事，妍歌突然跑来哭诉，说你嘲笑她是山鸡，说她的皇后之位是突厥王用燕云十六州买来的，还说你用茶壶拍她脑袋。她一时气不过，于是赏了你两巴掌。"

我啧啧道："皇后娘娘可真是颠倒是非的好手，血口喷人的功夫教人佩服。"

傅惟一脸"我就知道是这样"的神情，清了清嗓子，故作正经道："朕是一个明君，当然不会偏听她的一面之词，所以才问你。"

"两个耳光算得了什么，她还想让我死呢。"我掀开衣袖，那条猩红的疤痕盘踞在小臂上，衬着光洁的皮肤显得格外狰狞，"我一向不喜欢惹是生非，若她不来惹我，我自然绕着她走。可是现在她竟然上门打脸，还当着一众宫人的面辱骂我爹，我又岂会任由她欺负。"

傅惟查看我手臂上的伤疤，眸中掠过一丝惊怒，心疼道："这也是她弄伤的？"

"不是她还能是谁？"

他垂眸片刻，愧疚道："是我太疏忽，让你受委屈了。稍后我让小安子去太医院取一些黑玉断续膏，一定不会留疤的。"

"不用麻烦了。"我放下衣袖，淡淡道，"我身上的疤痕这么多，也不在乎再多这一条。"

"还在生气？别气了，是我不好。你放心，从明日起我会加派人手保护凤栖宫，不让她再去骚扰你。"他捧起我的脸，温热的指肚轻轻摩挲着红肿的地方，似痛似痒。半晌，温声道，"让我看看，疼不疼？"

我叹了口气，道："我没怪你。"

"玉琼，过些日子我便昭告天下，为你爹平反，然后册封你为皇贵妃，好不好？"

我摇头："我不会留在凤栖宫。"

他瞳孔微缩，问："为什么？"

我勉强扯出一个笑，道："你就当是我心高气傲，不甘屈居人下吧。"

"我不相信，你不是看重位分的人。我说过，我这辈子只会有你一个妻子，君无戏言。即便后宫有再多嫔妃，也不过是占个虚名罢了。"

"以色侍人，焉能长久？我总有人老珠黄的一天，而你贵为九五之尊，非但有三千后宫佳丽，天下的美人更是取之不尽，等到我不再年轻之时，你还会钟情于我吗？"

本来还有犹豫，但经过今日之事，我越发对后宫争斗深恶痛绝。即便傅惟将我保护得再严密，可后宫乃皇后的地盘，难保妍歌不会见缝插针地对付我。

现在是妍歌，以后肯定还会有更多其他的女人，我的余生将永无宁日……那样的日子，真是想想都觉得可怕。

他笑道："你怕我对你不够长情，会禁不住诱惑而变心？"

我看着他，认真道："阿惟，如果你真的为我好的话，不如让我继续在朝为官吧。我爹毕生的愿望便是当一个为民请命的好官，可惜壮志未酬身先死。我若能继承他的遗愿，匡扶社稷，想必他在天之灵也会感到欣慰的吧。"

"你答应过要陪我白头偕老，陪我生生世世，现在这样算什么？"

"守着你的江山，一世为臣，大概也算另一种白头偕老吧……"

他愤然甩袖道："不行，我不答应。"

"阿惟……"

傅惟回眸望我，叹息声轻若烟云，声音恢复了温软："玉琼，我知道你还在气头上，这样吧，你且仔细考虑几日再答复我，嗯？"

我默了半晌，点点头。

唉，我总是心太软，心太软，把所有问题都自己扛……

他展颜微笑，再度将我揽进怀里，在我唇边轻轻印下一吻："你奔波多日，一定十分疲惫，用完晚膳早些休息。明日早朝你不必去，我安排太医院院使来给你请脉。"

我一愣："所以，我今天……睡在这里？"

傅惟轻挑眉梢，似笑非笑道："你不会连这都不愿意吧？"

"不是不愿意……"只是觉得不太好。

以前他是晋王殿下，我是太子幕僚，连说句话都要避人耳目。如今他为君，我为臣，君臣有别，更加需要避嫌。身份之隔，好像永远是我和他之间一道无法逾越的鸿沟。

真是怀念在江南的那段时光，远离京城，山高水远，没有牵绊，没有顾忌，我可以肆无忌惮地跟他耳鬓厮磨，光明正大地牵着手走在街上。

傅惟似乎看出我的顾忌，道："玉琼，你我相识已久，我是什么样的人你应该很清楚，我只想要两样东西，江山与你。不管是从前的晋王，还是如今的皇帝，我就是我，我对你的感情不会变，现在不会，以后更不会，你要对我有信心。"

我喉头发涩，抱着他一时不知该说什么。

我不是对你没有信心，而是对自己没有信心。

第二日醒来时，傅惟已不在身边。我躺在床上想了一会儿心事，便起身洗漱。小安子和喜乐早已等在殿外，二人皆是神色暧昧地看着我，看得我心里直发毛。

小安子笑眯眯道："戚大人，昨晚睡得可好？"问完，不待我回答，又继续说，"今日皇上早朝时心情甚佳，想来应该睡得不错。"

我拍了一下他的脑门，羞赧道："小安子，你胡说什么。"

喜乐忙附和："就是，也许皇上和戚大人只是盖着棉被纯聊天呢？"

我："……"喜乐你真的不是来补刀的吗？

小安子捂着脑袋，赔笑道："大人恕罪，奴才错了。早膳已经准备好了，请大人洗漱更衣。"

用过早膳后，我在昭阳殿前的花园里四处闲逛。

春阳明媚，百花妖娆吐香，鸟雀鸣声不止。

我的心情却不似这般晴好，不仅是因为要不要入后宫而烦恼，还盘算着如何才能去内侍省见傅谅一面。

东宫内搜出巫蛊人偶，虽然是人赃并获，可傅谅始终没有认罪。自他被关入内侍省后，日夜喊冤，要求面圣申诉。奈何一连喊了许多日都没有人理睬他，他便爬上大树，希望先帝能听见他的声音，却被认为是疯鬼附身，神志不清。

根据我对傅谅的了解，他素来对鬼神之说嗤之以鼻，又岂会用巫蛊人偶谋害皇上？摆明是被人陷害。

不见他一面，我于心不安。

我正扶额沉思，不期然望见一抹俏丽的身影自不远处的回廊中穿过，不由得疑惑道："小安子，那是容华夫人吗？"

傅惟登基后，将先帝的嫔妃全部遣送出宫，有的送入佛门清修，有的安置在瑶山别院，却为何独留宋容华在宫里？

小安子道："奴才没看清，不过容华夫人确实还在宫里，具体原因奴才也不太清楚。"

我眺望空无一人的回廊，鬼使神差地想起那些有关傅惟和宋容华相好的传闻，心头蓦然一跳。

傅惟下朝归来时，带来了太医院院使、副院使、院判、副院判等十名太医，就差把整个太医院全部搬到昭阳殿。

我惊得目瞪口呆，道："阿……皇上，这会不会太夸张了？"

"这十位是太医院医术最顶尖的太医，先让他们给你看看。"

皇上金口一开，我只好乖乖伸出手。于是乎，这十名太医便排着队给我把脉，各种望闻问切，各种金线吊脉，各种金针过穴，不敢有半点马虎。

一个时辰后，十人全部诊脉完毕，并聚在一起开了个小会，其中包括院使在内的六人束手无策，另有三人完全没看出我有病，仅有一位名叫方蕴的年轻太医表示知道是怎么回事。

"微臣是江南人士，家父曾跟随孟河名医岳振先学习医术，家父说，当年他的大师姐，也就是岳先生的嫡传大弟子也是得了这种病。"

那不就是我外祖母？我下意识地看向傅惟，他显然与我想到了一处，沉声道："说下去。"

方蕴继续道："岳先生将此病称为脏腑早衰症，得病者外表看起来与常人无异，五脏六腑却比常人衰老得快许多，起初不会有任何感觉，病程发展极其缓慢，随着年龄的增长，症状逐渐显现。虽然容貌依然年轻，身体却如同耄耋老人，得病者通常活不过五十岁便会油尽灯枯而死……"

傅惟薄唇紧抿，面色越来越冷峻，指节渐渐收紧，竟捏碎了一只茶杯。只听"啪"的一声，所有人惊得跪倒在地，连大气都不敢喘一下。

我轻拍了下他的手，用眼神宽慰他。他深吸一口气，神情有所缓和："那有没有什么办法可以医治？"

"回……回皇上，岳先生十分宠爱这位大弟子，立誓一定要将她医好，于是闭关二十年，潜心研究病理药理，终于被他找到医治此病的方法。但岳先生出关后，却听说她已经过世，心痛愧疚之余，将所有资料付之一炬……"

"就是没得医了？"傅惟拂落满桌茶具，凛然道，"那你说这么多废话做什么！"

方蕴吓得浑身发抖，惶恐道："皇上息怒，微臣……微臣家中还留有一些岳先生的遗稿，兴许能找到有用的方子。"

"还不快去！"

方蕴连连道是，一溜烟跑走了。余下的太医全部僵在原地，走也不是，留也不是。傅惟一脸阴沉地扫视他们，眼看又要发作，我抢先道："几位大人先回去吧。"

太医们如蒙大赦，如潮水般退了出去。

待殿内无人，我走到他跟前，握住他的手道："阿惟，别生气了，你责怪他们也没有用。"

傅惟一把将我带入怀中，仿佛用尽全身力气，紧得让我透不过气来。他埋首在我的颈间，气息灼热似火，带了几分颤抖，喷洒在裸露的肌肤上，撩起阵阵酥麻。

"玉琼，我不会让你有事的。我立刻派人送信给刘恩，让他一个一个去问岳振先的徒弟，我就不信，一点儿办法都没有。"

我尽量让自己的声音听起来轻松些："我生病，怎么你比我还着急。"

他却恍若未闻，喃喃道："我绝对不能失去你，绝对不行……"

"你放心吧。"我温声宽慰道，"我一定配合太医诊治，做个好病人。"

他没有说话，半晌后才将我放开，眼底浮着几分黯淡不明的水色，仿若明珠蒙尘，光芒不再。

"既然外祖母也得了这种病，我想，她身为医者绝不可能坐以待毙，一定会想办法自救。她过世后留下许多医书典籍，我回去找找看，或许会有帮助。"

傅惟道："我跟你一起去。"

"你还有许多国事要处理，我自己回去好了。"

"那好，你快去快回。"

我点头，斟酌了一下，道："对了，阿惟，我想去看看傅谅。"

他一怔，眸光霎时变得幽深莫测，斩钉截铁道："不行。"

我好言道："傅谅一向待我不薄，如今他落得这般田地，我多多少少有些责任。阿惟，你已登基为帝，他对你再也构不成任何威胁，你让我看看他，就当为我去掉一块心病，好吗？"

傅惟默了良久，终于点头应允："我让郑嘉送你去内侍省。"

我笑道："谢谢你，阿惟。"

内侍省。

一条狭长的走道笔直地通向掖庭深处，走道两旁的宫殿因常年无人打理，显得破旧不堪。

掖庭的尽头有一处院落，以铁门封锁，门外有重兵把守。郑嘉出示皇帝御令，守卫打开铁门，他叮嘱我道："皇上有令，大人不可久留。"

我点头："有劳郑大人在此稍候片刻。"

庭院之中荒烟蔓草，悄寂无声。轻风拂过，摇动树影婆娑。

高墙下，有一人颓唐地蹲坐在角落里，蓬头垢面，衣衫褴褛。若非周围再没有其他人，我真的不敢相信那便是昔日风华正茂的太子殿下。

刹那间，愧疚如潮水般袭来，在我体内疯狂地肆虐开去。

心里酸楚难当，视线也跟着模糊起来，我停下脚步，压着颤抖的声音唤道："阿谅……"

傅谅缓缓抬起头，木然地看向我，眼神空洞而迷茫，好像已不认得我是谁。

我竭力忍住泪意，又喊了他一声。

那道目光陡然变得清明，犀利至极，亦绝望至极。

他盯着我，呼吸渐渐急促，身子不停地颤抖着。

良久之后，尖锐的抽泣声划破长空，如同一柄匕首狠狠刺进我的心窝。

225

他猛地扑过来，死死钳住我的双手，哽咽道："玉琼，你来了，你终于来了！舅父说是你害死了母后，你是老二派到我身边的细作，一直在帮他做事，我不相信，我死都不相信！现在你亲口告诉我，这是不是真的？"

我艰难道："是。"

傅谅呆愣片刻，泪水滚滚滑落，愤怒地大吼："为什么？你为什么要这么对我？"

"其实我是前刑部尚书戚正坤的女儿，当年元皇后害得我家破人亡，我爹惨死牢狱之中，我娘烧炭自尽，只有我一个人活了下来。我回到长安城想要为父伸冤，却落入奸人之手，受尽折磨，险些命丧黄泉。后来在傅惟的帮助下，我伪造官籍入朝为官，苦等了这么多年，就是要让元皇后血债血偿……对不起，直到今天才告诉你真相。"

"你……你说什么？"

我遂将前因后果毫无保留地告诉了他，包括他的真实身世。

听完后，他浑身像卸了力一般，趔趄着跌倒在地，难以置信道："我不是母后亲生的，我是舅父的儿子……这怎么可能，不可能……你骗我！"

"我没有骗你，你若不信，我可以带证据给你看。元睿送给绿玉的定情信物和绿玉亲手所写的状书，都在我……"

"你闭嘴！"傅谅打断我，捂着耳朵哭喊道，"我不想听，我不想听！"

"阿谅，我知道你恨我，但是我不后悔这么做，我不能让爹娘枉死，这个仇我不能不报……"我蹲下身，扶着他的肩膀道，"我……我唯一对不起的就是你……"

他的表情有一瞬的扭曲，如遭蛇噬般向后缩了缩，蜷缩着身子连连倒抽冷气。

我这才发觉，原来在他破烂的衣衫下布满了一指长的伤口，好像是受过鞭刑，从双臂一直蔓延到脊背。有些伤口早已结痂，有些却红肿流脓。

我既惊且怒，问道："这些伤怎么来的？是谁打你？"

"我不要你管！"

"阿谅……"

傅谅胡乱抹掉泪水，双目赤红，里面满满都是伤痛与苦楚："戚玉琼，就当你说的都是实情，我理解你的苦衷，但不能原谅你的背叛。不，恐怕连背叛都说不上，因为你从一开始就是他的人，是我有眼无珠信错你，今日沦为阶下囚也是我咎由自取。论心计、论权谋，我都比不过老二，成王败寇历来如此，我无话可说。"他别过脸不再看我，冷声道，"你走吧，我不想再看到你。"

"阿谅……"

他猛地拍开我的手，吼道："我让你走！"

"好，我走。你再忍耐一段时间，我一定会救你出去的。这是黑玉断续膏，治疗外伤有奇效，你先拿去用吧。"我将药瓶放在离他不远的石桌上，转身离开。

身后，傅谅忽然仰天大笑，笑得几近癫狂，笑声凄厉而哀伤，叫人听了心惊胆寒。

脚步一滞，指节不由得收紧，我在心里重复最后一句话。

我一定会救你出去。

这是对他的许诺，也是对我自己的许诺。

明月当空，夜风送凉。

花园中，樱花开得格外好，枝头粉花如绣，点点花瓣随风飘落。

我满腹心事地坐在凉亭里，一边煮茶，一边思考如何解救傅谅。

依今日所见，掖庭守卫森严，关押傅谅的那间院落更是有重兵把守，没有傅惟的皇帝御令根本进不去。据我所知，这枚御令与玉玺一样都放在御书房密室里，而密室的钥匙只有傅惟才有。我必须想办法得到钥匙，才能取得御令。

那么，问题又来了——就算我取得御令，又如何能在众目睽睽之下将傅谅带出来呢？

无解啊无解。

常叔捧着一些卷轴书册从我眼前走过去。我叫住他，问道："这些是什么？"

"回小姐，老奴按照您的吩咐，将老夫人留下的医书全部整理出来单独放置，在整理过程中，发现一些老爷的遗迹，打算拿到小阁楼去。"

我好奇道："哦？给我看看。"

遂翻开最上面的书册，俨然是爹爹所书的《洗冤集录》手抄本。

"狱事莫重于大辟，大辟莫重于初情，初情莫重于检验。盖死生出入之权舆，幽枉屈伸之机栝，于是乎决。"我摩挲着泛黄的书页，感慨道，"当年爹爹从地方官升任刑部尚书，虽然之前对刑狱决案有所了解，却知之不深。为了弥补不足，他初到刑部时，白天忙于公务，晚上便苦读刑狱典籍，以致夙兴夜寐，废寝忘食。"

常叔赞同道："老爷也是蛮拼的。"

除了这些手稿外，还有一幅我从未见过的字画。画中之人羽扇纶巾，风采卓然，应当是孔明，画像右上角有四行字，字迹行云流水，力透纸背。

"为天地立心，为生民立命，为往圣继绝学，为万世开太平。"

我放下画卷，些许酸楚涌上心头："爹爹一直将贤相孔明视作典范，立志为民请命，洗尽天下冤屈。出任刑部尚书后，他平反了无数冤假错案，世人皆赞他为民之青天。谁知最后却落得个含冤而死的下场，真是天意弄人。"

"小姐，您已经替老爷夫人报了仇，他们在天之灵一定甚感欣慰，过去的事就不要再多想了。如今您在朝为官，总有机会完成老爷的遗志，做一个为百姓称许的好官。"

是这样吗？倘若傅惟执意要封为我妃，我哪里还有机会做一个好官？

我叹息道："这些年在东宫，我基本上只做了两件事，一是纵容傅谅吃喝玩乐，二是给傅谅收拾烂摊子，除此以外再无其他。此次奉旨招安江南，我的工作也是以辅佐为主，主要还是仰仗傅惟。我想来想去，也没发现自己有什么可圈可点之处。常叔，你说我是不是一根废柴？"

常叔默了默，安慰我道："您千万不要妄自菲薄，若不是您救下高轩，让高天元心甘情愿为您所用，招安工作也不会进行得那么顺利。"

我自嘲地笑道："如此说来，我还要感谢那两个劫匪呢。"

"你要感谢谁？"熟悉的声音蓦然响起，若带几分浅淡的笑意。

傅惟着一袭玉色便服，施然负手，踏着明媚的月辉缓步走来。方蕴与另一名太医提着竹箱，垂眸敛目跟在他身后。

四周家仆纷纷拜倒，我也跪下行礼："微臣参见皇上。"

他扶我一把，笑道："起来吧。"

我站起身，对常叔道："常叔，你带两名太医去藏书阁，把整理出来的医典拿给他们看。"

常叔道是，转身退下。他走后，其余家仆也消失得无影无踪。

恰好壶中水煮开，傅惟挽起衣袖，专心致志地冲起茶来："好久没有泡茶了，不知手艺生疏了没有。我记得，上一次和你一起喝青城雪芽还是在去年秋天，一眨眼竟已过了大半年。"

我坐在他身旁，默默地看着他娴熟的动作，没有说话。

傅惟抬眸看我，微笑道："怎么好像不太高兴？"

"我今天见到傅谅，他好惨啊。"我迎上他的视线，"阿惟，有件事我一直想问你，东宫里的巫蛊人偶是不是你派人放的？"

他不假思索地回答："不是。"

"那是谁？"

他轻嗅茶香，淡淡道："我不能告诉你。"

"为什么不能告诉我？当时傅谅已经跟被废没有两样了，根本毫无威胁，谁还会在皇上病危时设计陷害他？我实在想不到。"

"你这么说，就是认定这件事是我做的了，是吗？"

我咬唇道："你向来对我坦诚，从不隐瞒我任何事，为什么这次不能告诉我？如果不是你，那你告诉我，是谁？"

傅惟停下手中的动作，不悦道："你知道又如何，不知道又如何？如今木已成舟，傅谅跟你再无半点关系，他怎么样与你何干？"

这话说得真好，我简直无言以对。

我强忍住心里的怒意，笑了笑道："好，这件事暂且不提。那你还记得你当日是怎么答应我的吗？你说你不会伤害傅谅的性命，可是现在呢？形容邋遢，处境凄凉，跟乞丐没有分别。这样也就罢了，我还看见他满身是伤，分明就是受过极重的鞭刑，这你又作何解释？你是不是怕我知道这一切，所以才不愿意让我去看他？"

他的眸色越来越深，仿若无月的深夜，几乎可以吞噬一切："你这是为了他来向我兴师问罪了？我知道你心软，对他抱有愧疚，答应你留他性命，所以他现在还活着，这样还不够吗？难道你要我好吃好喝地伺候着他？"

"我没有要求你厚待他，哪怕你把他遣送边疆，起码让他有尊严地活下去吧。你把他关在那个小破院子里，用铁门锁着他，还时不时给他几顿鞭子，这比死还不如，根本是生不如死。"

"戚玉琼，你在对我提出要求的时候，也站在我的角度上想一想。傅谅是废太子，他跟我争过皇位，只要他还活着就对我有威胁。我留他一条性命，已经是我能做的极限了。之前在江南，我跟你说宋容书不能活，你表示理解认同，傅谅也是相同的道理。为什么到了他这里你就变得这么双重标准？"他抓紧我的手，黑眸冷若寒潭，隐忍了几许杀意，"是不是，因为他喜欢你，你也对他日久生情了？"

我疼得倒抽冷气，用力挣开他，冷笑道："我的心意你很清楚，无须说这种话来激怒我。"

傅惟似是一怔，敛了敛神色，声音也温软下来："对不起，刚才是我太激动了。玉琼，你不要再操心傅谅的事了，安心调理身体才是最重要的。我已经安排中书省起草诏书，过几日便为你爹翻案，让他沉冤得雪，然后册封你为皇贵妃。"

我笃定道："我不会入后宫。"

刚平息的怒火再度燃起，他冷厉问道："这也是因为傅谅？"

我笑了："你连这都能往他身上扯？是不是在你眼里，我跟他之间就一定有什么不可告人的事？你根本不相信我对吗？"

"那是为什么？"

"为什么？因为我不想做一只被关在笼子里的金丝雀，不想一辈子受到束缚。我想入朝为官，完成我爹未完成的心愿，为百姓做实事。"我深吸一口气，一字一句道，"这个决定与任何人无关，完全是我内心的意愿，我希望你能尊重我。"

傅惟盯着我，片刻后忽然猛地拍了下桌案，力气之大，将桌上的茶具都震落在地，摔得一地狼藉。

他拂袖起身，背影微微颤抖着。少顷，又转身看我，俊脸变得煞白，没有半点血色，毫不掩饰失望与伤痛，几乎是咬牙切齿道："好，你想做官，我成全你。现在卸去你江南总管的职务，擢升为太傅，暂代丞相之职，这样你满意了吗？"

我跪下，沉声道："微臣叩谢皇上圣恩。"

"明日去吏部报到，后日上朝议政！"说完，他愤然扬长而去。

不知他走了多久，我一直跪在原地，好像石化了那般，不能挪动半分。

夜风悄无声息地拂过，惊觉脸上冰凉透骨。我伸手一摸，竟然潮湿了一大片。

常叔将我扶起来，温声道："小姐，您想完成老爷的遗愿没有错，但是也犯不着为了这个跟皇上吵架。地上凉，先起来吧。"

　　我木然摇头："不，不仅仅因为这个……"

　　"那是为什么？"

　　我捂着脸抽泣，痛苦道："不知道，我也不知道。"

　　自他登基以来，我和他之间，仿佛有些东西变得不同了。这种感觉前所未有，我不知道究竟什么不同，也不知道是因为什么，但这让我很是不安，如千虫噬骨，似百爪挠心。

第十章

相思相望，渐行渐远

　　当天夜里，傅惟颁下两道诏书，一道册封我为太傅，另一道则是将我爹的案子发回刑部重审，并命提点刑狱司亲自开棺，重新验尸。

　　诏书一出，举国哗然。

　　有人说，自新帝登基以来便大刀阔斧地改革吏治，首创科举制度，分科取士，提拔了一批年轻有为的官员，满朝上下皆有新貌。任人唯贤确是明君所为，但关键在于戚玉琼并不是什么贤才，真不知新帝的慧眼看中了她哪一点。

　　有人说，在这个看脸的时代，有没有才并不重要，重要的是那戚玉琼生得颇有姿色，皇上在江南招安时与她朝夕相对，二人早有奸情。否则，凭她是废太子幕僚的身份，早就死上一万次了，哪里还有现在的风光。

　　还有人说，皇上选择同一时间颁发这两道诏书，很明显戚玉琼便是戚正坤的女儿。想当年那戚正坤与嫔妃有染，被施腐刑，罪当满门抄斩，他女儿竟能瞒天过海，在朝中混了这么多年，必定有人在背后支持。

　　总而言之，各种猜测、议论四起，甚嚣尘上，迅速将我推向舆论中心，以至于我上街买点生活用品都觉得背后有人在盯着我看。

清早，我准时前往吏部报到。

那吏部尚书也是个奇人，素有"齐国最八卦官员"之称。他显然对我和傅惟的私情深信不疑，于是从头至尾都以一种"王的女人"的眼神看我，感觉就差张口喊娘娘了。

我有些不自在，以最快的速度领完官服和官印准备走人。孰料，前脚刚踏出吏部的大门，抬眼便望见九龙殿外黑压压地跪着一大片人，不由得好奇道："他们为什么跪在那里？"

吏部尚书笑眯眯地解释："是这样的，这些言官早朝时集体反对您升任太傅，皇上不予理睬，他们便扬言要在九龙殿外长跪不起。早上人更多，这会儿已经走了一批了。"

我："……"

第二日，春阳晴好，晨风送来淡淡的玉兰香气。

我早早地起床洗漱，换上官服，为上朝做准备。用早膳时，常叔送来一碗汤药，热气腾腾升起，浮起一股苦腥的味道。我皱眉道："这是什么？"

常叔道："这是方太医开的方子，皇上再三叮嘱老奴，一定要督促小姐按时服用。"

我盯着那黑黢黢的药汁，蓦然回想起在江州时傅惟哄我喝药的情景，不禁神思恍惚，恍然而生隔世之感。倘若时光能永远停留在当时，停留在那个只有我和他的冬日，那该多好。

"小姐……"

我回过神，一口气把药喝完。那苦涩腥臭的味道顿时充满口腔，从舌尖肆虐开去，一直蔓延到心底。

九龙殿外。

众臣三三两两地聚在一起，谈论着近日的朝政。我的出现立刻吸引了所有人的目光，有一刹那的安静，然后便响起一阵窃窃私语声。

我扶正官帽，端起笏板，旁若无人地走到最前方站定，打定主意眼观鼻、鼻观口、口观心，无视四周的议论。反正这种场面也不是第一次见，我早已被人戳脊梁骨戳习惯了。

杨凤施施然走过来，笑道："戚大人，好久不见，如今该称一声戚太傅了。"

傅惟登基后，擢封杨凤为兵部尚书，他成了齐国历史上最年轻的尚书。但因他有军功在身，倒也没人表示不服。

我拱手笑道："杨尚书，别来无恙？"

"我自然无恙，不过有的人……"他凑近几分，意味深长道，"恐怕就没那么好了。"

我面上一烫，装傻充愣道："什……什么意思？"

"当然是阿惟啦，他最近为了你的事很是头疼。什么叫城门失火殃及池鱼，那就是你们小两口吵架，我也跟着遭殃。他明知我不胜酒力，非要拉着我陪他喝酒，结果他没醉，我先醉了，回去后还被我爹臭骂了一顿。"

我嘴角不由自主地抽了抽："这……"

他小声道："阿惟只是想给你一个名分，不想让你受委屈，你也要理解一下他身为皇帝的难处。我觉得吧，当皇贵妃也没什么不好，皇贵妃的位分只比皇后低了半阶。况且，他说他打算把凤印交给你执掌，那突厥公主不过是守着皇后的虚衔，哪里翻得了天。"

他这番话让我心里很不是滋味，却又不知该如何开口，只得低头沉默。

其实，我并没有完全考虑清楚到底应该如何选择，那晚跟他争吵，拒绝封妃也有几分赌气的意思，却没想到他竟然当天夜里就颁了旨。

我叹了口气，道："罢了，既然当了太傅，那就好好努力吧。反对我的人那么多，我总得拿出些真本事去堵他们的嘴，否则岂不是叫阿惟跟着我一起丢脸。"

杨凤点头，安慰道："如今国事初定，诸事千头万绪，朝廷正当用人之际，你这么聪明，有的是机会一展拳脚。况且，阿惟也会帮你。"

我笑道："希望如此。"

不多时，宦官高声唱喏，百官入殿上朝。

傅惟身着黑红衮冕龙袍，雍容华贵，广袖上绣有金龙腾跃，举手投足之间皆是帝王气度，不怒自威。他端正地坐在龙椅上，垂下的毓珠掩去了他眼里的情绪，不辨喜怒。

作为一品太傅，我必须站在百官之首，也就是最靠近他的地方。虽然我已经把脑袋埋得不能更低了，还是能清晰地感觉到头顶那道目光，灼亮迫人。

小安子侍立一旁，阴恻恻道："有事启奏，无事退朝！"

四月将尽，端午节宴会和秋虎原春猎被提上议程，此乃傅惟登基后的头两件盛事，也是扬国威、立君威的大好机会。礼部尚书首先出列，分别陈述了相关筹备情况，从宴会所用的笙乐烟花，到春猎围场的清场巡查，事无巨细，一一详细汇报，得到傅惟的嘉奖后便喜滋滋地退了下去。

其次是陆知命派人送回的《建康礼集》的修纂进度。由于绝大部分文士参与热情高涨，修纂工作进行得十分顺利，预计五月底便可完成。

待诸项事宜全部汇报完毕，傅惟站起身，不紧不慢道："朕昔日南征前宋时，率领大军从陆路行进，需翻越崇山峻岭，穿越腹中原地至江州城，再横渡扬子天险抵达江南，前后耗时二十余日。朕以为耗时太长，极易延误战机。诸位爱卿，你们说如何是好？"

一石激起千层浪，这番话立即引起内殿议论纷纷。

有人提议兴修一条从长安通往江州的官道，有人提议在江南设立军务省，加派守军，还有人提议在扬子江上修筑大桥，飞架南北。

众臣七嘴八舌，各种脑洞开得极大。

傅惟对这些提议不置可否，沉吟半晌，抬眼向我看来，眸光变得沉静如水，了无波澜："戚爱卿，你的看法？"

话音落下，殿内骤然变得鸦雀无声，众人齐刷刷地向我看来，好奇者有，不屑者有，看笑话者也有。

我迅速领会到了傅惟的用意，其实此事根本无须再议，他心里早已有了主意。现在点名问我的看法，想必是想给我一个表现的机会。

一时间，感动如同暖流般涌上心头，我稳住心绪，大方道："回皇上，微臣以为陆路不及水路便利，应当开凿一条南北运河，直接沟通长安和建康。"

"继续说。"

"诚如皇上方才所言，若走陆路，从长安到建康大约需要一个月的时间。即便开通官道，但几十万大军浩荡行进，全靠脚力，并不能节省多少时间，实非上选。行军所用的时间长，途中消耗的粮草也就多，战争尚未开始，粮草已然去了两成，于战事不利。水上运输则不同，行船载量大，航程长，借助河流走向，非但可以在最大程度上缩短时间，还能节省大量粮草。"

御史令樊准首先出列反对："但兴修运河是一项极其浩大的工程，如今南北统一不久，江南叛乱初定，需要休养生息。若在此时大量征用劳力，恐怕会再次导致民心不稳。"

傅惟登基后，降旨将傅辰外放到彭城为王，从前追随他的那些人非罢则贬。樊准乃傅辰党羽的核心人物，现在竟然还能站在这里说话，也是神迹。

"大人此言差矣。"我竖起一根手指晃了晃，不紧不慢道，"须知兴修运河的历史由来已久，早在春秋时期，魏惠王便开始开凿连接黄河与淮河的鸿沟，而后不久吴王夫差又开邗沟。纵观古今，包括秦始皇、汉武帝、汉光武在内的诸多帝王都曾开凿过运河。本官所说的开凿运河并非另起炉灶，而是在这些已有运河的基础上加以修缮疏通，所需的人力物力远远低于开通官道。"

樊准表示不服："那修建跨江大桥又如何？"

"南朝地理志有载，长江扬子江段长约两千里，江宽一百五十余里，至深三十尺，至浅十五尺，可谓水深江阔，涌流湍急，每年淹死江中的人数不胜数，世人皆称其为天险。要造跨江大桥，恕本官直言，恐怕连选址砌墩都无法完成，更别提飞架南北。"

他仍不死心："既然这样，不如在江南设立军务省，加派守军，既简单又省事。"

"杨大人，您又错了。南北虽已统一，但由于分裂时间太久，如今的统一还只是版图上的统一，并未实现太祖陛下所渴求的'天下一家'。若要民心归顺，单靠武力镇压远远不够。"

有人道："那皇上亲自南下，主持礼集修纂工作，不是已经令江南百姓心悦诚服了吗？"

我说："当然是，但这只是其中一方面。江南土地肥沃、气候适宜，素有天下粮仓之称，每年所产的粮食倍于北方，近几年的发展愈加迅速。且南方文人辈出，有许多可用之才。皇上开科取士，不正是为了广纳人才吗？所以说，兴修运河不仅是为了运兵遣将，更出于发展商业贸易、吸引南方文士的考虑。"我走到樊准跟前，笑眯眯道，"您，明白吗？"

樊准的脸瞬间变成锅底色，凶巴巴地瞪我道："老臣……老臣当然明白！"

我满意地点头，道："明白就好，那本官就默认您不再反对了？"

他气极："你！"

四下响起惊叹声，众臣纷纷附议我的提议，几个言官面面相觑，仿佛没料到我竟会有这番表现。

我抬起头，与傅惟视线相触，不觉微微一笑。他抿了抿唇，眼内浮起一抹浅淡的笑意，旋即朗声道："戚爱卿言之有理，兴修运河的确是一件功在当代、利泽千秋的事。戚爱卿，既然这是你的提议，那便由你来督造，户部负责征集劳力，工部负责统筹调度，如何？"

我暗吃一惊，用眼神问他：这么大的事交给我没问题吗？

傅惟：放心，有我在。

我叩首道："微臣领旨。"

"戚爱卿，下朝后来一趟御书房，朕有事叮嘱。退朝。"

话音落下，傅惟拂袖翩然离去，满朝文武包括杨凤都向我投来了意味深长的目光。以樊准为首的御史大夫团体怒气冲冲地走了，言官团体则晃晃悠悠地从我身边经过，留下一连串略带鄙视的目光。

言官一：以色侍君！

言官二：祸国妖女！

言官三：牝鸡司晨！

言官四五六七八：……

我："……"

杨凤走过来："嗯，旁征博引，妙语连珠，戚大人方才表现得很好。"

我苦笑道："多谢。"

他语重心长道："呃，那个，欲戴官帽，必承其重……好像这句话最近很流行，我觉得很适合你。"语毕，拍了下我的肩，走了。

我忧伤地站在原地，目送众人渐行渐远的背影，陡然生出一种独怆然而涕下的悲凉之感。

我慢吞吞地踱到御书房，在门前徘徊许久，几次欲伸手叩门，却又在半途缩了回来。恰在此时，只听"吱呀"一声，那门自己开了。

小安子探出脑袋，狗腿地笑道："戚大人，快进来吧，皇上已经等您多时了。"

我调整了一下面部表情，抬脚走进去。

御书房内，傅惟手执文书安静阅读，长身玉立，眉目温润，分明与从前没有任何不同。

他抬眼向我看来，眼底的笑意柔若春风："玉琼来了。"语气也是十分正常，好像从未跟我吵过架一样。

我跪下："微臣叩见皇上。"

傅惟将我托起来，顺势拉到跟前，微微扎人的下巴摩挲着我的额头，道："还在生气？"低沉的嗓音冲击着我的耳膜，恍然间，若有一汪春水流入心田，瞬间将我的心融化。

我乖顺地倚靠在他肩头，摇了摇头："我哪会生气，谢你还来不及。"

他笑道："为什么要谢我？"

"谢你方才给我表现的机会。"我环上他的腰，温声道，"我知道，封我为太傅让你承担了很大的压力，满朝文武大概除了杨凤之外没人信服我，大家都说我以色侍君，是靠爬上龙床才得以升任太傅。你让我督造运河，白白送一个功劳给我，好让我在朝中站稳脚跟，阿惟，我明白你的苦心……"

"玉琼，你想要的，我都会给你。"傅惟收紧臂弯，将我牢牢圈在怀中，附在我耳畔呢喃道，"我已经想清楚了，我不该把自己的想法强加到你身上，你不想当皇贵妃，我不会再勉强你。以你的冰雪聪明，或许入朝为官才是最适合你的选择，我不该为笼囚花。你想当太傅也好，什么都好，我都会答应你，你陪在我身边就好。"

我心下感动不已，眼眶不觉湿润，认真道："谢谢你的成全。你对我这么好，我怎么舍得离开你。不管将来如何，我都会与你风雨同舟。"

"好，好。以后我们不要再为了不相干的人和事吵架，好吗？"

我笑着点头，思量片刻，问："阿惟，放过傅谅吧，他对你已经没有任何威胁了，你就像外放傅辰一样，把他远远打发了，不许他再踏进京城半步……"

傅惟眸光陡变，似有一瞬的冷怒，很快便又恢复平静。他轻抚我的头发，沉声道："不行，唯独这件事我不能答应你。"

我还想争取："可是……"

"不必再说了，我心意已决，傅谅不能放。"

我叹息沉默，没想到他的态度如此坚决，看来还得想办法偷出皇帝御令。

"好了，别说这些了。"傅惟从一堆卷轴中抽出一道圣旨递给我，"来，看看这个。"

我依言接过圣旨，打开一看，顿时大为惊讶："然洛邑自古之都，王畿之内，天地之所合。控以三河，固以四塞，水陆通，贡赋等。故汉祖曰：'吾行天下多矣，唯见洛阳'。这……你要迁都洛阳？"

"不是迁都，而是效仿东汉设两京，将长安定为西都，在洛阳再建一座东都。"

我想了想，赞同道："我幼时在洛阳长大，洛阳城北据北邙山，南临伊水，被山带河，地势险要，易守难攻，的确是建都的好位置。"

傅惟道："这并不是最重要的。其实，营建东都和开凿运河是同一道理，两位一体。长安偏居西北，四周地势复杂，水路陆路皆不便利，若东南边有什么异动，不能及时做出反应。而洛阳本就是商业重城，靠近江南、山东，漕运发达，若将洛阳设为第二首都，则可顾及东西南北，协调利用各地人力物力，也可使齐国的发展更加平衡。"

我笑道："皇上胸怀天下，高瞻远瞩，必能成为彪炳史册、传颂千秋的一代明君。"

"我只做我该做的，至于是非功过，自有后人评说。我登基后改元'大业'，是因为我心里有许多大业想要完成。修运河、建东都都只是其中一部分，将来，我还要将齐国的版图扩至西域室韦。我要九州一统，四夷臣服，我要将祖宗基业流传至千秋万世！"

傅惟转身看向江山舆图，黑眸中仿佛融进了漫天星辰，流光溢彩。阳光穿透茜纱窗，将他的侧颜照得坚毅挺拔，俨然是一个指点江山、睥睨天下的王者。

我亦被他所感染，不禁心潮澎湃，道："我相信你。但开运河和建东都都是十分浩大的工程，恐怕没有十年不能完成。"

他摆了摆手，道："不需要十年，开运河、建东都是配套工程，理应同时动工，最长不过五年便可竣工。"

我心道不妥，忙规劝说："年前兵部刚征过一次兵，举国上下十八至二十五岁的男丁基本应征入伍，就目前的劳动力状况而言，光是修一条运河已经有些勉强。若同时上马两个大工程，恐怕将会导致民怨沸腾。再者说，江南初定，南北尚未融合，还有诸多矛盾急需解决，还是循序渐进慢慢来。"

傅惟却不以为然道："不用担心，民役是没有限度的，我齐国泱泱五千万人口，征个几百万人算得了什么。况且，父皇生前节俭储积，国库早已屯集大量财富，莫说上两个项目，便是上十个项目都绰绰有余。"

"阿惟，凡事都有限度，征用民役也是如此，你是天子，是全天下百姓的父母官，应当要考虑他们的承受能力。"稍顿，我直直看进他眼中，认真道，"所谓物极必反，有时，仁政和暴政仅有一线之隔。"

他的瞳孔收缩成细针状，静默半晌，温声道："玉琼，我韬光养晦这么多年，如今终于能一展抱负，我最希望得到你的支持。你的担忧我全明白，但我想尽快完成这些工程，并非只为一己私欲，而是想要造福百姓，利泽千秋。有句话叫'前人栽树，后人乘凉'，没有栽树之艰辛，何来乘凉之惬意？"

"我知道你做这些事是为了江山社稷，我不是不支持，只是……"我不知该如何劝他，只怕劝了他也不会听我的。

没人比我更清楚傅惟的个性，他看似温文随和，实则倔强固执，但凡他认定的事，谁都不能改变，尤其事关国事。然则开运河、建东都都非同小可，同时进行必然会使得百姓无法承受。

驱民于水火，役黔首于死地，这与暴君何异？

"好啦，这件事就这么定了。"傅惟抿唇，给我一个宽慰的微笑，扬声唤来小安子，吩咐道，"拿玉玺，朕要盖印颁旨。"

小安子在书架旁的墙壁上敲了三下，一个一尺见方的石屉缓缓弹出来。他从中取出一把钥匙，拉开书架侧面的玉扣，将钥匙插入其中。一阵沉闷的拖曳声后，原本空无一物的墙壁上赫然转出一道门。

我心下一紧，暗中记下石屉和玉扣的位置，不动声色地移开目光。

小安子走进去，很快便取出玉玺交给傅惟。傅惟盖完印，他又将玉玺收好，捧着圣旨去了礼部。

"好了，天下事说完，该说说你我的私事了。"傅惟从身后将我抱住，轻啄了下我的耳垂，湿热的气息肆意喷洒在耳际，"今晚不许回去，留在宫里陪我，嗯？"

酥麻之感如潮水般席卷全身，我含混地"嗯"了声，身子绵软无力，战栗着靠在他怀里，心思却全然在别处。

方才傅惟的态度那么强硬，根本没有商量的余地，假如我果真将傅谅偷送出宫，他一定会雷霆震怒。我不知道，亦不敢想他将来会如何对我，我只知道若我置之不理，任由傅谅那样苟延残喘地活下去，只怕我这辈子都会生活在愧疚与懊悔之中，永远不得安宁。

我不想见死不救，更不想余生都惶惶度日。

至于傅惟，他一贯对我千依百顺，只要我好好跟他解释，相信他一定会谅解我的。

大业元年四月廿八，新帝下令开凿南北运河，工部发榜广征百万劳力。

此事迅速成为街头巷尾的热议焦点，茶余饭后的首选谈资。平头百姓不懂国家大事，只知道运河修成后，茶叶、丝绸这些商品将会更便宜，南下游玩也将更方便，自然愿意响应号召。而商贾成为最大获益者，纷纷表示愿意出资支持。

四月廿九，也就是第二天，新帝又下令营建东都洛阳，再征百万劳力。

诏书一出，天下哗然。

不同于前几日的一片赞同，似乎有一些异样的声音开始悄无声地流传。人们私底下都说，新帝好大喜功，刚登基便大兴土木，罔顾百姓死活。官府知悉后，将这些人统统抓起来治罪。

孰料，这一举动非但没有制止流言，反而激发了百姓的恐惧心理，再也无人愿意应征劳力。无奈之下，工部只得强行规定，但凡三十五岁以下青年，无论男女，必须出来挖运河、建东都，否则便以谋逆罪论处。

一时间，举国上下怨声载道。

尤其是那些农户，由于壮丁全部被征走，家中只剩下老弱妇孺，无法耕作，导致延误了农时。

我几次三番劝诫傅惟，营建东都毕竟不是什么十万火急的事，不妨先缓一缓，至少也等到运河工程步上正轨之后再开始，这样百姓也能接受一些。但他脑子热起来根本听不进我的话，说什么君无戏言，发出的诏书岂可收回云云。我也是无奈。

劳力征集完毕后，两项大工程便正式拉开帷幕。工部上下分成了运河与东都两个小组，由于人手不够，傅惟临时调任秦虎暂代兵部尚书，将营建东都的重任交给了杨夙。

杨夙请来了他在西洋结识的一位"工程技术专家"，以长安城为基础模板，设计了比长安更为华丽庄严的洛阳禁苑。傅惟看过图纸后，表示十分满意。

另一边，我与工部尚书商议后，以为应当以洛阳作为运河的中心枢纽，洛阳以北为北运河，以永济渠为主干道；洛阳以南为南运河，以通济渠、邗沟为主干道。整个运河呈人字形，将东南部地区紧紧包围。

经过估算后，运河总长四千多里，必须分段开挖。考虑到江南地区的稳定问题，工程以南运河为先。

早在春秋末年，吴王夫差为了北上争霸，开凿了连接扬子江与淮河的邗沟。同一时期，魏国因扩张需要，又修了沟通黄河与淮河的鸿沟。是以江南地区的运河系统已然十分发达。通济渠以鸿沟为基础开挖，省事省力又省钱，邗沟则更加便利，只需简单地加以修缮，便可直接启用。

修运河乃傅惟登基后的头等大事，我自然不敢有丝毫怠慢，与运河组的官员们一起查阅各类典籍，反复商议研讨，确保在最大程度上利用旧有河道。由于每天都要忙到深更半夜才结束，傅惟执意让我留宿凤栖宫，并且每晚都陪我一起睡，全然不顾外头的风言风语。

我打趣道："皇上，您从前那么爱惜名誉，怎么登基后反而变得不管不顾了？"

他怡然自得地笑道："有权，任性。"

五月伊始，春意阑珊。春红渐渐零落，夏花尚未展颜，夜风夹杂着一丝凉意，吹落枝头粉花如绣。

这天收工尚早，夕阳刚刚沉下地平线，天边星辰寥落。

我告别工部同僚，一边思考南运河的图纸，一边向凤栖宫踱去。途经校场时，远远望见有两个人从马厩中缓步走出，背上背着箭盒，束袖还未解开，显然是刚练完箭的样子。

脑中闪过一道灵光，我立即停下脚步，恰好与那二人打了个照面，拱手道："元大人，好久不见。"

元睿看着我，面色微微一变，眼底透出一丝冷厉的光，他挥手示意另一人退下，皮笑肉不笑道："原来是戚太傅，幸会。"

"元大人这么晚还在练箭，是想在今次春猎中拔得头筹吗？"

他讥嘲地笑道："说来惭愧，在下受国王重托而来，奈何骑射之术实在不精，只好夜以继日地练习。否则若是给突厥丢了脸，国王可是要重重惩罚的。哪像戚太傅正得隆恩盛宠，不管从前做过什么，只要多笑几笑便能讨得皇上的欢心，什么都不用做便官拜一品太傅。放眼齐国，无论男女，只怕再也无人有戚太傅这般好的福气了。"

我不怒反笑道："元大人说笑了。"

"戚太傅若没别的事，在下先告辞了。"

"等等。"我伸手拦住他的去路，"本官有事要跟元大人说。"

他冷哼道："我跟你没什么可说的。"

"那……"我走近几步，用只有彼此才能听见的声音说，"若事关傅谅呢？"

五月初五，端阳佳节。

傅惟在未央殿大宴群臣，突厥王再次派出使臣团进京朝贺，同时也是为参加本次春猎做准备。

是夜，晚风习习，携来淡淡的凉意。天边新月如眉，流光皎洁，遍洒人间。

未央殿灯火旖旎，金碧辉煌。

乐师奏起乐曲，丝竹叮咚，分外悦耳；美人翩然起舞，舞若惊鸿掠水，闭月羞花。

百官陆续到场，寒暄一阵后便各自入座。未几，帝后相携入殿。

妍歌身着明黄色织锦宫装，紧随在傅惟身旁，眉目间神采飞扬。她本就生得极其貌美，如此更显得明艳无双。

众人纷纷起身拜倒，傅惟似是心情极好，笑道："众爱卿平身。"

没过多久，突厥使臣团到席。

为首之人锦衣玉带，身姿颀秀，一席白袍尤胜初雪，尽显清秀儒雅，不是元君意又是谁？

难怪这货当日说什么迟早还会相见，这才过了两三个月，他果然又现身了，未免也太言而有信了吧……

元君意在我正对面坐定，举起酒觞遥遥向我示意，我只得礼貌性地回以微笑。

宴会开始，宫女手捧玉盘珍馐鱼贯而入，百官开怀畅饮，席间谈笑风生，好不热闹。大约进行到一半，我向元睿使了个眼色，他微微颔首，我便起身离席。

明月升至中天，漆黑的夜幕上繁星点点。御花园安静宁谧，夜色如水般包围而来。

两道黑影悄无声息地出现在我身旁，我压低声音道："待会儿你们引开侍卫，我进御书房取御令，能拖多久拖多久，明白吗？"

那两人道是，很快又消失得无影无踪。

今夜傅惟大宴群臣，皇城的守卫大都集中在未央殿附近，御书房外仅有两名侍卫当值，是盗取御令的最佳时机。

我快步走到御书房外，隐身在假山后静候时机。

月光清明，泻落一地。四周万籁俱寂，偶有零星的舞乐声随风飘来。

我屏息凝神，一颗心怦怦狂跳，仿佛直要跳出嗓子眼，手心渐渐沁出汗水。我闭上眼睛，深吸一口气，反复在心里告诉自己：只许成功，不许失败。

恰在此时，不远处的花丛中传来一声怪异的声响。

一名侍卫警觉地喝道："谁在那边？"

回答他的却只有窸窸窣窣的脚步声。

二人大呼"有刺客"，急忙提刀追了上去。

我蹑手蹑脚地走到门前，环视一圈，确定四下无人，这才小心翼翼地推门而入。御书房内一片漆黑，我担心引来侍卫，不敢点灯，只得凭借记忆和微弱的月光摸进去，停在石壁前，确定好位置后，按照小安子的节奏敲了三下。

果然，那方石屉缓缓弹了出来。

我取出钥匙，插进玉扣里，石门应声打开。我迅速取出御令，并将一切还原，逃也似的离开了御书房。

这厢我刚走出去，肩膀忽然被人从后面拍了一下！

我登时吓得不见了三魂七魄，慌忙将御令塞入襟中。谁知转身一看，来人竟是元君意。我大松一口气，瞪他道："你想吓死人啊！"

他逆光而立，俊脸笼罩在阴影中，显得有些高深莫测，笑道："戚大人，别来无恙？哦不，如今该称一声太傅大人了。话说太傅大人怎么更衣更到御书房来了？"

"我……我酒气上头，四处转转，清醒一下。"时间紧迫，我懒得跟他废话，遂道了声"告辞"，直接拨开他准备走人。

他却拦住我的去路，敛去笑意，正色问："你要去哪里？"

"我去哪里，用得着跟元公子汇报吗？"

"你要去救傅谅？"

我暗吃一惊，低声道："你怎么知道？"

他不答，剑眉轻蹙，问道："你确定要这么做？"

"确定。"

"你不怕将来皇上发现了怪罪于你？你有没有想过后果？"

我默然摇头，不是不怕，而是不知道。

我不敢细想后果，也不敢去想傅惟可能的反应，哪怕一点点。当然，我并不认为我这么做有什么错，或许有些人站在我的立场上看，也不觉得我是对的。但这个世界上很多事情本来就不能用对与错来衡量，我认定这是我该做的，我便去做。至于后果，且等它来时再说。

"你……"他无奈，不知从哪里变出一枚食盒，道，"我跟你一起去，正好帮你打掩护。这里有一些粽子，你去看他总得有个理由，否则定会惹人怀疑。"

"元睿告诉你的？"

他点头。

我内心掂量一番，觉得他说得不无道理，遂答应道："那好，事不宜迟，快走。"

内侍省外的深巷中，有一人等候多时。见到我，那人跪下叩首，凄惶道："请太傅大人善待草民的家人。"

此人原是江洋大盗，烧杀抢夺无恶不作，被判秋后处决。我以为他父母养老为条件，让他在此假扮傅谅。因为一旦事情败露，假扮者会第一个死，为了不累及无辜，选择死囚最为妥当。

我扶他起来："你放心，我言出必践。"

走入内侍省，不知是否做贼心虚的缘故，我竟觉得今晚的掖庭分外阴森，树木婆娑的黑影仿若憧憧鬼影，我忙做了几个深呼吸，强自镇定心绪。

关押傅谅的那间庭院门前依然有重兵把守，元君意掏出使臣令牌，作势要上前，我将他拦住，抢先亮出皇帝御令，朗声道："今日端午，本官奉皇上口谕前来探望废太子傅谅。"

元君意垂眸，似有些无奈地叹了口气。

侍卫依言开门。

庭院内一片漆黑，伸手不见五指。

元君意点亮火折子，一点儿微弱的星芒却足以照亮整间院落。傅谅如上次所见般蜷缩在角落里，突如其来的光似乎让他有些意外，茫然地抬头看过来。

"阿谅，我来救你出去。你赶紧把你的衣服脱下来，跟他交换。"我指了指那名死囚，简洁地解释，"他留在这里假扮你，我带你出去，元大人已安排马车在外面接应。"

他挥开我的手，冷厉道："你走，我不要你救！"

"你小点儿声！"我耐心道，"阿谅，现在不是意气用事的时候，先出去好吗？你要骂我打我都行。"

"我不出去！我就是要待在这里，让你一辈子遭受良心的谴责！你……"啪——话未说完，元君意竟石破天惊地上前给了他一记响亮的耳光。傅谅整个人被打蒙了，一动不动地僵在原地。

我忙上前拉他，恼道："元君意，你干吗打他？"

元君意恍若未闻，一把揪住傅谅的衣领："傅谅，你任性也要有个限度！戚玉琼冒着生命危险来救你，你以为她还有回头路吗！被皇上发现的后果有多严重你知道吗！她不为自己考虑，煞费苦心救你出去，你居然说这种话！我告诉你，你今天不走也得走！"

傅谅狠狠推开元君意，怒道："我凭什么要领她的情，我会有今天这个下场也是拜她所赐，难道你还要我对她感恩戴德不成！"

"你摸着良心想，她到底有没有做过对不起你的事！你整天不思进取，只知荒唐胡闹，丢了皇位你怪谁！你把责任全都推到她身上，不过是在为自己的失败找借口罢了！你这个懦夫！"

"懦夫……"傅谅愣住，卸了力似的瘫坐在地上，自嘲地笑道，"对，我是一个失败者，我是懦夫……"下一刻，他抽抽鼻子，默默地开始脱衣服。

差点忘了这货是个无虐不欢的性子，早知道挨打就能摆平，上次我就直接动手了。我如释重负地舒了口气，感激地看了眼元君意。他挑眉，一副"你也会谢我"的欠揍模样。

两人很快交换了衣服，死囚揉乱头发，做披头散发状蜷到墙角去了。傅谅整理好仪容，在元君意的掩护下大摇大摆地走出了掖庭。

一辆马车停在狭长幽暗的后巷中。

我掏出一封信交给傅谅，叮嘱道："你到建康后，带着这封信去高府找家主，他自会安顿你。"

元睿本想将他带回突厥，我却以为不妥。傅惟一旦发现傅谅不见，必然会想到去突厥找，我考虑了很久，觉得还是将他送去江南最为稳妥。

傅谅的神情有片刻的木然，苍白的嘴唇微微动了下，将信封紧紧捏在手中，指节咯咯作响。他垂下眼，久久没有言语。

我催促道："以后你自己多保重，快走吧。"

傅谅抬起头，眸光是前所未见的深亮，依稀含着几分黯淡不明的水色。他用力地抱了抱我，刻意压低的声音里似乎隐含着许多情绪："玉琼，对不起。"

"再见。"

再见，便是此生再也不能相见。

好在他还年轻，还有机会重头来过，他的人生里不会再有皇权霸业，也不会再有阴谋争斗，更不会再有我。他可以做他想做的事，爱他想爱的人，没有牵绊，没有负担。

车帘落下，马车扬尘而去，最终消失在苍茫的夜色之中。

再见，傅谅。

元君意提醒道："时候不早了，必须尽快将御令送回去。"

我如梦初醒，点了点头，道："今日多谢你的帮忙。"

"何必言谢，我并没帮到什么。"

"这种事情自然是牵扯的人越少越好，你无须为我冒险。"

他沉默良久，道："只希望你将来不要后悔才好。"

我远望中宫的灯火，笑道："落子无悔。"

端午刚过，春猎便拉开帷幕。

傅惟本想带我同行，然北运河段的开凿线路尚未敲定，每日又有一大堆工程进度需要审核，我实在走不开，便只得作罢。

江南即将进入黄梅雨季，届时雨量充沛，河道水位将会大幅上涨，极不利于运河的修缮开挖，所以，必须赶在梅雨季来临之前尽可能多地完成一些工作。傅惟走后，我几乎整天泡在工部，忙得焦头烂额，脚不点地。不过，隔壁组的工作也轻松不到哪里去，杨夙亦是夙兴夜寐，有时甚至彻夜不眠。

就这般连轴转了许多天，众人皆是疲惫不堪，工作效率极其低下，于是这日晌午我早早结束日程，让大家回去休息调整。

午后的阳光温暖而慵懒，微风携来阵阵凉意，拂面舒爽。

五月中旬，荷花开得正当好。

御花园中，荷塘清幽雅致，碧波盈盈，潺潺而动。粉色的花瓣，翠绿的莲蓬，衬着玉盘般的荷叶，愈显清丽绝尘。

我一路走走停停，漫不经心地欣赏塘中荷花，心绪却是一片凌乱。唉，也不知傅谅现在怎么样了，有没有安全抵达江南，开始新的生活。

喜乐道："大人，您怎么愁眉不展的样子？"

我掩饰地笑笑："可能因为最近工作太忙，有些疲累吧。"

荷塘上有一座折桥，与塘中的凉亭相连。有一名女子正坐在亭中抚琴，她着一袭素淡的绿衣，似乎与漫漫荷叶连作一体。琴声清越，若行云流水。

喜乐拽了下我的衣袖："那是容华夫人。"

我眯着眼睛望了望："是她啊。"

喜乐有些鄙夷道："奴婢从前在昭阳殿伺候过一段时日，这女人心机很重，看起来像只小白兔，其实是狐狸精，将先帝哄得团团转。先帝驾崩后，她仗着有几分姿色，又想勾引皇上。大人，您可得小心些。"

我嗔道："不许乱说。"

傅惟不在宫里，她搞得这么美给谁看？我又仔细瞧了一番，心下顿时了然。

好吧，既然她如此费心，我岂可辜负美人的心意？去看看也无妨。

我走上凉亭，微笑道："容华公主，别来无恙。"

琴声忽止，宋容华盈盈作福，笑得柔婉妩媚："见过太傅大人。"

眼波流转，顾盼生情，若秋水含烟。啧，娇滴滴的美人，真是我见犹怜。

"公主不必多礼，请坐。公主的琴声悠扬绵长，撩人心弦，敢问弹的是什么曲子？"

宋容华坐定后，做谦虚状道："久闻太傅大人诗书琴三绝，容华不过是班门弄斧，让大人见笑了。方才那一曲是嵇康遗作广陵散，是我行及笄礼时皇兄所赠的礼物，于我如同至宝。而后故国陷落，建康皇城失火，险些烧毁乐谱。所幸皇上垂怜，命郑嘉大人冲入火场抢出乐谱，否则容华宁愿一死……"

我暗自吐槽：国破家亡了你都没殉国，为一本乐谱你要死要活？面上却笑得恰到好处："你是先帝的嫔妃，即是皇上的庶母，皇上厉行孝道，自然会尽力帮你。好在有惊无险，若广陵散成了绝响，岂不可惜？"

宋容华面色微变，很快便恢复笑颜："大人说得极是。容华将它带来齐国，闲来无事便弹上一曲，聊解思乡之苦。"稍顿，又善解人意道，"现在日头正盛，大人一定口渴，阿朱，快去沏茶。"

那名叫阿朱的宫女很快便端来一壶茶，斟茶时，她不知怎么的手一抖，一杯茶全都泼到了宋容华身上。宋容华十分镇定，被茶泼了一句话都没说，倒是侍立一旁的另一名宫女忍不了，呵斥道："你这臭丫头怎么毛手毛脚的！公主穿的是皇上御赐的冰蚕蜀锦，三年才产一匹，弄坏了你赔得起吗！"

阿朱慌忙跪地求饶。

我又吐槽：被热茶泼了怎么也该先检查一下有没有烫伤吧……这演技也太浮夸了！

宋容华待要说话，喜乐忽然道："咦，不就是上个月皇上要赐给大人，大人说不喜欢绿色，所以拒绝的那匹蜀锦吗？原来皇上转赠给公主了。"

话音落下，所有人都安静了。

宋容华的表情有些扭曲，美眸中闪过一丝怨毒，笑容也变得十分僵硬："真是太失礼了。太傅大人，容华先回去更衣，改日再与大人茶话，告辞。"语毕，气呼呼地走了。

喜乐愤愤道："哼，想在大人面前炫耀皇上的恩宠，她也不先搞清楚状况！"

望着宋容华渐行渐远的背影，我心里突然觉得很痛快是怎么回事……

我清了清嗓子，正色道："喜乐，你是麻雀吗？一根肠子通到底，有什么说什么，丝毫不顾及场面。"

喜乐面色一垮，嗫嚅道："还不是想给大人出口气！"

"嗯，不过……"话锋一转，我笑眯眯道，"干得漂亮，我喜欢！"

六月初，春猎结束。

据前方传回的消息称，由于傅惟贵为天子不宜涉险，元睿年事已高体力不支，而元君意就是个手无缚鸡之力的小白脸，于是本次头筹竟然破天荒地落到了傅邕的头上，着实爆了一回大冷门。

江南的黄梅雨季如期而至，运河南段工程全面暂停，我顿时清闲不少。经过多日的研究商讨，运河北段线路基本敲定，只待傅惟下旨破土动工。

是夜晴朗无风，空气中有一丝闷热。天边明月皎洁，地上流萤点点似星辰。

凤栖宫。茜纱窗透出暖黄的光芒，倒映出一抹朦胧的剪影。

我推门而入，傅惟正端坐案前批阅奏章。见我回来，他迎上来，自然而然地将我拥入怀中，贴在我耳畔呢喃道："玉琼，我好想你啊。"

我依靠在他胸前，幸福地笑道："我也想你，什么时候回来的？"

"今天下午刚到。我迫不及待想要见你，所以让小安子把奏折都送到凤栖宫来了。"

"要不要我帮你一起看？"

"不要，你忙运河的事已经十分辛苦，我怎么舍得再增加你的负担。"他将我拉到凤榻边，浅吻了下我的额头，温声道，"你乖乖坐在这里休息，我很快就批完了。"

我点头道好，拿起小几上的书册随意翻看起来。

烛火摇曳，映着傅惟清俊无双的侧颜，温润的眉眼、挺拔的鼻梁、微抿的薄唇，每一处都教人流连忘返。

几许惧意涌上心头，害怕不知何时他就会离我而去。我就这么呆呆地看着他，好像余生再也不能相见似的，只想多看一眼，再多一眼。

他忽然开口道："我有这么好看吗？"

我忙别过脸："哪……哪有……"

他放下手中的朱砂笔，走到我身旁坐下，顺手递来一本奏折："看看这个。"

"皇上正值壮年而膝下无子，今后宫空虚，仅有中宫之主，实宜广纳嫔妃，繁衍皇嗣，切不可过度亲近女官，搅乱前朝后宫秩序，堕皇上威名……"我嘴角一阵抽搐，其实类似的奏折我早就看过无数次，果然这些言官比以前更讨厌我了。

我煞有介事地点头："皇上确实该有皇嗣了……"

话未说完，傅惟搂住我的腰，一个转身将我压在身下。湿热的气息肆意地喷洒在我的脸上，仿若春潮般抚开我浑身的毛孔。

他定定地凝视着我，黑亮的眸中似有一簇火焰在燃烧。沙哑的声音透出诱惑的意味，似是在引诱我投降："不如我们生个小小惟，堵住那些人的嘴，你说好不好？"

我攀上他的肩膀，笑道："皇上，后宫里想给您生猴子的女人多得数都数不清，比如皇后啦、容华夫人啦……为什么非要我生呢？"

他一怔："你……是不是听到了什么传闻？"

"何止传闻，人家都光明正大地跑过来向我炫耀了，什么冲进火场抢救曲谱、赏赐冰蚕蜀锦云云。夸你仁慈体贴，对她照顾有加，听得我真是羡慕嫉妒恨。"

傅惟挑眉："你的意思是，我对你不体贴、不照顾咯？"

"不是，只不过皇上心怀天下苍生，对于后宫的女人自然也要雨露均沾。幸好我不属于后宫，否则整天为了那一点点恩宠争来抢去，累都累死。"

"牙尖嘴利！"他伸手拂过我鬓角的碎发，眸中似有簇簇幽火在燃烧，他认真道，"玉琼，你知道我只爱你一人。"

我笑嘻嘻道："我当然知道，我跟你开玩笑罢了。"

"开玩笑？你可知这是欺君之罪？"他惩罚性地捏了捏我的腰，挥手拂灭宫灯，低下头封住我的唇。

罗带散乱，青丝交缠，战栗喘息间，彼此衣衫尽褪。炽热的气息在交缠的躯体间蔓延开去，他的肌肤温热如火，灼烫着我的心房。

撕裂般的痛楚瞬间贯穿全身，似有什么重要的东西从我体内流逝。我想要捉却捉不住，只好紧紧攀着他，仿佛在风雨飘摇之中抓住了救命稻草。

身子不受控制地颤抖起来，汗水濡湿了鬓发，泪水悄无声息地滴落，我紧闭双眼："阿惟，好疼……"

他骤然停止动作，没有进一步深入。粗重的呼吸声流连在我耳边，他亲了亲我的眼睛，低沉的声音极尽蛊惑："玉琼，别怕，睁开眼睛看看我，乖，看看我。"

我依言睁开眼睛，眼前却像是蒙上一层半透明的薄纱，傅惟脸庞在其中若隐若现，看不分明。

"阿惟……"

"在，玉琼，我在。"

细细密密的吻落下来，他用柔软的唇瓣堵住我的嘴，轻轻地厮磨辗转。

"阿惟……"

"玉琼，我爱你，我永远只爱你一人。"他慢慢地深入，火辣的疼痛让我几乎昏厥，汹涌澎湃的热潮霎时袭遍全身。

意识渐渐剥离身体，一丝陌生的欢愉悄然溢出来，旋即便疯狂地肆虐开去，如拍岸的浪潮。迷蒙之际，我似是被他送上了云端，又依稀是在风雨中飘摇不息……

屋外，星夜晴好，明月遥映，流光皎洁。

屋内，翻云覆雨，金猊红浪，颠倒容华。

第二日醒来时，傅惟已然不在身边。

我浑身酸痛，在床上翻来覆去好一会儿，最终，强烈的责任意识促使我爬了起来。刚下地，竟然发现腰痛得连走路都变成一件十分艰难的事。

小安子和喜乐站在外殿窃窃私语，不知讲什么嘿嘿直笑，见我出来，二人皆是神色暧昧地冲我挤眉弄眼。

我面上一烫，掩口轻咳，正色道："喜乐，帮我准备热水沐浴，我要去工部上班！"

喜乐笑道："大人，热水早已准备好了，不过皇上特意吩咐，今日您不用工作。"

我："……"

那么我洗了个澡继续回去睡了。

不知睡了多久，蒙眬中似有一双手滑进我的腰间，来回轻抚，温存地摩挲着。我翻了个身，伸手抱住他："你回来了……"

傅惟不语，轻轻噬咬我的耳垂，火热的气息撩起一阵酥麻。我笑着闪躲，他却不依不饶，细密的吻从上而下，落到颈间。有力的臂膀将我牢牢困在胸前，不给我分毫逃脱的机会。推搡之间，衣带渐散。

我无力地讨饶："别折腾了，我真的好累啊……"

"那好吧。"他不再攻城略地，亲了亲我的额头，笑道，"看在你昨晚还算卖力的分上，先饶你一回。"

我羞恼地捶打他的肩膀，抗议道："你再乱说，我把你踢下去！"

"好啦，不闹了。"傅惟哈哈一笑，安抚地拍拍我的背，柔声道，"睡吧，我抱着你。"

我"嗯"了声，调整姿势，舒服地窝在他怀里，贪婪地呼吸着属于他的气息。

良久之后，他忽然问："玉琼，你睡着了吗？"

"还没有。"

他似有一瞬的迟疑："我问你，你后悔吗？"

"我这么爱你，怎么会后悔。"

"那你……还是不愿意接受册封吗？"

我一愣，叹息道："我都是你的人了，还要在乎那点虚名做什么？况且，我觉得现在这样没什么不好，我做自己想做的事，还能对你有所帮助。"

傅惟沉默不语，半晌，微笑道："好，只要你高兴就好。"

"阿惟，我现在很幸福，我们会一直这么幸福下去吗？"

他坚定道："会，当然会。我们一定会白首同心，永不分离。"

白首同心，永不分离。只此八字，如有千斤之重。

我曾怨恨命运捉弄，怨恨上天不公，让我孤苦无依，饱受流离。后来我遇见傅惟，与他相知相许，并在他的帮助下报了仇。我终于知道冥冥之中自有安排，我失去的一切，以另一种方式回到我身边。

很多年后，我一直在想，倘若时光能在此刻停止，后面的事永远也不要发生，即便要我用性命来换我都心甘情愿。

可是，千言万语都抵不过这个可是。

可是，当我以为我可以拥有幸福的时候，一切又回到了原点，回到了那个鲜血淋漓、残忍不堪的原点。

第十一章

太傅有喜

夏日的午后格外容易疲乏，我审阅完运河工程进度的公文，便趴在案上小憩片刻。刚入睡不久，忽听帘外传来一阵急促的脚步声。

"戚太傅在吗？"依稀是小安子的声音，若带几分焦急。

有人答："太傅大人在里面。"

小安子噔噔噔跑进来，一副十万火急的模样，眉头皱得能捏死苍蝇。我揉着惺忪的睡眼，问道："小安子，出什么事了？"

他支支吾吾道："这个……大人，皇上急召您去御书房见驾，您……您去了便知道了。"

我瞬间清醒过来，不祥之感如潮水般袭来，隐约猜到或许是傅谅之事被发现了，心里不由得寒了一下。

一路向御书房走去，我竭力镇定心绪，反复告诉自己要冷静。傅惟一贯对我极好，只要我好好跟他讲道理，让他明白傅谅根本毫无威胁，哪怕他一时难以消气，相信假以时日他也一定会原谅我的。

可是，我越是自我安慰，惧意便越发猖獗。

御书房。

推门而入，赫然发现里面黑压压地跪了一地人，内侍丞和掖庭总管都在其中。杨夙与秦虎坐在一旁，皆是神情肃穆。空气中是令人恐惧的死寂，仿佛连大声喘气都是一种罪过。

傅惟负手站在窗前，面色铁青，眼神肃杀如寒秋。他缓缓抬起头，眼睛一眨不眨地将我望着，似是想将我看透，凤眸中一片幽深荒凉，仿若最深沉的夜，直要吞噬一切。

我心中一紧，不觉头皮一阵发麻，下意识地朝后退了几步。

那……是什么样的眼神？我怎么都不敢相信，他会用如此陌生的眼神看我。

失望？恼怒？怨恨？伤痛？仿佛都是，又仿佛都不是。

为什么，到底出了什么严重的事？

眼下的情形由不得我多想，只得先跪下行礼："微臣叩见皇上，不知皇上急召微臣前来，有何吩咐？"话出口时，竟不由自主地带了一丝惊恐。

"你们先下去。"

众人如蒙大赦，争先恐后地退了出去。偌大的御书房中，只余我和他两个人。

傅惟站在我跟前，却什么话都不说，四周安静得瘆人。

我盯着眼前那双描龙绣凤的龙靴，心跳陡然加快。虽然低着头，却仍能清晰地感觉到头顶那道锐利的目光。无形中生出一股凛冽的压迫之气，迫得我几欲窒息。

半晌，他终于开口，语意平淡得像是在说一件无关紧要的事："傅谅是你放走的，是不是？"

"是。"

又是长久的沉默。

我的手心沁出冷汗，一颗心几乎跳到了嗓子眼。

"为什么要这么做？嗯？"他将我从地上扶起来，温存地抚摸着我的肩膀，眼神之中却满是恨与冰冷。

我忙解释道："你听我说……"

"为什么？"傅惟轻轻撩起我鬓角的碎发，手指若蜻蜓点水般划过耳际、脸颊，最终停留在唇边，来回摩挲，"为什么要背叛我？"话音落下，指尖倏然发力捏紧我的下颌，力气之大，几乎连骨头都要捏碎，"我对你不够好吗？"

我疼得眼泪直掉，哀求道："阿惟，你让我解释好不好？"

傅惟望着我，眼中的冷意逐渐燃烧，瞬间烧成熊熊怒火，他咬牙切齿道："你还想解释什么！解释你与他朝夕相对、暗生情愫，至今念念不忘、耿耿于怀，是不是！解释你在东宫那么多年，其实早已经变节了，是不是！"

"没有，我没有，我对他绝无半点男女之情，也从未改变过立场，你相信我啊……他无权无势，与废人无异，根本不会对你造成任何威胁，让他远走高飞……"

"废人？"他冷笑着打断我，从桌上抽出一封文书摔到我身上，怒吼道，"你看看，这是废人会做的事吗！"

我捡起地上的文书，手不住地颤抖着，艰难地整理好顺序，却将将看了一眼，便猛地倒抽一口冷气，仿佛浑身的血液瞬间凝结成冰。

"今奸妃当道，女官祸国，圣听之蔽久矣。今率二十万大军起兵勤王，誓要诛杀妖孽，清君侧。"

傅谅他……竟然到了彭城，与傅辰联合起来，借勤王之名……起兵谋反！

我满心震惊，将讨伐檄文看了一遍又一遍，怎么也不敢相信自己的眼睛。然而，事实摆在眼前，由不得我不信。

"你口口声声说他是废人，废人会有如此狼子野心，妄图颠覆朝纲吗！玉琼，你真不愧是第一女傅啊，果然真无双，居然能瞒过那么多人的眼睛，从御书房盗走御令，然后偷天换日，将他送出长安！若非今日东窗事发，我还不知道要被蒙到什么时候！"傅惟难忍怒火，狠狠地将桌案上的东西拂落在地。

只听哗啦一声，砚台支离破碎，墨汁飞溅，连他最爱的青玉茶杯也摔了个粉碎。他还嫌发泄不够，又踹翻了青釉提香炉。

我讷讷地站在原地，望着满地狼藉，心下愧疚难当，若有千虫万蚁在啃食。我不知该如何向他解释，即便解释了，也不知道他还会不会听信于我。

当时傅谅处境凄惨，我只想让他远离这个是非之地，重新开始另一种人生，总算是弥补了我对他的亏欠。万万没想到，竟因此酿成大祸。即便再给我一百个脑子，我也决计无法将傅谅和"起兵造反"这四个字联系起来。

傅惟背对我，呼吸凌乱而急促，浑身上下散发出森冷的气息："戚玉琼，你真是好，好得很！"他低吼着，难掩哽咽之音，每一个字都饱含着满满的绝望与痛苦。

"阿惟，我真的没想到他会这么做，我只是……只是不忍心看到他被关在掖庭里受罪，我真的……对不起，对不起……"

"你对他不忍心，那我呢！"傅惟双目赤红，瞳仁一片水雾。泪水滚落，滴在明黄的龙袍上，洇开深深浅浅的一片。

他蹲在我面前，沙哑着嗓子质问："我对你来说，算什么？我对你这么好，捧在手里怕摔了，含在嘴里怕化了，恨不得连天上的星星都摘来给你。而你呢，你却利用我对你的信任和宠爱，放走了我的心腹大患。"

哀伤而怨怒的眸光如同一柄匕首，深深刺进我的心窝。我捂着脸，哭得泣不成声："对不起，阿惟，我保证再也不会有下次了"

"下次？你还想有下次？呵，我现在算是想明白了，你一直不肯接受我的册封，是想等他娶你做皇后，是不是？"

"不是，不是的……"

"那你告诉我，时至今日，你可曾后悔过？"

我一怔，抬起蒙眬的泪眼望着他。

后悔吗？

从端午节至今，我每天寝食难安，在愧疚和担忧中惶惶度日，我想过千百种可能的后果，也想要向他主动坦承，求他原谅，却好像独独没有为当日的决定后悔过。

"没有……"他看出了我的迟疑，薄唇抿起一道凄凉的弧度，眼泪成串地掉下来，"没有对吗？你只觉得对不起我，却从不认为自己做错。哪怕给你机会重来一次，你还是会放他走，是不是？"

我无力地伏在地上，泪水如决堤似的怎么也止不住，反反复复说的都是"对不起"。除了这三个字，不知还能再说什么。

"好，好，我明白了……"他几近绝望地盯着我，"来人！"

几名侍卫应声而入。

傅惟转过身，一字一句道："戚玉琼私放朝廷重犯，不知悔改，现责令禁足，不许任何人靠近！"

凤栖宫。

我站在窗前发呆，喜乐苦巴着一张脸道："今早上朝之前皇上还好好的，跟您有说有笑，怎么眨眼的工夫就闹成这样了……"

我默了默，叹息道："是我对不起他。"

私自放走傅谅已是犯了他的大忌，没想到竟还引起兵连祸结。

他登基不久，帝位尚未坐稳，朝中还有一些反对势力没有完全根除，运河和东都的工程刚刚步入正轨，如今正是不能有丝毫差错的时候，却因我而横生枝节，要他分出心去平定叛乱。

傅辰财力雄厚，暗中招兵买马多时；而傅谅主宰东宫多年，虽已失势，可多少还有一些拥护者。二人联起手来，意图颠覆帝位，二十万大军来势汹汹，又岂是好对付的。

这么想来，他对我有怒气也是无可厚非。

可不是说一日夫妻百日恩吗？他再怎么生气，也不至于下这么重的手吧……

鼻头发涩，视线不觉有些模糊。我闭上眼睛，泪水不争气地掉下来，满心的自责中逐渐泛出几许淡淡的委屈。

喜乐忙安慰我道："大人，您也不必太难过。皇上今日正在气头上，等过几天气消了，便没事了。整个皇宫里有谁不知道，您是皇上的心头宝，他最爱的就是您了。"

"他最爱的是我……吗……"我摇头，低低道，"不是，他最爱他的江山。"

他曾说，他要江山也要美人，要天下也要我。相识五年，没人比我更了解他的抱负和野心。其实，他是先要天下，再要我。

"大人……"

我疲乏道："罢了，你先下去吧。"

喜乐立即噤声，很快退了下去。

那日之后，我再也没有见过傅惟。

据说皇后曾几次三番想来找我的碴，约莫是得知我失宠，兴冲冲地跑来打算讥嘲一番，不料却被拦在门外，任她如何发威发怒，侍卫就是铁面无私，不为所动，最终只得败兴而归。

凤栖宫的守卫之森严，几乎与世隔绝，连只苍蝇都飞不进。我无从得知外面战况如何，也不知道运河工程进行得是否顺利，心中的焦急与煎熬难以言说。

也不知是太过于忧虑以致身体失调，还是天气太热以致暑伤津气，自从盛夏以来，我每日心神不宁，极度思睡，一天之中大约有半天的时间都是处于睡眠状态。醒来之后便开始头晕恶心，胸闷气喘，呕吐什么的更是家常便饭，平均一天至少要吐两次才能舒坦，把喜乐急得团团转。

这日午后，天气格外闷热，骄阳如火般灼烤大地，天地间仿佛成了一个巨大的蒸笼，蒸得人透不过气。

我委实胃口不佳，草草喝了些粥便再也难以下咽，这厢将将站起身来，忽觉眼前天旋地转，一阵恶心涌上心头，立马连胆汁都吐了出来。

喜乐一边替我顺气，一边急哭道："大人，您这样下去不行啊……奴婢浅读过几本医书，中暑之症可大可小，您若是有个三长两短，奴婢如何向皇上交代！奴婢还是去禀告皇上，请方太医来给您看看吧。"

我气若游丝道："不要，你先……先扶我进去……"

她小心翼翼地扶我进内殿躺下，复倒来一杯温水。我就着她的手喝了几口，顿觉气息顺畅不少，道："请太医就不必了，我闻到那股药草味更难受。你去御膳房端一碗冰镇酸梅汤来，我特别想喝酸酸凉凉的东西。"

"那您稍等片刻，奴婢这就去取。"

她正欲退下，我思量一瞬，又将她唤住，道："喜乐，你能不能想办法出去打探一下外面的战况？"

她面露难色："这……"

"不需要特别具体，随便什么都好，哪怕只是哪一方占上风都可以。此事因我而起，我始终觉得心里愧疚，不管是对傅谅还是皇上。现在被关在这里，有耳不能听，有眼不能看，什么消息都没有，我真是……"话到此处，我做痛苦状捂着胸口，装模作样地咳了起来。

喜乐见状，忙不迭满口应下，麻溜地跑走了。

不多时，她提着食盒满头大汗地赶了回来，瞧神色竟有几分慌乱。

我支起身子，问道："怎么了吗？"

她将冰镇酸梅汤端到我面前，干笑道："大人，这酸梅汤刚从冰库里拿出来，消暑再好不过了，您快趁凉喝了吧。"

我狐疑地打量她，接过玉碗，一口饮尽酸梅汤："快告诉我，到底出了什么事？"

"奴婢方才正巧在御膳房遇到安公公，他原本是什么都不肯说的，后来奴婢告诉他是大人您要问，他才勉强答应透露一些最近的战况。据说叛军节节败退，汉王殿下前日战死在琅琊，如今前太子率三万残兵败将坚守彭城，负隅顽抗，皇上打算强行攻城，诛杀前太子。"

诛杀……

我惊得倒抽一口冷气，玉碗不慎掉到了地毯上，滴溜溜地打了个圈。一时间，震惊、无奈、忧惧、酸涩……数种感情交杂心间，绞得心如裂锦，极不是滋味。

或许皇权帝位之路本该布满鲜血和白骨，或许帝王之家终究难逃骨肉相残的宿命，可我真的不愿意见到这般惨烈的结局，不愿见他兄弟二人你死我活……

我应该怎么办？我还能做些什么？

只怕是什么都不能了吧……

喜乐将碗勺收拾好，觑了觑我的脸色，迟疑道："大人，奴婢还听到一个消息……"

"什么消息？"不知何故，我隐约有种不妙的预感。

"前宋废帝突然薨了，皇上要册封容华夫人为昭仪，整个皇城传得沸沸扬扬……"她的声音渐次弱下去，说到末处已是低如蚊蚋。

我难以置信，讷讷道："他要娶容华……"

"是，圣旨还没下，不过既然安公公这么说，应该错不了。"

"为什么，为什么……"

他说过他只爱我一个人，今生今世除了我谁也不要，难道都是哄骗我的甜言蜜语吗？

倘若不是，他为什么又要跟别的女人成婚？

浓情蜜意犹在眼前，山盟海誓仍在耳边，转眼一切皆成空。

我的心像是被人掏去，血淋淋地丢在地上。

不，不会的，我不相信！我要见他，我要向他问个明白！

我捂着胸口，疼得连气都透不过来，慌忙甩了被子跳下床，跌跌撞撞地向门口跑去："不行，他不能娶宋容华，绝对不行！"

喜乐吓得失了魂，急忙跟上来扶住我，安慰道："大人，您别着急。都说那容华夫人长得有八分像您，又有狐媚功夫，皇上定是受了她的迷惑才会娶她为昭仪。她充其量不过是个替身，其实皇上心里真正爱的还是您。要不，奴婢先替您求见皇上，说您最近身体不适，请他过来凤栖宫一趟。您赶紧趁此机会向他认个错，不要再跟他闹别扭了，好不好？"

泪水不受控制地撞出眼眶，绝望如潮水般汹涌而来，瞬间将我淹没。

我无力地跌坐在地上，摇头道："不是，他要娶宋容华绝不可能仅仅因为她与我貌有相似，一定还有别的原因。喜乐，你可曾听过皇上与宋容华相好的传闻？"

喜乐怯怯地点了点头，忽又大声道："奴婢在昭阳殿伺候时，皇上对容华夫人一直客客气气，从未越雷池半步！一定是那些人闲来无事乱嚼舌根，编了这些荒唐话，大人，您千万不可当真！啊，对了，安公公说皇上此举是为了安抚江南……"

我凄惶地笑道："宋容华是先帝嫔妃，若只是为安抚江南，他还有千百种方法可以使用，为什么要让自己背上霸占庶母的骂名，他一定是……"

是什么？是对她有了感情吗？

这个可怕的念头在脑海中一闪而过，我眼前骤然发黑，身子一软，很快便失去了知觉。

再次醒来时，已是入夜时分。

窗外似有雷雨阵阵，清凉的晚风透窗而入，吹动珠帘轻摇慢摆。内殿宫灯暖亮，映出一抹顾秀挺拔的身影。

我缓缓睁开眼睛，脑袋像是要裂开一般，疼得厉害，费劲地喊了声："阿惟……"

傅惟欣喜道："玉琼，你醒了？"

记忆纷至沓来，酸楚与委屈蓦然袭上心头。我抽回手，别过脸不看他。

"听喜乐说你近来一直身体不适，怎么不早些告诉我？"

我竭力忍住泪意，勉强笑道："皇上日理万机，国务繁忙，罪臣哪敢随便叨扰。况且皇上好事将近，罪臣病气缠身，若是不慎冲撞了皇上，罪臣岂不是成了千古罪人。这点小病算得了什么，死不了的。"

他轻握住我的手，温柔的声音若带几分歉疚："我知道你心里委屈，是我不对，我不该把你关在这里不闻不问。玉琼，你跟我赌气不打紧，但你不能不顾孩子啊。"

孩子？我一惊，仿佛被符咒镇住，一瞬间失去了呼吸。

"什么……孩子？"

傅惟挥手，一名太医上前恭声道："恭喜太傅大人，您怀了身孕，已然一月有余。"

"这位孙太医乃闻名天下的妇科千金圣手，他对于喜脉的诊断独有一套方法，绝对错不了。"傅惟凝视我，眉宇间满是清浅的笑意，"玉琼，我们有孩子了。"

一丝喜悦从心底流淌而出，越来越强烈，如甘甜的蜜汁一般流淌在我的血液中，流遍我的四肢百骸。

我探手抚摸尚且平坦的小腹，不敢相信那里面竟然有个小生命正悄悄孕育。这是我和傅惟的孩子，他还那么小那么小，我却像是有了灵犀一般，竟然可以清晰地感知到他的存在。一时间，美妙的幸福感将我层层包围。

傅惟道："从今日起，你手上的一切工作全部暂停，专门负责玉琼安胎调理事宜。还有，她怀孕之事切不可向外流传，明白吗？"

孙太医连连道是，开了一剂药方，便领着喜乐下去煎药了。

傅惟在榻边坐下，将我揽在怀里，心疼道："玉琼，这段时间让你受苦了，对不起。"

泪水瞬间泛滥成灾，我艰难地问："你要娶宋容华，是不是？"

他替我拭去泪水，温声道："本来是这么打算，既然你不愿意，那便不娶了。"

"为什么？你不爱她吗？"

"当然不爱，我说过我此生只会爱你一人，我岂是背誓之人？我立宋容华为昭仪有两个原因：其一，她曾与我立下盟约——她会凭借父皇对她的宠爱尽全力助我夺位，而我登基后必须给她一个名分。其二，我已派人毒杀宋容书，他一死，宋容华便成为前宋仅存的皇族血脉，我需要靠她来笼络江南民心。"

"原来是襄王无心而神女有梦……那，我私放傅谅的事，你不生气了吗？"

"生气，当然生气，但是夫妻哪有隔夜仇，过去的事就让它过去吧。玉琼，你现在什么都不要想，只需安心养胎，生个健康的宝宝，嗯？"他浅浅地吻了下我的眼睛，然后是鼻尖，最后是嘴唇。没有舌齿之间的纠缠，只有蜻蜓点水般的停留。

"好。"我靠在他的胸前，多日的委屈、悲戚、绝望全都烟消云散了，心里只余下满满的庆幸——都说帝王不该有爱，他却能如此全心全意地待我好，便知上苍眷顾已深。

傅惟扶我躺下，替我盖上被子："再睡一会儿吧，我在这里陪你。"

我眨眨眼，小声道："我要你陪我一起睡。"

他怔住，呼吸微乱。半晌，和衣躺到我身边，将我揽入臂弯中，无奈地笑道："这是对我的忍耐力大考验啊。"

我破涕为笑，故意把眼泪鼻涕全部蹭到他的龙袍上。他宠溺地揉了揉我的脑袋，叹息道："全天下大概也只有你敢把龙袍当成手帕来擦脸。玉琼，你和宝宝都是我生命中最重要的人，我一定会照顾好你们的。你要把不开心的事情统统忘掉，相信我，我以后绝不会再让你为我流泪。"

"好，我相信你。"

"阿惟，你想要男孩还是女孩？"

"只要是我们的孩子，不管男女我都喜欢。"

我梦呓般呢喃："真想早些与他见面……"

这一夜，我依偎在他怀中，终于睡了个安稳舒心的好觉。

自从得知我怀孕，傅惟对我简直是一百个不放心，索性搬到凤栖宫起居。于是，我俩每天的生活状态如下：我睡觉，他批阅奏章；我睡觉，他处理公务；我睡觉，他陪我一起睡觉，总之就是他做他的事，我睡觉。

孙太医得了圣旨，丝毫不敢怠慢，每日给我这个补那个补，补得我气色红润、精神大好，原本尖尖的下巴逐渐圆润起来。傅惟龙颜大悦，赏赐孙太医黄金百两。

都说生完孩子的女人会显得丰腴，我原本不以为意。如今揽镜自照，看着肉嘟嘟的脸蛋，也是不得不信了。每当此时，心中总免不了一阵淡淡的忧伤——我那纤瘦苗条的少女时代终究是一去不复返了。

八月来临，初秋微凉的风吹散了暑意，天边的明月日渐饱满起来，中秋将至。

中秋当夜，皎月如盘，洒落一地清辉。

傅惟特意降旨休朝三日，好让文武百官回家与亲人团聚。他也暂且放下国事，一心一意地陪在我身边。常叔送来三盏琉璃花灯，正是去年游园会时傅惟赢回的那三盏。入夜后，我将它们一一点亮，花灯暖光盈盈，与圆月遥相辉映，分外赏心悦目。

由于我最近口味偏酸，御膳房特意做了一盘山楂月饼送来给我品尝。傅惟焚香煮茶，第一泡是我最爱喝的青城雪芽。我一边啃月饼，一边品茶，有些感慨道："上次喝你冲的青城雪芽还是在去年秋猎时，一眨眼，一年过去了，真是流光总爱把人抛啊。"

傅惟淡淡笑道："只要你想喝，我随时冲给你喝。"

吃完月饼，我抹了抹嘴，心中掂量了一番，斟酌着开口道："阿惟，有件事想跟你商量一下。"

孰料，他连眼皮都没抬一下，斩钉截铁道："不行。"

我一噎："你怎么知道我想说什么？"

"昨日你偷看了彭城送来的战报，以为我没发觉吗？"他停下手上的动作，叹息声轻若烟云，"我不是说过吗，外面的事你不要再管，安心养胎才是最重要的。"

"但是你答应过我，不伤害他的性命，为什么要下旨杀无赦？"

他耐着性子道："我答应你是以他安分守己为前提，如今他起兵造反，意图颠覆皇位，你让我怎么放过他？现在傅辰死了，他却仍在负隅顽抗，我若再心慈手软，岂不是教天下人耻笑？"

我默了默："其实我一直觉得很奇怪，傅辰与傅谅素来不对盘，为什么他们俩会联合起来？"

"你还记得有一次我们在养蜂场遭人行刺吗？那些杀手是傅辰派来的，他根本就是狼子野心。他肯接纳傅谅，无非看中了还有一些旧势力愿意为傅谅效命。玉琼，你不要怪我，要怪就怪傅谅自寻死路。"

我仍不死心地继续跟他商量："是我放他走的，一切皆由我而起，事情发展到如今这个局面，我心里始终有块心病。阿惟，你看这样好不好？你让我去劝劝他，倘若他肯放弃抵抗，开城投降，你就饶他一命吧。"

"不行！战场刀剑无眼，我怎么能让你去涉险？"他语气坚决，毫无转圜的余地。

"阿惟，若他就这么死了，我这辈子都难以心安，你也不想我这样，对吧？"

傅惟眼睛一眨不眨地看着我，眸中幽深莫测，神思似乎有些松动。我再三恳求，他终于勉强同意，道："好吧，过几日我下一封休战书。不过，他肯不肯和谈便是他的事了。"

我喜得一把抱住他，狠狠地亲了下他的脸颊。他笑着揽住我的腰，微微扎人的下巴抵着我的额头，声音显得缥缈不定："玉琼，我从来不曾为自己的所作所为后悔，但现在我时常想，若是当年没有送你进东宫该多好。"

几日后，傅惟派遣使臣送出休战书，要求与傅谅休战和谈，傅谅立马同意。

鉴于我怀有身孕，加之上次私放傅谅之事，傅惟坚持要与我一同前往彭城招降。九月初，郑嘉率领五千轻骑护送我们抵达琅琊大营，与秦虎大军会合。

在起兵之初，叛军势如破竹。傅辰亲率先锋部队攻打蒲津关，欲从蒲津关渡过黄河，进入京畿地区。他派三百精兵趁夜潜入蒲州城，生擒蒲州总管，兵不血刃地拿下了蒲州。不久后，强行攻入蒲津关，扼住黄河天险。

眼看胜利在望，傅辰却在此时停下了进攻的步伐，并派人拆掉黄河上的浮桥，欲割据齐鲁，自立为王。紧要关头，秦虎率领十万大军偷袭蒲津关，一举夺回蒲州。傅辰毕竟是第一次上战场，见王师如此骁勇，不免心生恐惧，遂仓皇率军撤回，一路跑回琅琊。秦虎率军穷追猛打，双方在琅琊城外激战多日，叛军兵败如山倒，傅辰战至最后一兵一卒，力竭而亡。

傅辰战死后，傅谅带领剩下的三万残兵坚守彭城。彭城地势险要，易守难攻，秦虎大军强攻多日，奈何始终无法拔城。

风尘不起，天气清凉，正是秋高气爽好时节。琅琊山明水秀，满城金桂飘香。

和谈定在未时。

傅惟将我送上马车，温言道："若他执意要再战，你也不必勉强，先回来再从长计议，好吗？"

我握了握他的手，笑道："放心，我心里有数。"

他点头："自己多加小心。"

午后，秋阳煦暖宜人，远处青山如黛，云雾缭绕。

彭城城门紧闭，外围有重兵把守。傅谅站在百尺城楼上，秋风吹起衣袂翻然，愈显寥落。

郑嘉要陪我一起上去，我远远望了眼傅谅，摇头道："我一个人上去就好，有劳郑大人在此稍候片刻。"

他皱眉，神情犹疑不定："可皇上吩咐……"

我说："没关系，傅谅不会伤害我的，我有些话想单独跟他说。"

郑嘉仍觉不妥，我再三与他商量，最终选了个折中的方案——我上去见傅谅，他带领一支精兵守在城楼的进出口，一旦发生任何异动，便立即杀上去解救我。

我登上城楼，意外地发现城楼上竟没有任何守兵，只有傅谅一人在此。

多日未见，他又比从前清减许多，沙场的磨砺使他愈发沉稳练达，与从前任性胡闹的太子判若两人。

我唤他："阿谅。"

他转身看我，目光清冷如霜，惊诧道："怎么是你？"

我点点头，语意轻松道："没错，我是和谈使。上次偷偷放你走，我可是被禁足了好久。这次好不容易才求得阿惟同意让我来见你一面。"

傅谅登时剑眉横指，毫不掩饰惊怒之色，"你……"他似是想向我伸手，犹疑一瞬，终究是无力地垂落，声音紧绷而压抑，"你怎么样？有没有什么大碍？"

我笑道："放心吧，早就没事了。"

一丝歉疚浮上眼底，他低低道："是我对不起你。"

我拍了下他的肩，道："我来这里不是为了听你说对不起的。这里风大，我们进去说话吧。"

"好。"

进阁楼坐定后，傅谅斟了一杯茶递给我，"我以为他会对你好，没想到这么多年过去了，他还是这么……"

我莫名道："什么？"

他微微动了动唇，仿佛欲言又止，半晌，却是话锋一转，道："玉琼，你是来劝我投降的吗？"

我坦然道："是，秦虎早已派人截断了彭城四面的粮道，并且准备了西洋火炮和十万大军，准备强行攻城。现在彭城变成了一座孤城，没有粮饷，没有军需，你根本支撑不了多久，早晚都是死路一条。阿谅，你想想彭城的平民百姓，一旦秦虎强行攻城，该有多少人无辜丧命？"

傅谅沉默不语，眉宇间晦暗不明。

"你当初为什么不听我安排去江南安顿？为什么要跟傅辰一起造反？傅辰为人阴险狡诈，你以为他当真肯跟你平分天下吗？不可能，他不过是想利用你罢了。"

"我何尝不知？但我心有不甘，我恨老二！"他猛地捶了下桌子，恨恨道，"我恨他夺走了我的皇位，恨他夺走了你，恨他夺走了本该属于我的一切！自他登基后，我日夜不得安宁，恨不能将他碎尸万段！玉琼，是我辜负了你的一番苦心，可是你教我如何甘心隐姓埋名，苟延残喘地了此残生？"

"我知道，我理解你的痛苦。但事到如今，你已没有其他的选择。阿谅，开城投降吧，我不想看你枉死，更不想彭城生灵涂炭。"

"投降又如何？投降他便会放过我吗？他不会，只要我一日不死，他便一日视我为心腹大患。"傅谅冷笑道，"玉琼，他对你尚且如此心狠手辣，更何况是我？我宁愿战死沙场，也不愿在他面前屈膝求饶！"

心下一刺，心神有一瞬的慌乱，我稳定心绪，温声道："你不用担心，他早已答应我，只要你开城投降，他绝不会伤害你性命。即便你不相信他也该信我，对吗？"

"不伤害我性命？那就继续把我关起来，三天两头赏我一顿鞭子，我却还要对他感恩戴德，谢他不杀之恩，是吗？"他别过脸，深蓝的眼眸中流露出浓郁的悲哀，一字一句道，"玉琼，如果是那样，我宁愿战死沙场，至少死得有尊严。"

"我……"心口像是被什么东西堵住，难过得几乎无法呼吸。我咬了咬唇，低低道，"我会想办法救你出去。"

傅谅忽然握住我的手："玉琼，你还记不记得去年春猎时，你失手将我射伤，我替你瞒住父皇，你则需答应我一件事？"

"记得。"

他看着我，期许中隐有几分恳求："现在我要你履行诺言，你……你跟我一起走，好不好？你想去哪里？漠北草原，西南苗疆，还是烟雨江南？我都……"

我抽回手，打断他道："对不起，我不能跟你走。"

傅谅拍案而起，怒道："为什么，你就那么喜欢老二吗？他不是什么好人！这些年他把你安排在我身边，分明是想利用你获取情报，将我拉下太子之位！玉琼，你醒醒吧，他对你根本就不是真心的！"

"真心也好，假意也罢，我都不会离开他。我怀孕了。"

他猛地怔住："你说什么……"

我重复道："我不会离开他，我已经有了他的孩子。"

"这怎么可能……不行，你不能跟他在一起……"他跌坐在椅子上，灼亮的眸光瞬息万变，似有千言万语蕴含其中。良久之后，他咬牙切齿道，"好，既然如此，我便告诉你真相，让你知道他究竟是什么样的人！"

"你这话什么意思？"

他不语，推开门吩咐道："去请张先生上来一趟。"

不久，一名布衣男子缓步走进来。虽然他已两鬓斑白，满面沧桑，但那张脸我永生难忘——张跃新！

他在我身旁坐下，笑道："戚太傅，多年不见，别来无恙。"

我看看他，复看看傅谅，惊道："张跃新，你怎么在这里？"

傅谅道："张先生日前来投靠我，并告诉了我一个有关老二的秘密。我本不打算让你知道，可如今我觉得不该让你被蒙在鼓里。"

我盯着张跃新，隐约有种不祥的预感："什么秘密？"

"当年你爹因为得知了太子的真实身世，遭到元皇后陷害，身陷囹圄。而我恰好担任京城总管一职，管辖京城大小牢狱。你爹在临死之前，曾求我送一封求救信给皇上，也即是当时的晋王殿下。他在信中将事情的原委全部写明，并且恳求晋王殿下上书先帝，为他伸冤。晋王殿下羽翼未丰，心有顾忌，不敢轻举妄动，便没有帮你爹伸冤。之后你爹遭受腐刑，不忍受辱，撞墙而死，这你也是知道的。"

"我不信。"我压着颤抖的声音呼喝道，"这些都是你的片面之词，你有什么证据证明晋王见死不救？"

"当然有。"张跃新取出一枚信封放在我面前。

我打开一看，信封中赫然是一张泛黄的笺纸，隐约有些烧过的痕迹，正是爹爹的手书无误。

他继续道："这是你爹的亲笔信，我相信你一定不会不认得他的笔迹。我本来不想帮你爹送信，但念及与他的同窗之谊，加之他确实为百姓做了不少实事，我最终动了恻隐之心，冒险送信到晋王府。谁知晋王看了这封信后非但无动于衷，还命我将它烧毁。不过我当时留了个心眼，偷偷将信保留下来。"

"你爹死后没多久，你独自进京告御状，其实晋王早已知情。他让我想办法从你手中取得太子身世的证据，谁知你嘴巴那么硬，怎么问也问不出，我只好对你动用私刑。一个月后，晋王竟然出面救下你，并且让我不要再过问你的事。我虽觉得奇怪，却也不敢多问，此事遂不了了之。再后来，大约是怕我走漏风声，晋王派杀手杀我灭口，我侥幸逃过一劫，从此东躲西藏，不敢露面，直至今日方说出真相。"

我的脑中轰然炸响，整个人像是被丢进熊熊烈火中一样，灼痛难忍。心宛若被撕裂一般疼痛，眼前阵阵眩晕，仿佛下一刻就要灰飞烟灭。

不会的，傅惟绝不会这么对我！兴许这中间还有什么我不知道的隐情！我努力说服自己相信他，却终究只是徒劳。

我忍着泪问道："是不是……晋王让你对我用私刑的？"

"那倒不是，不过他让我想方设法从你手中取得证据。"

傅谅用力抓住我肩膀，大声道："玉琼，你还没看清老二的为人吗？他城府极深，为达目的不择手段，他接近你根本是早有预谋！他虽然不是主谋，却是害死你爹的间接凶手！若非他见死不救，你爹便不会自尽！若非他觊觎证据，你也不会受尽折磨！"

不是这样的，一定是我听错了，一定是我在做梦！

灵魂被扯成碎片，窒息的痛楚已经化作满心的凄怆。我浑身不停地战栗着，想要大口地呼吸空气，可喉头像是被人扼住那般，怎么都透不过气来。

我不相信，我要回去问他，我要他亲口告诉我！

我抓起信封拔脚就朝外面走，恰在此时，一名士兵匆匆赶来，急报道："方才有人偷偷潜入城中，将城门打开，现有一支齐军迅速逼近，数量不明！"

傅谅登时气得额间青筋直跳，暴喝道："混账东西！城门被人开了都不知道！"

那士兵看我一眼，期期艾艾道："好像……好像是方才护送和谈使的人……"

是郑嘉！

"老二简直是没有最卑鄙，只有更卑鄙！他这分明是借和谈之名强行攻城，他可曾考虑过你的安危！"

我无力地笑了笑："他大概知道你不会伤害我……"

傅惟真是好计谋，说什么不要勉强劝降，要从长计议之类的，原来只是哄骗我的把戏。我早知他心思深沉，却总还自负是枕边人，多少了解他几分，不承想我竟从头至尾没有将他看透。

"现在该如何是好？"傅谅烦躁地原地踱步。

我拉住他的手，沉声道："来不及了，你挟持我出去！"

秦虎领五万大军浩荡而来，绵延数十里，顷刻间，兵临城下。

秋风荡过野泽，吹动旌旗猎猎。

彭城城门大开，先锋部队已率先攻入城中，与守军激烈交锋。兵刃交接的冷硬声响此起彼伏，伴着血肉撕裂声和嘶吼惨叫声，仿若一柄柄利剑，直直刺入我耳内。

剑啸风吟，淡淡的血腥味弥散在空中，杀戮之意沉浮在明媚的秋色里。

"砰"的一声，傅谅踹开阁楼的门，用长刀架着我的脖子缓缓走出去，我立马做惊恐状哭泣道："秦将军救我！"

秦虎面色陡变："戚大人！"

傅谅将我推到城楼边缘，冷笑道："前几日傅惟下诏书要与我和谈，言辞恳切态度真诚，说什么顾念兄弟恩情，不想与我争得你死我活，可现在呢？"他指着秦虎，怒意森森道，"这就是他和谈的诚意吗？既然他出尔反尔，那也莫怪我不仁不义。若我今日不能活着走出彭城，我要戚玉琼给我陪葬！"

秦虎急忙喊道："傅谅，你切莫伤害戚大人，万事好商量！"

傅谅哼道："傅惟尚且不管她的死活，我杀了她又如何？她伴我多年，如今我即将赴死，黄泉路上有她作陪，我便也不会寂寞了。"

虽然知道这只是演戏，可听到他这番话时，我的心还是不可遏制地抽痛，眼泪如决堤一般汹涌而出。

傅惟，在你心里，我究竟算什么？

秦虎以为我害怕得紧，神色愈加焦急。战马长嘶，不安分地来回走动。他勒紧缰绳，沉吟道："你要怎样才肯放了戚大人？"

"彭城我可以不要，但命我不能不要！我要你替我准备一匹快马，一包干粮和三百两银票，待我安全离开此地，我自然会放了她！"

"好，我答应你！"秦虎不敢迟疑，当即转身吩咐道，"照他说的准备。"

副将牵来一匹战马，马鞍上系着一个包裹。一切准备妥当，傅谅挟持着我，缓步走下城楼。齐军立即层层包围过来，秦虎策马而来，再三强调千万不要伤害我。

傅谅充耳不闻，怒喝道："都给我退回去！"

冰凉的刀尖没入肌肤，激起一阵尖锐的疼痛，温热的液体流淌出来，染红素白的衣衫。我闷哼一声，抬起蒙眬泪眼求救似的看着秦虎，他只得下令退后。

傅谅将我甩上马背，利索地翻身上马，扬起马鞭，战马如疾风一般冲了出去。

一路疾驰而去，耳畔风声呼呼，马蹄声纷乱，惊起栖息在树间的鸟雀。山中树林阴翳，古木参天。

由于我不会马术，无法掌握战马奔跑的节拍，五脏六腑被颠得七上八下，不由得阵阵干呕。

傅谅放慢速度，附在我耳畔问："玉琼，你没事吧？"

我勉强说道："我没事，你不用管我，等过了这个山头你把我放下来，秦虎一定会带人来找我。"

他加重臂上的力道，将我护在怀中，试图用身躯作为缓冲颠簸的屏障："这里荒郊野岭的，时有猛兽出没，我怎么能将你一个人扔在这里？你……你还是跟我一起走吧。"

我摇头道："不行，我不能就这么莫名其妙地一走了之，我要回去见他，听听他如何解释。况且，若是我跟你一起走，他定会派人找我，届时你的行踪便也一并暴露了，岂不是浪费了今日的一番苦心？"

"你……"

我回头看他，坚定道："傅谅，这次你一定要听我的。"

他还想再说什么，忽然间，大风呼啸而过，草木异动，哗哗作响。

后方忽然传来了沉重的马蹄声，如同平地响起的一阵闷雷。恍惚间，似有千军万马奔腾而来。

秦虎追来了！

我暗叫不妙，忙道："这样不行，我会拖慢你的速度，你现在就把我放下来，我尽量想办法拖住他们。"

"玉琼！"傅谅握紧我的手不放，目光中仿佛满是期望，却依稀又透出一丝绝望，如火般灼人心魄。他埋首在我的颈间，几近哀求道，"你跟我走，好不好？我一定会对你好的，不光是你，还有你的孩子，我会将他视如己出，我……"

我别过脸，避开他的亲昵："放我下去，你快走。"

"玉琼……"

"放我下去。"

他拗不过我，只得依言勒马停下。

我挣扎着跳下马，拔出匕首刺入左肩。

刹那间，锥心的疼痛如潮水般袭来，瞬间蔓延全身。我只觉呼吸一窒，双腿发软，蓦然跌倒在地。

　　"玉琼！"傅谅惊得倒抽一口冷气，眼中迅速蒙上了一层薄薄的水雾，碎影迷离。

　　我疼得直冒冷汗，催促他："快走……"

　　他深深看我一眼，仰天悲泣一声，挥鞭扬长而去。

　　我望着他渐渐远去的身影，如释重负地松了口气，好像浑身的力气被卸去了似的，无力地靠在树干上喘息。

　　傅谅，这次真的要说再见了。

　　再见，后会无期。

第十二章

爱和占有间界限有多细瘦

彭城被攻破，三万残兵尽数缴械投降，这场叛乱终于平息。

一名张姓军师下落不明，叛军首领废太子则劫持和谈使，侥幸逃出生天。秦虎出动三千轻骑日夜追赶，仍然未能发现废太子的行踪，遂发布通缉令，在全国范围内布下天罗地网，非要将他找到不可。

"你醒了？"傅惟坐在榻边，伸手轻抚我的左肩，温声道，"伤口还疼吗？"温柔的眸光仿若一汪春水，瞳仁中映出我的轮廓，清晰而深情。

我一言不发地看着他，真的很想看看清楚，这个男人俊美秀雅的外表下，究竟隐藏着怎样一颗心！

他疑惑道："玉琼？你怎么了，怎么脸色怪怪的？"

我坐起身，吩咐道："你们先下去，本官有话要与皇上说。"

侍女应声退下。

"到底出了什么事？"

"我今天听说了一件事，当年我爹遭到陷害而身陷牢狱，他曾经偷偷写了一封信，拜托时任京城总管的张跃新转交给你，请求你替他洗刷冤屈，你却置之不理，还命张跃新将那封信烧毁，是不是真的？"

傅惟霎时脸色惨白，眼底腾起一丝惊恐，转瞬即逝。很快，他恢复了温文尔雅，道："这……这怎么可能？天牢戒备森严，绝不会发生私自传递消息这种事。且张跃新又一向与你爹不和，他怎肯帮你爹送信？"

"真的没有这回事吗？"

他没有回答我，笑容显得有些僵硬，"玉琼，你听谁说的？"

我取出信封递到他面前，平静地问道："那这是什么？"

他接过信封，手微微颤抖着将它打开，看到笺纸的刹那，瞳孔陡然收缩，薄唇褪了血色，几番张合，却是什么话都说不出来。

眼看他此刻的表情，再也无须多言，一切已是雪光惊电般透彻。

"想起来了对吗？"

傅惟惊慌失措地抱住我，颤声道："玉琼，你听我说……"他抱我抱得很紧，好似一松手我便会消失不见，无论我怎么挣扎都无济于事。他的手臂压到我左肩的伤口，带起一阵沉闷的钝痛。

可伤口再痛，又如何及得上心痛的万分之一？

他的怀抱曾是让我遮风避浪的港湾，只要靠在他怀里，我便无比安心。而今，却像是无间地狱那般，拖着我沉沦，拖着我万劫不复。

我狠狠推开他，向后缩了缩身子，冷声问道："傅惟，你现在回答我两个问题。第一，我爹向你求救时，你有没有见死不救？第二，我回京城告御状时，你有没有让张跃新从我手中取得证据？"

"我……"他望着空落落的双手，似有些怅然若失。半晌，眉间透出几许愠怒，砰地捶了下桌案，"谁告诉你的？这是谁告诉你的？"

"这并不重要，重要的是你有，或者没有。"

他沉默不语。

心中最后一丝希望彻底破灭，我冷笑道："那就是有了？若非今日我看到这封信，你打算瞒我到几时？"

他急道："玉琼，你听我解释！那日接到你爹的信函后，我的确曾经犹豫不决，我知道他是个为民请命的好官，我也想为他伸冤。可当时，我在外担任并州总管一职，按理不能过问京城的朝政。况且，父皇一心与突厥交好，打算通过突厥打开通往西域的道路，元皇后十分受宠，即便我揭发她的罪行，父皇也未必会相信。若元皇后借机反咬我一口，我非但救不了你爹，恐怕连自己都要搭进去。

"后来，我听说你回到长安，想从你手中取得证据，日后再寻找机会扳倒元皇后，替你爹平反。可由于我身份敏感，不便直接出面，便委派张跃新去办此事。谁知他会错了我的意，对你严刑拷打。我得知情况后，心中自是愧疚难当，于是亲自将你从天牢中救出来……"

他的话与张跃新所说并无出入，想来应当是事情的真相了。

我笑了，笑得前仰后合，撕心裂肺，笑自己是如此可欺可悲可笑可怜。笑着笑着，泪水悄无声息地沾湿眼眶，我睁大眼眶，用尽全身的力量不让眼泪流下来。

傅惟颤声唤我："玉琼……"

"总之而言，就是你不想蹚这浑水，却又想拿到证据作为你夺嫡的重要筹码，是这样吗？"

他低下头，痛苦地呢喃道："对不起，对不起，我当时真的没想到你爹会……"

我咬唇道："傅惟，我理解你的苦衷，因为人都是自私的，你不肯赌上自己的前途去救我爹，这无可厚非。但说到底，你是间接害死我爹的凶手，也是导致我受尽折磨的罪魁祸首，所以我不会原谅你，永远也不会！"

傅惟失魂落魄地看着我，毫不掩饰痛苦凄切之色，眸中水光盈盈。半晌，他再次将我抱入怀中，结实的臂膀如铜墙铁壁一般，不给我半分逃跑的机会。

"玉琼，不要，不要这样……对不起，我是瞒了你，可我对你的爱是真的，天地日月可鉴……你相信我，我从没想过要伤害你……"

我任由他抱着，不挣扎也不说话。

他恳求道："玉琼，你不要离开我！我们不是有孩子了吗？你看在孩子的分上，再给我一次机会，让我用余生好好补偿你，好不好？"

心下酸楚难当，眼泪终于夺眶而出，我切齿道："我做不到！傅惟，我做不到若无其事地继续跟你在一起！只要看到你，我就会想起我爹娘惨死，还有在天牢那一段噩梦般的日子！是你，都是因为你……"

五年，我将他视作最亲近最信赖的人，对他言听计从，百般依赖。我甚至想，上苍虽然带走我的双亲，却让我遇见了傅惟。他代替爹娘照顾我，疼爱我，我一点儿也不亏。

我是那么爱他，他的每一个笑容、每一个拥抱，甚至每一次皱眉、每一次动怒，都早已铭于心、刻于骨、溶于血，永世难以忘怀。

可到头来，事情的真相却是，这竟是一场彻头彻尾的骗局。我必须将心割舍，将骨头剔除，将血液抽干。我必须将他从我的生命里，完全抹去。

若非他当年袖手旁观，我爹便不会惨死狱中；若非他暗中指使张跃新逼问我证据的下落，我也不会受尽苦楚，弄得人不像人、鬼不像鬼。

我实在不知道，他究竟是救了我，还是害了我。

一滴、两滴……温热的液体落在我的颈窝里，他低吼道："我不会让你离开我的，永远不会！"

下一刻，眼前一阵天旋地转，他几近粗暴地将我推倒，欺身压上来。不待我反应过来，那道火热的气息便迅速堵住我的双唇，舌尖霸道地撬开牙关，长驱直入。

我瞬间被他夺去了呼吸，他将我压制在身下，吻得果断蛮横，根本不给我半分喘息的机会，一手按住我的后脑，仿佛直要将我揉进身体里方罢休。无论我怎么拳打脚踢，他丝毫不为所动，越吻越深入，越吻越用力。

我憋得头昏脑涨、几欲窒息，情急之下，用力咬破了他的舌尖。霎时间，一股腥甜旖旎之味在口中弥漫开来，席卷过每一寸肌肤、每一处感官。

他痛得闷哼一声，终于停止攻城略地，却依然没有离开的我的唇，只是静静地将我望着，眼中凝结大团大团的水汽。稍一眨眼，泪水便落进我的眼中，再次沾湿了我的视线，他的面庞在眼前模糊起来。

我推开他，反复擦拭嘴唇，喘息道："傅惟，我恨你……"

傅惟的身子猛然一颤，眸光变得凄楚而哀伤，一字一句道："不管你怎么想，我一定会娶你！不想当皇贵妃没关系，我立你为皇后，今生今世你休想离开我！"

"我恨你！"

"我不在乎你恨我，我只要你！"留下这句话，他起身扬长而去。

我愣愣地躺在榻上，眼泪像是怎么都流不完。

原来心死不过是一瞬间的事，原来心死是一件这么痛的事。

彭城战场的善后处理工作日渐完成，几日后，全军拔营回京。

一夜噩梦连连，惊醒后便再也难以入睡，只要一闭上眼睛，娘亲惨死的画面便会浮现在眼前。我一直辗转反侧，直至天色泛白。

清晨，傅惟端着一碗汤药走进来，微笑道："来，把这碗安胎药喝了，一会儿该上路了。"他斜坐在榻边，小心翼翼地舀起一勺汤药送到我唇边。

我别过脸，冷声道："你拿走，我不喝。"

"那你要怎么样才肯喝？"他没有丝毫愠怒，一如既往的温柔如水。

我闭上眼睛，沉默不语。

他撩起我鬓角的碎发，低低道："是不是要我像上次那样，用嘴喂你？嗯？"

我避开他的手，恨恨地盯他一眼，接过药碗一饮而尽："满意了？"

他不答，伸手将我搂进怀里，唇畔的笑意丝毫未减："乖，伤口还疼吗？"

我使劲挣开他，哂笑道："傅惟，你不必在我身上白费心思了，我不需要你的关心，也不会承你的情！我恨你，你走啊！"

傅惟的脸色有片刻的黯淡，旋即捉住我的手，放在唇边轻吻，坚定道："我爱你。"

"你不爱我，你爱的只有你自己和你的江山！倘若你真的爱我，又怎会不顾我的安危强行攻城？你料定傅谅不会伤害我，所以才同意让我去劝降，好分散他的注意力，是不是？可是你有没有想过，若是真有个什么万一，我和孩子都要死在这里！"

"不是的！"傅惟猛地站起来，抬手砸碎药碗，大声道，"我没想过要用你和孩子的性命做赌注，我有十足的把握能让你平安归来！我爱你，玉琼，我只爱你一人！"

"我不信，你走，你走啊！"我抄起枕头砸向他，他敏捷地接住，丢向一边，不停地重复："我爱你。"

"你为什么要这么对我！为什么！我恨你，我恨透你了！"滔天的恨意决堤一般喷薄而出，我歇斯底里地怒吼，"我宁愿那时被张跃新打死在天牢里！我只要看见你，就会想起那天醒过来时，娘亲冰冷僵硬的身体和死不瞑目的面孔！这一切都是拜你所赐，我恨你！"我将身边所有能拿起来的东西全部向他砸过去，用力地发泄着心中的怨恨与伤痛。

他看着我，眸中幽深莫测，就那么站在那里，一动未动，静静地承受着。

直至筋疲力尽，我颓然地跌坐在榻上，失声痛哭起来。

279

明明就反复告诫自己，不能再为他落泪，可泪水还是不争气地簌簌落下。心痛无以复加，锥心之痛也不过如此吧。

原来，恨他也需要这么大的力气。

一时间，帷帐内静得可怕，空气中有一丝凝滞，时光仿佛在此刻停留。

傅惟坐回我身边，轻轻捧起我的脸，指肚来回摩挲着我的嘴唇，细碎的痛感激起阵阵战栗，他的声音又变得柔若春风："告诉我，要怎样才肯原谅我？告诉我，让我补偿你。"

我不假思索道："放我走。"

眼底陡然腾起一道锋芒，他冷笑道："不可能，我不会让你离开我。你、我，还有我们的孩子，我们永远在一起。"

我凌厉地盯着他，咬牙切齿道："你休想！"

"只要一回长安我便立刻下旨，册封你为皇后！你生是我的人，死是我的鬼！"

恰在此时，帘外有人禀告道："皇上，马车已准备好，随时可以起程。"

"知道了。"傅惟应道，一把将我横抱起来，"来，玉琼，我们回家。"

我无力挣扎，自嘲地笑了笑，道："回家？我已经没有家了。"话说完，浑身忽然涌上一丝异样的感觉，说不清道不明，身子越发瘫软，整个人像是化作了一团棉花。

我惊道："傅惟，你给我吃了什么？"

"我怕你不肯跟我回去，所以方才给你喝的是安胎安眠药，既可安胎，亦可安眠。"他轻轻一笑，附在我耳畔轻声呢喃，"玉琼，乖乖睡一觉，醒来就回到长安了。"

"你……"我想骂他卑鄙，困意蓦然袭来，不知不觉便睡了过去。

天边金掌露成霜，云随雁字长。金秋十月，皇城内外桂树蓊郁，处处桂花香。

一场秋雨一场凉。

我倚在窗边，望着凤栖宫外的秋景发呆。

傅惟当真言出必践。回到长安的第二日，他便以"善妒且无出"之名废去妍歌的皇后之位，将其降为元贵妃。不久后，他下旨册封我为后，并追封我爹为护国公，追封我娘为一品诰命夫人。

一石激起千层浪。满朝上下集体反对，指责我的奏折在御书房外堆积如山，奈何傅惟态度强硬，对此充耳不闻。奇怪的是，在京的突厥使臣团却没有提出任何异议，连突厥王也是出人意料地沉默。

然，太祖有训：后宫不得干政。

既被立为皇后，我自然而然卸去了太傅一职，终日在凤栖宫专心养胎。名为养胎，实则与软禁无异，没有傅惟的手令，谁也不得踏入凤栖宫，同理我也不能出去。他仍对外封锁我怀孕的消息，日常的饮食汤药皆由专人重重检验，防得滴水不漏。

门外隐约传来一阵哭喊声，喜乐急匆匆地提着食盒跑进来，一见我便八卦道："方才奴婢回来时，看见内侍省的人拖着几个宫女，浑身血淋淋的，好像挨了板子，听说都是汉王安插在宫中的眼线！最近一段时日，皇上大力肃清汉王和废太子党羽，杀的杀，贬的贬，前几日御史令樊大人满门被斩，也真是作孽哟……"

我蓦然回神，道："樊准死了？"

喜乐点头："外面的人都这么说，应当错不了。前不久废太子和汉王造反时，听说就是樊大人给他们传递消息，拉拢旧部。"

傅惟一贯如此铁腕，但凡异己，一律斩草除根，不留后患。他绝不容许任何可能威胁到他的人或事存在，从前如此，现在依然如此。

或许雷厉如他，天生适合做帝王。

喜乐从食盒中取出一个小盅，劝道："娘娘，这是御膳房刚炖好的木瓜血燕，特地加了您最喜爱的桂花糖，赶快趁热吃吧。"

"我不吃，还有，不要叫我娘娘。"

"可是这几天您都没怎么吃东西，这样下去怎么吃得消？您多少吃一点吧……"

我垂眸，抚摸着略微凸起的小腹，低声道："饿死了岂不是更好？饿死了一了百了。"

"你饿死了孩子怎么办？我怎么办？"傅惟的声音从门前传来，低沉沙哑，若有千万斤的重量，直直压在我的心上，压得我透不过气来。

喜乐很有眼色地退了下去。

傅惟坐到我跟前，端起瓷盅小尝了一口，复舀起一勺送到我唇边，温言道："温度刚好，快吃吧。"

我起身避开他，淡漠道："我不吃！"

他丝毫不在意我的举动，一只手虚揽着我的腰，似嗔似宠道："当了皇后便要母仪天下，怎么还这么任性？"

虽知只是徒劳，却仍不甘心就这么乖乖就范，我对他怒喊道："我不会嫁给你！死都不会！"

"可惜你无法改变我的决定。诏书已下，册封大典定在三日后，只待拜过天地祖宗，你便是我今生今世唯一的妻子。"他温存地抚摸我的脸颊，柔声道，"玉琼，我会一辈子对你好，我会尽最大的努力去补偿你。"

"补偿有用？补偿能活死人，肉白骨？补偿能让我爹娘复活吗？既然不能，那我要补偿有什么用！"

"当然有用，我会代替他们照顾你，宠爱你，你要什么我都会给你。"

我抓起瓷盅狠狠砸在地上。傅惟眸色一紧，仿佛意识到了什么，伸手要来拦我，我以极快的速度捡起一枚碎片抵着自己的脖颈，哽咽道："傅惟，我心已死，如果你要的只是一具躯体，那么你将得到我的尸体！"

他站在原地未动，不见一丝慌乱："你不会这么做。"

"我会！"我一咬牙，将碎瓷片刺入皮肤中，尖锐的痛楚疯狂地袭来，"让我走，我就原谅你！"

"我不可能让你走。"傅惟缓步向我走来，视线将我牢牢锁住，"玉琼，想想我们的孩子，你舍得让他还未出世便胎死腹中吗？"

孩子，我和他的孩子……

为什么我要爱上他，为什么要有这个孩子！

"不要过来……"

他一把握住我的手，用碎瓷片抵住自己的喉头："如果你真的恨我，那么现在杀了我。"

手剧烈地颤抖起来，我难以置信地看着他，喃喃道："不……不要……"

他又走近一近，低低道："杀了我，为你爹报仇。"

"不要……"我难以控制心中的悲痛，哭得几近崩溃，"不要！"

他夺过我手中的碎瓷片，抱住我："玉琼，对不起。"

清浅的吻落在我的眼睛上，轻柔地为我吻去泪水，没有过多的停留与纠缠，却让我感觉到了前所未有的缠绵缱绻。

我胡乱抓着他的衣服，哭得伤心欲绝："我恨，我真的好恨！我恨你，我更恨我自己！为什么要让我爱上你，为什么！"

他的身子微微颤了颤，气息亦有些不稳："玉琼，我们忘了过去，重新开始，好不好？"

我摇头，一切都已发生，再也没有转圜的余地。事已至此，如何还能重新开始？

胸口忽然憋闷得厉害，心跳陡然加速，我用力抽了几口气，眼前一阵天旋地转，几乎站立不稳。傅惟面色一沉，立马将我抱到床上，急切地吩咐喜乐去请太医。

孙太医和方太医很快赶来，诊脉后，对傅惟道："皇后娘娘近来情志不舒、气机郁滞，如此下去容易引致郁证，对胎儿极为不利。微臣在娘娘的安胎药中加入几味纾解心志的草药，但娘娘还需宽心休养，千万不可再动怒。"

傅惟叹息道："玉琼，怎样才能让你高兴起来？你告诉我。"

我静默良久，说道："我要见元君意。"

傅惟一怔，面上浮起一丝警惕之色："见他做什么？"

"我要他给我送嫁。"

他犹疑道："你答应嫁给我了？"

我冷笑道："答不答应是我说了算的吗？若我说不答应，你便会放我走吗？你把我关在这里，我还有选择的余地吗？傅惟，我只有这一个要求，要么让元君意给我送嫁，要么我死。"

他一言不发地凝视我，深沉的眸中瞬息万变，好似想要研判我所说的是真是假："那为什么是他？我会安排一位德高望重的宗亲忠臣送你出嫁，岂不比他好多了？"

我坦然迎上他的目光："我在这世上已无亲无故，他祖父元曦容与我外祖母有八拜之交，他姑且算是我的义兄，我想要个娘家人送嫁都不行吗？"

傅惟缄默半晌，抿唇微笑道："好，我答应你，明日便安排他来见你。"

入夜。

细雨渐止，晚风和畅，窗外秋蝉唧唧而鸣。

我倚在凤榻上假寐，不多时，外面通报元君意来了。

我睁开眼，恰巧瞧见他挑帘而入。他手捧八宝璎珞锦盒，着一袭月白色长衫，锦衣玉带，愈见风雅。几缕碎发被雨水打湿，散落额前。

他意味深长地看我一眼，屈膝行礼，朗声道："参见皇后娘娘。"

我望了望珠帘外朦胧晃动的身影，立即心领神会，道："元公子不必多礼，请坐。"

他打开八宝璎珞盒，取出一只碧玉小瓶，温文道："听闻皇后娘娘近来凤体违和，臣特意带来一瓶衙香，焚之可通经开窍，安神养性。"

我端详那只碧玉小瓶，分明是去年傅谅遭人陷害时，我为求他帮忙送给他的衙香，那时他还说定要与我一同品评，我不以为意，没想到竟真的有这么一天。

忆及往事，恍然而生隔世之感，心下一时感慨万千。我笑道："好，有劳元公子，那边有香炉。"

元君意取来香炉，洗净双手，开始焚香。

"今日请元公子过来，其实是有一事相求。"我起身，小心翼翼地走到书桌前坐下，提笔写字，"昔日令祖父游历江南时，与我祖母义结金兰，二老情义甚笃。早年我家门惨遭不幸，严慈见背，如今孑然一身，举目无亲，恳请元公子念在祖辈的交情上，以义兄的身份送我出嫁……"

我将字条塞进他手中，不紧不慢道："不知公子肯不肯答应。"我指了指字条，用口型重复那四个字。

救我离开。

青烟袅袅，腾起清淡的芳香，沁人心脾。

秋蝉忽然噤了声，天地间万籁俱寂。一阵凉风穿堂而过，吹动竹帘叮咚作响，在静谧的凤栖宫中显得格外清脆。

元君意盯着字条看了许久，复抬头看我，神色颇为复杂："你……"

我点头，坚定道："拜托。"

烛火摇曳生姿，茜纱窗上映出一道身影一闪而过，元君意迅速将字条揉作一团，丢进香炉中，笑道："皇后娘娘开口，臣岂有不答应的道理。"稍顿，沉声道，"一切但听吩咐。"

我长长舒一口气，感激道："多谢。还有，烦请将此事告诉常叔，他自幼看我长大，于我如同家人。"

"好。"

焚香完毕，他挑起羽帚，轻轻拭净炉边香灰，忽地又望了我一眼，眸中有无奈，亦有怜惜，兴许还夹杂着一丝微不可见的悔意。良久，叹息声轻若烟云。

大业元年十月初五，大婚如期举行。

新帝在登基之初便两度废立皇后，且第二位皇后竟还是权倾朝野的一品太傅、从前的废太子幕僚，身份背景之复杂令人瞠目结舌，举国上下一片热议。天还未亮，围观的百姓便已然将皇城门前堵得水泄不通。大家争先恐后地想要一睹新皇后芳容，看看究竟是怎样的国色天香，才能将一贯清心寡欲的皇上迷得神魂颠倒。

隔天夜里，我几乎整夜没有合眼。傅惟素来机警谨慎，今日必会布下重兵防守，虽不知元君意到底有何办法，不过既然托付于他，便也只能相信。

大约到了三更天，命妇聚集到凤栖宫，为我梳妆打扮。

白玉雕栏池中，热气升腾而起，妖娆缭绕，博山鎏金炉内飘出渺渺熏香，一时间满室烟斜雾横。

我闭上眼睛，心情忽然平静下来。

洗沐完毕，我端坐镜前绾髻梳妆。黛色远山眉细如柳叶，胭脂粉轻扫双颊，额前金色花钿婉转流光。

一位命妇笑叹道："娘娘真是太美了！"

闻言，我抬起头，不期然在镜中看见一个陌生的自己。纵然妆容精致，纵然雍容华贵，但女子的脸上丝毫没有生气，那双眼眸看似清澈透亮，内里却是死灰般沉寂。

美吗？我心中一哂，镜中人便也浮起一抹讥嘲的笑。

"朕的皇后，当然美！"傅惟负手站在珠帘外，笑意盈盈地打量我，眸中闪动着一抹惊艳之色。

他长身玉立，一身红衣明艳似火，称着白皙如玉的肌肤，竟有一种惊心动魄的俊美，教人挪不开眼。

我一时呼吸微窒，愣愣地望着他，好似在一瞬间失了心魂，完全被他蛊惑。

一室命妇纷纷拜下叩首，有人惶恐道："皇上，按本朝礼制，您现在不能与皇后娘娘见面，请速速回避。"

傅惟皱了下眉，道："什么礼制？朕便是礼制！你们先下去吧。"

众人只得退避。

这厢我仍然出神，他已然走到我面前，一把将我拉进怀里，大掌在我腰间来回摩挲游走，笑道："玉琼，你好美。我等了这么多年，终于等来这一天，你终于成为我的妻子。"

他专注地望着我，眼底满是似水的柔情，教我不由自主脸红心跳。

倘若没有发生当年的事，或是我至今依然被蒙在鼓里，不曾知道真相，今日的我该是何等欢喜。他说他已等待多年，我又何尝不是？这五年来，让我魂牵梦萦、念念不忘的人，不就是他吗？

他在我的额上印下一个吻，又辗转至眼睛、鼻尖、脸颊……他的吻温柔如水，小心翼翼地一路向下，如蜻蜓点水一般轻轻掠过。他的唇热情似火，所到之处似是点燃一把熊熊烈火，将我最后的防备烧成了灰烬。

我有些晃神，内心深处不停地抗拒着，使劲朝后面蜷缩身子。他看似没有用力，实际早已将我紧紧地禁锢在身前，不给我分毫逃离的空间。

傅惟气息微乱，流连在我的唇边，没有霸道地进攻，只是极尽轻柔地厮磨缠绵。他轻轻闭着双眼，清俊的脸上竟生出一抹嫣红。

我挣扎着捶打他的胸膛，偏头躲避他的亲吻。谁知这小小的抗拒却越发激发了他的欲望，他深深地吻进我的口腔，灵巧的舌尖温柔地拨动我笨拙的舌头。

火热的呢喃融化在唇齿的纠缠中："玉琼，我爱你，我爱你……"

我猛地推开他，怒道："我恨你！我恨你！"

"我不在乎。"他轻拭嘴角，笑得笃定，"你逃不出我的手掌心。待会儿见，我的皇后。"

我失魂落魄地跌坐在地上，泪意上涌，他的背影在眼中渐渐模糊，心里的泪水却早已泛滥成灾。

卯时，旭日东升，东方既白。晨风轻拂，携来清甜的桂花香，美好得如同梦境。

仪仗队在宣武门外等候。元君意站在鸾仪旁，峨冠博带，广袖翩然，分明是我朝一品文官的打扮。

新帝废了突厥公主，立太傅为后，却还下旨让突厥使臣为新皇后送嫁，各种议论猜测满天飞，世人皆道此事太过于离奇，简直匪夷所思。

正当我神思恍惚，一只白皙修长的手向我伸来，指若白玉，莹润生光。我缓缓抬起头，迎上一双深不见底的眸子，只一瞬，便是笑意浅淡。

元君意恭声道："皇后，吉时已到，该上鸾车了，皇上还在太庙等您。"

我缓缓点头，在命妇的搀扶下步上鸾仪。

红绸铺开道路，宫人遍撒合欢花瓣，仿若飘落漫天花雨。

在百名精兵的护卫下，鸾仪缓缓驶出皇城。礼炮砰然绽开，响彻云霄。所到之处，百姓齐齐跪拜，山呼皇后千岁。长安城中，丝竹喧天，一派欢喜热闹。

变故陡生，却只在一瞬间！

一支冷箭破空射来，赫然插在车壁上。一批黑衣人如鬼魅般杀出来，直逼鸾仪！

外面登时乱作一团，不明真相的百姓一片哗然。

我心下一惊，来了。

慌乱中，有人高喊了一句："护驾，快护驾！"

精兵拔刀出鞘，与黑衣人正面交锋。趁混乱之际，元君意递了一柄匕首给我，旋即从腰间抽出一柄软剑，迅速加入缠斗。

黑衣人越来越多，暗卫亦如潮水般从四面八方涌出来。对峙一触即发，冷硬的兵器交接声骤然响起，伴随着惊呼声、尖叫声，惊醒了这场繁华梦。

百姓皆惶恐万分，争相夺路而逃，慌乱之中，推搡跌倒而被踩踏者无数，伤者的哭泣声、惨叫声织成一片。

紧接着，鸾仪外响起了铺天盖地的厮杀声、呼喊声，甚至还有一阵阵血肉撕裂的声音和惨叫声，一道道血溅上纱帘，如同一把把利刃刺入我的眼睛。

我屏息凝神，一颗心怦怦直跳，几乎跳到了嗓子眼。我不敢掀开纱帘去看外面的情况，只得握紧匕首，反复深呼吸，强迫自己镇定下来。

混乱中，不知是谁驾了鸾仪，横冲直撞地朝城门外疯狂驶去。

我登时心生疑窦，正欲出去看个究竟，一名黑衣蒙面女子挑帘进来，低声道："大人，请您速与小人交换衣服，小人将扮作您的模样引开追兵。"

我立刻将匕首塞入长靴中，警惕地盯着她："是谁派你来的？"

她掏出突厥使臣令牌，道："大人请放心，小人是元公子的人。"

暗卫与精兵很快追上来，铮鸣之声再度响起。时间紧迫，容不得半分迟疑，我点了点头，立即宽衣解带。

待换好衣服，我蒙上黑布，拿起她的长剑挑帘而出。

外面缠斗正激烈，剑啸风吟，刀光剑影，寒芒明明灭灭，晃得人睁不开眼，兵器交接声此起彼伏，凛然在耳畔炸开。

另一名黑衣人见我出来，一面避开暗卫的进攻，一面缓缓向我靠近。

须臾，他挥剑刺伤最近处的那名黑衣人，抓起我的手，脚下倏然发力，带着我跳上了鸾仪旁的一匹马。

我尚来不及惊呼，他飞速割断绳索，扬起马鞭，不过眨眼的工夫，便风驰电掣地奔了出去。

此时，天色已是大亮，晨辉遍洒大地，彩霞布满天际。

打斗的场景逐渐在身后远去，出了城门，秋风席卷而来，拂面如刀割。我瞥见周围的景色，竟是不寻常的静谧，心下隐隐感到有些不对劲——怎么一个人都没有了？

我一把揭下身后人的面纱，那人面色陡变，凌厉地瞪我一眼。我对他的脸有些印象，应当曾经见过，想来不是元君意的侍从便是随行的突厥猎手。

我不禁越发狐疑，问道："你要带我去哪里？"

那人不说话，只是疯狂地挥动马鞭。

我暗叫不妙，厉声道："你到底是谁？"

他仍是一言不发，没过多久，忽然勒马停下，抬手指向不远处，淡漠道："我家主人想见你。"

主人？

我顺势望去，只见一辆马车停在溪流旁，精致的流苏随风飘摇，看起来甚是华贵。

那人将我拽下马，劈手夺走我手中的长剑，挟持着我朝马车走去。

一只莹白的手挑起车帘，熟悉的女声从马车内传出来："戚大人，如今要见你一面，还真是不容易。"

"妍歌？"脑中轰然作响，我一时惊怒交加，难以置信道，"元君意出卖我？"

妍歌走出马车，居高临下地俯视我，笑道："他喜欢你还来不及，又怎会出卖你？是他的人出卖了他。"

我看了看那黑衣人，切齿道："你想怎样？"

妍歌冷笑一声，道："想怎样？你抢走本宫的后位，你还问我想怎样？皇上这么紧张你，日防夜防，防得滴水不漏，生怕你有半点闪失，若他知道你如此处心积虑地想要离开他，不知会何等的伤心。"她似真似假地叹了口气，"也罢，既然今日好不容易将你请来，本宫怎么也得与你好好聊一聊。"

"我与你没什么可聊的！"

"这可由不得你。"她向黑衣人使了个眼色，"带她走！"

我还没反应过来，一阵沉闷的钝痛自颈间袭来，眼前骤然发花，世界顿时陷入了黑暗之中。

凉水兜头浇下，刺骨的寒意疯狂地肆虐开去，瞬间流遍四肢百骸。我浑身激灵，狠狠打了个寒战，登时清醒过来。

"好冷……这是哪里……"我下意识地挪动身子，却发觉自己根本使不上半分力气，如何都动弹不得——原来，我竟被人绑住手脚，吊在了刑架上。

下一刻，一道黑影如同毒蛇一般窜至眼前，狠狠地打在我肩头。只听"啪"一声，衣服撕开一道口子，尖锐的疼痛透过伤口钻入肺腑。

妍歌手握牛皮马鞭，正俏生生地站在我跟前，湛蓝的美眸中满是细碎的恨意："现在清醒了吗？"

额头沁出冷汗，我怒道："妍歌，你做什么？这是什么地方？"

妍歌冷笑道："什么地方？自然是一个旁人永远也找不到的地方。"

我迅速环顾四周，发现这是一间密室，四面皆是石壁，看不出入口在何处，唯有侧上方有一个一尺见方的铁窗，微弱的阳光透窗而入，在地上投下斑驳的光影。

"傅惟为了你这贱人，不顾齐突两国的情谊，废去本宫的后位，本宫究竟哪点比不上你，凭什么他将你视若珍宝，却将本宫弃若敝屣！凭什么！本宫当不成皇后，你也休想当！本宫得不到的东西，你也休想得到！"

马鞭如雨点般落在我身上，宛若遭受凌迟酷刑一般，痛得我几欲昏厥。空气中弥漫着一股淡淡的血腥味，颗颗汗珠滚下，落在伤口上，便又是一阵撕心裂肺的疼痛。

好在她落鞭的地方都在上半身，暂时没有伤到小腹，看来她并不知道我已怀孕。

我暗暗庆幸，咬紧牙关，不让自己发出丝毫呻吟声。她见我完全没反应，下手更加狠辣，口口声声骂着贱人。

我艰难地掀起眼皮，睨她一眼，轻笑道："你……最好把我打死，否则死的人便是你了……"

妍歌一愣，忽然停下动作，脚下趔趄了几步，瞳孔中隐隐浮起些许恐慌。

这女人好歹也当了大半年的皇后，竟然没有丝毫长进，做事依然不经过大脑思考，只图一时痛快，根本不顾后果。看她的反应，大约是一时兴起将我捉来鞭挞泄愤，完全没有考虑过善后的问题……我也是醉了。

不过，能这样吓唬吓唬她也不错，说不定她一时胆战便将我放了。册封大典丢了皇后是一件天大的事，傅惟岂能不追查？除非她真有胆子在救兵来之前将我弄死，否则我被救出之日，也是她受死之时。

"娘娘可真是胆小，竟被她三言两语给唬住了。"清婉的声音自妍歌背后响起，美人莲步轻移，款款走来，笑得柔弱而无害，道，"难道娘娘还想放她活着回去吗？事已至此，没有回头路可走了。"

宋容华！

妍歌攥紧马鞭，显然已是心有忌惮："可若是皇上找来……"

"皇上不会找来，没人能发现这里，你怕什么？"宋容华转身看她，笑容渐淡，取而代之的是冷厉阴狠，"你不是恨她吗？那就杀了她，只要她一死，便再也没人能抢走你的皇后之位了。"

妍歌看看我，复看看宋容华，面色煞白，双唇微微颤抖着："我……"

宋容华眸色一紧，呵斥道："没用的东西！你不来我来！"说着，她劈手夺过妍歌手中的马鞭，鄙夷地丢在地上，旋即拔出一柄匕首，照着我的脸来回比画，"用鞭子抽有什么意思？用匕首才好玩呢，不如我在你脸上划个'贱'字，好不好？"

我偏过头，竭力避开锋刃："既然你这么恨我，干脆杀了我。"

"杀你？当然要杀你，不杀你怎能解我心头之恨呢。不过你放心，我不会让你那么快就断气，我要慢慢跟你玩。"话音落下，她将匕首狠狠插进我的肩头，笑道，"怎么样，舒服吗？"

皮肉撕裂的剧痛如汹涌的海水一般迅速席卷全身，我再也忍耐不住，痛得一声惨叫。

妍歌忙上前拉她，急切道："宋容华，你疯了吗！你这样真的会弄死她啊！"

"我当然要弄死她！"宋容华猛地推开她，美艳的脸庞在烛火的映照下显得有些扭曲，"元妍歌，你心软了吗，还是害怕？难道你忘了是谁害得你后位不保，受尽天下人耻笑吗？"

"我……"

"皇上原本答应立我为昭仪，就因为她一句话，皇上竟收回成命，为什么？我为他做了那么多事，他怎么可以对我如此绝情？若不是我把巫蛊之物放入东宫，他会那么轻而易举地铲除傅谅？他会那么轻而易举地夺得皇位吗？我不甘心，我不甘心！"

我几乎痛得神志不清，却仍下意识地抓住了她最后一句话，气若游丝道："是你……害了傅谅……"

"是我做的，那又如何？为了他，我甘愿付出一切，害一个人算得了什么？"宋容华伸手捏住我的脸颊，迫我与她对视。但见她双目赤红，额间青筋暴跳，俨然已是疯魔之态，"都说我长得与你相像，哼，你配吗？我乃堂堂宋国公主，金枝玉叶，你呢？你不过是一介罪臣之女，给我提鞋都不配！既然你毁了我的一切，那我就毁了你！"

话音落下，她拔出匕首，对准我的腹部猛刺进去。

"啊！"

鲜血喷涌而出，浸透了大红色的鸾凤喜服，仿若一朵开到荼蘼的玫瑰，浓烈而颓废。几滴血溅上她的华服，无声无息。

"宋容华，快住手！"妍歌气急败坏地将她拽开，一脸惊恐地看着我，道，"时辰不早，我们该回去了，否则……否则只怕会引人怀疑……"

宋容华盯她一瞬，仿佛仍然心有不甘，半晌，丢下匕首，重哼一声，转身拂袖而去。

不多时，石室内彻底沉寂下来，透过小窗可以望见外面天色渐暗，偶有不知名的虫子唧唧鸣叫。

秋夜的凉意如水般渗透进来，悄无声息地将我包围。

身体好似被丢进熊熊烈火中灼烧，热得几欲窒息，又好似被投入深山寒潭中浸泡，冷得直打寒战。一时间，仿若置身于冰火两重天，冷汗出了一身又一身。

疼痛愈发强烈，仿佛有一把火，从左肩一直烧到太阳穴。呼吸变得沉重不堪，每吸一口气都要耗尽全身力气。

生命好像在一点点地流逝，而这种濒死的感觉并不陌生，上一次……

眼前幻影重重，依稀浮现一抹清峭的身影。我动了动唇，无声地唤出那个名字。

"阿惟……"

倘若就这么死在这里，好像也不错。反正家仇已报，我心再无牵挂。不用面对他，不用再面对自己，不用再去纠结是爱还是恨。

死后万事皆空，无爱亦无恨。

若说对不起，唯一对不起的便是我的孩子。

宝宝，对不起，娘亲没有能力再孕育你了。对不起，没能让你看一眼这个世界，就匆匆送你上路。

不过你不用害怕，无论去到哪里，娘亲都会陪在你身边。

好累，好想休息……

眼皮沉重不堪，周身的一切都陷入静默，无边无际的黑暗蔓延开来，将我淹没。

蒙蒙眬眬间，杂沓的吵嚷声传来。伴随着一声轰塌般的巨响，有人哭泣，有人怒吼，有人求饶……耳际纷纷扰扰，吵得我头痛欲裂。

这是怎么了？谁在吵我睡觉？我想呵斥他们，却如何也睁不开眼睛，眼皮烫得如同在烈火上灼烤一般。

手脚上的束缚感消失了，身子轻飘飘的，好像被人托了起来，紧紧抱在怀里。那怀抱清新温暖，如同一方净土让我感到无比安心。

阿惟，是你吗，是你又来救我了吗？这该不是做梦吧？我想张口唤他，奈何喉咙如被针刺般，火辣辣地疼，什么声音都发不出来。

"玉琼，对不起，对不起……"那声音压抑而痛苦，一遍又一遍地呼喊着我的名字。

我依偎在他怀里，感受着他温柔的体温，终于安心地睡去。

四月，春深日暖。洛阳城内，牡丹雍容盛放，姹紫嫣红，国色天香。

烟柳画桥，风帘翠幕，庭院深深。

这是哪里？我四下环视，发觉眼前的景致异常熟悉，不由得大为诧异——这分明是我洛阳的家。

我是在做梦吗？我掐了下自己的脸，嘶，好疼……

怎么会这样？难道之前发生的那些才是梦？

不远处的凉亭中，有两人对坐饮茶，正是爹爹和娘亲。他们微笑着向我招手，呼唤我过去，全家团聚。

爹爹笑道："我的玉琼长大了，看来晋王将他照顾得很好……不，如今该称一声皇上了。"

思念在心底猖獗，眼泪不知不觉落下来。我跑过去，扑进爹爹怀中，哽咽道："爹爹，我好想念你，这些年你都去哪儿啦，女儿一个人过得好痛苦……"

"不要哭，你很能干，爹爹为你感到骄傲。你的运河设计图纸爹爹看过，很好，构思很巧妙，连爹爹都自愧弗如。玉琼，你一定能成为名垂千秋的齐国第一女傅。"

我哭得稀里哗啦："女儿不想当什么第一女傅，女儿想回家，想跟爹娘在一起。"

"不当便不当吧。你现在回家了，把从前那些事统统忘掉，以后爹娘来照顾你，好不好？"娘亲真是一点都没变，还是记忆中那么温柔美丽。

"我……"我抬起蒙眬的泪眼望着她，不知为何，心里竟生出一丝犹豫。

"怎么了？"爹爹抚摸我的头发，"不愿留在这里，是不是在那边还有什么舍不下的人？"

我舍不下谁？我茫然地望着他们："我不知道，我不知道……"

娘亲道："是不是舍不下晋王？他待你那么好，你一定很爱他。"

"不，不是！"我大声道，"是他害得爹爹惨死狱中，是他害得我们家破人亡，我恨他，我怎么可能爱上他！"

"傻孩子，爹爹从未责怪过晋王。身为皇子，他有他的不得已。当时元皇后势盛，而晋王羽翼未丰，若贸然出手，或许他也会被牵连其中。玉琼，往事已矣，爹爹不希望看到你被仇恨蒙蔽，一生不得安宁。"

被仇恨……蒙蔽……

我跌坐在地上，一时神思不属。

娘亲柔声道："玉琼，既然你舍不得，放不下，那便回去吧。不要害怕，你会没事的，爹娘会帮你，你和孩子都会没事。"说完，她忽然推了我一把，我的身子竟然腾空而起飘浮在空中，徐徐离他们远去。

他们执手走出凉亭，笑着同我挥手告别。

玉琼，不要再耿耿于怀，你该拥有属于你的人生，你该拥有真爱你的人。

……

"玉琼，玉琼……"

我慢慢睁开眼睛，一张熟悉而憔悴的清俊面庞映入眼帘，满是惊喜之色。

傅惟狠狠地将我搂住，双眼通红，几乎是梦呓般呢喃："谢天谢地，你终于醒了，太好了……"

"好痛……"浑身皆是火辣辣的疼，宛如被扒掉了一层皮，根本无法动弹。左肩和腹部缠着厚厚的纱布，我下意识地摸了摸小腹，微凸的触感让我心下一定。

还好，孩子没事。

傅惟立刻放开我，歉疚道："是我不好，我太高兴了，忘记了你身上还有伤……对不起……"

我默然环顾四周，意外地发现这里是凤栖宫，不是洛阳。

方才是在做梦吗？可梦中的情景那么真实，我还能清晰地记得彼时春日煦暖，记得树间鸟雀鸣唱，记得爹娘慈爱祥和的笑容，甚至记得春风拂过牡丹时，那细碎的声响。

到底什么是梦境，什么又是现实？

对了，爹娘早已过世，洛阳的家也被官府查封，我怎么可能回得去。

不可能了……

我望着傅惟憔悴不堪的脸庞，他眼窝深陷，胡楂凌乱，如玉冠蒙上尘埃，心中酸涩不已。

不要被仇恨蒙蔽，不要再耿耿于怀。

我……真的能做到吗？

"不要怕，太医说只要你醒来便算是度过危险了，母子平安。"傅惟颤抖的手指抚过我的眉眼，划过脸颊，最终轻轻捧起我的脸，压着哽咽声音道，"对不起，对不起，这次是我不好，是我没有考虑周全……我已将妍歌和宋容华下狱，怎么罚她们你说了算，好不好？你不要生气，那些伤害你的人，我一个都不会放过，不管是谁，我一定会让她们付出代价……"

他一眨不眨地将我望着，眸光竟是那般小心翼翼，好似生怕一句话说不对我便会动怒。

"不要说对不起，我不想再听你说对不起。"顿了顿，我哑声道，"傅惟，我累了。"

"对，对，你刚醒过来，一定还很虚弱。我让喜乐把药端上来，你喝了药再睡一会儿，我在这里陪你，好不好？"

"是心累。"

从来没想到我和他会走到今天这个地步。

可我实在厌倦了这种毫无自由、压抑的生活，厌倦了被关在这个牢笼里，厌倦了终日以泪洗面、惶惑难安，厌倦了与其他女人争宠夺爱。我不想再爱，亦不想再恨。不想再算计，亦不想再被算计。

"不，玉琼……"傅惟抱紧我，惊慌失措道，"那……那你想要怎样？你告诉我，你要怎样才会开心？只要你说，我一定做到，好不好，你要什么我都会给你……"

我倦怠地闭上眼睛，嘴唇张合，无声地吐出四个字。

我想离开。

我忍着身体的疼痛，任由他抱着，没有挣扎反抗。静默片刻，我平静道："让常叔进宫来陪我，我想见他。"

他贴在我耳畔呢喃道："好，我答应你，我什么都答应你……"

一夜噩梦，清晨时分，我发起了高烧。傅惟急得团团转，寸步不离地守在床边，险些连早朝都不肯去上，最终还是杨夙来将他劝走。

他走后没多久，常叔来了。彼时，孙太医刚为我施针完毕，领着喜乐下去煎药，我昏昏沉沉地躺在床上，半合着双眼，一点儿力气都没有。

常叔坐在床边，红着眼唤了我一声。

我气若游丝道："常叔，我好难受……"

他抹掉泪，叹息道："好好的人怎么成了这样……对不起小姐，老奴没能照顾好您，实在有愧老爷夫人的托付……"

我摇头，做了个噤声的动作，示意他凑过身来，用只有彼此才能听到的声音说："常叔，去找元君意帮忙，带我离开这里。"

他一愣："元公子？"

"他没事吧？"

"他倒没事，皇上好像没有觉察您被绑架之事与他有关。不过也很难说，毕竟妍歌公主不可能什么都不交代，自己背下黑锅。但元公子手上握有突厥重兵，皇上应该不会轻易拿他开罪，您放心吧。"

我心下一定，常叔又问："小姐，您打算怎么做？"

"常叔，你还记得藏书阁最深处有一个梨木书架吗？"

"老奴当然记得，其余书架皆是红木材质，唯独那一个是用梨木做成。夫人生前曾多次吩咐老奴，定要小心维护。"

"对，在那个书架的最高层有一本书，你把那本书交给元君意，他自然知道应该怎么办。你告诉他，这次千万别再出纰漏了，我纵然有九条命也不够他折腾。"

"好，老奴记住了。"

常叔照顾我喝完药，又陪我说了会儿话，便出宫回府。

秋意渐浓，北风拂落枝头的黄叶，呼呼地拍打着窗棂。凤栖宫内香烟袅袅，安静得可怕，我独自一人躺在床上，愣愣地望着描龙绣凤的床帏出神。

当年外祖父还是昭德太子时，被大皇子宋怿设计谋害，跌入莲花池中性命垂危。所幸外祖母医术高明，救回他一命。而后他便对皇权争斗彻底厌倦，遂趁病重之际服下假死药，离开建康，从此隐姓埋名。

而那种假死药的药方被外祖母收录在一本手札之中，保存至今。现在我便如法炮制，效仿外祖父的做法，以死遁走。

这一次，大概真的要结束了吧。

我的高烧多日未退，太医束手无策，傅惟急得大发雷霆，要他们医不好我便集体陪葬。太医院院使每天都来凤栖宫报到，诊脉、施针、煎药，事事亲为，不敢有丝毫怠慢。

我闭目假寐，暗暗盘算着假死丹药何时才能炼成。纵然高烧使我头脑糊涂，我的心却明澈如镜，无悲亦无喜。

这日午后，傅惟与众臣在御书房议事。我头痛得厉害，喝完药便沉沉地睡了过去。醒来时，天色渐沉，常叔静立在床边，周围的宫人都退了下去。

我坐起身，欣喜道："常叔，你终于来了，那个……准备好了吗？"

常叔点点头，四下环视一圈，迅速掏出一枚小盒子，道："小姐，您现在服下的话，大约四五个小时后便会起效，不过药效只能维持七天，必须想办法在七日之内离开。"他将盒中药丸递给我，我盯着那棕色的小丸，许久没有动作。

只要吃下去，我就能离开这个囚禁了我五年的地方……

可是为什么，此刻，悲戚不舍之感没顶而来……

纱帘重重，外殿人影晃动。

常叔催促道："小姐。"

我深吸一口气，将药丸吞了下去，道："傅惟应当不会那么轻易让你带我走，你少不了要与他做一番争斗。元君意不方便出面，待会儿我会写一份遗书，让傅惟将我送回洛阳安葬。你且将遗书收好，待我'断气'之后便拿给他看。"

"您放心，老奴知道该怎么做。"

我躺下，缓缓闭上眼，道："好，那就好。"

稍顿，常叔问道："小姐，您这次离开长安，可曾想好去哪里安顿？"

"回江南吧。"

掌灯时分，傅惟踏月归来，抖落一身秋霜。

他解开外袍，躺到我身边，探手将我搂进怀中，眉眼间难得一见的温软："玉琼，觉得好些了吗？"

清新醇厚的气息立时盈满口鼻，带了一丝龙涎香的气息，分外熟悉，令人安心。

我"嗯"了声，默了片刻，忽然问："运河工程进展得如何了？"

他叹了口气，道："不是说好安心养病，不操心这些的吗？"

"我想知道。"

他无奈地笑道："好吧，我说给你听。运河工程进行得非常顺利，由工部尚书主持一切施工，眼下正是江南河流的枯水期，鸿沟和邗沟可同时修缮，预计明年春天便可完成，鸿沟一旦修成，通济渠便完成了大半。"

我点头，喃喃道："好，那我便放心了……"

他浅浅地吻了下我的唇，柔声道："玉琼，等到来年春暖花开之时，我带你南下游历，我们一起去看运河开凿的盛况，嗯？"

来年春暖花开吗……我自嘲地笑了笑，只怕我是等不到了。

　　我握住那双手，指节分明、玉骨奇秀，平和道："傅惟，你是一个好皇帝，你的雄才伟略足够你经纶天下，我懂得你的野心，也理解你的抱负。修运河，建东都，无一不是彪炳史册的壮举，或许将来你还会吞并突厥，西征室韦，将齐国的版图延伸至天山山脉。你想千秋留名，万古垂青。可是你太心急，须知为君之道，必须心存百姓，如若损百姓以奉其身，犹如割肉充饥，腹饱而身亡……"

　　傅惟一怔，神色复杂地将我望着，哑声道："玉琼，你为什么突然跟我说这些？你是不是……"

　　"你让我说完。但正因为你是皇帝，你的一举一动都牵动着天下万民，你的任何念头都有可能导致四海沸腾，民不聊生。我知道你心怀尧舜之心，口说尧舜之言，但你更该爱民惜民，践行尧舜之行……"

　　"不要再说了！"他高声打断我，旋即将我紧紧带入怀里，似要将我搂进身体里方罢休，颤抖的声音中透出些许凄惶无助，"不要再说了……我听你说这些话，感觉好像你要离我而去似的……不会的，你一定会没事的，不管要付出多少代价，我都要医好你！你答应要陪我白头偕老，不要骗我……"

　　一滴温热的液体落在我的脸颊上，滑入口中，晕开苦涩腥咸的一片。我替他拭去泪水，伸手的动作变得异常艰难，我便知大概是到了离开他的时候了。

　　"你和孩子都会好好的，我们……我们以后还会有很多孩子，有男孩也有女孩。你不是一直想出去看看外面的世界吗？等孩子长大了我便退位，到时候我们离开长安，游山玩水，隐居世外……"

　　"好，好……"我乖顺地伏在他的肩膀上，探手抚摸他的脊背，心头沉甸甸的，视线不觉有些模糊。心跳逐渐放缓，气息也渐渐微弱下去。

　　"傅惟，其实我从来没恨过你。"

　　我恨的一直是我自己，我恨我爱你。我恨我明明爱你，却怎么都解不开心里的结。

　　所以我只能选择离开。

　　他连连点头，哽咽道："好，我知道，玉琼，我爱你，我爱你！不管你对我是爱是恨，你都是我心里今生今世唯一的妻子！"

　　"真的吗？"

"真的，愿得一心人，白首不相离，君无戏言！"

寒意悄无声息地袭来，在我的体内蔓延扩散。我往他怀里窝了窝，困倦地闭上眼睛，呢喃道："我好累，我想睡了，你也睡吧。"

等彼此醒来时，秋阳暖亮，落叶满地归寂寥，寒冬即将来临。你将会有新的一天，而我，也将有我新的一生。

"玉琼，玉琼，不要睡……太医，太医！"

他的呼唤声破碎而凄厉，带着浓重的哭腔，越来越远，远得好似从云端传来……

泪珠滚落，沾湿鸳鸯枕。

再见，傅惟。

你一定要成为一代明君，千秋万代，为人景仰。

愿我有生之年，得见你君临天下。

第十三章

好梦如旧

"玉琼，玉琼，不要睡……太医，太医！"撕心裂肺的呼喊声惊破寂静的秋夜，在凤栖宫上方回荡不息。

一轮孤月挂在天边，月光清冷如霜。鸟雀扑翅而起，震落几片黄叶。

傅惟惊慌失措地抱紧玉琼，全然不管什么帝王气度，失声痛哭起来，哭得那么无助。他从未有过这般痛不欲生的感觉，好像浑身上下每一寸肌肤、每一处感官都在痛，痛得他肝胆俱寒，万念俱灰。

为什么？为什么要这样对他，为什么要先走？明明说好白首同心，明明说好长相厮守，为什么要留他一人独活人世？

帝王，帝王。

寡人，寡人。

琼楼玉宇，高处怎胜寒。没有她的陪伴，他真的成了孤家寡人。

九重天阙，百年唯孤独。没有她在他身边，他要如何才能熬过漫漫余生。

"不要，不要离开我……"泪水滴落，沾湿了她的脸颊，分不清是她的眼泪，还是他的。

四周宫人齐齐拜倒，因被他的悲伤所感染，皆忍不住抹泪。

太医急匆匆地赶过来，诊断之后，沉声道："皇后已去，还请皇上节哀顺变。"

傅惟一把揪住太医的衣领，厉声道："你乱说什么！你说谁死了！你给朕说清楚！"太医哆嗦着不敢说话，傅惟猛地搡开他，道，"朕警告你，休得胡言乱语诅咒玉琼！她明明还活着，只是睡着了！你给朕想办法，不管付出多大的代价，朕都要让她醒过来！若她不能醒过来，你也别活了！"

太医吓得瘫倒在地，哭道："皇……皇上饶命……微臣实在……"

安公公轻声道："皇上，哀能伤身，您千万保重龙体啊……"

傅惟拂落满桌茶具，暴喝道："没有！她没有死！你们骗朕！"

一时间，殿内众人噤若寒蝉，连大声喘息都不敢。

不多久，一道清越低沉的声音响起，蓦然打破死寂："皇上，皇后已经薨逝了。"那厢杨夙缓步走进来，拍了下傅惟的肩膀，"皇上，节哀顺变。"

傅惟看他一眼，仿佛如梦初醒，趔趄着跌坐在榻上，喃喃道："薨逝了，她走了……"须臾，他抬起赤红的双眼，咬牙切齿道，"一群废物，全部拉出去斩了！"

太医们哭天抢地，连连讨饶。

"皇上……"杨夙刚想规劝，傅惟怒道："救不活玉琼朕留他们何用，统统陪葬！"

他眼中似有毁天灭地的凄绝与悔痛，杨夙的心也跟着颤了一下，话到唇边竟不知该如何说出口。他本想趁着今日公务不重进宫看看玉琼，不承想，看到的竟是这般悲惨的画面。他与傅惟从小一起长大，自然知道他爱得有多浓烈。

侍卫冲入殿内将几位太医强行拖走，凄厉的哭声在浓重的夜色中回荡不息。

傅惟呆呆地坐下，神思恍惚，眼泪一刻不停地掉下来。良久，哑声道："你们先下去吧，朕想单独跟她待会儿。"

众人纷纷退避。

杨夙叹了口气，转身离开。

乌云飘过，遮蔽天边朗月，人间顿时暗无天光。

傅惟将玉琼抱在怀里，像从前那样轻柔地抚摸她的额头。她的身体尚有余温，还能温暖他冰冷的心。

"玉琼，你好好睡吧。等你醒来，记得告诉我，你做了什么梦。"

"玉琼，你不要睡太久，我不喜欢孤单，习惯有你陪在我身旁。"

"对不起，你把完好的自己交给我，我却没能好好照顾你。都是我不好，我知道错了，你不要丢下我先走，好不好？"

他絮絮地说着，仿佛她并没有离开，随时都会睁开眼睛，笑嘻嘻地唤他一声"阿惟"。

可惜，她再也不会了。

玉琼死后的三天，是整个皇城最暗无天日的三天。妍歌公主和容华夫人被处以车裂极刑，突厥王紧急派遣使臣进京求情，傅惟盛怒之下，竟连同那名使臣一齐处死。

傅惟终日守在凤栖宫，寸步不离地守着玉琼的遗体。没有人敢劝他，更没有人敢上去打扰他，就连杨夙都不敢再踏入凤栖宫。

直至三日后，她的身体渐渐散发出腐朽的气味，常叔终于带着她的遗书强闯进凤栖宫，要求将她带回洛阳安葬。

傅惟抱紧她，惊恐地大叫："不行，她答应了陪朕一生一世，谁也不能将她带走！你……你……怎么会有她的遗书？她何时给你的？"

"那日小姐召老奴进宫，说她十分想念家乡洛阳，即便不能活着回去，至少也要还葬故土。她自知时日不多，便立下遗书，交由我保管。"

常叔将遗书递上去，傅惟的双手剧烈地颤抖着，眼泪打湿了梨花笺，将墨迹氤氲成团。他一字一句地看完遗书，忽然剧烈地抽泣起来，深陷的眼窝中涌出泪光："不要，不要……"

"不要？"常叔看着他，面无表情道，"皇上，恕老奴直言，若非您当年见死不救，戚家不会家破人亡。若非您执意要娶小姐为皇后，她也不会遭人毒打。您害得小姐生前受尽苦楚，若连这唯一的要求都不能满足她，只怕她在九泉之下也不会原谅您的。她这辈子已经够苦了，您就当发发慈悲，让她回家与父母团聚吧。"

说罢，常叔走上前，试图将玉琼从他怀中拉出来。傅惟警惕地推开常叔，将她护得死死的，眼泪扑簌簌地落下来，几近哀求道："不要，不要带她走，求求你！"

常叔狠狠捶打傅惟，傅惟也不反抗，生生承受着。常叔怒道："傅惟，要不是你，小姐怎么会惨死！你到底有什么资格说这样的话！"

两人拉扯间，一枚温润的物什掉落在地。红玛瑙圆润生光，仿若一颗饱满的红豆。

"不要……常叔，我求求你，不要带她走，我真的不能没有她……"傅惟苦苦哀求，常叔却无动于衷，坚决道："不行，这是小姐的遗愿，老奴必须替她完成！"

"玉琼，不要走……"

傅惟抱紧玉琼，尽管她的身体早已变得僵硬，再也不如从前般柔软温暖，尽管那光洁无瑕的肌肤早已被大片尸斑占据，他却像是毫无觉察一般，埋首在她的颈窝里，哭得泣不成声。哭声悲彻云霄，仿若失偶的孤雁在悲鸣，连天地都为之动容。

常叔骂他，他什么话都不说，只是哭，哭得像个孩子。最终，常叔还是将玉琼的遗体带出了皇宫。

傅惟将自己反锁在凤栖宫中，滴水不沾，粒米未进。任凭群臣如何哀求，他始终恍若未闻。

五日后，他终于走出凤栖宫。

殿门被推开的刹那，在场之人全都惊得说不出话——原本风华绝代的新帝，竟变得形容憔悴，两鬓斑白，仿佛整整苍老了十岁！

傅惟罔顾身后人的呼唤，一个人向前走，整个人如同一具行尸走肉。他不知道要去哪里，也不知还有哪里能去。

秋风扫过，黄叶满地归寂。

他忽然停下脚步，望见东宫大门紧闭，蓦地想起曾经那年三月，春深日暖，枝头粉花如绣，花瓣翩跹而落。她站在东宫门口，不敢唤他，只是远远向他微笑，眼波盈盈流转，美得不似凡人。

五年的光景，短暂如烟花落，却又漫长似南柯梦。如今梦醒，他仍是孑然一身。没有她在身边，他不知该向何处再寻好梦如旧。

呼吸骤然急促，泪水撞出眼眶。他就那么看着，一动不动，仿佛她从未离开。良久，千言万语皆化作一声哽咽般的呼唤。

"玉琼……"

我曾以为，我能江山美人两不误，而后，我赢得了江山，输了你。

我终于明白，我并不想要皇图霸业，不想要君临天下，我想要的一直只有你。

三十三宫阙，最高不过离恨天；四百四病难，最苦不过长牵念。

从今往后，我住离恨天，我心长牵念。

一个月后。江州城。

秋风萧瑟，携来透骨的凉意。扬子江浩浩汤汤，江面上浮着淡薄的雾霭，水色迷蒙如烟。江边泊着几艘渡船，旅人行色匆匆。

马车停在渡头外。

常叔与几名随从正收拾行李，元君意将我扶下马车，替我系好大氅，道："就送到这里吧，我该回去了，否则只怕傅惟要起疑。你大病初愈，身体还很虚弱，又怀着身孕，一定要多加小心，有空我会去江南看你。"

"谢谢。"我感激地看着他，除了这两个字，竟不知还能再说些什么。相识至今，他为我做了许多事，不图回报，我却一直在怀疑他的用意，从来不曾以真心对他，现在想来，心里到底有些愧疚。

"你既认我作义兄，又何须跟我客气。"江风吹乱他的鬓发，那深亮的眸中难掩一丝落寞。静默一瞬，他犹疑着开口，"玉琼，你走之后，听闻傅惟一夜之间白了头，连朝政也不想管了，整日呆坐在凤栖宫。我没想到其实你……"

心口一阵揪痛，痛得连呼吸都变得艰难。这段时间，我一直强迫自己不去听，不去看，不去过问他的消息，不给自己任何心软后悔的余地。

我打断他道："我的心结尚未打开，不知该如何面对他。若是继续留在宫中，只会彼此折磨，彼此撕扯。"

"我明白，我只是希望你过得开心。"他从襟中取出一枚信封递给我，道，"上次在建康与你告别后，我去了一趟京口，寻访了几位岳振先的徒弟，好不容易求得这张药方，应当对你的早衰症有一定作用。之前在长安时，傅惟将你护得严严实实，我一直没有机会说这件事，现在总算能交给你了。我希望你能活得久一点儿，能长命百岁。"

我接过信封，手不由自主地微微颤抖起来，鼻子一酸，视线也变得模糊："谢谢你，元君意，除了谢谢我真不知该说什么，我欠你太多太多了。"

"你没有欠我，一切都是我心甘情愿。"元君意上前轻轻抱了抱我，微笑道，"玉琼，你知道祖父为何给我起名元君意吗？"

我一愣："为何？"

"祖父一生战功彪炳，又生得风流倜傥，是无数突厥女子的春闺梦里人，他却终身未娶，只收养了一名从江南带回的孤儿，也就是我的父亲。他为我父亲起名元晖，字念卿。晖谐音慧，我则叫君意。你可知他念的是谁？"

"江南……"我惊得倒抽冷气，难以置信道，"难道是……"

他点头："君意，君忆。这几十年来，他心里念念不忘的人正是你的外祖母苏君慧，可惜苏君慧最终选择了宋昭……我为你做这些事，也是想弥补当年祖父的遗憾，你不必耿耿于怀，更无须图报。"

我听得不胜唏嘘，世人皆知昭德太子与医女君慧爱得惊天动地，却不知在这个故事里还有另一人默默守候。

开船的号角渐次吹响，常叔催促道："小姐，该上路了。"

"送君千里终须一别，快走吧。"元君意轻推我一把，道，"往事已矣，玉琼，你该有新的人生。"

我抹掉泪，些许不舍涌上心头，不由得回头看他："可是你……"

他似是看破我的心思，宽慰道："放心吧，毕竟我有五十万突厥大军在手里，傅惟即便知道了，也不敢拿我怎么样。更何况，妍歌被下狱后，傅惟根本没给她任何解释的机会，如今她已被处死，世上再无知情人了。"

我点点头，笑道："那就好。再见，元君意。"

他向我挥手，眼中依稀带着晶莹："再见，一定会再见。"

我登上甲板，渡船跨江而去。

秋风吹皱江面，秋雨淅沥落下，雾霭似乎浓重了几分。北岸的风景渐渐模糊，连同往事一齐远去。

回首眺望，江南已然近在咫尺。

奔
跑
吧
陛下

306

　　我闭上眼睛，蓦地想起那年三月，春深日暖，枝头粉花如绣，花瓣翩跹而落。傅惟站在东宫外，眉目温润，一袭白衣如雪。他含笑向我望来，我不敢唤他，只是远远望着。只一眼，便胜过万年。

　　五年光景，恍然如梦。但求沉醉其间，不复醒来。

　　前途杳杳，愿有好梦如旧。

　　大业元年，十月初九，新后戚氏薨逝。帝大恸，辍朝一月，举国哀悼。以其生前遗愿，其死后还葬洛阳，帝遂下令营建洛阳皇陵，追封为"光烈仁宣诚宪恭懿至德纯徽翊天启圣文皇后"，史称光烈皇后。

　　大业五年二月，南北运河竣工。百役繁兴，行者不归，居者失业，累死者逾百万。

　　大业五年夏，迁都洛阳，居离宫。帝方骄怠，恶闻政事，但兴歌舞，纳美人，与宫人秽乱，以为娱乐。

　　大业七年三月庚午，帝始游幸建康，敕造"水殿龙舟"三万艘，备千乘万骑，发于洛阳。

　　大业七年七月，复至建康，居三月。以其性喜奢靡，费万金，时民多有怨。

　　大业八年元月，帝三至建康。

　　民皆苦于上欲无厌，下不堪命，饥寒迫切，故豪杰因其机以动之。其时，陇西李氏集兵起义，占领长安。十月，拔洛阳，攻入离宫，斩帝首级，齐遂亡。义军首领李弘卓登基称帝，改国号为魏，改元武德。

　　越明年，追谥已故齐帝曰"炀"。炀者，好内远礼、逆天虐民也。

　　（正文完）

番 外

你不在灯火阑珊处

　　"荀大哥，那……您还打算继续找吗？"

　　"找！"荀玉笃定道，"只要我一日不死，便一日不会放弃！"

　　大概是支撑他活下去的唯一信念了，若不是为这个，他真便是生无可恋了。

　　犹记得那日洛阳城破，李嘉悦率亲兵杀入离宫。宫人慌乱出逃，抢走无数金银珠宝，原本繁华奢靡的离宫变得一片狼藉。

　　他独自一人站在中庭，心中了无波澜，没有一丝恐惧惊悸。

　　终于要解脱了，他心想。

　　自从她离开后，他便患上了心痛的毛病，入夜以后尤为严重，好似有一只手伸进他的心窝使劲地掐拧，有时甚至连呼吸都无以为继。没人知道是怎么回事，连太医院院使都无法诊断他究竟得了什么病。

　　其实他自己知道，他的身体并没有什么大碍，有碍的是他的心。

　　吾心有疾，名曰相思。秋风寒凉，拂落枝头黄叶，为离宫更添一分萧瑟，与她走的那个秋日一模一样。

这些年，他的记性越来越差，经常前说后忘，尚未登基前的那些事情，他更是记不清了。只有关于她的回忆不曾被时光侵蚀，反而随着思念，日渐清晰。

玉琼。

他不敢再提这个名字，她已经不在了，无论他再怎么喊，也不会有人回应他了。他受不了，生怕一个忍不住，就这么了此残生。

残生，也真是残生。

她希望他成为一代明君，千秋万代，为人景仰。他终究没做到，辜负了她的期望。

没有她在身边，仅仅是活下去就已经耗费了他全部的力气，何谈经世济民，何谈勤勉朝政。那些霸业雄心，早已随着她的死一齐长埋地下。

于是，这几年他一直胡作非为，寻欢作乐，只为填补心中的空洞。

是啊，他心里有个洞，以她为名的洞。

世人骂他荒淫无道，残暴虐民，他不在乎。一手栽培提拔的得力干将对他倒戈相向，他也不在乎。反正已是孤家寡人，众叛亲离，何必理什么浮名身后留。

要说到底是何时爱上她的，他也不知道。只知道当自己有所察觉时，这份感情已经深深地刻在他的心上，再难割舍了。

他与她的父亲戚正坤早已相识，戚正坤正直清廉，平反无数冤假错案，是百姓口中的青天大老爷。他曾与戚正坤把酒言欢，通宵达旦畅聊，可称忘年之交。

后来戚正坤出事，偷偷写信向他求救，并告诉他，自己手中握有元皇后一个重要的秘密。他当然想救戚正坤，如此难得的好官，若能收归己用，将来必定如虎添翼。可那时他羽翼未丰，尽管有皇上的宠信，但朝中外戚党时常与他作对，甚至几次三番陷害他。他必须小心翼翼，步步为营，保证自己多年的苦心经营不至于付诸东流。

他从来不否认他想要皇位。

他不敢正面与皇后对抗，于是打算从戚正坤的政绩着手，请求父皇从轻发落，只要能免除戚正坤的死罪，哪怕是发配边疆，他也能够将他救回京城。

可他万万没想到的是，戚正坤的性情如此刚烈，竟然在狱中撞墙而死。

他不免扼腕叹息，但也仅仅是叹息，从没有后悔过。

直至遇到玉琼。

他原本只是想从她手中取得证据，好找机会扳倒元皇后和太子，岂料那张跃新会错了他的意，竟对她严刑拷打，将她折磨得体无完肤。

当他匆匆赶到天牢时，她已是奄奄一息，却还拼尽最后一口气爬到他跟前，对他说，她要替父伸冤。那一刻，他后悔了。

其实刚听闻她要告御状时，他已是十分惊讶，他原以为她会远离京城，隐姓埋名安度一生。但怎么也没想到她竟执着至此，倔强至此。

他将她救回府中，替她疗伤，并对她说：从今往后，只要有他所在之处，便是她的容身之所。

"除了报仇，你还想做什么？"他曾经这么问她。

她笑说："我想入朝为官，完成我爹未了的心愿，做一个为民请命的好官。"

他先是微微一愣，然后笑了。

寻常女子最大的心愿莫过于嫁个好夫君，相夫教子，岁月静好，哪里会如她这般心怀天下。

她身上有太多让他意想不到的东西，这让他生出想要一探究竟的念头。不过他并不担心，因为来日方长，只要将她留在身边，总有一天，他会将她看透。

这个愿望，终究没有实现。

义军撞开宫门，如潮水般涌入，转眼已至他身前。

无数刀尖指向他，寒芒猎猎。

心又痛起来，他捂着胸口哧哧地笑了，真好，终于要见到她了。他闭上眼睛，坦然准备赴死。李嘉悦却突然下令，让所有人退至宫外，只说有话要同他说。

他以为李嘉悦要对他进行道德审判，责骂他为君不仁。谁知，李嘉悦却给他带来一个石破天惊的消息。

"戚玉琼很可能没有死，去年我在建康见过她。她从一间书院出来，带着一个小男孩，五六岁的模样。"李嘉悦收起长剑，直视他，"傅惟，今天我不杀你，因为我还欠你们一命。"

李嘉悦还说了很多，他却什么都没听进去，耳畔反复回响着同一句话：戚玉琼很可能没有死。

他不想知道她为什么没有死，也不想知道当年究竟出了什么纰漏，他只知道他的人生又有了希望，他还有机会向她赎罪。

那一瞬间，他几乎觉得自己重获新生。

后来，他在李嘉悦的帮助下逃出离宫，只身前往建康。

什么晋王，什么皇帝，于他而言统统是过眼云烟，现在的他只是一个一心寻找妻子的丈夫。他化名荀玉，在建康待了整整三年，却得不到有关她只言片语的消息。

这些往事，如今回想起来，竟觉遥远得如同前世的记忆。只有她的轮廓，在他心里越来越清晰。

荀玉猛地灌下一口酒，想起当年与她同游游园会时玩的那个游戏。她被老板藏起来，他则要根据提示，在一炷香的时间内将她找到。

众里寻她千百度。

彼时心有灵犀，他几乎是不假思索，第一时间便猜到她的藏身之处。

而今，他又何止寻了她千百度？

她已不在灯火阑珊处。

门外一阵吵嚷，几个船夫模样的人前后走进酒铺，吆喝着要酒喝。老板连忙放下酒碗，起身招呼他们。

刚坐下没多久，一名船夫眼尖，一眼就看见了荀玉手中的耳坠，啧啧惊奇道："哟，真没想到，我老张有生之年还能再见到这宝贝耳坠！"

船夫话未说完，荀玉如遭雷击一般腾地站起来，扬起手中的耳坠，急切问道："你说什么？你以前见到过这只耳坠？"

船夫愣了愣，眼前的男人虽是布衣打扮，甚至有些寒酸，浑身上下却莫名散发出一种王者之气，那种不怒自威的尊贵与霸气，叫人生生感到敬畏。

"见……见过。"船夫吞了吞口水。

"什么时候？"荀玉上前一步，紧紧攥着耳坠，掩饰不住心里的急切与喜悦，就好像濒临绝望的沙漠旅人见到了茵茵绿洲。

船夫一五一十道："好像是两三年前吧，我见过一个女人也有这耳坠，她带着孩子坐我的船南渡。这坠子太稀奇了，还差点被人抢去呢。那女人性子可不是一般的烈，抵死不肯给，说是祖上留下来的。"

"后来呢？"荀玉急切地追问。

"我记得当时有个年轻的木匠跟她在一起，我原以为是她丈夫，但她说那是她大哥，她大哥出手教训了那个抢耳坠的浑蛋,总之没出什么大事。"

荀玉惊得浑身一震，脚下趔趄几步，几乎站立不稳。

木匠？大哥？难道是……傅谅？

"她大哥长什么样？"

"两兄妹好像不太像，大哥长得浓眉大眼，皮肤挺白，眼睛泛蓝，有点西域人的味道，船上好多姑娘偷瞄他，所以我印象特别深刻……"

错不了，一定是他！

不等船夫说完，荀玉迫不及待地打断他："你可记得她坐船南渡去了哪里？"

"京口。"船夫想了想，肯定道，"我记得很清楚，她在京口下的船，说是带孩子回老家。"

荀玉二话不说，箭步冲出酒铺，几乎是一路跑着朝城外赶去。其间冲撞了多少行人，他都不在乎。

若是坐今夜子时的最后一趟渡船，明日早晨，一定能到京口。

夜渐渐深了，风转急，吹落片片玉兰花瓣，宛若一场初雪，洁白柔美的花瓣纷纷扬扬，款款飘落。

荀玉气息粗重急促，脚步却没有丝毫放缓。他的唇畔含起一丝不经意的笑容，温柔得好像情窦初开的少年郎。

　　玉琼，原来你早就回了京口。怪不得我在建康三年，得不到关于你只言片语的消息。

　　兜兜转转这么久，没想到竟然让傅谅占了先机，不过没关系，谁也不能再把你抢走。

　　谢天谢地，我不需要等下辈子与你重逢。这次不会再出差错，纵使你不肯原谅我，我也一定要找到你。

扫一扫看更多图书番外，作者专访

【官方QQ群：193962680】

每周丰富多彩的群活动，好礼不停送！
作者编辑齐驾到，访谈八卦聊不停！

新书抢先看 / 好书半价购 / 编辑作者亲密接触 / 线下书友会聊天交朋友

大鱼品鉴团
招募啦！

快来加入大鱼品鉴团吧！

招募君教你如何入团！轻松两步就可以搞定

Step1
添加大鱼文化品鉴团 QQ：1514732198 为好友

Step2
将姓名 + 城市 + 年龄 + 性别 + 手机号码 +QQ 号码信息发送至品鉴团 QQ 即可。

（这些信息主要是方便团长可以及时找到你，给你送券送礼物送福利神马的，千万不要想歪了）

以下是品鉴团福利项目，主人快来领走我吧！

1 获得大鱼文化淘宝官方旗舰店 **55 折购书券**，可任意购买你心仪的图书哦！

2 获得品鉴员独一无二的编号，每月抽奖，送大鱼文学最新图书或杂志。

3 品鉴团 QQ 空间定期连载大鱼文学最新图书，不参加活动也能免费看新书。

4 更有机会成为大鱼特约品鉴员，优先参与大鱼各种见面会，与编辑作者近距离接触！

大鱼文学小档案

■ 我们是一支年轻而富有创造力的团队，我们崇尚真爱，不忘初心，从不放弃梦想。

■ 我们有一批知名的大牌作者入驻，莫峻、烟罗、籽月、随侯珠、林家成、十四郎、麦九、岑桑、阿 Q 等。

■ 我们还有一群支持我们的可爱读者，她们的名字叫美人鱼；

■ 我们也策划出很多好口碑的图书，如"初晨""夏木""后来"系列，《小情书·彩虹》、《星星上的花》、《别那么骄傲》、《重生之名流巨星》等。其中"夏木"与《别那么骄傲》《名流巨星》都已开始进行影视剧的改编，未来将搬上大荧幕和大家见面哦；

■ 我们的品牌 LOGO 是

如何购买到大鱼文学的产品

1 全国各大新华书店、书城、书报亭、书店都可以买到大鱼文学的产品；

2 当当网、亚马逊、京东、天猫等网上书店也都能买到大鱼文学的产品；

3 官方淘宝店"大鱼文化"不仅可以买到所有大鱼文学的图书杂志，还有独家签名版和独家礼品版以及作者周边产品哦。

【打开淘宝，搜店铺"大鱼文化"即可进入官方淘宝店选购】

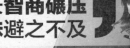